茅盾研究
八十年書系

錢振綱・鍾桂松◎主編

葉子銘◎著

8

茅盾漫評

花木蘭文化出版社

國家圖書館出版品預行編目資料

茅盾漫評／葉子銘 著 — 初版 — 新北市：花木蘭文化出版社，
2014〔民 103〕

目 2+250 面；19×26 公分

（茅盾研究八十年書系；第 8 冊）

ISBN：978-986-322-698-7（精裝）

1. 沈德鴻 2. 中國當代文學 3. 文學評論

820.908   103010114

中國茅盾研究會《茅盾研究八十年書系》編委會

主　編：錢振綱 鍾桂松

副主編：許建輝 王中忱　李　玲

特邀顧問：

邵伯周 孫中田 莊鍾慶 丁爾綱 萬樹玉 李　岫

王嘉良 李廣德 翟德耀 李庶長 高利克 唐金海

ISBN-978-986-322-698-7

9 789863 226987

茅盾研究八十年書系
第 八 冊

ISBN：978-986-322-698-7

茅盾漫評

本書據百花文藝出版社 1983 年 6 月版重印

作　　者　葉子銘
主　　編　錢振綱　鍾桂松
總 編 輯　杜潔祥
副總編輯　楊嘉樂
編　　輯　許郁翎
出　　版　花木蘭文化出版社
社　　長　高小娟
聯絡地址　235 新北市中和區中安街七二號十三樓
　　　　　電話：02-2923-1455／傳真：02-2923-1452
網　　址　http://www.huamulan.tw 信箱 hml 810518@gmail.com
印　　刷　普羅文化出版廣告事業
初　　版　2014 年 7 月
定　　價　60 冊（精裝）新台幣 120,000 元

茅盾漫評

葉子銘　著

作者簡介

　　葉子銘（1935.1～2005.10）福建泉州人。1957年畢業於南京大學中文系。1959年研究生肄業留校任教。文革後，被南大中文系民主選舉為系主任，這在全國也是唯一的。歷任南京大學中文系教授、博士生導師、研究生院副院長、中國現代文學研究中心主任。兼任國務院學位委員會第三、第四屆學科評議組召集人、中國現代文學研究學會副會長、中國茅盾研究會會長、《茅盾全集》編輯室主任等。被國家人事部授予「中青年有突出貢獻專家」稱號，享受國務院政府特殊津貼。

　　他先後從事中國古代文學、文藝理論、中國現當代文學的教學與研究。主要學術著作有《論茅盾四十年的文學道路》、《茅盾漫評》、《夢回星移》、《葉子銘文學論文集》、《中國現代小說史》（主編）。編撰《茅盾論創作》、《茅盾文藝雜論集》、《以群文藝論文集》、《茅盾自傳》、《沈雁冰譯文集》，主持高校文科教材《文學的基本原理》的修訂和40卷本《茅盾全集》的編輯審定工作。

提　　要

　　本書是葉子銘繼《論茅盾四十年的文學道路》之後，近三十年來關於茅盾研究文章的選輯。內容主要包括茅盾生平與文學活動研究、主要作品評介、茅盾在文學評論方面的貢獻，以及一些頗有情趣的「茅盾書話」，並選錄茅盾給作者的廿四封信。這些文章的資料詳實，論證準確，由於作者掌握了大量第一手資料，讀來使人感到分外親切。

目次

漫談茅盾創作活動的幾個特點
——獻給新長征路上的青年作者

題外的話

在開始正文之前，先說一些與題目有關的題外的話。

忽然想起要寫這篇文章，起因是看了茅盾最近的一篇講話。

在一九七八年全國優秀短篇小說評選發獎大會上，面對著粉碎「四人幫」後湧現出來的一批優秀的作者，已有六十多年文學活動經驗的文壇老將、八十三歲高齡的茅盾，滿懷深情地說：「我相信，在這些人中間，會產生未來的魯迅、未來的郭沫若。」（李季同志插話：也會產生未來的茅盾）他勉勵大家「向魯迅、郭沫若學習」，指出他們之所以能獲得那樣高的成就，其中重要的一條，就是他們都是博覽群書、學貫中西的。茅盾的這席話，是在「五四」運動六十週年前夕，也是建國三十週年之際講的，因而也特別引人回味。

二十年代，當「五四」新文學運動還處於發展的初期，魯迅、郭沫若、茅盾的文學活動也剛剛開始的時候，有人就感慨中國文藝界之缺乏天才作家。當時，魯迅在《未有天才之前》的演講裡深刻地指出：猶如好花木需要好泥土一樣，天才作家的產生，也需要有好的土壤。即使是天才，他生下來的第一聲啼哭，也決不會就是一首好詩，如果因此就「當頭加以戕賊，也可以萎死的」。〔註1〕

三十年代，當「五四」新文學運動中形成的一些革命的、進步的文學派

〔註1〕《魯迅全集》第 1 卷第 277 頁。

別，在黨的領導和影響下匯合成左翼革命文藝運動時，「第三種人」又跳出來，攻擊左翼文壇產生不了托爾斯泰與佛羅培爾。蘇汶甚至胡說什麼「他們不但根本不會叫作家去做成弗羅培爾或托爾斯泰；就是有了，他們也是不要」。〔註2〕當時，魯迅針鋒相對地指出：「左翼也要托爾斯泰、弗羅培爾。」〔註3〕歷史的發展證明了魯迅的話是正確的。半個多世紀過去了，那些擔心、攻擊中國現代革命文藝運動產生不了偉大作家的人，已煙消雲散，而「五四」以來的中國現代革命文藝運動，則在鬥爭中產生了自己時代的文化巨人，產生了一批偉大的、傑出的作家。只是他們的名字不叫托爾斯泰、佛羅培爾，而叫魯迅、郭沫若、茅盾、巴金等等。

七十年代末期，正當億萬人民在黨的領導下又開始新長征的時刻，茅盾提出希望文藝界會產生未來的魯迅、郭沫若。這是合乎邏輯的要求，也是符合文學發展的客觀規律的。清代詩人趙翼的名句「江山代有才人出，各領風騷數百年」，就道出此中眞諦。我們的時代，不但應該、而且完全可以產生新的魯迅、郭沫若、茅盾，產生超過「五四」以來的前輩作家們的社會主義時代的文學藝術巨匠。不然，馬克思主義創始人關於社會主義──共產主義將極大地解放人類社會的精神生產力的預言，又表現在哪裡呢？事實上，建國三十年來，文學藝術戰線已經湧現了一批優秀的作家，他們在某些方面所取得的成就，可以說已超過了「五四」以來包括魯迅、郭沫若、茅盾在內的前輩作家。例如，在反映黨所領導的中國人民的反帝反封建的革命鬥爭方面，在新時代的人物形象的塑造和文學的民族形式的探索方面，在文學語言的民族化與群眾化方面，等等。當然，從閱歷的豐富、學識的淵博和多才多藝等方面看，則很少有作家能與魯迅、郭沫若、茅盾等前輩作家相比擬。正因為如此，所以我們還必須努力學習。

今天，大家都會贊成茅盾語重心長的一番預言，都期望著一個人才輩出的社會主義新時代的到來。然而，一提起林彪、「四人幫」給社會主義文藝事業所帶來的災難時，不少同志又感到信心不足了。其實，一切偉大的作家，都是在時代的風雨中成長起來的。安定的環境，優越的條件，可以產生大作家；動盪的時代，艱難的條件，也能夠孕育偉大的作家。因此，不能認為沒有矛盾、沒有災難的時代，才能誕生偉大的作家。歷史上許多傑出的作家，

〔註2〕 蘇汶：《關於〈文新〉與胡秋原的文藝論辯》。
〔註3〕 《論「第三種人」》，《魯迅全集》第4卷第337頁。

往往產生於動盪的時代。魯迅、郭沫若、茅盾等，就是在「五四」以來動盪起伏的時代風雲中誕生的。當然，我們不是算命先生，無法預言誰將在什麼時候成爲未來的魯迅、郭沫若、茅盾；然而，這樣的作家，是一定會產生的，則是肯定無疑的。而今天，我們要繁榮社會主義文藝，促使未來的魯迅、郭沫若、茅盾的誕生，則需要認眞總結「五四」以來，特別是建國三十年來文藝戰線的經驗教訓，多做一些切實有益的工作，努力創造一些必要的條件。例如，從社會條件來說，就是要創造一種適宜於解放文藝生產力的土壤和空氣。從作家個人來說，也需要具備多方面的條件，而其中重要的一條，就是要善於向優秀的前輩作家們學習。

茅盾在解放前寫的《創作的準備》一書中，曾說過這樣一段話：「偉大的作家，不但是一個藝術家，而且同時是思想家——在現代，並且同時一定是不倦的戰士。他的作品，不但反映了現實，而且針對著他那時代的人生問題和思想問題，他提出了解答。他的作品的藝術方面，除了他獨創的部分而外，還凝結著他從前時代的文化遺產中提煉得來的精髓。在偉大的作家，是人類有史以來的全部智慧作爲他的創作的準備的。」〔註4〕以魯迅、郭沫若、茅盾爲代表的「五四」以來的老一輩作家，其中也包括巴金、老舍、田漢、曹禺等，可以說都程度不同地具有上述的特點。他們是「五四」時代的產兒，新文學運動的開路人與拓荒者，都具有一些共同的特點：他們都誕生於十九世紀末二十世紀初災難深重的舊中國，在「五四」思潮的影響和推動下，先後投身於新文學運動，爲創建一代的新文學貢獻了畢生的精力；他們在社會的大變革中幾經風雨，有豐富的社會閱歷和廣博的知識，他們博覽群書，學貫中西，善於學習、汲收前人豐富的文化藝術遺產，並且都在某些方面以自己獨特的創作成就來豐富新文學的寶庫；他們既是「五四」時代的產兒，又是以「五四」爲標誌的新時代的歌手，半殖民地半封建的黑暗舊中國的無情揭露者。當然，他們也都具有各自不同的生活經歷、思想性格和創作道路，有獨特的創作個性和藝術風格，有各自成功的文學藝術經驗或失敗的教訓。認眞地總結他們的這些相同的與不同的經驗，爲今天新「長征」中的廣大文藝工作者提供一些借鑒，這也算是一件有益的工作吧。

基於上述的想法，我產生了寫這篇文章的念頭。當然，茅盾從事文學活動已經有六十多年了，他具有多方面的豐富的經驗，不是一篇文章就能說清

〔註4〕《創作的準備》，生活書店 1936 年版第 8～9 頁。

楚的。但是，如果我們不是全面地評論他每一個方面、每一部作品的成敗得失，而是就他一生的創作活動作一個總的考察，那麼我們就可以發現，茅盾的創作活動具有一些顯著的特點，也可以說是他獨特的經驗吧。

「我不是爲的要做小說，然後去經驗人生」

二十年代後期，茅盾曾引用一位英國批評家的話說：左拉是爲了要做小說才去經驗人生，托爾斯泰則是經驗了人生之後才來做小說的。而茅盾自己雖然曾於「五四」以後一度介紹過左拉的自然主義，但當他自己來從事小說創作的時候，「卻更近於托爾斯泰了」。他說：「我不是爲的要做小說，然後去經驗人生」，「我是真實地去生活，經驗了動亂中國的最複雜的人生的一幕」之後，「想要以我的生命力的餘燼從別方面在這迷亂灰色的人生內發一星微光，於是我就開始創作了」。〔註5〕這段話，很能說明茅盾創作活動的特點。

在「五四」以來著名的前輩作家當中，茅盾的創作活動有一個顯著的特點，即他很早就從事新文學運動和革命的實際工作，而他開始從事小說創作，卻比較的晚。但是，當他以茅盾的筆名開始發表小說時，很快就引起廣大讀者的注意，產生了重大的影響，獲得比較突出的成就，並且從此就步入職業作家的行列。這也許是作者本人也始料莫及的。對於這樣一種現象，應該怎樣解釋呢？我覺得，茅盾在創作上之所以能迅速地獲得重大的成就，決不是偶然的。這裡的原因很多，但其中重要的一條，就是在他開始創作之前，就經歷了一段比較長時間的生活、思想、藝術方面的準備時期，在中外文化藝術的素養和生活經驗的積累方面，都具有深厚而紮實的基礎。如果用幾句話概括，那麼博覽群書、學貫中西、閱歷豐富、觀察細緻這四句話，也許是他創作上能迅速獲得重要成就的主要原因之一。而茅盾這一特點的形成，又同他「五四」前後到大革命時期的經歷，即他自己所說的「經驗了動亂中國的最複雜的人生的一幕」，有密切的關係。爲了說明這個問題，下面我們不妨簡要地介紹一下茅盾創作之前的活動情況。

我們知道，茅盾的第一部作品《幻滅》、《動搖》、《追求》（合稱《蝕》三部曲），是一九二七年大革命失敗以後才開始寫的。但是，他的文學活動，卻遠在「五四」運動以前就開始了。一九一六年他從北京大學預科畢業以後，

〔註5〕 茅盾《從牯嶺到東京》，見《茅盾論創作》，上海文藝出版社 1980 年版第 28 ～29 頁。

進了上海商務印書館編譯所，就開始「叩文學的門」。先是當編輯，搞翻譯，從事中國古代寓言的編寫工作等。「五四」運動以後，在《新青年》的影響下，他積極參加和倡導新文學運動，成為文學研究會的一名主要的文藝評論家和翻譯家。同時，革命民主主義和愛國主義的思想，又促使他開始參加社會活動。

特別是一九二一年中國共產黨成立前後，他就積極參加建黨活動，成為最早的一批中國共產黨的黨員之一。此後，在黨的領導下，他開始參加實際的革命鬥爭。如果我們把他創作前的活動和經歷作一個概括，那麼可以說，從「五四」前後到大革命時期，他主要從事三方面的活動。這三方面的活動，為他後來的創作奠定了堅實的基礎，準備了比較成熟的條件。

一、從事外國文學的翻譯、介紹工作

茅盾的文學活動，實際上是從翻譯開始的。一九一六年進商務後，他先是分在英文部改學生的英文卷子，一個多月後就轉到國文部搞翻譯。他翻譯的頭一部作品是美國卡本脫的《衣》、《食》、《住》。這是一部科學技術方面的著作，講的是紡織業、食品業、建築業的情況。此書譯於「五四」運動以前，是用駢文色彩很濃的文言文翻譯的，反映了當時青年時代的茅盾，就有紮實的古典文學基礎。由於它適應了當時要求瞭解國外科學技術狀況的時代潮流，所以出版後頗受歡迎，十年之內重版了七八次。此後，茅盾廣泛地搜集、翻譯了許多外國文學作品，寫了大量介紹外國進步作家作品的文章。特別是「五四」運動以後和文學研究會時期，他更進一步認識到要打倒封建的舊文學，建設革命的新文學，必須做好翻譯介紹工作，認真吸取外國進步文學的經驗。這時期，他的注意力集中到翻譯、介紹東歐、北歐的被壓迫民族的批判現實主義文學，十九世紀俄國的革命民主主義文學，以及十月革命後的蘇聯文學方面，因為它們所表現的反壓迫、求解放和同情被損害被侮辱者的革命精神，對於當時的中國人民和新文學工作者，都有直接的啟示。可以說，在茅盾開始寫小說之前，就廣泛涉獵和翻譯、介紹了大量的外國文學。據粗略的統計，光是他創作前的翻譯介紹外國文學的文章，就有兩百多篇。茅盾在外國文學方面的廣博的知識和素養，對他後來的小說創作產生了深遠的影響。他的這種經歷，同魯迅、郭沫若很相似。魯迅在《我怎麼做起小說來》一文中，曾說過自己在寫《狂人日記》之前，「大約所仰仗的全在先前看過的

百來篇外國作品和一點醫學上的知識」。〔註6〕

二、從事文學評論方面的工作

在「五四」新文學運動中，茅盾作為文學研究會的主要代表，所謂「人生派」的一名重要的理論家，曾寫過許多文藝論文，提倡現實主義的文學主張，反對封建主義的、資產階級的頹廢、反動文學。這是大家所熟知的。在一九二七年以前，他所寫的文藝論文也有數十篇之多。可以這樣說，在「五四」新文學運動時期，他不是像魯迅、郭沫若那樣，以《吶喊》、《女神》這樣的不朽之作來為新文學奠定基礎，而是從文藝評論和翻譯介紹方面，為新文學的產生和健康發展吶喊助威、鋪磚引路的。他在文藝理論方面的活動和主張，不僅對文學研究會的一批作家的創作，產生了重要的影響，而且對他自己後來的小說創作，也有深遠的影響。例如，他反對把文學當作茶餘飯後的消遣與遊戲，主張文學要反映社會人生的問題，起「激勵人心」和「喚醒民眾」的重要作用，這些思想對他後來的創作傾向就有顯著的影響。

此外，茅盾在古典文學方面的根底也是很深的，在他從事小說創作之前，曾為商務出版的「學生國學叢書」選注過《莊子》、《淮南子》、《楚辭》等書。他還潛心研究過中國和歐洲的神話，編寫過許多寓言故事等。

茅盾正是在上述兩方面的活動過程中，博覽群書，學貫中西，具有廣博的中外文化藝術方面的知識和素養的。實際上，魯迅、郭沫若、茅盾等前輩作家，他們的博覽群書、學貫中西，也並不是一朝一夕之功，而是在長期的文學藝術實踐過程中，認真地、持之以恆地向前人學習的結果。在《創作的準備》一書中，茅盾說到自己的創作經驗時曾說過：「我從開始寫小說，到現在足有九年了。我曾經努力學習過去以及現在的文學巨人們的經驗，我還在繼續學習。」〔註7〕古往今來的一切有突出成就的優秀作家，都是善於汲取前人的豐富經驗的，他們幾乎無一例外地都具有廣博的知識和文化藝術方面的修養。托爾斯泰、高爾基如此，魯迅、郭沫若、茅盾也是如此。當然，這不等於說，一個作家必須先博覽了中外的文學名著，然後才能創作出優秀的作品來。因為，這裡還牽涉到作者的世界觀、生活基礎和實際的藝術水平問題。但是，我們決不能像「四人幫」那樣，以此來否定向前人學習的重要性。過去，有些青年作者不敢接觸中外的文學名著，怕被扣上「拜倒在古人、

〔註6〕《魯迅全集》第4卷第393頁。
〔註7〕《創作的準備》，第2頁。

洋人腳下」的罪名，就是受了極左思潮的影響。茅盾在說到自己的體會時說過：「一個作家並不一定要先獲得文學理論和一般文化藝術的知識，然後才能創作，這是不消說的；可是，一個作家的不斷的精進，事實上卻有賴於這方面的修養。」〔註8〕這可以說是作者的經驗之談。

三、從事實際的革命活動

茅盾說到自己在「五四」到大革命時期的活動時曾說過：「那時候，我的職業使我接近文學，而我的內心的趣味和別的許多朋友——祝福這些朋友的靈魂——則引我接近社會運動。」〔註9〕作者所說的朋友，是指的惲代英、鄧中夏等早期共產黨人。一九二一年二、三月間，茅盾就參加了上海的共產主義小組。一九二一年七月的中國共產黨第一次全國代表大會以後，他在黨的領導下開始從事革命活動。起先，他的活動重心還是放在文化方面，如參加新文學運動，到掩護黨的活動和到黨創辦的上海平民女子學校、松江景賢中學以及上海大學教書等。到了一九二五～二七年間，重心就轉移到實際的革命鬥爭方面來了，如參加領導商務印書館的罷工鬥爭，到廣州、武漢參加大革命鬥爭等。實際革命活動的鍛鍊，不僅對作者前期的世界觀、文藝觀的演變產生重大影響，而且提高了他觀察、分析社會現象的能力，對他後來概括、提煉生活，進行文學創作也產生深遠的影響。同時，他從「五四」到大革命時期的這一段經歷，也成為他後來創作《蝕》、《野薔薇》、《虹》等早期作品的生活基礎。

上述情況說明，茅盾在創作前所從事的多方面的實際工作，使他具有廣博的中外文化藝術的知識和素養，具有豐富的社會閱歷和敏銳的觀察力，為他後來的創作作了比較充分的生活、思想和藝術方面的準備。茅盾創作活動上的這一特點，比較接近於魯迅。魯迅開始小說創作也比較遲。如果不把他一九一三年所寫的文言小說《懷舊》計算在內，而是從他一九一八年所寫的第一篇白話小說《狂人日記》算起，那麼，他開始小說創作時已經三十八歲。在這之前，他經歷過從百日維新、辛亥革命到袁世凱稱帝、張勳復辟等許多時代的風雨，出過洋，教過書，當過師範學校校長和教育部僉事，有豐富的社會閱歷，對半殖民地半封建的舊中國有深刻的瞭解。同時，他既有中國古典文學的深厚根底，又有外國文學的廣博知識。他在創作前不僅整理、輯錄

〔註8〕 《創作的準備》，第4頁。
〔註9〕 《從牯嶺到東京》，《茅盾論創作》第29頁。

過許多古籍，鈔錄過金石碑帖，而且從一九○三年起就開始翻譯介紹外國文學。可以說，魯迅是在經歷了對社會人生的長期觀察，積累了豐富的生活經驗和廣博的中外文化藝術知識之後，由於某種機緣的推動而開始創作的。這種機緣，就是「五四」運動前夕《新青年》雜誌所倡導的文學革命運動，就是魯迅所說的那位手提大皮夾的、怕狗的《新青年》編委金心異（錢玄同），到孤寂的紹興縣館來約稿。〔註 10〕魯迅當時之所以願意提起筆來寫小說，是為了吶喊幾聲，「聊以慰藉那在寂寞裡奔馳的猛士，使他不憚於前驅」。〔註 11〕而茅盾在經歷了「五四」到大革命的社會變革之後，之所以會提起筆來寫小說，用他自己的話說，一方面是為了稻粱謀，另一方面也是想以「生命力的餘燼」「在這迷亂灰色的人生內發一星微光」。

當然，從魯迅、茅盾的創作經歷，不能得出一個結論，即開始搞創作，年齡要越大越好。在中外的文藝史上，也有不少優秀的作家從年輕的時候起，就開始創作的。比如，郭沫若、巴金就屬於這一種類型。他們都是從求學時代起，就以充沛的熱情和強烈的愛憎，開始了自己的創作生涯的。相對而言，他們創作前的經歷比魯迅、茅盾要單純一些。郭沫若寫《女神》的時候，還是日本九州帝國大學的一名二十七歲的醫科大學生。他是懷著改造舊中國的理想和澎湃的愛國熱情，開始了他早期的創作生涯的。而巴金寫第一部小說《滅亡》的時候，則還是一名二十三歲的留法的青年學生。他是懷著對舊制度和腐朽的封建大家庭的深切感受和無比憎恨，懷著滿腔的愛國主義熱情，在法國開始了小說創作的。上述的情況說明，每一個優秀的作家都有自己獨特的經歷和創作道路，而且這種經歷和道路對他們創作個性和藝術風格的形成，有重大的影響。比如，魯迅、茅盾的創作，就比較傾向於對社會人生的冷靜的、客觀的描繪和深刻的剖析，而郭沫若、巴金的作品，則具有澎湃的激情和強烈的愛憎，往往是主觀感情的傾瀉勝過於對事物的客觀描繪。例如，郭沫若詩歌創作中的那種熱情奔放的、火山爆發式的激情，是大家所熟知的，而巴金在談到自己的創作時，也曾經說過這樣的話：「有時候我會緊閉眼目，棄絕理智，讓感情支配我，聽憑它把我引到偏執的路上，帶到懸崖的邊沿。」〔註 12〕但是，不管他們在創作上有多少不同的特點，有一條則是相同的，即

〔註 10〕參見魯迅：《〈吶喊〉自序》，《魯迅全集》第 1 卷。
〔註 11〕同上，第 7～8 頁。
〔註 12〕巴金：《憶》，《巴金文集》第 10 卷第 7 頁。

他們都博覽群書，學貫中西，都十分重視並善於向前輩的藝術大師們學習，只是各人的側重點有所不同而已。

我「未嘗敢忘記了文學的社會的意義」

　　一九四五年六月二十四日，重慶文化界爲慶祝茅盾五十壽辰，曾在重慶的西南實業大廈舉行慶祝會（實際上茅盾的五十壽辰應在一九四六年七月四日，當時之所以提前召開，是爲了利用慶祝活動廣泛團結國統區的革命的、進步的知識分子，擴大抗日反蔣統一戰線的影響）。出席這次慶祝會的，有重慶各界知名人士柳亞子、沈鈞儒、王若飛、邵力子、鄧初民等七八百人。當時，茅盾在回顧自己五十年來的經歷時，曾意味深長地說過這樣一段話：

> 　　人在希望中長大。假如五十而不死，還是要帶著希望走完那所剩不多的生命的旅程。站在五十的記數點上，回頭看看自己走過的路，會吃驚，也會懊惱，自然更多慚愧。路不平坦，我們這一輩人本來誰也不曾走過平坦的路，不過，摸索而碰壁，跌倒了又爬起，迂迴而再進，這卻各人有各人不同的經驗；我也有我的，可只是平凡的一種。〔註13〕

這段話講得多麼真摯而懇切，可以說是作者對自己前半生的思想和創作經驗的總結。「摸索而碰壁，跌倒了又爬起，迂迴而再進」，這是一個經歷了時代的驚濤駭浪的老一代作家發自肺腑的聲音，它集中地表現了作者爲追求真理與進步的百折不撓的鬥爭精神，以及創作上不斷摸索、不斷前進的曲折歷程。

　　「五四」以後，中國社會進入了一個激烈變革的時期，中國人民面臨著光明與黑暗的兩種前途、兩種命運的決戰。魯迅、郭沫若、茅盾等老一輩作家，在這新舊交替的劇烈變革時期，爲尋求光明的中國之道路，都經歷了一段曲折的歷程。當然，他們的這種曲折歷程，具有不同的內容與特點。例如，魯迅是經歷了從辛亥革命前後到大革命時期的血與火的洗禮，才「轟毀」了舊思想，完成從進化論到階級論、從革命民主主義者到共產主義者的轉變的。郭沫若在成爲共產主義者以前，則曾信奉過資產階級的泛神論和純藝術論。茅盾接觸馬克思主義和參加實際革命活動很早，但早期也受過進化論和泰納的藝術社會學的影響，一九二七年大革命失敗以後，一度陷入思想和創作上

〔註13〕延安《解放日報》1945 年 7 月 9 日。

的悲觀苦悶時期。而巴金在自己的思想和創作的發展過程中，則受過無政府主義思想的影響。這些例子說明，「路不平坦」，這確實是「五四」以來許多前輩作家的共同經歷，恐怕也是一切偉大作家在攀登藝術高峰的過程中所具有的共同特點。生來就是天才，就是百分之百正確的偉大作家，在中外的文藝史上，可以說是沒有的。

這裡，我不準備來討論茅盾的思想演變問題，因為它不屬本文的範圍。我只想著重說明這樣一個問題：對於一個作家來說，要寫出一兩部具有獨特風格的優秀作品，固然不容易，但要在自己的一生中經得起波折，努力跟上時代前進的步伐，並且堅持以自己的彩筆來描繪時代的面貌、表達人民的聲音、反映歷史的趨向，則更加不容易。縱觀茅盾一生的創作活動，可以說正是具有這種特點。作者不僅寫出了《子夜》、《春蠶》、《林家鋪子》、《腐蝕》等一批優秀的作品，而且在他一生的創作活動中，儘管也有波折起伏，但作者始終堅持以自己的筆來描繪他那個時代的面貌，用藝術形象來提出和回答他們那一代人所遇到的重大的社會問題。換句話說，他十分重視通過自己的創作來反映時代的脈搏，努力把自己作品的主題同「五四」以來各個歷史階段的現實鬥爭密切聯繫起來，同黨所領導的反帝反封建的革命鬥爭聯繫起來。茅盾自己曾經說過：「我所能自信的，只有兩點：一、未嘗敢『粗製濫造』，二、未嘗為要創作而創作，──換言之，未嘗敢忘了文學的社會的意義。」〔註14〕四十多年前，郁達夫在評論茅盾的散文創作時，也說過這樣的話：「茅盾是早就從事寫作的人，唯其閱世深了，所以每不忘社會。」〔註15〕「未嘗敢忘記了文學的社會的意義」，「每不忘社會」，可以說這是貫穿茅盾一生的創作活動的一個顯著特點。對於這個特點，王若飛同志在慶祝茅盾五十壽辰的文章中，曾給予充分的估價。他說：

> 茅盾先生的創作事業，一直是聯繫著和反映著中國民族與中國人民大眾的解放事業的。在他的創作年代裡，也正是中國民族與中國人民解放事業的大變動時期，中國大時代的潮汐，都反映在茅盾先生的創作中……從茅盾先生的創作過程中，我們可以看到中國社會的大變動，也可以看到中國人民解放運動的起落消長。茅盾先生的最大成功之處，正是他的創作反映了中國大時代的動態，而且更

〔註14〕茅盾：《我的回顧》。
〔註15〕郁達夫：《中國現代散文導論》（下）。

重要的是他創作的中心內容，與中國人民解放運動是相聯繫著的。
〔註16〕

從茅盾一系列作品的內容看，可以說是眞實而生動地反映了新民主主義革命時期各個重要歷史階段的社會現實，從不同側面表現了現代中國社會的劇烈變革。例如，他的處女作《蝕》三部曲，就迅速地反映了大革命時期的某些社會現實，表現了當時社會的劇烈變革。這部作品儘管存在一些缺點，但作者通過各種類型的知識青年在大革命浪潮中的思想動態，表現了大革命時期革命勢力與反革命勢力的激烈搏鬥，表現了小資產階級知識青年的狂熱性、動搖性、軟弱性，以及他們在革命低潮時期的苦悶、徬徨的精神狀態。因此，從茅盾的第一部作品問世以後，他就被譽爲富有時代性的作家。以後，隨著作者思想和創作的發展，他在創作上的這一特點更加突出。比如，繼《蝕》之後的未完成的長篇《虹》，就描寫了「五四」到「五卅」時期革命知識青年的覺醒與鬥爭；《子夜》、《林家鋪子》和《春蠶》、《秋收》、《殘冬》等作品，則猶如巨幅畫卷似地展現了三十年代初期舊中國都市、城鎮、農村的面貌，生動地反映了當時各階級、階層的政治、經濟狀況與道德風尚，塑造了一系列栩栩如生的人物典型；《第一階段的故事》、《右第二章》等，反映了抗戰初期的社會現實；《腐蝕》、《清明前後》和《白楊禮讚》、《風景談》等作品，則揭露了抗戰後期國民黨右派的反共反人民的罪行，歌頌了黨所領導的解放區、游擊區軍民堅韌不拔、英勇抗戰的崇高品格。此外，《霜葉紅似二月花》則反映了辛亥革命到「五四」前夕的社會現實。如果把茅盾的這一系列作品聯繫起來看，就構成一幅現代中國社會的多采而又嚴峻的現實主義畫卷，我們從中可以看到中國社會的大變動，可以看到中國人民解放運動的起落消長。茅盾特別擅長於在廣闊的社會背景上展現舊中國社會的變革，以豐富多采的筆墨來描繪各個階級、階層的動向。在這一點上，同時代的許多作家是很少有人能同他相比擬的。

茅盾創作上的這一特點，同他十分重視學習科學的社會學說——馬克思主義，注意鍛鍊與提高自己觀察、分析社會現象的能力與藝術概括的能力，有密切的關係。他反覆強調：在社會的大變革時期，一個作家要正確地反映

〔註16〕王若飛：《中國文化界的光榮，中國知識分子的光榮——祝茅盾先生五十壽日》，延安《解放日報》1945年7月9日。

社會現實，不僅要有豐富的生活經驗，而且要有正確的思想，要「有一個訓練過的頭腦能夠分析那複雜的社會現象」。〔註 17〕可以說，他的許多優秀作品，往往得力於對社會生活的敏銳而深入的觀察力與藝術的概括力。他說：「人生如大海，出海愈遠，然後愈感得其浩渺無邊。昨日僅窺見了複雜世相之一角，則瞿然自以為得之，今日既由一角而幾幾及見全面，這才憬然自失，覺得終究還是井底之蛙。倘不肯即此自滿，又不甘到此止步，那麼，如何由此更進，使我之認識，自平面而進於立體，這是緊要的一關。」〔註 18〕這些道理，都是他從長期的創作實踐中體驗出來的。

在許多談創作經驗的文章裡，茅盾都反覆強調鍛鍊、提高觀察、分析社會現象的能力，對於一個創作者來說是多麼重要。這裡，不妨再舉一個例子。比如，在《螞蟻爬石像》一文中，茅盾曾用形象的比喻，來說明在創作中必須正確處理好局部與整體的關係。他說：雕塑家用大理石造了一個愛神維娜斯的石像，陳列在展覽館中，人們看了都讚不絕口，認為是美麗的愛神到了人間。這時，有兩隻螞蟻從維娜斯的身上爬過，它們的感覺同人們卻大不一樣：只感到光滑滑、冷冰冰的，特別是爬到維娜斯的胸部時，不僅感不到有曲線美和溫柔感，反而覺得高低不平，爬起來特別費勁。螞蟻之所以有這種感覺，就在於它眼光短小，只接觸到石像的局部，看不到整體。由此，作者進而指出：「我們人在社會中生活，我們人是渺小的，而社會是龐大複雜的；倘使我們也像螞蟻似的只看見了社會生活的一部分而遽下斷語，那我們也就成了爬石像的可憐的螞蟻。」〔註 19〕接著，他又以三十年代的中國民族工業為例，說明當時在整個民族工業衰敗的情況下，個別行業如煙草工業還能賺錢，華成煙公司的股票就漲了三倍。如果一個作家據此就斷定當時的中國民族工業正在勃興，那他就犯了螞蟻的錯誤；如果他寫成作品，則必然歪曲了現實。但是，如果有一個作者以煙草工業的畸形發展為「經」，以整個民族工業的衰落為「緯」，交織出三十年代中國民族工業「畸形的啼笑史」，那麼，可以說他就避免了螞蟻的錯誤，真實地反映了當時社會的現實。茅盾的這些經驗之談，至今對我們仍有重要的啟示。

〔註 17〕 茅盾：《我的回顧》，見《茅盾論創作》。
〔註 18〕 茅盾：《回顧》，見《茅盾論創作》。
〔註 19〕 《話匣子》第 140～143 頁。

「我永遠自己不滿足，我永遠『追求』著」

一九三二年十二月，在回顧自己五年多來的創作生活時，茅盾曾經說過這麼一段話：

> 每逢翻讀自家的舊作，自己看出了毛病來的時候，我一方面萬分慚愧，而同時另一方面卻長出勇氣來，因爲居今日而知昨日之非，便是我的自我批評的工夫有了進展；我於是仔細地咀嚼我這失敗的經驗，我生氣虎虎地再來動手做一篇新的。我永遠自己不滿足，我永遠「追求」著。我未嘗誇大，可是我也不肯妄自菲薄，是這樣的心情，使我年復一年，創作不倦。〔註20〕

這段話，生動地說明了茅盾創作活動上的另一個重要特點，即藝術上永不自滿、永不氣餒，具有一種爲攀登藝術高峰而不斷摸索，不斷追求的創造精神。正是這樣一種精神，使得作者在自己的創作生涯中，不斷取得重大的突破與發展。

藝術無止境，創作無捷徑，只有那些勇於在崎嶇不平的道路上攀登的人，才能不斷地獲得創作上的成就。「五四」以來許多有成就的前輩作家，差不多都具有這種精神，然而他們的經歷與表現形式則各不相同。如果作一簡要概括，可以說大多數優秀的作家，都是經歷過一段摸索與創造的時期，才出現藝術上的突破，產生了自己的代表作的。例如，巴金與老舍在小說創作方面，都經歷了這樣的過程，才寫出了代表他們的思想與藝術水平的優秀作品《家》和《駱駝祥子》。當然，也有另外一種情況，即有些作家從一開始就產生了自己的代表作。例如，魯迅與郭沫若就是如此。他們在創作的初期，就寫出了《吶喊》與《女神》這樣的優秀作品，它們分別代表了作者在短篇小說與詩歌創作上的突出成就與獨特的藝術風格。但是，即使是這樣的傑出作家，他們也並不以此爲滿足，而是同樣的具有藝術上不斷追求與創造的精神的。魯迅與郭沫若在以後的創作實踐中，又不斷地取得突破與發展，只是這種突破與發展，更多的是表現在開拓新的領域，尋求新的表現形式方面，如魯迅之於雜文、郭沫若之於歷史劇等。比較起來，茅盾是屬於前一種類型，而且在「五四」以來這一類型的作家中，是最富有代表性的，他在這個方面，也具有豐富而獨敘的經驗。

〔註20〕《我的回顧》。

這裡，我想著重談談茅盾創作上的突破期問題。解放前後，茅盾在回顧自己的創作歷程時曾多次提到，他在寫《子夜》等作品之前，經歷過一個藝術上的摸索與苦惱時期。一九三一年，他在第二個短篇集《宿莽》的《弁言》裡說：「一個已經發表過若干作品的作家的困難問題，也就是怎樣使自己不至於黏滯在自己所鑄成的既定的模型中，他的苦心不得不是繼續地探求著更合於時代節奏的新的表現方法。」〔註21〕在五十壽辰時所寫的《回顧》一文中，他又指出：寫作者到一定的時期，多半會感到一種煩惱，這便是所謂「眼高手低」，特別是在意想中的寫作計劃太多的時候。因為想要寫的太多了，「就更加感到生活經驗太不夠，更加感到自己的一枝筆跳不出自己從前所鑽進的那個狹小而硬化了的圈子」。〔註22〕解放後，他在編輯《茅盾文集》第七卷時，又回顧了自己在三十年代初期的創作經歷，風趣地說：「那時候，我在努力掙扎，想從我自己所造成的殼子裡鑽出來。」〔註23〕

茅盾所說的這個創作上的摸索、苦惱的時期，指的是一九二七～二八年發表《蝕》三部曲以後，到一九三二年發表《林家鋪子》、《春蠶》等作品以前的一段時間，前後約五年左右。在一九三〇年以前，他接連寫了《蝕》、《虹》、短篇集《野薔薇》和一些文藝散文等。這些作品的內容，大多是寫小資產階級知識青年從「五四」到大革命浪潮中的生活和思想動態，思想情調比較悲觀消極，而且大多「穿了戀愛的外衣」，〔註24〕表現手法上比較注意人物的心理描寫和環境的烘托，結構上缺少變化。儘管這些作品在當時產生過一定的進步作用，但作者對它們一直是不滿意的。他所說的「既定的模型」、「硬化了的圈子」以及「殼子」等等，就是指的這時期的創作。可以說，從《蝕》三部曲發表後，他就不斷地摸索、追求，力圖在思想、藝術上有所突破，走出一條新路。一九三〇年他從日本回國後，參加了左翼文藝運動，這種「想改換題材和描寫方法的意志」更加堅強。一九三〇至一九三一年間創作的中篇《路》、《三人行》和歷史短篇《石碣》、《豹子頭林沖》、《大澤鄉》等，就是他力圖改換題材和方法的產物。從選材、表現方法和思想傾向看，這些作品的確擺脫了早期創作中的悲觀情緒和藝術格調，表現出一種新的趨向。比如，作者力圖歌頌現實生活中和歷史上的那些「大勇者」，批判小資產階級的個人

〔註21〕 《宿莽》，上海大江書鋪1931年版。

〔註22〕 《回顧》，延安《解放日報》1945年7月9日。

〔註23〕 《茅盾文集》第七卷《後記》。

〔註24〕 茅盾：《寫在〈野薔薇〉的前面》，《野薔薇》，大江書鋪1929年版。

主義與虛無主義，顯示歷史發展的趨勢，給人們暗示甚至指出一條光明的道路，等等。但是，應該說，由於缺乏生活基礎，這些作品都不同程度地存在著概念化的毛病，其中尤以《三人行》最為突出。瞿秋白在評《三人行》時曾說過：「孔夫子說：『三人行，必有我師焉』，而結果是『三人行，而無我師焉』。」〔註25〕這說明，作者的這種努力並不是一下子就成功的，而是經歷了一個曲折的過程的。

那麼，茅盾在藝術上的突破時期，究竟是在什麼時候呢？從創作實踐上看，可以說茅盾是從一九三二年後實現了藝術上的突破，形成了自己獨特的藝術風格，進入了創作上的成熟、發展時期的。其標誌就是《子夜》、《林家鋪子》和《春蠶》、《秋收》、《殘冬》等作品的相繼出現。這批作品，都出現於一九三二～三三年間。它們既繼承和發揚了作者早期創作的某些特點，如選材的時代性、細膩的心理描寫等，同時也跳出了早期創作的「既定的模型」，鑽出了作者所說的那個「殼子」。這些作品，從思想或藝術，內容或形式上看，如題材的選擇與主題的提煉，人物形象的塑造與情節結構的安排，語言的運用和表現手法的豐富多變等等，可以說都有重大的突破和發展。比如，在題材的選擇與處理上，作者就突破了早期局限於寫小資產階級知識青年生活的範圍，力圖用馬克思主義的觀點去認識和反映三十年代初期舊中國廣闊的社會現實。隨著作者政治視野的擴大與思想的演變，他開始以宏大的氣魄，縝密的藝術構思和多變的藝術手法，去描繪在經濟危機的威脅與國民黨的黑暗統治下，舊中國的都市、農村、城鎮的社會面貌。他不但描寫了中國民族工商業的蕭條與破產，描寫了城鎮小商人的悲劇與廣大農民的苦難，而且也力圖表現城鄉工農群眾的覺醒與鬥爭，展示歷史發展的趨勢。無論從反映社會生活的廣度或深度上看，這時期的創作同早期相比，都有重大的突破。特別是在典型人物的塑造上，這個時期所取得的突出成就，已成為公認的事實。可以說，作者對於吳蓀甫、老通寶、林老闆等典型人物的成功塑造，不僅是他個人藝術創作上的重大突破，而且也是「五四」以來我國現代革命文學發展過程中的一個重要收穫。《子夜》和農村三部曲出現以後，作者也沒有就此滿足。抗日戰爭時期，他在創作的內容與形式方面繼續進行新的探索與創造，並取得了新的成就。日記體小說《腐蝕》、散文《白楊禮讚》、劇本《清明前後》等的出現，就是最明顯的例證。特別值得注意的是，建國三十年來，茅

〔註25〕《談談〈三人行〉》，《瞿秋白文集》第 1 卷第 339 頁。

盾雖然很少搞創作，但仍然以極大的熱情從事社會主義的文藝評論工作。例如，在總結社會主義時期文學藝術的經驗教訓，培養、扶植青年作家，分析、評介建國三十年各個歷史時期的一些作家作品方面，都繼續做了大量的工作，對繁榮發展社會主義文藝事業做出重要的貢獻。茅盾在創作與評論上的突破與發展，正是他藝術上永不自滿、堅持不懈地進行新的探索與創造的結果。

茅盾在六十多年的文學實踐中，積累的經驗是十分豐富的，以上所說，僅僅是他創作活動的一些最主要的經驗。這些經驗，對於今天處於新「長征」中的廣大文藝工作者來說，是十分寶貴的啓示。

恩格斯談到歐洲文藝復興運動時，曾給予崇高的評價，指出「這是一次人類從來沒有經歷過的最偉大的、進步的變革，是一個需要巨人而且產生了巨人——在思維能力、熱情和性格方面，在多才多藝和學識淵博方面的巨人的時代」。〔註26〕今天，我國億萬人民在黨的領導下正進入一個新的歷史時期，正在爲建設現代化的社會主義強國而奮鬥。這也是一個需要巨人而且必定要產生巨人的時代。我們相信，只要我們繼續解放思想，認眞地總結經驗，加倍地努力工作，一個社會主義的文化藝術高潮時期一定要到來，一個「多才多藝和學識淵博」的群星燦爛的時代一定會到來。

〔註26〕 《〈自然辯證法〉導言》，《馬克思恩格斯選集》第 3 卷第 445 頁。

茅盾在左聯時期的文藝思想與創作

　　一九三〇年三月二日中國左翼作家聯盟的成立,不僅揭開了三十年代無產階級革命文學運動的新篇章,而且對五四以來的許多進步作家的文藝思想和創作方向產生了深刻的影響。從茅盾的創作發展道路看,左聯時期是一個轉折點,也是他創作上的飛躍與突破時期。

　　在動盪起伏的二十年代裡,茅盾曾經經歷過一段痛苦的歷程,最後於一九二八年流亡到日本。當時,他的思想情緒是悲觀、苦悶的,表現在創作上有濃厚的悲觀主義傾向。在避居日本的一年多時間裡,他逐漸克服了自己的悲觀情緒,於一九三〇年四月又從東京回到了上海。當時,中國左翼作家聯盟剛剛成立,茅盾回國後,經由馮乃超的聯繫很快參加了左聯,此後,他在思想上和創作上產生了明顯的變化。在左聯的旗幟下,他又以戰鬥的姿態,參加到以魯迅為旗手的無產階級革命文學運動中來,並且在自己的創作活動中,以卓越的成績對左聯時期的無產階級革命文學作出重大的貢獻。這裡,我只想就作者在這時期中文藝思想的轉變和創作上的幾個特點,來談談自己一些粗淺的看法。

一

　　為了瞭解茅盾在左聯時期文藝思想的轉變,我們必須先瞭解他在大革命時期的文學主張。

　　我們知道,二十年代是中國革命由高潮轉入低潮的時期,一九二七年,以蔣介石和汪精衛為首的大資產階級叛變了革命以後,政治上出現了一個空前黑暗和混亂的時代,整個中國又處於四分五裂的軍閥割據和相互混戰的局

面。在這樣一個黑暗的時代裡，一部分革命的小資產階級，感到徬徨苦悶、消極悲觀。他們憎恨這個黑暗的社會，詛咒這個黑暗的社會，但又沒有力量去改變它，推翻它。這種矛盾苦悶的心理，就構成了二十年代末期小資產階級的時代病。這種苦悶與不滿，表現在文學上，就產生了批判現實主義的文學和文學理論，茅盾就是其中主要的代表作家。他在創作方面的代表作是《蝕》三部曲；在理論批評方面是《寫在〈野薔薇〉的前面》、《從牯嶺到東京》、《讀倪煥之》等。在這時期中，他的文學主張主要有二點：一、暴露與批判。面對著這個黑暗的時代，他強調暴露社會中的黑暗與醜惡，暴露生活中的矛盾，描寫這個時代裡小人物的徬徨與苦悶。他說：「不要傷感於既往，也不要空誇著未來，應該凝視現實，分析現實，揭露現實。」〔註1〕他認為，在「這混濁的社會裡也有些大勇者，真正的革命者，但更多的是這些不很勇敢、不很徹悟的人物，在我看來，寫一個無可疵議的人物給大家做榜樣，自然很好，但如寫一些『平凡』者的悲劇或暗淡的結局，使大家猛省，也不是無意義的」。〔註2〕在這種思想的指導下，他在大革命時期的創作，大多是寫社會的黑暗面，和被壓迫者的悲劇。雖然在他的筆下也出現過幾個正面的人物，但力量顯得那麼單薄，讀完後仍然使人產生渺茫之感。二、強調寫小資產階級。在《從牯嶺到東京》一文中，這種觀點表現得最明顯。他認為當時創造社與太陽社提倡「革命文藝」，「主張是無可非議的」，但表現在創作上卻「不能擺脫標語口號文學的拘囿」，使得一些贊成革命文藝的人看了也要搖頭。他主張革命文藝不僅要描寫工農大眾的痛苦，而且也要描寫小資產階級的痛苦，而在當時，他認為首先要寫小資產階級。因為，廣大的勞苦大眾在當時沒有文化，對於革命文藝是無法接受和了解的。因此，他認為要發展革命文藝，首先要「在小資產階級群眾中立了腳根」，「要質樸有力的抓住了小資產階級生活的核心的描寫」。因為，他們在這個黑暗的社會裡，也是受壓迫的，而且他們是革命文藝的主要讀者對象。當時，這種主張曾經受到太陽社的一些同志的批評，他們把茅盾當作無產階級革命文藝的對立面來加以批判，這當然是不對的。但是，他們批評了《蝕》三部曲等作為的消極悲觀的思想傾向，這一點還是對的。描寫小資產階級的生活，不一定就是非革命的，因為題材對於一部作品的思想傾向，並不起決定作用。起決定作用的，是作家的世界觀。但

〔註1〕 茅盾《寫在〈野薔薇〉的前面》。見《野薔薇》，上海大江書鋪1929年7月版。
〔註2〕 茅盾《寫在〈野薔薇〉的前面》。見《野薔薇》，上海大江書鋪1929年7月版。

是，一個作家在生活中喜歡選取什麼題材，除了受生活經驗的制約外，往往也能表現出他的思想傾向。茅盾在五四——大革命時期的革命活動中，也接觸了許多大智大勇的革命者，然而，由於作者在大革命失敗後一度被悲觀消極的情緒所左右，所以他早期的創作中往往忽略了他們的存在。在這時期內，他作品中的人物，大部分是處於苦悶徬徨之中的小資產階級，這也不是偶然的現象。

總之，在大革命失敗後的頭兩年裡，茅盾在自己的創作中著重暴露二十年代的黑暗與矛盾，描寫小資產階級的時代病，表現他們在革命低潮時期的苦悶徬徨。這些作品雖然在一定程度上也真實地反映了當時部分小資產階級青年的精神面貌，揭露了國民黨右派背叛革命、鎮壓工農的罪惡行徑，具有一定認識意義，但它們的格調比較消沉。它的顯著特徵是，作者雖然真實地反映了大革命時期尖銳複雜的鬥爭與小資產階級青年的反帝反封建的革命要求，以及他們在尖銳複雜的鬥爭中所表現出來的軟弱性與動搖性，但缺乏革命樂觀主義的精神，流露出比較濃厚的悲觀主義傾向。這種情況，也是作者在革命處於低潮時期的矛盾徬徨狀態的反映，但這種狀態是暫時的，它的發展必然是兩條路：一是走向感傷遁世的道路；一是克服了這一矛盾狀態，仍然走到革命文學的隊伍中來，堅持無產階級革命文學的方向。茅盾走的，正是後面的一條路，而他在中國左翼作家聯盟成立後的文學實踐活動，正是這種轉變的突出標誌。

我們知道，三十年代在中國革命的歷史上，是黎明前最黑暗的時期。蔣介石依靠了美英帝國主義的勢力，經過了幾年的混戰，終於打敗了其他的封建軍閥而奪得了全國的統治權。於是，他轉過矛頭，企圖消滅革命的力量，在全國就出現了一個政治上和文化上極端黑暗的大屠殺和大「圍剿」的時期。但是，跟二十年代不同的是，中國人民在中國共產黨的領導下，經過了大革命失敗的血的教訓以後，堅決拋棄了右傾機會主義的領導，深入農村，發展武裝鬥爭，建立紅色的工農政權。同時，在文化戰線上，它通過自己的黨員，把國統區的一些革命作家團結起來。左聯的成立，標誌著五四以來中國的革命文學運動進入一個新的階段，二十年代出現的幾個主要的革命文學團體和革命作家，都在左聯的旗幟下團結起來了。在它的影響和鼓舞下，茅盾又走上為無產階級革命文學積極鬥爭的道路上來，成為左聯時期傑出的革命作家和文藝運動的領導者之一。在這時期內，作者的文藝思想也發生了很大的變

化，他開始從革命民主主義的立場轉到無產階級的立場上來。茅盾在這時期的文藝思想，概括起來，主要有以下三點：

一、**暴露黑暗，歌頌未來**。在這時期中，他已經認識到，一個革命的無產階級作家，不單要暴露社會的黑暗面，而且要從黑暗中給人們指出一條出路，要充滿熱情地去歌頌革命的未來。在《我們所必須創造的文藝作品》一文中，他說道：「文藝家的任務不僅在分析現實，描寫現實，而尤重在於分析現實描寫現實中指示了未來的途徑，所以文藝作品不僅是一面鏡子——反映生活，而須是一把斧頭——創造生活。」文學要不要預示未來，這是作者在大革命時期所沒有解決的問題。當時，由於作者思想上的消極悲觀，一時看不到革命的前途，因此他曾經說過這麼一段話：「我不能使我的小說中人有一條出路，就因為我既不願意昧著良心說自己以為不然的話，而又不是大天才能夠發見一條自信得過的出路來指引給大家⋯⋯我實在是自始就不贊成一年來許多人所呼號吶喊的『出路』。這出路之差不多成為『絕路』，現在不是已經證明得很明白？」〔註3〕顯然，這種思想是作者在大革命失敗後的黑暗時代裡，既不滿意黑暗的統治又看不到光明的未來的一種表現。到了左聯時期，這種思想就有了很大的轉變。因此，儘管在白色恐怖時期，作者依然以充沛的革命熱情歌頌革命的未來。同時，在藝術和政治的關係上，作者也強調藝術家必須關心政治鬥爭，「關心著政治的腐敗，社會的混亂，以及文學商品化的危險」。〔註4〕因為，「在萬般商品化的社會裡」，一切超政治的想法都是不可能實現的，「你不管政治，政治卻要管你」。特別是「九‧一八」事變和「一‧二八」上海抗戰以後，他號召作家們「必須藝術地表現出一般民眾反帝國主義鬥爭的勇猛，必須指出無論在東北事件在上海事件中，各帝國主義者朋比為奸向中國侵略」〔註5〕的陰謀，他號召作家們肩負起「喚起民眾間更深一層的反帝國主義的民族革命運動」的使命，認為這是「時代加於我們作家肩上的偉大任務」。這一思想，在抗戰時期的作品中，表現得特別明顯。

二、**強調寫無產階級的生活**。在這時期內，隨著作者思想的變化，他在文學主張上，也從強調寫小資產階級轉到強調表現無產階級和廣大人民群眾的生活，表現半封建半殖民地社會人與人之間的關係。在半封建半殖民地的

〔註3〕 茅盾：《從牯嶺到東京》。

〔註4〕 茅盾：《文學家可為而不可為》，《話匣子》第111頁。

〔註5〕 茅盾：《我們所必須創造的文藝作品》，《北斗》第2卷第2期。

舊中國，都市經濟的畸形發展，反映在文學上，以消遣和享樂爲主要特色的資產階級藝術自由氾濫，而廣大的工農群眾的貧困生活，則很少得到表現。作者指出，當時的所謂都市文學，寫的「多半是咖啡館裡青年男女的浪漫史，亭子間裡失業知識分子的悲哀牢騷，公園裡林蔭下長椅子上的綿綿情話」；〔註6〕「大多數的人物是有閑階級的消費者，闊少爺，大學生，以至流浪的知識分子；大多數人物活動的場所是咖啡店，電影院，公園」。〔註7〕雖然勞動者也在都市文學中出現過，但他們常常被寫成「和生產組織游離的單獨的勞動者」。他認爲，「我們有很多坐在咖啡杯旁的消費者的描寫，但是站在機器旁邊流汗的勞動者的姿態卻描寫得太少；我們有很多的失業知識分子，坐在亭子間裡發牢騷的描寫，但是我們太少了勞動者在生產關係中被剝削到只剩一張皮的描寫」。〔註8〕表現廣大的勞動群眾所受的壓迫和他們的英勇鬥爭，描寫他們「在生產關係中被剝削到只剩一張皮」的情景，這是茅盾在左聯時期文藝思想上的質的變化，也是他在三十年代創作中的基本主題。在《我們這文壇》一文中，他公開表示：「我們唾棄那些不能夠反映社會的『身邊瑣事』的描寫；我們唾棄那些『戀愛與革命』的結構，『宣傳大綱加臉譜』的公式，我們唾棄那些向壁虛造的『革命英雄』的羅曼司……。」

　　三、重視作家自身的思想改造，強調一個作家要正確地反映社會現實，必須認眞地學習馬克思主義。在一九三二年十二月所寫的《我的回顧》一文中，他總結了自己五年多以來的創作經驗之後，得出了這樣的結論，即：「一個做小說的人不但須有廣博的生活經驗，亦必須有一個訓練過的頭腦能夠分析那複雜的社會現象，尤其是我們這轉變中的社會，非得認眞研究過社會科學（按：即指馬克思主義）的人，每每不能把它分析得正確。」在《思想與經驗》一文中，他進一步指出：「沒有社會科學的基礎，你就不知道怎樣去思索；然而對於社會科學倘只一知半解，你就永遠只能機械地——死板板地去思索。」同時，他認爲在整個藝術創作過程中，思想觀點和生活經驗是相互起作用的，「思想整理了經驗，而經驗充實了思想」。當時，半封建半殖民地的中國文壇，在三十年代的黑暗社會裡，呈現了一片萬花繚亂的景象，形形色色的資產階級和封建主義的文學流派，充斥文壇。這裡，「有『洪水猛獸』，也有『鴛鴦蝴蝶』；新時代的『前衛』唱粗獷的調子，舊骸骨的『迷戀者』低

〔註6〕　茅盾：《機械的頌讚》。
〔註7〕　茅盾：《都市文學》。
〔註8〕　茅盾：《都市文學》。

吟著平平仄仄；唯美主義者高舉藝術至上的大旗，人道主義者效貓哭老鼠的悲歡，感傷派噴出輕煙似的微哀，公子哥兒沉醉於妹妹風月」。〔註9〕面對著這個五光十色的文壇，作者認爲將來眞正壯健美麗的文藝，將是批判的、創造的、歷史的、大眾的，「在唯物辯證法的顯微鏡下，敵人、友軍，乃至『革命自身』，都要受到嚴密的分析，嚴格的批判」。〔註10〕顯然，在這裡作者已經認識到，一個革命的作家，只有以馬克思主義思想作爲自己的指導思想，才能正確地去認識和反映客觀世界。

以上三點說明，隨著左翼革命文藝運動的發展，茅盾的文藝思想也發生了很大的變化。他強調無產階級革命文藝不僅要表現半封建半殖民地社會的黑暗現實，而且要表現無產階級和勞動群眾的生活與鬥爭，反映歷史發展的趨勢，一個革命的作家要肩負這一歷史的使命，就必須努力學習社會科學，即指的馬克思主義的理論。這種思想，對於作者在三十年代的創作活動，曾產生了深刻的影響。爲什麼作者的思想會產生這麼大的變化呢？究其原因，第一是左聯的影響。左聯一成立，就在自己的綱領中明確地宣佈：「我們的藝術是反封建階級的，反資產階級的，又反對『失掉社會地位』的小資產階級的傾向，我們不能不援助而且從事無產階級藝術的產生。」同時，它公開號召左聯作家，「必須從無產階級的觀點，從無產階級的世界觀，來觀察，來描寫」。這些，對茅盾的思想和創作，不可能不產生影響。第二，是作者自身的努力。從五四運動以來，他就不斷地追求進步，不斷地注意進行自我思想改造。在「五卅」運動前後，他就寫過一篇題爲《論無產階級文藝》的論文，認爲一切的文學和文學批評都是有階級性的，無產階級作家必然地要站在維護無產階級利益的立場上。這說明了在左聯以前，作者在主觀上已具備了這一轉變的思想基礎；就在《從牯嶺到東京》一文中，他也承認無產階級藝術的主張「是無可非議的」。因此，作者從東京回上海後，才能迅速地克服了自己的小資產階級悲觀主義的思想，轉到無產階級的立場上來。

二

從一九三〇年左聯成立以後，茅盾在創作上開始進入一個新的時期。在這時期內，他寫出了長篇名著《子夜》，中篇《三人行》、《路》、《多角關係》，

〔註9〕茅盾：《我們這文壇》。
〔註10〕同上。

以及《林家鋪子》、《春蠶》、《秋收》、《殘冬》和《當鋪前》、《兒子開會去了》等三十多個短篇，另外還有《話匣子》、《速寫與隨筆》等多部散文集。在這些作品中，作者力圖以馬克思主義的觀點來認識和反映三十年代的社會現實。這裡不準備對茅盾的每篇作品作具體分析，只想著重談談他在左聯時期創作上的幾個基本特點。這些特點，都具體地體現了左聯的創作方向，體現了茅盾在這時期內文藝思想的演變。下面，就分為三點來說：

第一、左聯時期茅盾作品中的基本主題，是表現在帝國主義的侵略和國民黨新軍閥的統治下，舊中國城鄉經濟的破產和工農群眾的貧困化，以及在中國共產黨的領導與影響下廣大被壓迫群眾的奮起鬥爭，作者在自己的作品裡，已經不單純是黑暗社會的批判者，而是力圖從舊中國錯綜複雜的社會關係的形象描繪中展示歷史發展的趨向，對中國革命的未來充滿革命的樂觀主義。這是茅盾在左聯時期創作上的第一個特點。

上面我們已經談過，在中國革命的歷史上，三十年代是一個黎明前最黑暗的時代。對內講，國民黨蔣介石在奪得了全國的統治權之後，立即集中力量企圖消滅革命的力量，展開了所謂軍事、政治、文化的大「圍剿」，使中國革命處於一個十分艱苦的時期。同時，隨著二十年代末期資本主義世界經濟總危機的爆發，半封建半殖民地的中國經濟也受了嚴重的影響，三十年代初期普遍出現了經濟蕭條、工廠倒閉、農村破產的景象。對外講，由於腐敗的國民黨政府對外採取妥協投降的方針，日本帝國主義者得寸進尺，連續製造了許多藉口，對我國發起了侵略戰爭。在這樣一個黑暗的時代裡，左聯有雙重的鬥爭任務：它既要與國民黨的黑暗統治展開鬥爭，又要積極從事抗日救亡運動。作為左聯的重要作家之一，茅盾在這時期的創作，也緊緊地圍繞著這兩個主題。從一九三一年至一九三三年之間，他比較集中地描寫了三十年代初期中國都市、市鎮、農村的經濟蕭條和破產的景象，描寫廣大的工農群眾生活的貧困化，其代表作是《子夜》、《林家鋪子》和農村三部曲。在這些作品中，作者通過吳蓀甫、林先生、老通寶的悲劇，暴露國民黨反動統治的黑暗與腐敗。這三個人物的階級地位雖然不同，但最終都以破產告終。起先，他們都有一個理想：吳蓀甫幻想把帝國主義的經濟勢力趕出中國市場，建立自己的資本主義理想王國。林先生希望在市場蕭條的情況下，用「大放盤」、「一元貨」的辦法來度過年關。而老通寶則把一家大小的生活寄託在蠶寶寶身上，他期望通過自己的辛勤勞動，掙個像樣的生活。但是，在半封建半殖

民地的社會裡，他們的理想，不管多大，也不管多小，都一樣破滅了。一九三○年蔣、馮、閻之間的軍閥混戰，不但增加了人民的負擔，促成農村經濟的破產，而且也直接影響到上海交易所的投機活動。勾結英美帝國主義勢力的買辦資產階級趙伯韜，就是利用公債市場的投機買賣，拖住了民族資產階級吳蓀甫的後腿，打破了他的發展「民族工業」的美夢。吳蓀甫為了彌補自己在公債市場上的損失，又加緊對工人階級的剝削，結果引起了裕華廠紡織工人的大罷工。同時，帝國主義經濟勢力的入侵和苛捐雜稅的增加，使得老通寶不能不陷於貧困和破產的境地。隨著千千萬萬的老通寶的破產與赤貧化，廣大農民群眾的購買力降低了，這又不能不促使林先生之類的「國貨商人」走上破產的道路。三十年代的中國社會，就是這樣一個黑暗的社會，它在茅盾的筆下再現了。在這裡，作者對於在帝國主義的經濟侵略和國民黨反動統治下的半封建半殖民地中國社會的描繪，是相當真實而深刻的。不過，他對於黑暗勢力的暴露，並不是直接地作正面描寫，而是著重從經濟危機、市場蕭條、人民生活的貧困化等方面，作側面的表現。雖然如此，我們仍然可以從這些作品中，看出作者對於國民黨黑暗統治的揭露與諷刺。比如在短篇《喜劇》中，作者通過一個國民黨黨員的喜劇，對國民黨所高談的「革命」的虛偽性，作了辛辣的諷刺。主角青年華是一個國民黨黨員，在五年前孫傳芳統治時代，因散發傳單而被捕入獄。五年後他刑滿出獄的第一天，就又被當成共產黨的嫌疑犯送進監獄。因為──用巡捕的話說：「孫傳芳時代發傳單，那不是共產黨員是什麼？……眼前革命做官的大亨在孫傳芳時代都是很安分的，從不搞亂！」就這樣，一個在軍閥統治時代參加革命鬥爭的國民黨黨員，到了「青天白日滿地紅」的國民黨統治時代，又變成了一個危險的共產分子。從這個小小的喜劇中，我們可以看出國民黨所高談的革命，實際上是一大騙局。另一方面，從「九・一八」事變和「一・二八」上海抗戰以後，茅盾經常在《申報》的副刊《自由談》和《東方雜誌》的文藝欄上，發表一些富有戰鬥性的雜文，揭露帝國主義侵略中國的野心和國民黨妥協投降政策的實質，如《血戰後一週年》、《歡迎古物》、《漢奸》、《阿Q相》、《玉腿酥胸以外》等。同時，他也寫了一些反映人民群眾抗日鬥爭的短篇，如《右第二章》等。在這些作品中，作者尖銳地揭穿了國民黨的所謂「長期抵抗」政策的實質和壓制人民抗日的罪惡。

「星星之火，可以燎原」，這是一九三○年毛澤東同志對中國革命前途的論斷。儘管當時的社會是多麼黑暗，但是隨著階級矛盾和民族矛盾的日益尖銳化，工農群眾的革命鬥爭在黨的領導下一天天發展起來了。正如毛澤東同志所說的：「中國是全國都布滿了乾柴，很快就會燃成烈火……只要看一看許多地方工人罷工、農民暴動、士兵嘩變、學生罷課的發展，就知道這個『星星之火』，距『燎原』的時期，毫無疑義地是不遠了。」〔註11〕一個革命的作家，他和一般的資產階級和小資產階級作家的重要區別之一，就在於他不但能夠揭露和批判舊時代，而且能夠從黑暗中看到革命的未來。茅盾在左聯時期創作上的一個顯著的特點，就是對於三十年代工農群眾革命鬥爭的描寫與歌頌。在這時期的小說和散文中，他常常用「子夜」、「雷雨前」、「黃昏」、「冬天」、「光明到來的時候」等題目，來象徵三十年代的中國社會，是一個黎明前最黑暗的社會，是暴風雨即將來臨的前夕，是春天到來之前的一段嚴寒的冬天……。在這些作品中，作者一方面描寫了工農群眾的革命鬥爭，表現他們的反壓迫、反剝削的英勇鬥爭。關於這一點，我們在後面還要談到。另一方面，他以高昂的聲調，歌頌革命的未來，預示著革命的暴風雨即將來臨。在《雷雨前》一文中，作者用「灰色的幔」象徵三十年代的黑暗社會，用雷電象徵革命的力量。在文章的結尾，像高爾基的《海燕》一樣，作者以高昂的革命激情唱道：「轟隆隆，轟隆隆，再急些！再響些吧！讓大雷雨沖洗出個乾淨清涼的世界。」在《黃昏》一文中，他又以激蕩的大海和呼嘯著的狂風，象徵著革命的風暴即將降臨：「海又動盪，波浪跳起來。轟！轟！在夜的海上，大風雨來了！」在《冬天》一文中，他又唱道：「冬天的寒冷愈甚，就是冬的運命快要告終，『春』已在叩門。」這些散文的調子是激昂、熱烈的，充滿著革命樂觀主義的精神。如果拿它和作者在大革命時期所寫的《賣豆腐的哨子》、《霧》、《叩門》等比較，那恰好成了個強烈的對比。從這裡，我們可以十分鮮明地看出作者的思想變化。

第二、茅盾在左聯時期創作上的第二個特點，是開始描寫無產階級的貧困生活，表現三十年代工農群眾的反帝反封建的英勇鬥爭。我們知道，作者在二十年代所描寫的大多是小資產階級的生活，只有在短篇小說《泥濘》裡出現了農民的形象，以及在《動搖》等篇中寫過農民的反封建鬥爭的群眾場面。到了左聯時期，隨著作者的文藝思想的轉變，他開始力圖表現在黨的領

〔註11〕見《毛澤東選集》第一卷。

導下工農群眾的革命鬥爭，如著名的長篇小說《子夜》，就用了相當長的篇幅來描寫上海紡織工人的反壓迫、反剝削的英勇鬥爭，表現工人群眾在黨的直接領導下，與資本家和黃色工會展開的激烈鬥爭。在這場鬥爭中，作者塑造了像張阿新、陳月娥、朱桂英等三十年代的女工形象。她們在極端困難的情況下，堅持與資本家的走狗展開面對面的鬥爭，揭穿他們一切破壞罷工運動的陰謀詭計，領導裕華廠女工打響閘北絲廠總罷工的第一炮。作者這樣寫道：「女工們像雷似的，像狂風似的，掃過了馬路，直衝到吳蓀甫的『新廠』，於是兩廠的聯合軍又衝開了一個又一個廠，她們的隊伍成為兩千人了，三千人了，四五千人了，不到一個鐘頭，閘北的大小絲廠總罷工下來了！」在英勇的工人群眾面前，親自下廠來彈壓的資本家吳蓀甫，不但不能施展他的威風，而且反被女工們包圍起來，嚇得「卜卜地心跳」。在《子夜》的第十三章和十四章，作者通過對絲廠女工朱桂英一家的描寫，透視了三十年代工人階級的貧困生活。她們住在又髒又擠的草棚區裡，生活毫無保障，資本家為了轉嫁自身的危機，不惜採取一切手段加緊對她們的剝削，企圖把廣大的工人群眾作為自己經濟危機的替死鬼。這種描寫，正是作者在《都市文學》一文中所說的，是「勞動者在生產關係中被剝削到只剩一張皮的描寫」。但是，資產階級的殘酷剝削，馬上激起工人群眾的反抗，鬥爭的烈火到處燃燒著。作者這樣描寫道：「雨打那些竹門的吵吵的聲音，現在是更急更響了，雷在草棚頂上滾；可是那一帶草棚的人聲比雨比雷更凶……這絲廠工人的全區在大雨和迅雷下異常活動！另一種雷，將在這一帶草棚裡衝天直轟！」在《子夜》第四章中，作者還描寫了赤腳短衣、頸圍紅巾的農民群眾攻下雙橋鎮，活捉土豪曾剝皮的英勇鬥爭。這是子夜時刻裡中國社會的一線火光。《子夜》裡的第四章，當時曾經以《騷動》為題單獨發表過。其他的，如在《春蠶》、《秋收》、《殘冬》、《當鋪前》和《水藻行》等短篇中，作者還著重描寫了半封建半殖民地的中國農村經濟，日益走上貧困和破產的道路，廣大的農民群眾過著飢寒交迫的生活。這一切，都是茅盾在三十年代創作中的一個可貴的努力。雖然，《子夜》不像高爾基的《母親》那樣，全力描寫十月革命前工人階級的貧困化和他們的英勇鬥爭，塑造出像伯惠爾和尼洛芙娜那樣的無產階級戰士的英雄形象，但他已經開始以工農群眾的革命鬥爭作為自己的描寫對象，並予以熱情的歌頌。這在白色恐怖還籠罩著當時的中國大地的日子裡，作者的這種努力是十分難能可貴的。當然，在這時期的創作中，作者對於工農群眾的

描寫，還遠不如對黑暗社會的揭露來得生動有力。產生這種情況，有兩方面
的原因。從主觀上說，作者對於工農群眾的革命鬥爭，還缺乏深入的瞭解和
切身的體會，因此在表現他們的生活和鬥爭時，必然不容易寫得生動深入。
這也說明了，左聯時期無產階級革命文學的方向雖然明確了，但是，如何正
確地表現無產階級的生活，對於當時的許多革命作家來說，都還存在著一個
深入生活的問題，這個問題在當時還沒有得到解決。茅盾後來也曾經說過：
「《子夜》的寫作過程給我一個深刻的教訓：由於我們生長在舊社會中，故憑
觀察亦就可以描寫舊社會的人物，但要描寫鬥爭中的工人群眾則首先你必須
在他們中間生活過，否則，不論你的『第二手』材料如何多而且好，你還是
不能寫得有血有肉的。」〔註12〕作者對於農民的描寫，還比較真實生動，這
是由於他自幼生長在接近鄉村的市鎮裡，童少年時期，接觸到一些農民，對
他們的生活有一定了解的緣故。比如《春蠶》中關於蠶農生活與性格的描寫，
以及有關養蠶知識，作者就是從童少年時期對太湖流域蠶農生活的瞭解，從
常來他家走動的農民「丫姑老爺」以及他母親的養蠶經驗裡得來的。〔註13〕
其次，從客觀上講，由於作者是處在國統區裡，當時正是白色恐怖最嚴重的
時候，因此在表現工農群眾的鬥爭時，不能不受到很大的限制。關於這一點，
作者自己也說過：「因為當時檢查的太厲害，假使把革命者方面的活動寫得太
明顯或者是強調起來，就不能出版。為了使這本書能公開的出版，有些地方
則不得不用暗示和側面的襯托了。」〔註14〕

　　第三、茅盾在左聯時期創作上的第三個顯著的特點是，他開始運用馬克
思主義的階級觀點來認識和反映三十年代的社會現實。正如作者自己所宣佈
的，他在這時期的創作活動中，是「唾棄那些不能夠反映社會的『身邊瑣事』
的描寫」，「唾棄那些『戀愛與革命』的結構」，作者把自己的注意力集中到對
整個三十年代社會的描寫上。三十年代的中國社會，是一個階級關係錯綜複
雜、階級矛盾日趨激化的社會，毛澤東同志在一九三〇年所寫的《星星之火，
可以燎原》一文中，對當時國內的階級關係作了一段十分精闢的論述，他寫
道：

　　　　伴隨著各派反動統治者之間的矛盾——軍閥混戰而來的，是賦

〔註12〕茅盾：《〈茅盾選集〉自序》。
〔註13〕茅盾：《我怎樣寫春蠶》。
〔註14〕茅盾：《子夜是怎樣寫成的》，轉引巴人的《文學初步》，第226～227頁。

税的加重，這樣就會促令廣大的負擔賦稅者和反動統治者之間的矛盾日益發展。伴隨著帝國主義和中國民族工業的矛盾而來的，是中國民族工業得不到帝國主義的讓步的事實，這就發展了中國資產階級和中國工人階級之間的矛盾，中國資本家從拚命壓榨工人找出路，中國工人則給以抵抗。伴隨著帝國主義的商品侵略，中國商業資本的剝蝕，和政府的賦稅加重等項情況，便使地主階級和農民的矛盾更加深刻化，即地租和高利貸的剝削更加重了，農民則更加仇恨地主。因為外貨的壓迫，廣大工農群眾購買力的枯竭和政府賦稅的加重，使得國貨商人和獨立生產者日益走上破產的道路……

三十年代初期的這樣一個錯綜複雜的階級關係，在茅盾的《子夜》、《林家鋪子》和農村三部曲中，得到了形象化的表現。關於這一點，我們已在談第一個特點時提到了。

其次，作者的馬克思主義的觀點，還表現在對民族資產階級的兩面性和資產階級社會人與人之間的金錢關係的描寫上。他通過吳蓀甫這一民族資產階級的形象，一方面表現他與帝國主義和官僚買辦階級的矛盾，揭示他的反帝的一面；另一方面，也表現了他對共產黨和工農群眾的仇恨，揭露他的反動的一面。在民主革命時期，民族資產階級也贊成反帝反封建，因為帝國主義和封建主義阻礙了資本主義的發展；但是，他們又害怕工農群眾的革命鬥爭，因為工農革命的結果要消滅剝削。一句話，民族資產階級的反帝反封建，目的是為了發展資本主義；而工農群眾的反帝反封建，目的是為了消滅壓迫和剝削，建立社會主義社會。三十年代的中國民族資產階級，就是處在這種矛盾的狀態中，它的發展也只有兩條路：一是向帝國主義屈服，走到帝國主義和買辦資產階級的一邊去；一是參加到人民大眾的反帝反封建的革命陣營中來。在描寫到資產階級社會人與人之間的關係時，作者也揭露了這種關係的虛偽和醜惡。正如馬克思和恩格斯在《共產黨宣言》中所指出的：資產階級使得「人與人之間除了赤條條的利害關係之外，除了冷酷無情的『現金交易』之外，再也找不出什麼別的關係了」，「它把醫生、律師、牧師、詩人和學者，變成了它拿錢雇傭的僕役」。在半封建半殖民地的中國社會裡，也不可避免地要產生這種醜惡的現象：土財主馮雲卿居然無恥地把自己的女兒送給大塊頭趙伯韜，為的想利用女兒的肉體去從公債魔王那邊偷來一點可以發財的消息；掛著經濟學教授銜頭的學者李玉亭，所以那麼熱心地追求張素素，目的是為了想獲得她父親的那份家產；而吳蓀甫在公債市場上受到最後的致

命一擊，也正是出自他的姊夫杜竹齋。至於那些經常出入吳府的詩人、律師、留洋的萬能博士等等，也不過是一些社會的寄生蟲，金錢的僕役。在這裡，一切道德、愛情甚至家庭和倫理關係，都是金錢的化身。金錢就是上帝，金錢就是一切，這是資產階級社會的鐵的規律。在這一點上，十九世紀法國作家左拉的作品《金錢》，也有許多生動的描寫。瞿秋白同志曾經把茅盾的《子夜》和左拉的《金錢》作了比較，他認為《子夜》是「中國第一部寫實主義的成功的長篇小說，帶著很明顯的左拉的影響（左拉的《金錢》）。自然，它還有許多缺點，甚至於錯誤。然而應用真正的社會科學，在文藝上表現中國的社會關係和階級關係，在《子夜》不能夠不說是很大的成績。茅盾不是左拉，他至少已經沒有左拉那種蒲魯東主義的蠢話」。從題材上講，這兩部作品都是描寫都市資產階級社會的金融投機活動的，在揭露資本主義的醜惡方面，它們確實有些相似之處。左拉的《金錢》是描寫法蘭西第二帝國時期巴黎社會的金融投機活動，它通過投機家薩加爾所建立起來的世界銀行的瘋狂投機活動，有力地揭露了資本主義世界的醜惡面目。在這個社會裡，同樣也有許多形形色色的怪物：如以二十萬法郎一夜賣給薩加爾的熱夢夫人；為爭奪情婦敢於不顧一切廉恥和薩加爾「像交尾期的野獸爭奪對象」一樣爭吵著的瘦黃的高等檢查官德甘卜爾；像狗一樣跟在主人屁股後面，為的想獲得一根骨頭的議員雨赫……，在天才的作家面前，巴黎社會的高貴、漂亮、威嚴的外表被赤裸裸地剝開了。從這一點上說，《金錢》暴露了資本主義世界的醜惡，而《子夜》則暴露了半封建半殖民地的中國都市資產階級社會的醜惡。但是，我們不能說《子夜》一定是受《金錢》的影響。因為，不僅它們所表現的時代不同，而且，更重要的是，作者的世界觀有根本的區別。左拉不是一個馬克思主義者，他「局限在他的實證主義決定論之內，把環境的影響誇大成為支配一切的力量，在他的思想中，環境的影響常常代替了生產關係、階級鬥爭、社會心理狀態等等的分析」，「他對於經濟現象和社會現象不可能提高到革命的辯證唯物主義的高度來理解」。〔註15〕因此，在他的作品中，雖然也出現了「馬克思的學生」西基斯蒙這樣的人物，但他是一個整天坐在狹小的房間裡草擬「未來世界」計劃的空想家，而不是一個真正的馬克思主義者。在這個人物身上，「還摻雜著空想主義和普魯東的落後公式」。〔註16〕顯然，茅盾的《子夜》與左拉的《金錢》是有很大區別的，因為，不單作者「已

〔註15〕見法國讓・弗萊維勒著《左拉》，第98～99頁。
〔註16〕同上書，第111頁。

經沒有左拉那種蒲魯東主義的蠢話」，而且他已經開始運用了馬克思主義的觀點來認識和分析社會現象，這是左拉所不能達到的。

　　從以上對茅盾在左聯時期的文藝思想和創作特點的簡略分析，我們可以看出左聯對於三十年代的一些革命作家的思想和創作，曾經產生了多少深刻的影響。茅盾在這時期中，也以自己卓越的創作成就，豐富了無產階級革命文學的寶庫。今天，我們來紀念左聯成立三十週年，不僅要看到它在過去文學發展歷史上的巨大的貢獻，而且還應該從前輩作家的創作經驗中，吸取一些有益的經驗。

六十年文學實踐經驗的結晶
——推薦《茅盾論創作》

一

去年，應上海文藝出版社之約，我協助沈老編選的《茅盾論創作》一書（約四十餘萬字），最近已經出版。這是該社編輯出版的中國現代作家論創作叢書中的一種。當我提筆準備寫一篇推薦、介紹這本書的文章時，腦海裡自然而然地浮現出一個題目：六十年文學實踐經驗的結晶。

六十年文學實踐經驗的結晶，這句話，再恰當不過地概括了《茅盾論創作》一書的內容。的確，這本由沈老親自審定，在編選過程中又得到沈霜、陳小曼同志大力支持的論文選集，基本上彙集了作者「五四」以來六十年文學生涯中寫下的談自己的創作經驗、探索文學創作規律的主要文字。在為《茅盾論創作》一書所寫的序裡，沈老謙虛地稱這集子裡的文章，是「雜湊的東西」，是「陳年冷飯」。其實，以我看來，這是一本飽含著這位前輩作家一生的創作甘苦與豐富經驗的選集，是一本有益於當前新長征中廣大專業與業餘的文藝工作者的好書。

人們往往愛看作家談創作的文字，而不愛看理論家、批評家論創作的文章。這雖然是一種偏見，但也不無道理。說它是偏見，因為並非所有的理論家、批評家都寫那種枯燥乏味、無補於事的文章，相反地，歷來對文藝的創作與欣賞產生深遠影響，對新的風格、流派之產生起了催化劑作用的理論批評，不少是出自理論家、批評家之手的。說它不無道理，因為作家們，特別是那些藝術大師們談創作的文章，都飽含著他們豐富的實踐經驗，讀了使人

開竅受益、舉一反三，這是那些除了棍聲帽影之外別無所有的所謂「理論家」、「批評家」的文章無法比擬的。然而，歷來也有不少優秀的作家，本身也是個理論家，如魯迅、高爾基等。他們的那些著名的評論文章，往往既包含著豐富的實踐經驗，又有理論深度。在「五四」以來的前輩作家中，茅盾也屬於這種類型。他既是我國現代著名的小說家、散文家兼翻譯家，又是一個有廣泛影響的文藝評論家。豐富的文學實踐經驗，廣博的中外文化藝術知識與理論修養，使他所寫的一些論創作的文字，包含著豐富生動的內容，時時閃爍著對藝術規律的眞知灼見。這些文章，不少發表後就產生廣泛的影響。例如，收入《茅盾論創作》裡的《創作的準備》，就是一本系統地闡述作者的創作經驗的專著，它於一九三六年出版後，受到廣大文藝愛好者的歡迎，並曾對一些作家的創作產生過積極的影響。

《茅盾論創作》裡所收的文章，雖然多數是寫於數十年前，甚至是半個多世紀前，所論對象是作者自己和他人的創作，或某一時期的文學現象，因而不可避免地帶有歷史的痕跡，但它們所講的道理，卻反映了文藝創作的一些普遍規律，包含著作者的許多寶貴經驗，特別是小說創作方面的豐富經驗，也涉及許多有關作家的修養與藝術技巧方面的問題。這就是我所以要用「六十年文學實踐經驗的結晶」這樣的題目，來向廣大讀者推薦《茅盾論創作》一書的緣故。

在《茅盾論創作》的編後記裡，我曾經認爲這本書在編選上有三個特點：一、選文的時間跨度大。從寫於一九二三年的《讀〈吶喊〉》，到寫於粉碎「四人幫」後的一九七八年的《漫談文藝創作》，上起於二十年代初，下迄於七十年代末，前後時間跨度近六十年。二、內容豐富。全書共收七十三篇文章或專著，包括解放前的五十八篇（其中有四十多篇是解放後的《茅盾文集》和各類選集所未曾收入），解放後的因已另有專集，只選了與創作有關的論文十五篇。這些文章按內容分爲三輯：其一、談作者自己的創作經歷與創作經驗的；其二、對「五四」以來近六十年間的作家作品的評論；其三、泛論文藝創作問題的。三、所收文章，除若干篇章由沈老自己在文字上略作改動外，絕大部分均按他的意見保留原來的面貌。如曾在歷史上引起爭論的《從牯嶺到東京》一文，這次收入時仍保留原貌。這樣處理，是爲了眞實地反映作者的思想發展與創作經驗的累積過程，同時也是爲了把它們作爲現代文學發展史上的一批重要史料保存下來。

二

這裡，我想著重介紹的是，作為我國現代傑出的現實主義作家，茅盾關於創作問題的論述，對我國「五四」以後現實主義文學理論的豐富與發展所作的貢獻。為了說明這個問題，我想從巴爾扎克、左拉關於現實主義的主要特徵的論述說起。

左拉在《論小說》一文中，說過這樣一段話：

以前對於一個小說家最美的讚詞莫過於說：「他有想像」。在今天，這一讚詞幾乎成了一種貶責了。這是因為小說的一切條件都變了。想像不再是小說家最主要的品質。

大仲馬和歐仁・蘇都具有想像。維克多・雨果在《巴黎聖母院》中想像出了充滿情趣的人物和故事；喬治・桑在《莫帕拉》裡用主人公的虛構和愛情激動了整個一代人。但是，從來沒有人把想像派在巴爾扎克和司湯達的頭上。人們總是談論他們巨大的觀察力與分析力，他們偉大，因為他們描繪了他們的時代，而不是因為他們杜撰了一些故事……。〔註1〕

左拉認為，以巴爾扎克、司湯達為代表的現實主義、區別於喬治・桑、雨果等的浪漫主義的主要特徵，就是真實感，就是作家對現實的「巨大的觀察力和分析力」，而巴爾扎克「是最先帶來並運用真實感的作家之一，這種真實感使他能夠再現整整一個世界」。左拉並不否認現實主義小說家也需要想像、虛構，但他認為「作家全部的努力都是把想像藏在真實之下」。我們都知道，左拉的自然主義理論是有缺陷的，他的理論本身與創作實踐之間也是有矛盾的，但上面所引的關於現實主義的主要特徵的論述，應該說基本上是正確的。巴爾扎克本人也說過：「只要嚴格模寫現實，一個作家可以成為或多或少忠實的、或多或少成功的、耐心的或勇敢的描繪人類典型的畫家。」〔註2〕在《〈人間喜劇〉前言》裡，他宣稱：「法國社會將要作歷史家，我只能當它的書記。」當然，在那巨幅畫卷式的名著《人間喜劇》裡，巴爾扎克並不是照相式地模寫現實，而是以他對生活的深刻觀察與藝術概括，真實地描繪出十九世紀法國社會、特別是巴黎「上流社會」的歷史。巴爾扎克也十分重視作品的思想性，認為「藝術作品就是用最小的面積驚人地集中了最大量的思想」，因而在

〔註1〕 見《古典文藝理論譯叢》（八）。
〔註2〕 《文藝理論譯叢》（二）。

自己的作品中，力圖通過典型的藝術畫面，表達出自己的思想觀點。換句話說，講究對生活的深刻觀察與分析，並以生動的藝術形象和嚴密的結構，來真實地反映社會現實，表達自己對現實的評價，確實是巴爾扎克等人的現實主義文學創作與文學理論的主要特點，這同以表現理想（即左拉所說的「想像」）的浪漫主義文學創作與文學理論，有顯著的區別。

「五四」以後，作爲兩種基本的文學潮流和創作方法，歐洲的現實主義與浪漫主義的文學與文學理論，都被介紹到中國來，並在許多前輩作家長期的創作實踐過程中，逐步同我國固有的文學藝術的優良傳統結合起來，發展了我國現代的現實主義與浪漫主義的文學與文學理論。在這個過程中，同現代文學的奠基人魯迅、郭沫若等一樣，茅盾也作出了重要的貢獻。他的這種貢獻主要就表現在：積極引進歐洲的批判現實主義文學與文學理論，並在自己的創作實踐與理論批評中，豐富與發展我國自己的現實主義文學創作與文學理論。早在「五四」運動以後，作爲文學研究會的主要文學評論家、當時國內最主要的文學雜誌《小說月報》的主編，茅盾不僅積極介紹和引進歐洲的批評現實主義文學，而且從當時的社會現狀出發，積極倡導文學要真實地反映社會人生，表現被壓迫與被侮辱者的痛苦生活。他在文學研究會時期所寫的大量評論文章裡，都貫串著這種現實主義的精神。這些文章對我國早期的現實主義文學創作與文學理論的發展，曾經起了積極的推動作用。這時期，他也曾介紹過左拉與巴爾扎克的作品與理論，但到了二十年代後期，當他開始《蝕》三部曲的創作時，用他的話說，「我卻更近於托爾斯泰了」，即作者採用的仍然是現實主義的創作方法。此後，他不僅寫了以對生活的深刻剖析與巨大的藝術概括而著稱的《子夜》、《春蠶》等現實主義名著，而且也寫了大量總結創作經驗、闡述現實主義創作理論的文字，儘管它們並不一定都打著現實主義的旗號。《茅盾論創作》一書所收的，大多是這方面的文章。這些文章的一個中心論點，就是強調作家要真實地反映現實，就必須鍛鍊、提高自己的觀察與分析社會現象和形象地表現生活的能力。強調真實，強調對生活的深刻觀察與形象表現，這同上述巴爾扎克等人的現實主義理論，其基本精神是一致的。當然，茅盾所主張的現實主義，既受到歐洲批判現實主義的影響，又同它有重要的區別。因爲，他對於現實主義理論的闡述，主要是從「五四」以來我國的文學實踐、包括他自己的創作實踐中總結出來的，同時還受到蘇聯的無產階級文學理論的影響。這種區別，主要有二：

　　第一、從指導思想看，茅盾反覆強調一個作家要正確地觀察與分析社會現象，真實地反映現實，就必須具有社會科學的知識，用今天的話說，即學習馬克思主義。一九三二年底，他在總結自己前五年小說創作的經驗教訓時說，以對生活的深刻觀察與藝術上的獨創自勉，是他「五年來一貫的態度」，但回顧過去，覺得自己「離開那真正的深刻和獨創還是很遠」。他認為其所以如此，是因為「一個做小說的人不但須有廣博的生活經驗，亦必須有一個訓練過的頭腦能夠分析那複雜的社會現象；尤其是我們這轉變中的社會，非得認真研究過社會科學的人每每不能把它分析得正確」。在重慶文化界慶祝他五十壽辰時，他又回顧自己近二十年的創作生涯，感慨要正確地認識與反映現實，並非易事。他說：「我們寫作的範圍決不是包羅了三百六十行的，然而三百六十行的事兒我們不能不都曉得一點。表現在我們筆下的，只是現實的一局部，然而沒有先理解全面，那你對於這一局部也不會真正認識得透徹。」解放後，他在談到短篇小說的創作經驗時又說：「在橫的方面，如果對於社會生活的各環節茫然無知，在縱的方面，如果對於社會發展的方向看不清楚，那麼，你就很少可能在複雜的社會現象中恰好選取了最有代表性、典型性的，即是具有深刻的思想性的一事一物，作為短篇小說的題材。對於全面茫無所知，就不可能深入一角；這是我在短篇小說的寫作方面得到的一點經驗教訓。」這裡，作者談的就是如何運用馬克思主義的觀點、方法，認識和反映現實生活的問題。顯然，這同巴爾扎克、托爾斯泰等的批判現實主義，有重大的區別。巴爾扎克曾公開宣稱：「我在兩種永恆真理的照耀下寫作，那是宗教和君主政體，當代發生的事故都強調二者的必要，凡是有良知的作家都應該把我們國家引導到這兩條大道上去。」〔註3〕他所說的照耀其寫作的兩種永恆的真理，實際上不過是他的保皇黨思想的具體表現。

　　第二、從現實與理想的關係看，茅盾強調一個革命作家不僅應該真實地反映現實，深刻地表現社會生活中的矛盾和人與人的關係，而且應該從對現實的真實描繪中展示歷史發展的趨向，表達對未來的理想。

　　當然，無論從文學創作或理論批評的基本傾向看，茅盾都是一個現實主義者，而不是一個浪漫主義者，這是他「五四」以來文學實踐活動的一個基本特點。《茅盾論創作》一書所收的文章，也說明了這個問題。但是，對於一個現實主義作家應該如何處理現實與理想的關係，作者的認識也有一個發展

〔註3〕　《文藝理論譯叢》（二）。

的過程。在早期的小說創作與理論批評中，他主要強調真實地反映現實，揭露現實中的矛盾與黑暗，主張一個現實主義作家，「不要傷感於既往，也不要空誇著未來，應該凝視現實，分析現實，揭露現實」。到了三十年代，當作者進入自己創作的成熟與發展時期以後，他的這種看法就有了明顯的轉變。在談到閱讀中外文學名著、學習前人的經驗時，他說過：「現代的我們，最需要學習的，自然是現實主義的創作方法。然而假使由此而得出結論，以為我們誦讀名著的範圍只要限於現實主義的名著就好了，那是錯誤的。」他主張以中外的現實主義名著作為研究的對象，但誦讀的範圍應該更廣泛，包括浪漫主義的名著在內。因為，「誦讀一些浪漫主義的名著，並不會妨礙到我們對於現實主義的學習；相反的，正可以幫助我們對於現實主義創作方法的更深入」。質而言之，作者是主張一個現實主義的作家，也應該吸收浪漫主義文學的長處，從而把現實與理想的關係統一起來。在《我們所必須創造的文藝作品》一文裡，茅盾就講得更明確。他說：「文藝家的任務不僅在分析現實，描寫現實，而尤重在於分析現實描寫現實中指示了未來的途徑。所以文藝作品不僅是一面鏡子——反映生活，而須是一把斧頭——創造生活。」〔註4〕茅盾這時期的作品，如《子夜》、農村三部曲、《腐蝕》等，不僅真實與深刻地反映了舊中國的社會現實與階級關係，而且以充滿革命樂觀主義的精神，歌頌了創造新中國的革命力量，展示了中國社會的發展趨向。在民主革命時期，茅盾所主張並加以實踐的這種現實主義，已經具有新的時代特點，我們應該用什麼名稱來概括它（如革命的現實主義、社會主義現實主義或新現實主義等），儘管還是一個有待聯繫「五四」以來整個現實主義文學的發展情況進一步加以研究與討論的問題，但它已不同於十九世紀歐洲的批判現實主義，則是顯而易見的。

　　茅盾關於現實主義的創作論的闡述，除上面所說的以外，還包括了人物形象的塑造與結構、技巧等方面的內容。他反覆強調要使筆下的人物成為生動的藝術典型，而不是「標本式」的人物，就必須從現實生活出發，深入地觀察、研究社會生活中的「人」，以及人與人之間的關係，然後以各種藝術手段，從各種不同的側面與角度去加以表現。他說：「『人』——是我寫小說時的第一個目標。我以為總得先有了『人』，然後一篇小說才有處下手。不過一

〔註4〕見《北斗》1932年5月第2卷第2期。凡文中引用茅盾的論述未注明出處的均見《茅盾論創作》。

個『人』他在臥室裡對待他的夫人是一種面目，在客廳裡接見他的朋友親戚又是一種面目，在寫字間裡見他的上司或下屬又有另一種面目，他獨自關在一間房裡盤算心事的時候更有別人不大見得到的一種面目，因此要研究『人』便不能把他和其餘的『人』分隔開來單獨『研究』，不能像研究一張樹葉子似的，可以從枝頭上摘下來帶到書桌上，照樣的描。『人』和『人』的關係，因而便成為研究『人』的時候的第一義了。」這是茅盾在不少文章中反覆介紹的關於人物描寫的經驗，也是他的現實主義的創作理論的重要內容之一。

關於茅盾對我國「五四」以來現實主義文學理論的發展所作的貢獻，是一個涉及到對我國現代文藝理論發展歷史的綜合研究的問題，我這裡只是從歷史的角度，來說明茅盾關於文學創作的一些論述，至於更深入一步的研究與分析，則不是本文所能擔負的任務了。

四十年代茅盾的文藝評論 〔註1〕

引　言

　　這次有機會來港參加香港中文大學中文系主辦的「中國現代文學研討會」，感到十分高興。在我國的文化學術發展史上，歷來有一個優良的傳統，即重視在學術上的相互切磋、相互琢磨。早在二千五百年前，《詩經》衛風《淇奧》篇裡就有這樣的詩句：「匪有君子，如切如磋，如琢如磨。」在東道主的熱心組織下，我們能有機會同海外的作家、學者和朋友們歡聚一堂，共同就「四十年代中國文學」這一主題交換意見，相互切磋，相互琢磨，這對於發揚中華民族文化藝術的優秀傳統，促進同行之間彼此的瞭解與友誼，確實是一件很有意義的事情。

　　在這次研討會上，我想著重就「四十年代茅盾的文藝評論」這個題目，談談個人的一些看法，以就正海內外的同行和朋友們。關於這個問題，我在茅盾逝世前後所寫的幾篇文章裡曾略加闡述，但依然比較籠統。這次香港中文大學中文系主辦的關於「四十年代中國文學」的學術研討會，引起我進一步集中考慮茅盾在四十年代文藝評論活動的興趣。下面，我想以《茅盾論創作》與《茅盾文藝雜論集》所收的抗戰以後到整個四十年代的 149 篇文論為基礎，兼及這時期茅盾的活動情況，來探討一下四十年代茅盾的文藝評論的特點與主要內容。

〔註 1〕　香港中文大學中文系於 1981 年 12 月 21 日～23 日在香港舉辦中國現代文學研討會，討論四十年代的中國文學。這是葉子銘同志在會上宣讀的一篇論文中的第二、三部分。

四十年代茅盾文藝評論的概況與特點

　　茅盾自 1920 年 1 月發表第一篇文學論文《現在文學家的責任是什麼？》以來，一生寫了大量的文藝評論。茅盾的創作活動主要集中在三十一歲到五十二歲的二十餘年間，而從事文藝評論的活動，從青年時代開始直至他逝世前夕，前後達六十餘年。作爲中國現代新文學的先驅與傑出的左翼作家，他的文藝評論活動是同新文學的產生、發展與演變的歷史密切聯繫著的，因而他畢生寫下的文藝評論方面的著述，也就具有重要的文獻價值。

　　但是，一般說來，人們對茅盾在文學研究會時期和左聯時期的文論比較注意，並已開始進行了一些研究，而對他在四十年代的文藝評論活動，則注意不夠，缺乏系統的整理與研究。因此，目前要對四十年代茅盾的文藝評論活動作一比較精確的概括與分析，就會遇到許多困難，首先是資料上的困難。因爲，他在四十年代所寫的大量文論，至今大部分仍散見於解放前華東、華南、西南、中南、西北等地的各種舊報刊上，既分散，又難覓。其中，有少量篇章也曾編過集子，如 1942 年 12 月重慶群益出版社初版的《文藝論文集》（收 1938～1941 年間文論 13 篇），1943 年 7 月桂林文人出版社出版的《茅盾隨筆》和 1945 年重慶良友復興圖書印刷公司出版的雜文集《時間的記錄》，也收了二十餘篇文論。此外，與他人合集的如《中國作家與魯迅》、《文藝新論》、《戲劇的民族形式問題》、《點滴集》、《青年與文藝》、《談人物描寫》等，每個集子也只收茅盾一至若干篇的文論。但即使是上述的集子，現在也是不易找到的。

　　這裡，我只能根據近幾年協助茅盾編選兩本文藝評論集所接觸到的材料，以及我所見到的國內外關於茅盾著作的目錄，其中包括香港大學黎活仁先生等和香港中文大學盧瑋鑾女士輯錄的茅盾在香港報刊上發表的著作目錄，〔註2〕來對四十年代茅盾文藝評論活動的概況，作一個大致的介紹。

　　根據不完全的統計，從 1937 年「七七」事變以後至 1949 年 7 月第一屆文代會止，茅盾發表的各種形式的文藝評論約三百篇左右。這些文論，分別發表在全國各地以及香港、新加坡的約六十餘種文藝期刊和報紙副刊上，其中主要的如《文藝陣地》、《抗戰文藝》、《青年文藝》、《筆談》、《大眾生活》、《中國文化》、《中原》、《文聯》、《文哨》、《新華日報》（武漢與重慶）、《大公

〔註2〕　見《抖擻》1980 年 9 月第 40 期 34～44 頁，《抖擻》1981 年 5 月第 44 期 41～46 頁。

報》（重慶與香港）、《立報・言林》、《華商報》，以及《文匯報》副刊《世紀風》、《文化街》、《文藝週刊》等等。《茅盾文藝雜論集》（上、下）一書，選收了其中的 128 篇，《茅盾論創作》一書則收了 21 篇，共 149 篇。兩書所收的篇目，雖然只占這時期文論的半數，但基本上包括了四十年代茅盾文藝評論的主要部分。下面就以這批經茅盾生前審定入選的 149 篇文論爲例，來分析一下四十年代茅盾文藝評論的特點。

第一、從寫作與發表的地區看，同創作活動的情況一樣，四十年代茅盾的文藝評論活動，基本上集中在上海、廣州、香港、重慶、桂林、武漢、延安等地區，其中主要又集中在華南的香港、廣州、桂林和四川的重慶。下面是 149 篇文章發表的地區的統計數字：

武漢	6	4%
香港、廣州	63	42.28%
桂林	8	5.4%
重慶	47	31.54%
上海	17	11.41%
延安	4	2.68%
新疆	2	1.34%
新加坡	1	0.67%
北京	1	0.67%

上列的比例數字，並非編選前有意識安排的，而是編選之後才統計出來的，因而它基本上反映了四十年代茅盾文藝評論活動的實際情況。在 149 篇文章中，寫作和發表於上海、廣州、香港、重慶、桂林、武漢、延安等地的文論，總數達 145 篇，占 97.3%。其中，寫作和發表於香港、廣州、桂林的文論有 71 篇，占總數的 47.65%，已接近於半數。寫作和發表於香港、廣州的 63 篇文論中，實際上大部分都寫於香港。如其中刊登於《文藝陣地》上的 38 篇書評和文藝短評，大多是寫於香港、發表於廣州的，此外還有 19 篇則是寫作和發表於香港的。

第二、從內容上看，在災難深重的四十年代，茅盾雖然過著顛沛流離的生活，主要活動於華南、西南、西北邊陲，但並沒有脫離時代與人民，相反的，他一直置身於時代的漩渦與文藝的主潮之中，和人民群眾的思想感情息息相通。因此，他在這時期所寫的文論有一個總的特點，即現實性很強，基

本內容就是評論四十年代的文藝，探索四十年代文藝的發展趨向。他的注意力，始終沒有離開當時文藝實踐中所提出的現實問題。在四十年代茅盾的文藝評論中，作者經常關心與探索的有三大主題：（一）關於現實主義的問題；（二）關於文藝的大眾化與民族形式問題；（三）關於四十年代、特別是抗戰時期文藝運動與文藝創作的歷史經驗問題。這三大主題是四十年代茅盾文藝評論的核心部分，我們將在下節詳加評述。

從具體內容上看，這時期茅盾所寫的文論，內容豐富多樣，涉及的問題十分廣泛，並非僅僅局限於上述的三大主題。在《〈茅盾文藝雜論集〉編後記》裡，我曾把該書所收的茅盾自 1920～1949 年寫的 251 篇文論分為四大類。這種分法，同樣也適用於四十年代茅盾的文論。這四大類是：

第一類，文藝思想評論與文藝運動、文藝創作的歷史經驗的總結。這方面的文章約四十多篇，內容基本上包括上面所說的三大主題。

第二類，作家作品評論。包括作家短論、書評和為一些青年作者的集子所寫的序文等，共約五十多篇。如《論地山的小說》、《論趙樹理的小說》、《讀〈北京人〉》、《關於〈新水滸〉》（評谷斯範的長篇《太湖游擊隊》）、《關於〈呂梁英雄傳〉》、《讀〈鄉下姑娘〉》、《〈呼蘭河傳〉序》和《讀丁聰的〈阿 Q 正傳〉故事畫》等。由於四十年代的動盪生活，使得作者不可能像二、三十年代那樣，精心撰寫如《魯迅論》、《徐志摩論》那樣系統的作家作品專論，而是從當時文壇的現狀出發，主要寫一些評介性的、隨感式的短論與書評。這些短論與書評的對象，主要涉及四十年代的各類作品約一百多種，作家、藝術家數十個，其中主要是抗戰中新湧現出來的青年作家。值得一提的是，茅盾在這時期的作家作品論中，獨闢蹊徑，採取讀書雜記式的寫法，即把讀完一部作品後的感想隨手記下，感想多就多寫幾句，少則只寫一兩句。這類文章言簡意賅，直抒己見，形式自由，不事藻飾，時時閃爍著作者的真知灼見。如《讀書雜記》〔註 3〕一文，就碧野的《肥沃的土地》、《風砂之戀》，姚雪垠的《戎馬戀》、《春暖花開的時候》和馬寧的《動亂》等抗戰後期出版的五部中長篇小說，逐篇評論其主題、人物、結構、技巧的成敗得失。新中國成立後，茅盾在五十和六十年代，也寫過一批這種類型的作家作品論，如《談最近的短篇小說》、《一九六○年短篇小說漫評》、《讀書雜記》等。在這些評論中，作者獨具慧眼地推崇了王願堅、茹志鵑等一批新湧現的青年作家，在文壇上產

〔註 3〕 《茅盾文藝雜論集》（下集）1077～1086 頁。

生了巨大的影響。茅盾在五六十年代寫的這種作家作品論，實際上就是四十年代的讀書雜記式的作家作品論的繼續與發展。

第三類，泛論創作經驗與藝術規律問題的文章，包括文藝論文、文藝雜感、講演、談自己的創作經驗以及答文學青年問等，共約四十餘篇。抗戰以後，茅盾針對抗戰時期文藝創作中的實際問題，以及廣大文學青年學習創作的過程中所遇到的問題，寫了不少談創作經驗與藝術規律的文章。如《〈子夜〉是怎樣寫成的》、《關於小說中的人物》、《公式主義的克服》、《談描寫的技巧》、《有意爲之——談如何收集題材》、《對於文壇的又一風氣的看法——談短篇小說之不短及其他》、《論所謂生活三度》、《個性問題與天才問題——答覆「想搞文學」的青年的第一個問題》等等。〔註4〕這些文章，從作家的生活、思想與創作的關係，談到選材與構思、人物與故事、結構與技巧，藝術的獨創性與雷同化、公式化，以及作家的修養與寫作的基本常識等等，內容十分廣泛、豐富，不僅對四十年代的一些作家和文學愛好者產生過積極的影響，而且對今天的作家和文學愛好者，也仍然有啓迪和幫助。

第四類，其他，約十餘篇。內容有評論四十年代出版界的傾向和外國文學翻譯狀況，以及論讀書治學和方言文學問題的。如《廣「差不多」說》、《糾正一種風氣》、《謹嚴第一》、《愛讀的書》等等。〔註5〕其中，原爲《現代翻譯小說選》所寫的序文《近年來介紹的外國文學》，是一篇系統、全面地評述抗戰以來到 1944 年外國文學譯介概況的長文，它對於研究我國現代翻譯史，具有重要的史料價值。再如，寫於香港的《雜談方言文學》、《再談方言文學》兩篇文章，〔註6〕是評論 1947 年在香港進行的關於「方言文學」討論的。這兩篇文章，對於研究大眾化與方言文學的關係，以及四十年代華南地區的文藝活動，都有重要的價值。

最後，從形式上看，四十年代的這批文論，包括了文藝論文、短評、雜感、書評、序跋和報告、講演稿等多種形式。它們有兩個突出的特點：

第一，適應戰時形勢多變與作家星散的特點，茅盾經常採用文藝短評、雜感、書評等形式，用簡短的篇幅來對戰時文藝運動與文藝創作的傾向與問題，作出迅速的反映，並及時地評介全國各地以及海外新出版的書刊，從而

〔註4〕 見《茅盾論創作》和《茅盾文藝雜論集》（下集）。
〔註5〕 見《茅盾文藝雜論集》（下集）。
〔註6〕 見《茅盾文藝雜論集》（下集）。

對戰時文藝起了指導與交流的作用。這在抗戰初期茅盾主編《文藝陣地》期間，表現最爲突出。僅以茅盾赴新疆前在《文藝陣地》上發表的短評、書評爲例，在十個月左右的時間裡（1938 年 4 月～1939 年 1 月），他就發表了文藝短評 19 篇，書評 31 篇，計 50 篇。其間，他時常以各種化名，在一期之中發表二三篇，以至五六篇。這類短評與書評，雖有不少是複述故事情節或即興式的評介，然而在戰火紛飛的歲月裡，卻起了交流情況與鼓舞士氣的積極作用。在《茅盾文藝雜論集》等兩本書裡，選收了其中的 38 篇。如《給予者》、《八百壯士》、《台兒莊》、《丁玲的〈河內一郎〉》、《北運河上》、《〈南洋週刊〉及其他》和《所謂時代的反映》等。茅盾在香港主編《文藝陣地》期間所寫的這批短文裡，表現出一種致力於活躍抗戰初期文藝評論的可貴努力，這種努力使人聯想起作者在「五四」運動後主持《小說月報》革新期間的情景。

　　第二，針對抗戰以來各時期的文藝實踐和各地文藝青年的要求，茅盾也經常採用帶有一定總結性或通俗性的論文、講演和報告的形式，來評論四十年代的文藝運動和創作問題。其中，一些在講演稿的基礎上整理而成的論文，也構成了四十年代茅盾文論的一個頗具特色的部分，且其中有不少重要的篇章。如作於新疆的《〈子夜〉是怎樣寫成的》，作於漢口的，《文藝大眾化問題》，作於廣州的《和平・民主・建設階段的文藝工作》和《人民的文藝》，作於重慶的《認識與學習》等。〔註7〕這裡，我要特別提一下四十年代茅盾爲香港的文學青年所作的幾次講演。例如，1946 年 4 月 19 日茅盾在香港華僑工商學院所作的《文藝修養》的講演，1948 年茅盾第三次寄寓香港期間爲香港某校所作的《關於創作的幾個具體問題》的講演等。〔註8〕在這兩篇講演裡，作者深入淺出地講解了關於文藝修養和寫作的方法、技巧等問題，表現了老一輩作家對香港文學青年的熱情關懷與幫助。

四十年代茅盾文藝評論的三大主題

　　四十年代茅盾的文藝評論，涉及的方面和問題雖然很多，但作者經常注視、反覆探討並在認識上有所發展的重大問題，主要有三個。

第一、關於現實主義的問題

　　在我國的新文學史上，茅盾很早就倡導並始終堅持現實主義，可稱是一

〔註7〕　見《茅盾論創作》和《茅盾文藝雜論集》（下集）。
〔註8〕　見《茅盾文藝雜論集》（下集）。

位爲我國現代的現實主義文學的成長發展而奮鬥終生的文學大師。他在文學研究會時期，就主編中國南方的第一個大型的新文學刊物《小說月報》，大力倡導「爲人生」的現實主義主張，這已是眾所周知的事實了。到了抗戰後以至整個四十年代，他仍然堅持並倡導現實主義。早在 1937 年「八・一三」上海抗戰時期，他在《還是現實主義》一文裡，就響亮地提出文藝的大路還是現實主義。在這一篇幅不長的文章裡，他針對當時官方提出的所謂「戰時文藝政策」這個題目，堅定而明確地提出：「我們目前的文藝大路，就是現實主義。除此而外，無所謂政策。」〔註 9〕作者認爲歷史上有不少戰爭時期的文藝，沒有把眞實的現實反映出來，其所以如此，就在於背離了現實主義。他以第一次世界大戰期間的歐洲文藝爲例，批評當時交戰雙方的文人「各爲其主」地鼓吹，掩飾這次帝國主義戰爭的非正義的性質，讚揚羅曼・羅蘭和巴比塞譴責這一戰爭的清醒態度。他指出那種「各爲其主」的「歐洲大戰時代的應時文藝」，大多是說謊、欺騙的反現實主義文藝，而這種「說謊，欺騙，恐怕就是那時交戰雙方的什麼『文藝政策』罷」。接著，他指出當時的抗日戰爭，是同第一次歐洲大戰性質截然不同的正義戰爭，因而，「我們的戰士是眞正的忠勇奮發，視死如歸，歷史上最傑出的寫實主義作家的健筆也不能把我們今日壯烈的現實反映得足夠」。〔註 10〕這是抗戰後茅盾所寫的關於現實主義的第一篇重要文章，它反映了抗戰初期作者的文藝主張就是再次強調現實主義。

此後，隨著抗戰形勢的變化與文藝運動的發展，他又陸續寫了許多直接間接論及現實主義的文章，如《浪漫的與寫實的》、《論加強批評工作》、《暴露與諷刺》、《如何加強我們的抗建文藝》、《現實主義的道路》、《幻想與現實》、《五十年代是「人民的世紀」》、《八年來文藝工作的成果和傾向》、《談歌頌光明》等等。同二、三十年代茅盾對現實主義問題的論述相比，這時期茅盾對現實主義問題的理解和論述，有新的進展與深入。這主要表現在兩個方面：

一、從總結歷史經驗的角度，茅盾強調新文學中存在著一個現實主義的新傳統，這個新傳統的基本精神就是科學與民主；而要發展四十年代的文藝，就必須認眞繼承與發揚這種現實主義的傳統。例如，在 1941 年初寫的《現實主義的道路——雜談二十年來的中國文學》一文裡，茅盾以簡潔而明確的語

〔註 9〕 《茅盾文藝雜論集》（下集）682 頁。
〔註 10〕 《茅盾文藝雜論集》（下集）682 頁。

言來闡明自己的觀點:「中國新文學二十年來所走的路,是現實主義的路」;
二十年來的文壇雖也出現過唯美主義、象徵主義等等,然而,「現實主義屹然
始終爲主潮」;從「五四」以後的「人生藝術」的論爭,到「文藝自由」的論
戰、「大眾化」的論戰和反「公式主義」等等,所有這些文藝思想的論爭都圍
繞著一個軸,「而現實主義便是這軸」。〔註 11〕顯然,這篇文章明確地肯定了
「五四」以來新文學的主潮,就是現實主義。這種看法是符合歷史事實的,
是有道理的。作者提出這個問題,目的並不是爲了爭歷史上的地位,而在於
號召四十年代的作家,繼承與發揚以魯迅爲代表的新文學的現實主義傳統。

那麼,新文學的現實主義傳統的基本精神是什麼呢?茅盾認爲是民主與
科學。在《五十年代是「人民的世紀」》一文裡,他說:

> 民主與科學,是新文藝精神之所在,同時,發揚民主與科學也
> 就是新文藝的使命。而民主與科學表現在文藝思潮上的,我們稱之
> 爲「現實主義」。

> 我們的新文藝的傳統就是這個現實主義。反對獨斷與武斷,反
> 對偏見與成見,反對誇張局部而抹煞或歪曲全體,反對只許頌揚,
> 不許批評,反對掩耳盜鈴的虛僞粉飾,反對那只看見今天不看見明
> 天的近視眼,反對無所用心的冷觀態度──這便是現實主義文藝的
> 科學精神;面向民眾,爲民眾,做民眾的先生,同時又做民眾的學
> 生,認識民眾的力量,表現民眾的要求,──這便是現實主義文藝
> 的民主精神。〔註12〕

這篇爲文協七週年和第一屆「五四」文藝節而寫的文章,反映了四十年代茅
盾對現實主義的認識已有新的發展與深入,它既不同於文學研究會時期的「爲
人生」的主張,也不完全等同於「五卅」以後至左聯時期的「爲無產階級」
的主張。要求發揚民主與科學精神的現實主義文藝傳統,可以說是在四十年
代的嚴酷的現實面前,一切進步的、有正義感的作家的共同呼聲。事實上,
在四十年代的文學中,有不少作家確已繼承與發揚了這種傳統。

二、從四十年代的現實狀況出發,茅盾反覆論述了文藝創作中的暴露與
歌頌的問題,著重強調現實主義作品必須眞實全面地反映客觀現實。

香港出版的司馬長風先生的大作《中國新文學史》,也曾涉及到這個問

〔註11〕《茅盾文藝雜論集》(下集)884~886 頁。
〔註12〕同上,1091 頁。

題。在其下卷第三十章《漩渦裡的文學批評》裡，司馬先生引了劉西渭（李健吾）評《清明前後》的下列的話：「茅盾先生，我們這位體弱多病的小說巨匠，有若干點和他的後輩（按：指曹禺）相似，然而生長是地上的人，看見的一直只是地。四周是罪惡，他看見罪惡，揭露罪惡。他是質直的，從來不往作品裡面安排虛境，用顏色吸引，用字句渲染，他要的是本色。」〔註13〕接著，司馬先生評論道：「這番話寓貶於褒，暗示茅盾只看大地黑暗，不望天上的光亮。把文學釘死在揭露黑暗上面。這是對內容的批評，認爲《清明前後》是《子夜》（1932）的續篇，一貫的使命在揭露。」〔註14〕

這段評論是不符合事實的。其一、所謂「這番話寓貶於褒」等等，並不符合李健吾先生的原意。這只需把緊接司馬先生引文後面的另一段話也摘引出來，就可明白。下面就是緊接引文後面的另一段話：

> 也就是這種勇敢然而明敏的觀察，讓他腳地穩定，讓他攝取世故相，讓他道人之所不敢道，在思想上成爲社會改革者，在精神上成爲成熟讀者的伴侶，在政治上成爲當局者的忌畏。原來是什麼模樣，還它一個什麼模樣。看好了，這裡是《子夜》，這裡是《腐蝕》，這裡是《清明前後》。現實，現代文明的現實，齷齪，然而牢不可破。

> 他不是故意往黑暗裡看，也不是隔著顯微鏡用文字擴大黑暗的體積。他雖說害嚴重的目疾，他的「心眼」卻是平著去看，我甚至於想要說，以一種科學的自然的方式去看。科學，讓我重覆一遍這兩個字，科學。〔註15〕

顯然，李健吾先生的評論並無貶意，相反地，對茅盾在《清明前後》中所堅持的現實主義，是十分讚賞的，而且他所強調的「以一種科學的自然的方式」去看待現實，恰巧和茅盾關於現實主義應具有科學精神的說法，是相吻合的。當然，在評《清明前後》的文章裡，李健吾先生也曾拿「同樣以這種科學精神執行文學的尖銳的使命」的夏衍，來同茅盾作比較，認爲他們對「眞理的追求相同」，但「完全屬於兩種氣質。茅盾先生身體壞，容易受刺激，看著地，頭上也許有天，只說著地。夏衍先生看見地，也看見地上映出來的光和影。

〔註13〕劉西渭《清明前後》，見《咀華二集》136 頁，文化生活出版社 1947 年版。

〔註14〕司馬長風《中國新文學史》（下卷）340 頁，香港昭明出版社有限公司 1978 年 12 月初版。

〔註15〕劉西渭《清明前後》，見《咀華二集》，文化生活出版社 1947 年版，136～137 頁，139 頁。

看見光，所以他比茅盾先生愉快。質樸是他現實主義的精神的美德。茅盾先生缺少這種明淨的美德，曹禺先生也缺少，但是這不是病，這是特徵。搖撼心靈的是深宏，永遠不是明淨」。〔註16〕這段話，旨在說明茅盾和夏衍的氣質與藝術的風格、特徵的不同，而並非貶低茅盾的現實主義。其二、就四十年代茅盾關於現實主義的論述看，他的基本點是主張真實全面地反映現實，雖然著重強調暴露現實中的醜惡與黑暗，但同時也指出要表現光明與希望。換句話說，茅盾並非「只看大地黑暗，不望天上的光亮。把文學釘死在揭露黑暗上面」。他在四十年代所提倡的現實主義，同舊的批判現實主義有質的區別。關於這個問題，茅盾在《論加強批評工作》、《八月的感想》、《暴露與諷刺》、《如何加強我們的抗建文藝》、《從百分之四十五說起》、《談歌頌光明》、《人民的文藝》等一系列的文章裡，都曾反覆地闡明過。例如，早在抗戰初期，他就指出：「抗戰的現實是光明與黑暗的交錯——一方面有血淋淋的英勇的鬥爭，同時另一方面又有荒淫無恥，自私卑劣」，因此，「文藝作品不能只是反映了半面的『現實』」。他主張「批評家號召了作家們寫新的光明，緊接著必須號召作家們同時也寫新的黑暗。這才能夠使作家們深思，而且向現實中去發掘」。〔註17〕他強調不能把醜惡與美善、暴露與歌頌截然分開，認為「對於醜惡沒有強烈憎恨的人，也不會對於美善有強烈的執著：他不能寫出真正的暴露作品，同樣，沒有一顆溫暖的心的，也不能諷刺。悲觀者只能詛咒，只在生活中找尋醜惡；這不是暴露，也不是諷刺。沒有使人悲觀的諷刺與暴露」。〔註18〕

這種對於四十年代社會現實的分析和對現實主義文藝的使命的看法，一直貫穿在這時期茅盾的文藝評論中。1941 年 6 月，當他的小說《腐蝕》正在香港連載的時候，又發表了《如何加強我們的抗建文藝》一文。文中針對官方的只准「揚善」的「文藝政策」，再次提出「我們固必須表揚忠烈，然而也要鑄奸燭邪；我們要描寫可歌可泣者，然而也要暴露可恥與可恨」，「我們的筆尖要橫掃全國，諸凡光明的與黑暗的，進步的與倒退的，嚴肅工作與荒淫無恥，都必須舉其最典型者賦以形象」。〔註19〕1944 年初，茅盾在《從百分之

〔註16〕劉西渭《清明前後》，見《咀華二集》，文化生活出版社 1947 年版。136～137
　　　頁，139 頁。

〔註17〕茅盾《論加強批評工作》，《茅盾文藝雜論集》（下集）739～740 頁。

〔註18〕茅盾《暴露與諷刺》，同上 791 頁。

〔註19〕《茅盾文藝雜論集》（下集）910 頁。

四十五說起》一文裡，又說：「現在這世界，到處展開了善與惡的鬥爭，前進與倒退的矛盾，光明與黑暗的激盪：這就是現實。單單挑出一面來寫，就非現實。所以一部文藝作品而要反映現實，就不可能捨一取一。文學作品正要表現出善與惡如何鬥爭，前進與倒退如何矛盾，光明與黑暗如何激盪，然後能發生教育作用。」〔註20〕他認為「朝真理走的人，敢於正視這樣的現實，而且一定歡迎有這樣表現了現實的文學」；「困難雖然千重萬重，然而現實主義的文藝必須朝前發展」。〔註21〕

從上述文章可以看出，四十年代茅盾關於現實主義的論述，觀點是一貫的，脈絡是清楚的。作者對現實生活中的美善與醜惡、光明與黑暗、前進與倒退、整體與局部，是持辯證的、冷靜的態度的，是有他的社會理想與美學理想作依據的。如果說，在二十年代後期，作者一度對於現實的認識比較消極，側重強調現實主義文藝之揭露黑暗的功能的話，那麼，到了三十和四十年代，這種情況已不復存在。特別是到了四十年代，民族解放戰爭與人民民主運動，已使得作家更加成熟，對於現實主義文藝之使命的認識，更加深沉。因此，從他的文學創作和關於現實主義的論述中，我們得不出作者「只看大地黑暗，不望天上的光亮」的結論。同大革命失敗後茅盾的作品相比，這時期的作品都有不同程度的亮色。如果說，在四十年代的作品中，茅盾確實時常側重於寫黑暗的話，那也是為了呼喚光明的到來。

第二、關於文藝的大眾化與民族形式問題

在新文學史上發生的多次文藝論爭中，關於文藝的大眾化與民族形式問題的討論，是歷時最久而影響深遠的一次討論。從二十年代末期文藝大眾化問題的提出，到四十年代初關於民族形式問題的討論，前後持續十餘年。如果把1947～1948年在香港進行的關於「方言文學」的討論，視作文藝大眾化與民族形式討論的餘波，則持續近二十年。對於這場討論，茅盾是始終關注和參加的，特別是抗戰爆發以後到四十年代，他曾發表過一系列的文章，探討新文藝如何實現大眾化與創造新的民族形式問題。

茅盾對於文藝大眾化與民族形式問題的認識，有一個逐步深化的發展過程。1930年左聯成立前後，文藝的大眾化問題，被作為左翼革命文藝運動的一個重要問題提了出來，並展開了第一次的討論。魯迅也參加了討論，並寫

〔註20〕同上，1015～1016頁。
〔註21〕同上，1015～1016頁。

了《文藝的大眾化》一文。當時，茅盾還在日本，並沒有參加討論。但是，討論開始之前，他在《從牯嶺到東京》一文裡，就痛切地指出：「六七年來的『新文藝』運動雖然產生了若干作品，然而並未走進群眾裡去，還只是青年學生的讀物。」〔註22〕他指出當時國內正在提倡的革命文學，其讀者對象按理說應是被壓迫的勞苦群眾，但由於新文藝作品的「太歐化或太文言化」的傾向，使得勞苦群眾讀不懂也聽不懂。茅盾提出這個問題，反映了他對「五四」「文學革命」以來新文藝的歐化傾向與某些同志脫離實際的「左」的傾向的耽憂；同時，他所提出的問題，也正是後來提倡文藝大眾化的同志所企圖解決的主要問題。「九・一八」以後，抗日救亡運動的客觀要求，使文藝大眾化的問題得到更普遍的重視與熱烈的討論。這時候，回到上海的茅盾，也以「止敬」的筆名發表了《問題中的大眾文藝》，對宋陽（瞿秋白）的《大眾文藝的問題》一文提出了不同的意見。但當時他還局限於從形式、技巧上去理解大眾化問題。茅盾對文藝的大眾化與民族形式問題進行比較深入的思考與探索，還是在三十年代末四十年代初。在整個討論過程中，他曾提出了一些重要的、有益的見解，對討論的深入與發展起了積極的作用。我覺得，最突出的有以下兩點：

一、在利用舊形式的問題上，提出對舊的文藝形式進行「**翻舊出新**」、「**牽新合舊**」的意見。

1938 年 2 月，茅盾在《文藝大眾化問題》的演講裡，重新提出二十年代末期所說的新文藝不能「深入大眾群中」的問題，認為原因在於「新文藝尚未做到大眾化」。他並以自己為例說：「例如兄弟寫的小說，最初幾年的作品歐化成分較多，近年來極力減少，有些地方不必要歐化的，都力求避免，句子也力求簡單。然而我知道我的作品，大眾讀起來一定皺眉頭。」〔註23〕因此，他認為要使抗戰期間的文藝作品大眾化，「就必須從文字的不歐化以及表現方式的通俗化入手」，「應該把大眾能不能接受作為第一義」。〔註24〕此後，他在香港、廣州主編《文藝陣地》期間，又接連發表了一些文藝短評，比較集中地探討了文藝大眾化與利用舊形式的問題，如《大眾化與利用舊形式》、《利用舊形式的兩個意義》、《質的提高與通俗》等。作者從抗戰初期老舍、趙景深、穆木天等所寫的新鼓詞裡得到啟發，認為利用舊形式是抗戰文藝運

〔註22〕《茅盾論創作》40 頁。
〔註23〕《茅盾文藝雜論集》（下集）696、697 頁。
〔註24〕《茅盾文藝雜論集》（下集）696、697 頁。

動中的一個重要課題。他反對一腳踢開人民群眾所喜聞樂見的舊形式，認爲當時高唱的所謂「『文章下鄉，文章入伍』，要是仍舊穿了洋服，舞著手杖，不免是自欺欺人而已」；〔註25〕同時，也反對原封不動地照搬舊形式，而是主張積極地利用舊形式。他提出「利用」應包括「翻舊出新」與「牽新合舊」兩方面的意義。所謂「翻舊出新」，指「去掉舊的不合現代生活的部分」，「只保留其表現方法之精髓而補充了新的進去」，如京劇的歌劇特色和象徵手法（如以馬鞭代馬等）可留，而臺步、臉譜可去。所謂「牽新合舊」，指在新的文藝形式中，吸收舊文藝中一些傳統的技巧手法，如新詩之從民歌中學習比興，新小說之從章回小說中學習「敘述簡潔、動作緊湊，故事發展必前後呼應鉤鎖」等等。茅盾認爲，「『翻舊出新』和『牽新合舊』匯流的結果，將是民族的新的文藝形式，這才是『利用舊形式』的最高的目標」。〔註26〕

　　上述看法，顯然同新中國成立後戲劇改革的「推陳出新」方針，精神是一致的。1941 年春，茅盾還寫過《戲劇的民族形式問題》和《雜談延安的戲劇》兩文，詳細地介紹了延安的魯藝平劇團如何改革舊平劇、創造民族形式的新歌劇的情況，表現了作者對這個問題的密切關注與濃厚興趣。

　　二、在民族形式的問題上，主張廣泛學習中外文藝的優秀傳統，創造具有獨特民族風格的中華民族的新文藝。

　　1939 年初，延安的文藝界首先開展了關於民族形式問題的學習討論。到了 1940 年間，圍繞著向林冰的民間形式是民族形式的「中心源泉」論，國統區的進步文藝界也展開了一場論戰。緊接著，1941 年初，圍繞著戲劇的民族形式問題，又一度進行了熱烈的討論。在此期間，茅盾先後在新疆、延安、重慶等地，發表了一些文章與講演。例如，他在赴新疆前後寫了《問題的兩面觀》、《通俗化、大眾化與中國化》、《關於〈新水滸〉—— 一部利用舊形式的長篇小說》，在延安作了《論如何學習文學的民族形式》的講演，並寫了《舊形式、民間形式與民族形式》，後又在重慶寫了《戲劇的民族形式》等文章。這些文章涉及的問題很多，但最值得注意的有二：第一，作者從新文學的發展道路與歷史經驗著眼，強調必須創造具有獨特民族風格的新文藝。他說：「五四運動以來，我們丟棄了固有文化去接受西洋文化。在隨著人家俯仰的情形下，發生著種種變動。其實一個文明國家的文藝應有它自

〔註25〕《大眾化與利用舊形式》，同上 726 頁。
〔註26〕茅盾《利用舊形式的兩個意義》，同上 727～728 頁。

己的作風。我們中國的真正文藝作風既不是腐朽不堪的，也不是全盤西化的，而是一種獨創特有的風格。」〔註 27〕又說：「世界上無論那一個國家的文學，都各有獨特的風格……我們中華民族當然也須具有中華民族所獨創特有的文藝作風。」〔註 28〕作為五四新文學運動的先驅者之一，茅盾的這種反省與認識，反映了四十年代文藝運動的深入。第二，對於如何創造文藝的民族形式問題，他批駁了向林冰的「中心源泉」論，主張要經過多方面的、艱苦的努力，廣泛地學習中外文藝的優秀傳統，深入民族的現實生活之中，才能創造出新鮮活潑的民族新形式。他說：「新中國文藝的民族形式的建立，是一種艱巨而久長的工作，要吸取過去民族文藝的優秀的傳統，更要學習外國古典文藝以及新現實主義的偉大作品的典範，要繼續發展『五四』以來的優秀作風，更要深入於今日的民族現實，提煉熔鑄其新鮮活潑的質素。」〔註 29〕

　　上述見解，當然也不僅僅是茅盾個人的見解，而是反映了一種時代的思考。我們知道，在世界各民族文化藝術的發展過程中，必然會有彼此的交流與相互影響，這是文化藝術發展的客觀規律。但是，一個民族的文藝能否形成自己獨特的民族風格，卻是那一個民族的文藝是否成熟的標誌，也是該民族的文藝能否自立於世界民族之林的重要條件。在我國新文藝的發展過程中，人們對這個問題的認識也是逐步深化的。四十年代民族的危亡與人民的覺醒，促使許多具有愛國主義思想的作家，進一步去思索這個問題，回顧「五四」以來新文學的歷程，認真地去探索如何建設具有我們中華民族獨特的藝術風格的新文藝。茅盾就是其中的一個。儘管這場關於大眾化與民族形式問題的討論，並沒有在四十年代產生群星燦爛般的成果，但它確實產生深遠的影響，推動了國統區與解放區的廣大作家去努力探索文藝作品的民族化、群眾化的道路，並在創作上出現了一些重大的突破。比如，趙樹理的小說、賀敬之等的新歌劇《白毛女》、李季的《王貴與李香香》、周立波的《暴風驟雨》，以及在華南地區廣泛流傳的黃谷柳的《蝦球傳》等作品的出現，就標誌著四十年代的文學已朝著民族化與群眾化的方向邁進了一大步。這些作品所提供的經驗與問題，確實是「五四」以來許多前輩作家所未曾提供過的東西。

〔註 27〕　《問題的兩面觀》，《茅盾文藝雜論集》（下集）822、823 頁。
〔註 28〕　《問題的兩面觀》，《茅盾文藝雜論集》（下集）822、823 頁。
〔註 29〕　《舊形式、民間形式與民族形式》，《茅盾文藝雜論集》（下集）868 頁。

第三、密切注視並持續不斷地觀察、總結四十年代文藝運動的歷史經驗

茅盾十分注意抗戰時期文藝運動與文藝創作的經驗教訓，並寫過一系列文章。這些文章是研究四十年代文藝的一批重要的史料，其內容從抗戰時期文藝運動的分期和文藝創作的傾向，直到某些作家作品的品評和創作經驗的漫談等等。這裡，我不準備詳細評述，只想談兩點感想。

一、茅盾對四十年代文藝的評論，帶有一定的系統性。在「五四」以來新文藝發展的過程中，茅盾對於各個歷史時期的文藝，幾乎都發表過評論，然而比較全面而又系統的，恐怕要首推對四十年代文藝的評論。例如，《展開我們的文藝戰線》（1937 年 9 月）一文，是評論抗戰初期文藝創作的題材問題的；《八月的感想》（1938 年 8 月）是對抗戰一年來文藝創作的成敗及其原因的回顧與探討；《抗戰期間中國文藝運動的發展》（1941 年 4 月）和《如何加強我們的抗建文藝》（1941 年 7 月），是論述抗戰四年來文藝中心點的轉移與文藝創作問題的；《八年來文藝工作的成果及傾向》（1946 年 1 月）和《抗戰文藝運動概略》（1946 年 9 月）兩篇文章，則系統、全面地總結整個抗戰時期文藝運動與文藝創作的歷史經驗，並提出對分期問題的看法，可謂是兩篇最系統、最具文獻價值的論文。此外，《和平、民主、建設階段的文藝工作》（1946 年 3 月 24 日）這篇講演的內容，是在國共進行和平談判和舊政協召開之後，對於國內形勢和文藝工作的期望與要求。茅盾在全國第一屆文代會上的報告《在反動派壓迫下鬥爭和發展的革命文藝》（1949 年 7 月），則是代表全國文藝界，首次對整個四十年代國民黨統治區的文藝運動與文藝創作所做的全面總結。上述這類評論，不僅數量多，密度大，而且都寫於四十年代，並不是隔了很長時間後才寫的。它們大多能比較真實地反映當時文藝的歷史面貌，具有一定的文獻價值。

二、關於對四十年代文藝的總評價的問題。茅盾的上述文章，大多是側重於對抗戰後各個階段和時期的國統區文藝進行具體的分析總結，但在這些文章中，卻貫穿著一個總的看法，即認為四十年代國統區的文藝運動，繼承與發揚了「五四」以來新文藝的優秀傳統，並在艱難曲折的道路上繼續前進。茅盾認為，四十年代的文藝運動與文藝創作，雖然存在著不少缺點與問題，如抗戰初期的「轟轟烈烈，空空洞洞」、「熱情有餘而深刻不足」，抗戰後期

創作中的迎合流俗、避重就輕、趕時髦等市儈作風的流行，〔註 30〕但總的說來，仍然獲得顯著的成就，並取得某些重大的突破。例如，繼承與發揚「五四」以來新文藝的現實主義傳統，「打破了『五四』傳統形式的限制而力求向民族形式與大眾化的方向發展」〔註 31〕等。

1945 年 4 月間，茅盾在《五十年代是「人民的世紀」》一文裡，曾說過這樣一段話：

> 新文藝今天已進入了成年時期，一向是多災多難的，受慣了風
> 吹雨打，受慣了摧折幽閉，然而終於成年了，腳踏著實地，面向著
> 光明。它的前程是無限的，只要能夠堅持一貫的奮鬥不屈的精神，
> 發揚光輝的傳統，五十年代是「人民的世紀」。〔註 32〕

新文藝進入了「成年期」，這句話可以概括茅盾對於四十年代文藝的總評價。這個評價，我認為是符合歷史事實的。在艱難困苦中成年，並為後來的五十年代的文藝開路，這就是四十年代中國文藝的生動形象。

　　　　　　　　　　　　　　　　1981 年 11 月 25 日完稿於南京大學

〔註 30〕　《抗戰文藝運動概略》，《茅盾文藝雜論集》（下集）1189～1190 頁。
〔註 31〕　《在反動派壓迫下鬥爭和發展的革命文藝》，同上 1239 頁。
〔註 32〕　《茅盾文藝雜論集》（下集）1092 頁。

談茅盾的《子夜》

《子夜》的時代背景和創作意圖

《子夜》是茅盾思想和創作發展道路上的一部具有里程碑意義的重要作品。這部作品的產生不是偶然的，它具有主客觀兩方面的條件。從主觀方面看，它是作者總結了從大革命失敗後到左聯初期創作實踐的經驗教訓之後，力圖在思想上和藝術上突破「自己所鑄成的既定的模型」的一次認真的努力，他既不滿意《蝕》、《野薔薇》等作品的悲觀情調，也不滿意《三人行》、《大澤鄉》等作品的「徒有革命的立場」而缺乏藝術感染力的概念化傾向，用他自己的話說：「那時候，我在努力掙扎，想從我自己所造成的殼子裡鑽出來。」〔註1〕《子夜》就是這種努力的一個重要成果，是作者在總結初期創作的經驗教訓的基礎上，思想與藝術上的一個新飛躍。沒有前五年的創作實踐經驗，沒有作者的認真努力和自我批評精神，就不能有《子夜》這部作品。從客觀上看，三十年代初期黨領導下的工農革命鬥爭與左翼革命文藝運動的深入發展，對作者的思想和《子夜》的創作也產生重要的影響，例如，茅盾在一九三一年左聯的刊物《文學導報》上，發表了《中國蘇維埃革命與普羅文學之建設》一文，就提出一切革命作家，應該認真接受過去的經驗教訓，從當前的現實鬥爭中，即「從工廠中赤色工會的鬥爭」中，「從農村的血淋淋的鬥爭」中，「從蘇維埃區域」中，「從一切統治階級的崩潰中，革命巨人威脅的前進聲」中，汲取創作的題材，創作出無愧於偉大革命時代的革

〔註1〕 《茅盾文集》第七卷《後記》。

命文學作品來。〔註2〕《子夜》就是沿著這一方向努力的一部比較成功的優秀作品。

　　《子夜》直接取材於三十年代初期的社會現實，作品所展示的時代背景，是一九三〇年春末夏初半殖民地半封建的舊中國的黑暗社會。「子夜」一詞，原指半夜十一時至凌晨一時，即黎明前最黑暗的時刻。作者用「子夜」作爲書名，是用藝術的象徵手法，反映出小說的故事發生在黎明前最黑暗的舊中國社會裡。這個時期，是中國人民苦難深重的時期，舊中國社會所固有的階級矛盾、階級鬥爭進一步激化的時期，也是中國共產黨所領導的工農革命星星之火，以燎原之勢向前發展的時期。概括起來，一九三〇年間，舊中國的政治經濟舞臺上，發生了幾件大事。第一，國民黨內部各派系的爭權鬥爭，再一次爆發爲規模空前的軍閥混戰。自從一九二七年蔣介石爲代表的大地主大資產階級叛變革命以來，篡奪了大革命勝利果實的國民黨各派系之間，在各帝國主義勢力的支持下，連綿不斷地爆發軍閥混戰，且愈演愈烈。一九三〇年三、四月間，以蔣介石爲一方，以汪精衛、馮玉祥、閻錫山爲另一方，沿著津浦路一線，東起山東，西至襄樊，南迄長沙，在綿延數千里的戰線上，爆發南北軍閥的大混戰。它不僅給人民帶來了深重的災難，破壞了農村的經濟，而且阻礙、破壞了民族工商業的發展。《子夜》裡所提到的「北方擴大會議」，就是在這次軍閥混戰的過程中，以汪精衛爲首的改組派與西山會議派等反蔣政客，在北平召開的國民黨第二屆中央擴大會議。第二，一九二九年資本主義世界爆發的空前規模的經濟危機也開始涉及到中國，爲了擺脫自身的危機，各帝國主義國家加緊對中國的經濟侵略，這就使得中國的民族工商業受到嚴重的威脅，致使大批工廠相繼倒閉。特別是以輕工業與金融業爲中心的上海，所受影響最爲嚴重。在當時的民族工商業中，又以紡織、繅絲、卷煙業的受害最重。據舊中國銀行一九三〇年營業報告記載：「上海絲廠一〇六家中，年終停業者達七〇家；無錫絲廠七〇家中，停業者約四〇家；廣東絲廠情形之困難，亦復相類。」〔註3〕「其他蘇、鎭、杭、嘉、湖各廠，十之八九，均已停閉。」〔註4〕民族工商業資本家爲了擺脫自身的危機，又加緊對工人階級進行殘酷的剝削與壓迫，從而激化了民族資產階級與工人階級之間的矛盾鬥爭。第三，國民黨新軍閥之間的混戰、帝國主義的侵略和城

〔註2〕 《文學導報》第一卷八期。

〔註3〕 陳眞、姚洛合編：《中國近代工業史資料》第一輯，三聯書店，58～60頁。

〔註4〕 陳眞、姚洛合編：《中國近代工業史資料》第一輯，三聯書店，58～60頁。

鄉經濟的破產，進一步激化了國內的各種階級矛盾。在毛澤東同志的「工農武裝割據」思想的指引下，工農紅軍和農村革命根據地迅速地擴大，城鄉工農革命運動蓬勃發展，中國革命又從低潮走向高潮。正如毛澤東同志在一九三○年初寫的《星星之火，可以燎原》一文裡所指出的：「『星火燎原』的話，正是時局發展的適當的描寫。只要看一看許多地方工人罷工、農民暴動、士兵嘩變、學生罷課的發展，就知道這個『星星之火』距『燎原』的時期，毫無疑義地是不遠了。」〔註5〕到了一九三○年，全國的工農紅軍已擴大到十幾個軍，約十萬人。革命根據地遍佈於江西、福建、兩湖、兩廣等十多個省份。蔣介石與馮玉祥、閻錫山之間的軍閥混戰爆發後，工農紅軍又利用統治階級內部矛盾鬥爭的有利時機，打了一些勝仗，發展了革命形勢。

上述三件大事，實際上反映了一九三○年中國社會的三種階級力量的動向，即：（一）以蔣介石為代表的大地主大資產階級統治集團，在帝國主義的後臺老闆支持下展開了狗咬狗的鬥爭。它們之間的混戰，反映其腐朽性、反動性，以及各帝國主義國家妄圖變中國為其獨佔的殖民地的企圖。（二）中國民族資產階級的兩重性及其不可避免的歷史命運。在軍閥混戰、經濟危機和帝國主義侵略的威脅下，在風起雲湧的城鄉工農革命鬥爭面前，這個階級在二者之間搖擺著，最終不是徹底破產，就必然走向買辦化。（三）在無產階級及其政黨中國共產黨的領導下，工農革命力量日益發展壯大。它們是黑暗之中的一線光明，是黎明前的曙光，是使黑暗的舊中國變成光明的新中國的決定力量。以上三方面，在《子夜》中都得到程度不同的反映，而作者的重點，則是表現中國民族資產階級的動向。《子夜》為什麼要以民族資產階級作為描寫的重點，以民族工業資本家作為小說的中心人物呢？這個問題，既與作者的生活經驗有關，更重要的是同作者的創作意圖有密切的關係。

從《子夜》的寫作過程看，這部作品同茅盾的其它作品比較起來，有兩個突出的特點：

第一，從醞釀、構思到寫成，時間最長，前後有兩年多。這裡，包括觀察、搜集材料，進行藝術構思，採用巴爾扎克的方法，先想好人物，列出人物表和擬定故事大綱（有時一兩萬字一章的小說，常寫一兩千字的大綱）等等，用作者的話說，「此書在構思上，我算是用過一番心的」。〔註6〕特別需要指出的是，作者從童少年時代起，就接觸過不少同鄉故舊中的企業家、商人

等，耳聞目睹，對他們的境況有所瞭解，到了他寫《子夜》的時候，又花了相當長的時間，對當時上海的社會現實（尤其是民族工商業的處境和出路問題），作了比較深入細緻的觀察分析。一九三〇年四月，茅盾從日本回到上海後，因目疾和神經衰弱，有一個時期不能看書工作。於是，他就經常與「同鄉故舊」中的企業家、銀行家、商人、公務員和自由主義者，以及從事工人運動的革命者往來，從他們那裡了解到許多生動的材料。他親眼看到一些資本家怎樣拉股子，辦什麼廠，看到他們在金融投機市場上發狂地賭博；同時，他也曾實地參觀過上海的一些絲廠，參觀過交易所（茅盾的《證券交易所》一文，就是描寫當時上海交易所的情況的）。當時，茅盾的愛人孔德沚同志正在從事地下工作，對上海絲廠女工的情況比較熟悉，因而茅盾也時常從他愛人和其他同志那裡，了解到上海工人運動的一些情況。茅盾在一九三二年寫的《子夜》的《後記》裡說：「就在那時候，我有了大規模地描寫中國社會現象的企圖。後來我的病好些，就時常想實現我這『野心』。到一九三一年十月，乃整理所得的材料，開始寫作。」這就是說，《子夜》這部作品，有比較厚實的生活基礎，特別是關於三十年代初上海民族資產階級的情況，作者掌握了比較多的第一手材料。

第二、從內容上看，反映的社會生活面十分廣闊，但作品的中心（或主線）又十分鮮明突出。這一特點，與作者周密的藝術構思，和從當時的現實鬥爭出發認真地提煉作品的主題密切相關。

這部小說主要寫了三個方面的內容：（一）以美國財團勢力和國民黨蔣介石的反動政權為靠山，金融買辦資產階級企圖控制民族工業的活動；（二）民族資產階級力圖擺脫帝國主義和買辦資產階級的控制，走上獨立發展的資本主義道路而終於破產的悲劇；（三）在地下黨的領導下工人運動的興起，和由於黨內立三路線的錯誤給上海工人運動所造成的損失。在這三者當中，作者是以民族資產階級的處境和前途的描寫為中心，來安排人物關係和故事情節的。其所以如此，是同主題的確定直接聯繫在一起的。茅盾說：「這樣一部小說，當然提出了許多問題，但我所要回答的，只是一個問題，即是回答了托派：中國並沒有走向資本主義發展的道路，中國在帝國主義的壓迫下，是更加殖民地化了。」〔註7〕為了說清楚這個問題，需要把《子夜》的創作意圖同一九三〇年關於中國社會性質問題的論戰的關係，作一簡要的介紹。

〔註7〕《《子夜》是怎樣寫成的》。

在一九七七年新版《子夜》的後記《再來補充幾句》裡，茅盾說過這樣一段話：

> 這部小說的寫作意圖同當時頗爲熱鬧的中國社會性質論戰有關。當時參加論戰者，大致提出了這樣三個論點：一、中國社會依然是半封建半殖民地的性質。打倒國民黨法西斯政權（它是代表了帝國主義、大地主、官僚買辦資產階級的利益的），是當前革命的任務；工人、農民是革命的主力；革命領導權必須掌握在共產黨手中。這是革命派。二、認爲中國已經走上了資本主義道路，反帝、反封建的任務應由中國資產階級來擔任。這是托派。三、認爲中國的民族資產階級可以在既反對共產黨所領導的民族、民主革命運動，也反對官僚買辦資產階級的夾縫中取得生存與發展，從而建立歐美的資產階級政權。這是當時一些自稱爲進步的資產階級學者的論點。
>
> 《子夜》通過吳蓀甫一夥的終於買辦化，強烈地駁斥了後二派的謬論。在這一點上，《子夜》的寫作意圖和實踐，算是比較接近的。

一九三○年發生的中國社會性質問題的論戰，是現實的階級鬥爭在哲學社會科學領域裡的反映。這次論戰，是圍繞著帝國主義、封建主義、民族資本主義三者之間的關係問題進行的。論戰的中心是：帝國主義的侵略是阻礙、打擊還是促進、幫助了中國民族資本主義勢力的發展？是破壞還是維持了中國的封建經濟和封建勢力？一句話，當時的中國社會，究竟是半殖民地半封建的社會還是資本主義社會？那時，以托派分子嚴靈峰、任曙爲代表的「動力」派（因他們的文章大多登在《動力》雜誌上而得名），以及一些國民黨的反動政客、文人，爲了維護帝國主義的利益與國民黨的統治，竭力鼓吹帝國主義的侵略已促使中國的封建經濟解體，促使中國民族資本主義的勢力迅速發展，胡說中國已經是資本主義社會（早在這次論戰的前夕，即一九二九年底，托陳取消派在他們的反黨綱領《我們的政治意見書》裡，就鼓吹了這種反動觀點，妄圖爲他們的反黨路線辯護）。托派的這些謬論，受到以「新思潮」派（因他們的文章大多發表於《新思潮》雜誌而得名）爲代表的左翼哲學社會科學工作者的有力批駁。他們以大量的事實，論證了帝國主義的侵略，已使中國淪爲半殖民地半封建的社會。此外，一些所謂「進步」的資產階級學者，也出來鼓吹既反對共產黨的革命主張也反對官僚買辦資產階級的統治，鼓吹依靠民族資產階級的勢力建立歐美式的資產階級政權。當時，茅盾把《子

夜》的構思和主題的提煉，同這場論戰聯繫起來，他說：「看了當時一些中國社會性質的論文，把我觀察得的材料和他們的論文一對照，更增加了我寫小說的興趣。」〔註8〕這就是說，當時哲學社會科學領域裡的這場論戰，促使茅盾對大量生動的、感性的材料，進行理性的分析（或抽象的思維），從中提煉作品的主題，選擇和處理材料，塑造典型環境中的典型人物。當然，這不等於說，作者是以理性的分析來代替形象思維的。毫無疑問，《子夜》這部作品，是以豐富的生活經驗為基礎，通過形象思維的方法創作出來的。比如，作者上述的創作意圖——駁斥托派的謬論，主要是通過民族工業資本家吳蓀甫這一典型人物的塑造及其最終命運的藝術描寫來實現的，而不是依靠論證和說理來實現的。同時，作者也不是孤立地來描寫吳蓀甫一夥的命運的，而是把他們放在三十年代初期廣闊的時代背景和錯綜複雜的階級關係中來表現的。他從當時的現實生活出發，選取了具有一九三〇年時代特徵的重大事件，如上述的蔣、馮、閻軍閥混戰、經濟危機和城鄉工農運動等，作為小說的背景。實際上，這些事件構成了影響、支配吳蓀甫等人物的思想行為和推動情節發展的典型環境。例如，在小說中，軍閥混戰直接影響和左右了上海公債投機市場的行市和吳蓀甫與趙伯韜之間的矛盾鬥爭；而經濟危機和帝國主義的侵略勢力，則猶如魔鬼的陰影，時時威脅著吳蓀甫等民族工業資本家的命運。應該說，《子夜》最主要的成就，是作者把自己的創作意圖同當時的現實鬥爭結合起來，通過藝術形象，相當真實地、生動地展現了中國民族資產階級的命運和三十年代初期半殖民地半封建社會的面貌，從而以藝術的畫面有力地駁斥了托派和資產階級學者的謬論。

《子夜》的影響和現實意義

在我國現代文學史上，《子夜》是一部在國內外產生過積極影響的優秀作品。它的出現，是黨領導下的三十年代左翼革命文藝運動的巨大收穫之一，同時，也標誌作者在思想和創作發展道路上的重大轉折。這部作品的成就和影響，確定了茅盾在我國現代革命文學戰線上的重要地位。一九三三年初《子夜》出版後，在國內外進步文藝界和廣大讀者中，曾引起了普遍的重視，起過積極的進步的作用。它出版四十多年來，先後印行了二十多版，譯成許多

〔註8〕 《〈子夜〉是怎樣寫成的》。

國家的文字。《子夜》出版後，就受到魯迅的重視。在魯迅一九三三年二月以後的書信、文章中，就有六處提到這部作品。例如，一九三三年二月九日《致曹靖華》的信裡說：「國內文壇除我們仍受壓迫及反對者趁勢活動外，亦無甚新局。但我們這面，亦頗有新作家出現；茅盾作一小說曰《子夜》（此書將來當寄上），計三十餘萬字，是他們所不能及的。」〔註9〕在這些書信、文章中，儘管魯迅對《子夜》並沒有做全面的分析評價，但他把這部小說的出版，看成是左翼革命文藝戰線的重要收穫，指出它是「我們這面」的成績，是敵人方面「所不能及」的，則是十分清楚的。

正由於《子夜》以它革命的思想內容，在廣大讀者中引起強烈的反響（當時讀者中，曾組織過「子夜會」，對這部小說進行學習討論），因此，也引起了國民黨反動派的注意。一九三三年二、三月間，《子夜》出版後不久，就被禁止發行。後來，經過書商的活動，才得到國民黨上海市黨部的一紙批示，指明要把「不妥處」「刪改或抽去後方准發售」。因此，《子夜》重版時，把描寫雙橋鎮農民暴動的第四章和描寫工人罷工鬥爭的第十五章都全部刪去。當時，上海的地下黨組織和進步人士，曾經以「救國出版社」的名義，把被刪去的兩章收入，重新翻印。一九三四年二月十九日。國民黨中央黨部電令上海市黨部，查禁了一百四十九種革命的、進步的文學作品，其中包括魯迅、郭沫若、茅盾、巴金的作品，《子夜》也在其中。〔註10〕當時，魯迅在一九三四年三月四日《致蕭三》的信中，曾有這樣的記載：「《子夜》，茅兄已送來一本，此書已被禁止了，今年開頭就禁書一百四十九種，單是文學的。昨天大燒書，將柔石的《希望》、丁玲的《水》，全都燒了，剪報附上。」〔註11〕歷史往往會在一定的條件下重演。想不到解放前遭到國民黨反動派查禁的一大批三十年代的革命的、進步的文學作品，在「四人幫」的「文藝黑線專政」論的統治下，又被重新貼上封條，打入冷宮。這種歷史的重演，深刻而生動地反映出「四人幫」同以往一切反動統治階級有著共同的本性，同時，也說明了「四人幫」把三十年代的革命的、進步的文藝，一概說成「毒草」、「黑作品」，不僅僅是缺乏起碼的歷史唯物主義精神，而是同國民黨反動派坐到一

〔註9〕 《魯迅書信集》上卷第 352 頁。
〔註10〕 參見《現代文學史簡記》——《〈子夜〉的烙痕》，《新民晚報》1960 年 6 月
　　　　 15 日；《〈子夜〉出版前後》，《新民晚報》1956 年 2 月 16 日。
〔註11〕 《魯迅書信集》上卷第 498 頁。

條板凳上了。

《子夜》在歷史上的積極影響和進步作用，是客觀的歷史事實，這是不容抹煞的。但是，今天，四十多年過去了，《子夜》裡所描寫的黑暗的舊中國，已經一去不復返了，那麼，對於今天社會主義時代的廣大讀者來說，它究竟還有什麼現實意義呢？我認為，儘管這部作品所反映的是舊中國的社會現實，其本身還存在著一些缺點和歷史的局限性，但總的說來，無論從思想內容或藝術成就上看，《子夜》對我們仍然具有重要的認識、教育意義和借鑒意義。

《子夜》的認識、教育意義，概括起來，主要表現在以下三個方面。

一、這部小說可以幫助今天的讀者，認識三十年代初期中國民族資產階級的兩重性，認識舊中國社會的半殖民地半封建的性質。

對於中國民族資產階級的兩重性及其前途，對於鴉片戰爭以來中國社會的半殖民地半封建的性質，毛澤東同志曾有過一系列精闢的論述。他說：「半殖民地的政治和經濟的主要特點之一，就是民族資產階級的軟弱性」。「他們一方面不喜歡帝國主義，一方面又怕革命的徹底性，他們在這二者之間動搖著」。一九二七年大革命失敗以後，「他們拋棄了自己的同盟者工人階級，和地主買辦階級做朋友，得到了什麼好處沒有呢？沒有什麼好處，得到的只不過是民族工商業的破產或半破產的境遇」。〔註12〕可以說，毛澤東同志指出的民族資產階級的兩重性及其不可避免的歷史命運，在《子夜》中得到了相當完整、相當生動而真實的反映，這特別突出地表現在吳蓀甫這一典型人物的塑造上。在《子夜》所描寫的九十多個人物中，吳蓀甫是貫穿全書的中心人物，也是寫得最生動、最成功的民族工業資本家的典型。在經濟危機的威脅下，同業「叫苦連天」之時，這位吳三老爺的「景況最好」。他具有發展民族工業的野心、魄力和手段，「富於冒險的精神，硬幹的膽力」。憑藉著遊歷歐美資本主義國家所取得的經驗和剛毅果斷的性格，他不僅在家鄉雙橋鎮辦起了當鋪、錢莊、油坊、米廠、電廠等，在上海辦了裕華絲廠，而且在汪派政客唐雲山的支持下，聯絡孫吉人、王和甫等民族工業資本家，組織益中信託公司，以狠毒狡詐的手段，吞併了八家中小工廠，吃掉朱吟秋的乾繭，幻想建立起自己的資本主義王國：「高大的煙囪如林，在吐著黑煙，輪船在乘風破浪，汽車在駛進原野」；「他們的燈泡、熱水瓶、陽傘、肥皂、橡膠套鞋，走

〔註12〕《論反對日本帝國主義的策略》，《毛澤東選集》（四卷本）第131～133頁。

遍了全中國的窮鄉僻壤！他們將使那些新從日本移植到上海來的同部門的小工廠受到一個致命傷」。他反對連年不斷的軍閥混戰，聲稱「只要國家像個國家，政府像個政府，中國工業一定有希望的」。但是，吳蓀甫的野心勃勃的發展民族工業的計劃，一開始就遭到嚴重的挫折。由美國財團勢力撐腰的帝國主義掮客、買辦金融資本家趙伯韜，擋住了他的去路，對他實行經濟封鎖。為了轉嫁自身的危機，吳蓀甫一方面加緊對工人階級的殘酷剝削，甚至動用軍警鎮壓工人的罷工運動；同時，又一反常態地大搞公債投機，妄圖一舉擊敗「公債魔王」趙伯韜的勢力，徹底擺脫帝國主義和官僚買辦資產階級的控制與壓迫。然而，儘管吳蓀甫最後傾盡全力，甚至把自己的廠房和住宅都抵押出去，企圖背水一戰，但是，半殖民地半封建社會的歷史條件和先天的軟弱性，注定了他只能以破產出走告終。事實上，在這樣的社會裡，不管吳蓀甫的本事有多大，手段再靈活，其最終的命運，同企圖用「大放盤」、「一元貨」的辦法來度過難關的小商人林老闆，是一樣的。在《子夜》中，作者通過吳蓀甫在辦企業、搞投機和轉嫁危機、鎮壓工人運動等三方面情節的展開，特別是通過吳蓀甫與趙伯韜之間的矛盾鬥爭主線的展開，相當生動、真實而又完整地表現了中國民族資產階級的兩重性（受帝國主義和官僚買辦資產階級的壓迫；同時，也壓迫同業中的小資本家，壓迫、剝削工人階級）。吳蓀甫的軟弱，空虛和色屬內荏的性格特點，也生動地反映了中國民族資產階級的階級特性。從我國近現代文學發展的歷史看，能比較成功地描寫民族資產階級的作品並不多見，《子夜》在這方面，可以說是一部難得的成功之作。由於作者努力用馬克思主義的階級觀點去認識和表現三十年代初期的社會現實，因此，《子夜》對於民族資產階級的描寫，是符合歷史真實的，並且有一定的深度和廣度。這部作品不僅以典型化的藝術畫面，有力地駁斥了當時的托派和資產階級關於中國已是資本主義社會的謬論，具有鮮明的政治傾向性；而且，對於我們認識民族資產階級的兩重性和舊中國社會的性質，至今仍然具有一定的價值。

二、《子夜》可以幫助我們認識在國民黨的反動統治下，三十年代初期舊中國社會的黑暗現實。前面已經談到，《子夜》所反映的一九三〇年春末夏初的中國社會，是黎明前的黑暗社會。當時，以蔣介石為代表的大地主、大資產階級篡奪了大革命的勝利果實後，對外依靠帝國主義的勢力，進行長期的軍閥混戰，對內殘酷地鎮壓工農革命，加緊政治壓迫與經濟剝削，把中國進

一步拖向半殖民地半封建社會的深淵。中國社會固有的各種階級矛盾不僅沒有解決，相反地進一步激化了。在小說中，長期的軍閥混戰和國民黨的苛捐雜稅，世界經濟危機與帝國主義的侵入，不僅直接造成吳蓀甫等民族資本家的破產，造成上海金融投機市場的畸形發展，而且也造成了農村經濟的破產與工人階級的赤貧化，進一步激化了廣大人民群眾（包括民族資產階級）同帝國主義與大地主、大資產階級的矛盾，激化了民族資產階級同工人階級的矛盾，以及資產階級內部「大魚吃小魚，小魚吃蝦米」的矛盾傾軋，等等。因此，《子夜》所提供的，就不光是對吳蓀甫等民族資產階級的處境與前途的描寫，而是不同程度地涉及到三十年代初期各個階級、階層的生活與面貌，以及當時社會的政治、經濟和道德風尚。小說裡所出現的人物，有吳蓀甫、朱吟秋、周仲偉等民族工業資本家，趙伯韜、尚仲禮等金融買辦資本家，有封建地主曾滄海、馮雲卿，以及唐雲山、李玉亭等資產階級政客教授、律師、醫生和交際花等，而且還有何秀妹、朱桂英、陳月娥等三十年代的女工和雙橋鎮的農民武裝等。一句話，《子夜》給我們提供了一幅三十年代初期舊中國社會的畫卷。通過這部小說，我們可以瞭解當時錯綜複雜的階級矛盾，以及半殖民地半封建的上海社會光怪陸離的現象。例如，小說第八章，通過馮雲卿、何慎庵、李壯飛三個公債投機市場上的賭徒的描寫，淋漓盡致地揭露了國民黨反動統治下舊上海社會的黑暗現實。專靠放高利貸盤剝農民的土財主馮雲卿，在農民運動興起後逃到上海，為了竊取「公債魔王」趙伯韜的情報，竟不惜出買女兒的色相；而頭戴亮紗瓜皮帽，從前清官場一直混到民國的小官僚何慎庵，和當過民國時代的「革命縣長」，後以一萬八千元買來一個稅務局長肥缺的李壯飛，也是一對靠「鑽狗洞，擺仙人跳」、獻美人計，大做其發財夢的賭棍。這類人物，是半殖民地半封建社會的特產，一批社會的渣滓、寄生蟲。作者對這類人物的無情揭露與辛辣諷刺，可謂入木三分。《子夜》裡的這類描寫，猶如一面鏡子，照出了舊中國社會黑暗的一角。

三、《子夜》還可以幫助我們瞭解三十年代初期黨領導下城鄉工農群眾風起雲湧的革命鬥爭。在這部作品中，作者不僅有力地揭露了國民黨統治下舊中國社會的黑暗現實，而且力圖表現當時遍佈城鄉各地的工農群眾的革命鬥爭。這表現在以下兩個方面：第一、從小說的第一章到最後一章，作者不斷通過人物對話、側寫、暗示和反語等間接描寫的方法，反映了黨領導下的工

農紅軍，利用蔣、馮、閻軍閥混戰的有利時機而迅速發展的形勢。如小說一開始，就借吳老太爺到上海避難，暗示工農紅軍迅速發展的形勢。作者寫道：「蓀甫向來也不堅持要老太爺來，此番因爲土匪實在太囂張，而且鄰省的共產黨紅軍也有燎原之勢，讓老太爺高臥家園，委實不妥當。」小說結尾處，又借丁醫生之口，點出「紅軍打吉安」、圍長沙，南昌、九江吃緊等。第二、對當時農民暴動和工人的罷工鬥爭，作了直接的正面描寫。如第四章描寫農民武裝包圍並拿下雙橋鎮，活捉老地主、吳蓀甫的舅父曾剝皮。第十三～十五章，描寫裕華絲廠女工的罷工鬥爭等。當然，同前兩個方面比較起來，關於工農群眾的革命鬥爭，是寫得最爲薄弱、缺點也最突出的。產生這一缺點的原因，除了因在國民黨的黑暗統治下不便明寫和作者中途改變計劃（原來打算寫城市與農村的「交響曲」，後只寫城市，不寫農村）外，最主要的原因，是作者對當時的工農群眾革命鬥爭缺乏親身的感受，描寫時「僅憑『第二手』的材料——即身與其事者乃至於第三者的口述」。〔註13〕正因爲如此，所以小說中關於工人群眾的描寫，人物、語言都比較概念化，遠不如對吳蓀甫、曾滄海等人物的描寫那樣繪聲繪影、維紗維肖。同樣的，作者所企圖批判的黨內立三路線的錯誤，也因爲這個原因，並未能達到預期的效果。作品中所出現的克佐甫、蔡眞、蘇倫等左傾路線影響下的革命者形象，也有流於漫畫化之嫌。事實上，離開了當時黨所領導的農村革命根據地的發展與黨內抵制、反對立三路線的鬥爭，孤立地來表現立三路線的錯誤，是不可能寫得深刻的。不過，我們也應該看到，儘管《子夜》對於工農革命鬥爭的描寫並不是很成功的，但在當時國民黨白色恐怖的統治下，作者的這種努力是十分可貴的（《子夜》出版後遭到國民黨反動派的查禁，也說明了這個問題）。同早期的創作《蝕》三部曲比較起來，作者的思想已有很大的飛躍。在《子夜》中，他已不單純是舊的黑暗社會的批判者，而是對於革命未來寄予滿腔熱情的革命樂觀主義者。

　　《子夜》在藝術上，對我們今天的文學創作，也具有一定的借鑒意義。我們知道，「五四」前後，我國的小說從內容到形式開始發生了革命性的變革，《子夜》是屬於從傳統的章回體小說發展爲現代小說這一過程中的一部比較成熟的長篇小說。它在運用新的形式，表現反帝反封建反對官僚資本主義的

〔註13〕《〈茅盾選集〉自序》。

革命新內容方面，突出地顯示了作者卓越的藝術才能。《子夜》在人物形象的塑造、情節結構的處理、文學語言的運用與細膩的心理描寫，以及藝術技巧的運用等方面，都有許多寶貴的經驗，值得我們學習和借鑒的。限於篇幅，這裡不準備一一列舉了，只想舉一兩個問題來說明。

　　例如，在人物描寫方面，作者善於把人物擺在廣闊的歷史背景上，通過尖銳複雜的矛盾衝突，從各種不同的場合與角度來加以刻劃。在解放前寫的《創作的準備》一書中，茅盾曾談到如何寫人物的經驗。他說，文學家是以社會生活中的人物作為自己的研究和描寫對象的，而「你所接觸的，自然是一個一個的活人，但是你切不可把他們從環境游離開了去觀察；你必須從他們的相互關係上，從他們與他們自己一階層的膠結，與他們以外各階層的迎拒上，去觀察」。同時，還「必須記住人是在環境影響之下經常地變動著的！必須要記錄『他』這經常地變動過程」。茅盾以寫商人為例，說明一個商人在店鋪裡做生意，同他會朋友、上館子以至回到家中的表現，是不會完全一樣的。要全面觀察、瞭解一個商人，「你必須跟著他到處跑，從他的店鋪裡跟他出來，跟他到小館子裡，到朋友家裡，到他家裡，到他臥房裡，一直跟他到『夢』裡」。因此，他認為要使自己筆下的人物成為一個具有鮮明個性的「活人」，而不是「標本式」的人物，就不能光從一個固定不變的場合和角度，而應該從他與周圍人物的關係中，從各種不同的場合和角度，去觀察和表現他。作者對吳蓀甫這一人物的描寫，就是如此。在《子夜》中，對吳蓀甫的刻劃，不僅是通過他與趙伯韜之間的矛盾鬥爭這一主要情節線索的展開來實現的，而且還通過他與朱吟秋等中小資本家、與裕華絲廠的工人群眾、與雙橋鎮的窮苦農民，以至於吳蓀甫家庭內部的矛盾衝突等次要情節線索的發展來實現的。換句話說，作者把吳蓀甫擺在三十年代初客觀存在的階級矛盾的複雜關係中，從各種不同的角度來表現他在做什麼和為什麼這樣做。因此，吳蓀甫的思想行為和性格特點，就得到多方面的表現。比如，小說的第十二章，作者就從四個不同的場合和角度（吳與趙伯韜的姘頭劉玉英在旅館密談，劉向吳出賣了趙伯韜準備「殺多頭」的情報；吳與同夥在益中信託公司密商對策，決定把公債投機上的損失轉嫁到工人頭上，加緊對他們進行剝削與壓迫；吳當晚回家，如一匹受傷的野獸，四處尋事發火，藉故訓斥弟妹妻子；吳在書房接見屠維岳，強作鎮定，下令扣發工人的工資），用細膩多采的筆墨，波瀾起伏地展示一向剛愎自信的吳蓀甫，在與趙伯韜決戰過程中的虛弱本質和色

屬內荏的性格特點。這些描寫，對於形象化地表現吳蓀甫這一民族工業資本家的兩重性和個人特點，起了重要的作用。其中，關於吳蓀甫回家後借題發火的一段情景交融的心理描寫，可以說是《子夜》中細膩的心理描寫的最精采的段落。在小說的九十多個人物中，雖然不是所有的人物都寫得很成功的，但是就吳蓀甫與趙伯韜、周仲偉、杜竹齋、馮雲卿、曾滄海等人物看，則是寫得栩栩如生，呼之欲出的。

　　從情節結構的安排看，《子夜》也有顯著的特點。這部小說的故事發生在一九三○年五月至七月，時間只有兩個月左右，人物卻有九十多個，情節線索錯綜複雜，反映的生活面十分廣闊，然而作者卻處理得波瀾起伏而又有條不紊、脈絡分明。從結構上看，小說的第二章就很有特色。作者通過寫吳老太爺的喪事，把小說中的主要人物和幾條主要情節線索的線頭，都巧妙自然地作了交代。這一章出現的人物近三十個（包括來自軍、政、工商和文化等界的各個不同階層的吊客十六、七人），他們匯集在吳公館的靈堂周圍，七嘴八舌，人聲鼎沸，從軍閥戰爭談到交易所行市，從工商業的凋零談到輪盤賭、跑狗場、必諾浴。表面上看，似乎是隨意寫來、雜亂無章，實際上，作者十分巧妙地通過人物對話和場面描寫，把小說裡的一些主要人物的身份、地位、經歷、教養和個性特點，都作了初步的交代，把幾條主要情節線索的線頭都提了出來，爲後來矛盾衝突的迅速展開和人物思想性格的發展，奠定了基礎。同時，通過靈堂氣氛的渲染，也暗示出吳蓀甫等民族工業資本家的暗淡前途。此外，作者還善於在基本情節的發展過程中，穿插一些小結構、小插曲，以至於生動的細節描寫，來豐富故事情節，刻劃人物。如第八章對馮雲卿、何慎庵、李壯飛三個公債市場上的賭棍的描寫，就是穿插在吳、趙鬥爭這一主線中的一個小結構，它對於表現吳、趙鬥法所造成的影響和公債投機市場的黑幕，起了重要的補充作用。當然，作者中途縮小了原創作計劃，又保留了描寫農民暴動的第四章，從總的方面看，儘管沒有嚴重影響全書結構的完整性，但確實使第四章成了若即若離的部分。所以，茅盾在《子夜》的新版後記中，形象地稱之爲「半肢癱瘓」。再有，小說的第十七——十九章，是全書的高潮所在，卻未能充分展開，給人以匆促收場之感。

　　列寧說：「無產階級文化並不是從天上掉下來的，也不是那些自命爲無產階級文化專家的人杜撰出來的，如果認爲是這樣，那完全是胡說。無產階級文化應當是人類在資本主義社會、地主社會和官僚社會壓迫下創造出來的全

部知識合乎規律的發展。」〔註14〕「四人幫」妄圖全盤否定黨領導下的三十年代左翼革命文藝的成就，創造他們的所謂無產階級文藝的「新紀元」，就屬於這種胡說之列。今天，我們應該堅持以歷史唯物主義的觀點，正確地總結「五四」以來我國現代革命文藝運動的經驗教訓。作爲三十年代左翼革命文藝運動中產生的一部優秀的革命現實主義的作品，《子夜》的成功經驗和失敗的教訓，都可以作爲我們從今天的現實生活出發，來繁榮發展社會主義文藝的一個有益的借鑒。

1978 年 3 月 4 日

〔註14〕《青年團的任務》，《列寧選集》第四卷第 348 頁。

《子夜》的結構藝術

　　在文學創作中，作品的結構是一項具有重要意義的工作。清代戲劇理論家李漁，曾經把文學作品的結構工作，比成工匠之建宅，裁縫之縫衣。一個傑出的建築師，善於把散亂的鋼筋、木材、磚瓦、水泥等建築材料，結構成一座宏偉的建築物；一個精巧的裁縫，善於把各種顏色的布料制裁、縫織成一件美麗的衣裳；一個優秀的藝術家，也善於把各種人物事件、矛盾衝突、環境場面組成一幅生動的人生圖畫。在藝術創作中，結構是表現作品主題、展示人物性格的重要藝術手段，是構成作品形式美的重要因素之一。結構的好壞，直接影響作品主題的表達和人物性格的刻劃，影響作品的藝術感染力量。因此，歷來的優秀藝術家都十分重視作品的結構工作。他們在長期的創作實踐中，積累了許多豐富的經驗。研究、總結這些經驗，對於探索作家的藝術風格、提高藝術組織的能力和促進文學創作的發展，都會有一定的幫助。在這方面，我國「五四」以來許多優秀作家的創作，也有許多寶貴的經驗，值得我們研究和吸收。茅盾的《子夜》，就是一個比較突出的例子。

　　《子夜》是茅盾的代表作，也是我國現代革命文學的一部重要著作。這部作品無論在內容或形式方面，都有許多顯著的特色，這裡想專就其結構藝術方面，談一點自己的看法。

　　當你讀完《子夜》這部作品，必然會發現這樣一個特點：在這部作品中，先後出現的大大小小的人物有八九十個，線索紛繁、矛盾複雜，反映的生活面十分廣闊。這裡既描寫了投機市場瞬息萬變的鬥爭，民族工業的暗淡前景，都市資產階級社會醉生夢死的生活；也描寫了工人階級的罷工鬥爭，農村的革命暴動等等。但是，所有這些複雜的生活內容，都集中在兩個月的時

間內表現出來。換句話說，作者不是在一個較長的歷史時期內來展示這些複雜的生活內容，而是截取社會發展過程中的一個「橫斷面」，集中地來加以表現。這一特點（時間短、容量大），就給《子夜》的結構工作提出十分艱巨的任務。擺在作者面前的，至少有這麼兩個問題：一、如何在短時間內把矛盾衝突迅速地展開；二、如何把眾多的人物事件、複雜的矛盾衝突聯結成一個完整、和諧的統一體。可以說，小說對這兩個問題的處理是相當成功的。作者表現了他的高度的藝術組織的才能，巧妙地把這些複雜的人物事件、矛盾衝突，連結、組成了一幅三十年代初期半殖民地半封建社會的中國都市生活的圖畫。

那麼，人們不禁要問，它的成功秘密究竟在哪裡呢？要回答這個問題，我們還得沿著作品所展示的內容，先來具體地研究一下作者是怎樣來進行佈局工作的。

首先，在典型環境的安排上，作者抓住了時代的主要特徵，根據生活的真實和主題的需要，創造了一個適宜於人物活動和矛盾展開的典型環境。作者把小說的背景安排在一九三○年五～七這兩個多月的時間內。這正是中國社會危機日趨嚴重，各種矛盾衝突表現得最為集中、尖銳的時期。從國際上看，一九二九年年底資本主義世界爆發的空前規模的經濟危機，也於一九三○年春迅速地波及中國。以英、美、日為首的各帝國主義國家，為了擺脫自身的危機，加緊對中國進行經濟侵略，使得中國人民與帝國主義的矛盾更趨尖銳化。從國內看，一九三○年四月，馮玉祥、閻錫山與蔣介石之間爆發了大規模的軍閥內戰。帝國主義的侵略與軍閥內戰，促使中國民族工業和農村經濟的破產，加速了都市和農村階級鬥爭的發展，使國內的階級矛盾更形尖銳。《子夜》的故事，就是在這樣的環境下展示的。作者選擇了上海這一典型的大都會，作為人物活動的具體環境。他以民族工業資本家吳蓀甫為中心，安排了三個展開矛盾衝突的主要場所：一、吳公館；二、交易所；三、裕華絲廠。這三個主要場所的安排，一方面是基於作者的生活經驗，一方面也是適應著藝術表現的要求的。例如，交易所的特點是大起大落、瞬息萬變，它有利於迅速地展開矛盾鬥爭，有利於表現吳蓀甫的思想性格，有利於表現各種錯綜複雜的關係，如軍閥混戰與投機市場的微妙關係，民族工業資本家與買辦金融資本家的矛盾鬥爭，農村階級鬥爭與都市金融市場的曲折關係等等。作者為什麼要選擇絲廠作為民族資產階級與工人階級的矛盾鬥爭的主要場所呢？這就與

作者的生活經驗、作品主人公的安排有密切的關係。關於這一點，茅盾自己曾經作過解釋。他說：「本書為什麼要以絲廠老闆作為民族資本家的代表呢？這是受了實際材料的束縛，一來因為我對絲廠的情形比較熟習，二來絲廠可以聯繫農村與都市。一九二八～二九年絲價大跌，因之影響到繭價。都市與農村均遭受到經濟的危機。」〔註1〕當然，這一點後來在《子夜》中並沒有得到充分的表現。但如果我們把《子夜》與農村三部曲聯繫起來讀，就可以看得很清楚。《子夜》裡的吳蓀甫與《春蠶》裡的老通寶，這兩個不同階級的人物之間，有著密切的聯繫：吳蓀甫的絲廠倒閉了，老通寶的「蠶花」再好，繭子終歸還是賣不出去。就這個意義上說，我們可以把農村三部曲看成是《子夜》的姊妹篇。它比《多角關係》，更能生動、有力地表現出三十年代初期都市與農村之間的聯繫。以上是就作品的典型環境的安排，來看作者是怎樣進行作品的總佈局的。

其次，我們著重地來分析一下《子夜》的情節安排。

我們知道，在敘事性的作品中，作品結構的主要工作，就表現在情節的安排上。古希臘的文藝評論家亞里斯多德在談到悲劇的結構時，把它分為頭、身、尾，即開頭、中間、結尾三個部分。「所謂頭，指事之不上承他事，但引起他事發生；所謂尾，恰與此相反，指事之必然的或或然的上承某事，但無他事繼其後；所謂身，指事之承前啟後者。」〔註2〕這樣一種劃分，基本上也符合一般敘事性作品的情況。就《子夜》看，序幕、開端、發展、高潮、結局，情節的各個構成部分都具備。在結構上，也可以把它分成三個基本部分，即開頭、中間（或稱主體）、結尾。下面我們就來分別就《子夜》的開頭、主體、結尾三個部分的結構，做些具體分析。

《子夜》開頭部分的結構，包括序幕和開端，即第一至第三章。在進行具體分析之前，我們還得回到前面提出的兩個問題：一、如何迅速地把矛盾衝突展開；二、如何把各方面的人物事件、矛盾衝突聯結起來。《子夜》開頭的結構，首先就碰到這兩個問題。小說一開始，作者就緊緊抓住這兩個關係到整個故事展開的關鍵性問題。他在全書的矛盾衝突展開之前，巧妙地安排了一個戲劇性的序幕——吳老太爺的死。這個人物本身與小說所要表現的內容並沒有什麼直接的關係，但他的出現卻對以後矛盾衝突的展開起著重要的

〔註1〕 《〈子夜〉是怎樣寫成的》。
〔註2〕 《詩學》，羅念生譯。《文藝理論譯叢》1958年第2期，第9頁。

－71－

作用。這種作用，主要表現在兩個方面。第一，點明時代的特點。作者通過吳老太爺的出走，側面地反映了三十年代初期農村革命風暴的到來；通過吳老太爺的暴卒，象徵著老朽的封建勢力——塵封的「古老僵屍」進入現代的大都會就「風化」了。第二，引出小說的矛盾衝突。作者借吳老太爺死後的喪事，把小說裡的主要人物、主要矛盾迅速地引了出來。

　　緊接著序幕之後的開端（第二、三章），主要就擔負著提出矛盾的作用。這個部分的結構，是相當巧妙的。作者借吳老太爺的喪事，安排了一個特定的環境——靈堂。這種環境的安排，在藝術表現上起了兩個很顯著的作用。第一、正是借助於這樣一種環境，作者才有可能迅速而自然地把《子夜》裡的主要人物都集中在一起，並通過他們的言談、舉動，通過他們之間的錯綜複雜的關係，把小說裡的幾件重要線索都提了出來，爲以後矛盾衝突的迅速展開埋下伏線。在這一點上，作者是費過一番心思的。作者說過：「第二章（其實第三章也應包括在內——筆者注）是熱鬧場面。借了吳老太爺的喪事，把《子夜》裡面的重要人物都露了面。這時把好幾個線索的頭，同時提出然後來交錯地發展下去……在結構技巧上要竭力避免平淡。……」〔註3〕在第二、第三章裡，作者就集中地描寫一群軍、政、工、商等界的吊客在吳府靈堂上的活動。他們帶來了各個方面的消息，表現了都市生活中的種種矛盾。作者通過他們的活動，把小說裡的三條主要線索的線頭都提了出來。一、通過趙伯韜組織秘密「公債多頭公司」和吳蓀甫、孫吉人、王和甫等組織企業界聯合銀團這兩件事，把民族資產階級與帝國主義、買辦資產階級之間的矛盾鬥爭的線索提了出來，它成爲以後故事發展中的一條貫串始終的主線。二、通過帳房莫乾丞報告工人怠工情況，點出了民族工業資本家吳蓀甫與裕華絲廠女工的矛盾鬥爭的線索。三、通過費小鬍子的電報，埋下了雙橋鎮農民暴動的線索。此外，小說中的一些次要線索，如吳蓀甫與朱吟秋的矛盾，吳少奶奶與雷參謀、林佩珊與范博文等的戀愛線索，也同時露了頭。在所有這些線索當中，作者又通過吳蓀甫這個中心人物，把其它各類人物、各種矛盾、各條線索都聯結起來，形成了一個嚴密的結構。第二，靈堂這一特定環境的安排，在藝術上還產生一種效果。即借靈堂的悲涼氣氛，烘托出中國民族工業的暗淡前景，爲小說定下了基調。作者正是通過這群吊客的言談舉動，表現出他們內心的矛盾、苦悶，表現出民族工業的暗淡景象。擺在這群企業家面

〔註3〕　《〈子夜〉是怎樣寫成的》。

前的，也是一個「死」或「活」的問題；在帝國主義經濟侵略和內戰的破壞下，他們也面臨著如吳老太爺一樣的命運——被「破產」和「死亡」的陰影籠罩著，只不過是各人的程度略有不同而已。在小說裡，作者抓住了這一特點，著意地刻劃這群人物的心理狀態。彈子房的活劇，可以說是他們的沒落、頹唐的心理狀態的集中表現。作者借范博文的口說道：「你知道麼？這是他們的『死的跳舞』呀！農村愈破產，都市的畸形發展愈猛烈，金價愈漲，米價愈貴，內戰的炮火愈厲害，農民的騷動愈普遍，那麼，他們——這些有錢人的『死的跳舞』就愈加瘋狂。」這種沒落、頹唐的心情，與整個靈堂的氣氛相互映照，一明一暗，烘托出民族工業的暗淡前景。

從以上的分析，可以得出這樣的結論：《子夜》開頭部分的結構，是緊緊圍繞作品的主題，運用借題牽線、烘托對照的手法，把小說裡的主要人物和主要線索都提了出來，為矛盾衝突的迅速展開打開局面；同時，又以主角吳蓀甫為中心，把各類人物、各種矛盾、各條線索串連起來，形成一個嚴密的結構。

主要人物、主要線索提出以後，如何把矛盾衝突進一步展開呢？從結構上考慮，可以有如下的方法：一、以一條線索為中心，三條線索同時交叉發展（我們不妨稱之為「網狀的結構」）；二、以一條線索為中心，先後展開其它線索；或者說，以一條線索為中心，其他線索平行發展（我們不妨稱之為「連環式的結構」。在我國古典章回小說中，常常採用這種結構方法）。在《子夜》裡，作者是把兩種方法交叉起來運用的。下面，我們再來具體地研究一下《子夜》主體部分的結構。

《子夜》主體部分的結構，包括第四章至第十六章。小說裡的矛盾衝突，基本上都在這個部分裡展開。由於它的內容複雜、線索紛繁，所以結構上更需要做細緻、妥貼的安排。在這方面，作者有得有失，但基本上還是處理得相當成功的。從第四章至第十六章，是情節的發展部分，從結構上看，基本上可以分為兩個部分。第一部分，包括第四章至第八章，是承開端之後矛盾衝突的發展，在結構上採用三條線索交叉發展的方法。第二部分，包括第九章至第十六章，是矛盾衝突逐步發展到高潮前的階段，在結構上則改用兩條重要線索先後發展的方法（其中農村的一條線，因作者中途改變了計劃而沒能得到發展）。前者可以說是一種「網狀的結構」，後者可以說是一種「連環式的結構」。作者之所以要採用這種結構方法，是有一定的道理的。因為，

如果單純採用多線交叉發展的方法，則各方面的矛盾不可能得到充分的展開；同樣的，如果單純採用多線先後發展的方法，則不可能把開端裡所提出的幾條線索迅速展開，前後勢必要拉長，結構容易鬆散。因此，作者把兩種方法結合起來運用，在開端之後就用多線交叉的方法，使各方面的矛盾衝突發展到一定程度；然後再採用兩條重要線索先後發展的方法，把小說中的兩個主要矛盾（民族資產階級與帝國主義、買辦資產階級的矛盾，民族資產階級與工人階級的矛盾）集中地、深入地展開，使作品的主題和主要人物的性格得到充分的表現。

在第一部分裡，作者把開端裡所提出的三條線索明朗化，並以吳蓀甫與趙伯韜的矛盾衝突為主線，把其它兩條線索交錯起來寫。這部分的中心內容是，描寫吳蓀甫與趙伯韜的初次交鋒：民族工業資本家吳蓀甫等組成益中信託公司，企圖以此為大本營來實現他們的發展中國民族工業的計劃；而買辦金融資本家趙伯韜在美國金融資本的支持下，則企圖通過「公債多頭公司」的陰謀，實現對民族工業的支配。結果，當吳蓀甫發現這一陰謀以後，就憑著他那果斷、靈活的手腕，跳出了趙伯韜的圈套，取得暫時的勝利。這一矛盾衝突，就構成第一部分結構的主幹。與此同時，作者又展開了其它兩條線索：一是民族工業與農村經濟、民族資產階級與封建地主階級、與農民的關係。在第四章裡，作者就是通過雙橋鎮的農民暴動來展現這些錯綜複雜的關係的。一是通過裕華絲廠女工的怠工，表現了民族資產階級與工人階級之間的矛盾鬥爭。作者就這樣把吳蓀甫放在三條線索的中心，表現他在半殖民地半封建社會錯綜複雜的矛盾鬥爭中的奮鬥、掙扎，從而顯現其性格特點。此外，小說還穿插了兩條次要線索：一是圍繞在吳府周圍的一群資產階級青年男女的生活和愛情糾葛；一是公債市場的投機者、土財主馮雲卿的悲劇。通過這兩條線索，展示了都市社會的種種醜劇。由於作者能緊緊抓住作品的中心，圍繞著中心人物來安排情節，所以雖然線索紛繁交錯，卻仍然能形成一個統一的結構。但是，在這部分裡，結構上也有一個缺點。由於作者中途改變計劃，放棄了農村的一條線，而又捨不得把已寫成的描寫雙橋鎮農民暴動的第四章刪掉，結果，雖然後來作者也曾用虛線的處理（借費小鬍子的報告和電報，交代雙橋鎮形勢的發展），來補救這個缺陷，但從全書的結構上看，第四章就顯得很突出，成為一個可離可合的部分。

在第二部分裡，作者改用兩條重要線索先後發展的方法：第九章至第十

二章吳蓀甫與趙伯韜的矛盾衝突這一主線進一步展開；第十三章至第十六章則集中地描寫裕華絲廠女工的罷工鬥爭。作者圍繞著作品的主題安排故事情節，一環緊扣一環，一浪接著一浪，層層推進，步步進逼，把中心人物吳蓀甫逐步推向矛盾鬥爭的頂點。從結構上看，這兩個部分是一前一後，相互勾連，形成兩個連環式的結構。

第九章至第十二章裡，集中地描寫吳蓀甫在趙伯韜的層層包圍下，遭到了第一次的沉重打擊。作者抓住了兩條線索，描寫吳蓀甫與趙伯韜、吳蓀甫與朱吟秋的連鎖矛盾：「吳蓀甫扼住了朱吟秋的咽喉，趙伯韜又從後面抓住了吳蓀甫的頭髮」，形成了一幅「大魚吃小魚，小魚吃蝦米」的圖畫。作者就通過吳蓀甫在這一尖銳的矛盾衝突中的種種表現，進一步揭示了中國民族資產階級的軟弱性和利己主義本性。在這一鬥爭中，吳蓀甫這一人物形象的刻劃逐步加深，性格上開始發生了很大的變化——由冷靜果斷、剛愎自用變得暴躁猶疑、喪失信心。

這裡，我們還可以發現《子夜》結構藝術的另一重要的特點，即作者善於運用虛實處理的方法，來展開故事情節。比如，蔣、馮、閻的南北大戰的發展變化，就是用暗（虛）線的方法，由作品中人物的對話和敘述人的語言表現出來的。我們雖然看不到對軍閥混戰的直接描寫，卻能夠感覺到它對小說中的矛盾衝突和吳蓀甫的命運起著重要的影響。又如以吳蓀甫為中心的一條線，作者多用明（實）線、直寫；而以趙伯韜為中心的一條線，則常用暗線、曲寫（趙伯韜的後臺老闆、美國金融資本家始終沒有出場）。在線索比較複雜的敘事性作品中，如能恰當地運用這種結構方法，不僅不會影響主題的表達，而且可以減頭緒、省筆墨。

從第十三章起，作者暫時拋開了吳蓀甫與趙伯韜的矛盾衝突這條線，把筆頭轉向另一方面。他通過吳蓀甫為了彌補自己在公債市場上所遭受的損失，增加工時，削減工資，加緊對工人群眾的壓榨，重新引出了第二條線索：裕華絲廠女工的罷工鬥爭。第十三章至第十五章，就集中地描寫吳蓀甫如何通過屠維岳，先軟後硬地破壞、鎮壓裕華絲廠工人群眾的罷工鬥爭，進一步揭示了吳蓀甫性格的狠毒的一面，表現出民族資產階級的反動性。這部分的線索比較複雜，但主要有兩條：一是以屠維岳為首的資本家走狗破壞罷工運動的活動；一是以張阿新、何秀妹、陳月娥為首的共產黨員，在地下黨的領導下如何團結女工，掀起了以裕華絲廠為中心的閘北絲廠總同盟罷工的鬥

爭。在前一條線索當中，作者還表現了黃色工會內部的桂長林派與錢葆生派的勾心鬥角；在後一條線索當中，還表現了共產黨員瑪金與以克佐甫爲代表的「左傾」路線的鬥爭。此外，在第十六章裡，作者還安排了一個小插曲，描寫火柴廠工人與資本家周仲偉的鬥爭，表現了罷工運動中的另一種類型的鬥爭情況。但總的說來，在《子夜》裡，這是一個比較薄弱的環節。

從以上的分析，我們又可以得出這樣的結論：《子夜》主體部分的結構，是採用多線交叉發展、然後兩條重線先後發展的結構方法，並運用虛實處理、烘托對比等手法來安排情節場面，從複雜、尖銳的矛盾衝突中，進一步展示吳蓀甫性格的特點。

從第十七章至第十九章，是《子夜》的結尾部分，包括高潮和結局。在這三章裡，集中地描寫吳蓀甫所苦心經營的事業最後總崩潰，兩個多月前的發展民族工業的雄圖終於成了泡影。作者根據吳蓀甫性格發展的邏輯，把小說裡的主要矛盾衝突推向高潮：吳蓀甫在孫吉人的鼓動下，傾盡家產，投入公債市場，與趙伯韜作「背水之戰」，企圖作垂死掙扎。但最後在勢均力敵、兩相對峙的情況下，由於杜竹齋的「背盟反叛」而宣告徹底破產。結尾部分的結構，有一個較突出的特點，即作者運用了前後照應的手法安排情節、場面，與開頭部分相呼應，造成強烈的藝術效果。例如，第十七章「黃浦江夜遊」的場面，描寫吳蓀甫等在公債市場上慘敗之後，在黃浦江上尋歡作樂、發洩他們的沒落頹唐的情感，它恰好與開頭第三章「彈子房的活劇」前後照應，形成強烈的對比，突出地表現吳蓀甫的悲劇和民族工業的暗淡前景。又如第十七章裡，吳蓀甫與趙伯韜在夜總會裡的會談，同第二章裡金融界三巨頭在吳府花園假山的會談，這兩個場面，也是一前一後、一頭一尾，形成強烈的對照。這兩個場面的安排，對於矛盾衝突的展開和吳蓀甫性格的刻劃，起了很大的作用。此外，如開頭寫吳老太爺的死與結尾寫吳蓀甫的出走，也是一個明顯的例子，總之，作者在結尾部分比較多地採用這種前後照應的佈局方法，在藝術上產生了很大的效果。從全書的結構看，可以說是開得好，收得好，起得好，落得好。這樣一開一合、一放一收，就使得全書波瀾起伏而又有條不紊，形成一個完整、統一的結構。

通過以上對《子夜》各個部分的結構作了具體分析之後，我們就可以來回答前面所提出的問題：《子夜》這樣一部人物眾多、線索紛繁、內容複雜的作品，爲什麼能組織得有條不紊，渾然一體，其成功的秘密究竟在哪裡呢？

我認為，主要就在於作者能嚴格地遵循著結構藝術的一條最基本的規律，即根據主題的需要，根據中心人物性格發展的邏輯，來安排各種人物事件、矛盾衝突和環境場面，因而能從複雜的內容裡突出中心，從紛繁的線索中見出主次，做到波瀾起伏而有條不紊。同時，作者又善於根據矛盾衝突的各種不同發展階段的情況，運用借題牽線、烘托對比、虛實處理、前後照應等等藝術手法，來巧妙地安排故事情節，做到引人入勝而不落陳套。如果借用李漁的話說，就是做到了「立主腦」、「密針線」、「脫窠臼」。我想，這就是《子夜》結構藝術上的最主要的成功經驗。

評《林家鋪子》
——兼談對新民主主義時期
文學作品的批評標準

　　《林家鋪子》是茅盾四十多年前的一個優秀短篇。它寫於一九三二年六月十八日，最初發表在同年七月十五日的《申報》月刊第一卷第一期上。在國民黨推行反革命文化圍剿的黑暗年代裡，它以鮮明的政治傾向性和藝術真實性相統一的特點，有力地揭露、鞭撻了國民黨的反動統治，因而得到當時進步文藝界和廣大讀者的重視和好評，也遭到國民黨中央黨部的查禁。〔註1〕解放以後，這個在三十年代曾起過進步作用的革命現實主義的作品，被列為「五四」以來我國優秀的短篇創作之一。但是，在「四人幫」拋出反動的「文藝黑線專政」論，對三十年代左翼革命文藝大張撻伐之時，一些到處散發的所謂批判「三十年代文藝黑線」的材料（包括「文化大革命」前批判電影《林家鋪子》的一些文章，以下簡稱「批判材料」），卻把《林家鋪子》說成是宣揚資產階級的「勤儉持家」「剝削有功」，為資產階級「樹碑立傳」的毒草小說，因而它同大批民主革命時期的優秀作品一起，再度被貼上封條，打入了冷宮。

　　對小說《林家鋪子》的抹黑和否定，不是一種孤立的現象，而是「四人幫」妄圖全面抹黑三十年代左翼革命文藝的陰謀活動的組成部分；它不僅關

〔註1〕據魯迅《〈且介亭雜文二集〉後記》的記載，一九三四年初，國民黨中央黨部查禁的 149 種文藝書籍甲，就包括收有《林家鋪子》的茅盾短篇小說集《春蠶》。見《魯迅全集》第 7 卷 367 頁。

係到對一篇具體作品的評價，而且涉及到對三十年代左翼革命文藝的態度，涉及到以什麼立場，用什麼標準去評價民主革命時期的作品這樣一個重大的原則問題。因此，澄清「四人幫」在這個問題上所造成的混亂，用歷史唯物主義的觀點和實事求是的科學態度，對小說《林家鋪子》作出重新評價，這是十分必要的。本書試圖對這個問題作一些探討。

一

一些受林彪、「四人幫」的極左思潮影響的所謂「批判材料」，把《林家鋪子》對林老闆悲劇命運的描寫，說成是渲染了資產階級的「苦難」，美化了民族資產階級，違背了歷史真實等等，給以種種罪名。他們的邏輯是：小商人＝民族資產階級；寫了小商人在舊社會也受三座大山的壓迫＝渲染了資產階級的「苦難」。這樣，林老闆這一人物形象，不僅毫無典型意義，而且起了所謂美化民族資產階級的反動作用了。

作為一個文學形象，林老闆是半殖民地半封建社會一般城鎮小商人的典型，這是毫無疑問的。但是，能不能在小商人和民族資產階級之間簡單地劃一個等號呢？這是分析評論這篇小說時，首先必須搞清楚的問題。

在我國半殖民地半封建的社會裡，小商人依靠在商品流通過程中分享剩餘價值，他們也具有剝削階級的損人利己、唯利是圖的本性。但是，從他們所擁有的資金和雇工情況看，小商人與民族資產階級之間仍有很大的區別。毛澤東同志早在三十年代，就對它的特點、處境和命運，作了科學的分析。在《中國革命和中國共產黨》一書中，毛澤東同志明確地把小商人劃為小資產階級的一種類型，指出：「他們一般不雇店員，或者只雇少數店員，開設小規模的商店。帝國主義、大資產階級和高利貸者的剝削，使他們處在破產的威脅中。」〔註2〕在一九四七年寫的《目前形勢和我們的任務》這一著作中，毛澤東同志在闡明黨在民主革命時期的三大經濟綱領時，又把包括小商人在內的小工商業者，劃為上層小資產階級。他說：「這裡所說的上層小資產階級，是指雇傭工人或店員的小規模的工商業者。此外，還有不雇傭工人或店員的廣大的獨立的小工商業者，對於這些小工商業者，不待說，是應當堅決地保護的。」〔註3〕這就十分清楚地告訴我們：一，在民主革命時期，像林老闆一

〔註2〕 《毛澤東選集》第2卷605頁。
〔註3〕 《毛澤東選集》第4卷1150～1151頁。

類的城鎮小商人，屬於小資產階級的範圍，他們與民族資產階級之間有重大的差別，不能簡單地劃上等號；二，在半殖民地半封建的社會裡，小商人也受到三座大山的壓迫，處於破產的威脅中。因此，黨對於小商人這一階層，是採取團結、教育和保護的政策。毛澤東同志的這些指示，對於我們分析《林家鋪子》這一類作品，具有指導意義。但是，恰恰是在這個基本問題上，「批判材料」歪曲了歷史事實。他們首先是混淆了小商人與民族資產階級之間的區別，採取一種欲打先抬的惡劣手法，即先把小說中的林老闆，抬高爲民族資產階級的代表，然後一悶棍打下去，加以全盤否定。這種做法，是對馬克思主義的階級分析的隨意歪曲和踐踏，它與無產階級的文藝批評毫無共同之處。

當然，在舊中國社會裡，小商人這一階層，是會產生分化的。他們之中的少數人，在一定的條件下，也可能通過資本的積累和營業的擴大，上升爲民族資產階級；少部分人在破產的威脅之下覺醒，也可能積極參加到黨所領導的民主革命鬥爭的行列裡來。但是，他們之中的大多數人，在帝國主義、大資產階級和高利貸者的壓迫下，處於破產和半破產的境地。這種軟弱的階級地位，決定了他們同國民黨反動政權之間，存在著不可克服的矛盾。因此，就小商人這個階層的大多數來說，他們對於革命往往是持同情或中立的態度的。小說《林家鋪子》的主角林老闆，不屬於上述的第一、二種人。他受到三座大山的壓迫，無法掌握自己的命運，屬於處在瀕於破產階段的一般城鎮小商人的文學典型。

小說所塑造的林老闆形象，是真實地表現了三十年代初期一般城鎮小商人的處境和命運，還是如某些「批判材料」所說是渲染了「苦難」，美化了民族資產階級？一句話，作者對林老闆悲劇命運的描寫，是符合歷史的真實，還是違背了歷史的真實呢？

我們知道，判斷一篇作品是否反映了歷史的真實，不應根據主觀的臆斷和推理，而應根據客觀的歷史事實和作品所提供的實際內容，這是馬克思主義文藝批評的起碼常識。《林家鋪子》的故事，發生在一九三一年「九・一八」事變至一九三二年「一・二八」上海抗戰前後。當時，日本帝國主義爲了擺脫經濟危機，實現變中國爲其獨佔殖民地的狂妄計劃，繼侵佔我東北之後，又發動了對上海的進攻。在中華民族面臨著生死存亡的緊急關頭，代表大地主、大資產階級利益的蔣介石反動集團，對外屈膝妥協，對日本侵略者採取

不抵抗政策；對內則加緊政治壓迫和經濟剝削，鎮壓工農革命，壓制人民群眾的抗日愛國運動，假借抗戰和查封日貨的名義，大肆敲榨勒索，徵收所謂「國難捐」和各種苛捐雜稅。日本帝國主義的侵略和國民黨的黑暗統治，不僅給廣大工農群眾帶來深重的災難，而且嚴重地摧殘了民族工商業，破壞了農村經濟。當時，作為聯繫城鄉經濟的一般城鎮小商業，也遭到沉重打擊，致使大批店鋪倒閉歇業。茅盾從小對江南鄉鎮的生活就比較熟悉，親朋故舊中也有不少是經商的，因此，他對鄉鎮小商人的性格和境況，原來就有比較深切的瞭解。「一・二八」上海戰爭後，他又曾回到浙江老家烏鎮，親聞目睹「一・二八」後在帝國主義侵略和國民黨的反動統治下江南城鄉經濟破產的景況。〔註4〕《林家鋪子》這篇小說，就是作者在已有的生活積累的基礎上，又對當時城鎮的社會生活作了比較深入細緻的觀察、分析，經過文藝的典型化而創作出來的，它是對「一・二八」前後江南城鎮的社會現實的生動的藝術概括。

這篇小說提出的中心問題是：三十年代城鎮小商人的處境和命運。當我們讀完這篇小說後，自然而然地要問：林家鋪子為什麼會倒閉？是由於他的主人林老闆不善於經營嗎？小說通過故事情節的展開和一些細節的描寫，作出了否定的回答。小說中的林老闆是一個謹慎小心而又精通生意經的小商人。他從父親手裡繼承了一家小小的店鋪後，正逢上兵荒馬亂、百業凋敝的年代。為了不使自己的店鋪關門，他使盡渾身解數，努力掙扎。在市場蕭條，同業生意清淡的情況下，他模仿上海大商店的辦法，寫了許多「大廉價照碼九折」的紅綠紙條，並親自出動，殷勤地招攬顧客，贏得一度的生意興隆。「一・二八」上海戰爭爆發後，鎮上倒閉了大小二十八家店鋪，林老闆為了渡過難關，又不惜血本地花樣翻新，利用從上海逃難來的顧客的需要，大賣「一元貨」。開市頭一天，就賣了一百多元，創「鎮上近十年來未有的新紀錄」。林老闆不僅會做生意，而且具有舊社會小商人那種弄虛作假、唯利是圖的本性。為了維持營業，獲取利潤，他把東洋貨改裝成國貨，並且在營業好轉的情況下，悄悄地「把號碼提高」，以次等貨冒充頭等貨，等等。但是，在半殖民地半封建的社會裡，林老闆的最終命運，同《子夜》裡那位資本雄厚、野心勃勃的民族工業資本家吳蓀甫一樣，只能以破產告終。小說以林老闆與國民黨黨老爺黑麻子、卜局長之間的矛盾衝突為主線，展開了生動的藝

〔註4〕 參見《故鄉雜記》，《茅盾文集》第 9 卷。

術畫面,告訴讀者:造成林家鋪子倒閉的,並非林老闆個人的原因,而是有著更深刻、更廣泛的社會根源的。帝國主義的經濟侵略和國民黨的反動統治,造成了農村經濟的破產與農民購買力的低弱;「一·二八」上海戰爭的爆發,促使市鎮金融的緊縮與錢莊的逼債;城鎮工商業的蕭條,激化了同業之間的勾心鬥角;民族工商業的危機促使上海債主的步步逼債和林老闆的吃倒帳等等,所有這些相互聯繫著的因素,都直接間接地促使林家鋪子的倒閉。但是,直接導致林老闆破產出走的最主要的原因,則是黑麻子、卜局長之流的國民黨老爺們的敲榨勒索與拘押迫害。小說一開始,就描寫林老闆因店中的東洋貨被查封,被迫兌換金項圈,湊足了四百元去「齋齋那些閒神野鬼」──國民黨黨部的老爺們,換來了繼續出售東洋貨的合法權利,從而揭露了國民黨反動派藉口查封日貨,進行敲榨勒索,摧殘城鎮小商業的醜惡行徑。當林老闆「大放盤」生意好轉時,國民黨另一老爺卜局長,也通過商會長傳話勒索,並提出逼娶他女兒的蠻橫要求。最後,當林老闆大賣「一元貨」獲得成功時,黑麻子又以林老闆拍賣賤貨準備出逃為由,派人把他抓走了。正是這一系列的打擊,使得善於在經濟危機中掙扎的小商人林老闆,終於破產出走。

《林家鋪子》的成功之處就在於:它通過藝術形象,從廣闊的時代背景和複雜的階級關係中,來揭示導致林家鋪子倒閉的社會根源。它雖然只寫了一個小商人的悲劇,但表現的卻是三十年代初期千千萬萬一般城鎮小商人的共同處境和命運;它敘述的雖然只是一家小店鋪從掙扎到倒閉的故事,但反映的卻是舊中國社會一般城鎮小工商業的暗淡前景,在一定程度上,也可以說是反映了當時處於風雨飄搖中的民族工商業的共同前途。這就是小說所塑造的林老闆這一人物形象的典型意義。對於這樣一部真實地反映舊中國城鎮小商人的悲劇命運的作品,怎麼能說是渲染了資產階級的「苦難」呢?這裡且不說不應把小商人與民族資產階級之間劃上等號,即使是寫了民族資產階級在舊社會受三座大山的壓迫,只要是站在正確的立場上,又有什麼不可以呢?

二

在《林家鋪子》的評論中,還有一種論調,即認為作品歪曲了當時的階級關係,掩蓋了階級剝削,抹煞了階級矛盾。這頂帽子,也是大得嚇人的。

揮舞這頂帽子的人，大多是這樣來論證他們的觀點的，即：小說只反映了林老闆受壓迫、受損害的一面，而沒有表現他剝削、壓迫勞動人民的一面；林老闆是資產階級，因而小說抹煞了舊社會的「最主要的矛盾」——資產階級與無產階級之間的階級矛盾。這裡且不說這種論證方法，是一種脫離了當時階級鬥爭環境的形而上學的方法，單就其論述的內容來說，亦有兩個問題需要加以澄清：一，在半殖民地半封建的舊中國社會裡，最主要的矛盾是什麼？小說是抹煞還是揭示了當時社會的主要矛盾？二，小說是否表現了林老闆剝削、壓迫勞動人民的一面？我們應該如何正確地對待這個問題？

列寧說：「馬克思主義要求我們對每個歷史關頭的階級對比關係和具體特點，做出經得起客觀檢驗的最確切的分析。」〔註 5〕「九・一八」事變以後，舊中國社會的階級對比關係和主要矛盾是什麼，《林家鋪子》是否揭示了當時的主要矛盾，這是判斷這篇小說是否真實地反映三十年代初期中國社會的階級關係的首要問題，也是辨別這篇小說的思想、藝術傾向的主要依據。

「九・一八」事變後，日本帝國主義的侵略，引起了國內各階級關係的新變化。毛澤東同志在《論反對日本帝國主義的策略》一文中，對這一時期的形勢特點作了分析，指出當時是日本帝國主義要變中國為它獨佔的殖民地，從而使民族矛盾逐步上升為主要矛盾，使國內各階級之間的關係發生了新變動。工農群眾是革命和抗日的最堅決的力量；包括青年學生和小工商業者在內的各種小資產階級成份，大多數「陷於失業，破產或半破產的境地」，因而也是要反抗的；民族資產階級由於受到帝國主義、官僚買辦資產階級的壓迫和損害，政治態度也發生變化，他們中的一部分有參加鬥爭的可能，一部分則有由動搖而採取中立態度的可能。這就是說，階級關係的對比發生了有利於革命營壘的變化，使黨所領導的抗日民族革命統一戰線的建立成為可能。毛澤東同志尖銳地批判了當時黨內的「左」傾關門主義，指出他們那種「民族資產階級是全部永世反革命了」，「革命的力量是要純粹又純粹」，「革命的道路是要筆直又筆直」等錯誤觀點，「是馬克思列寧主義向之掌嘴，而日本帝國主義則向之嘉獎的東西」；指出那種反對建立民族革命統一戰線的關門主義的策略，是「為淵驅魚，為叢驅雀」，把千千萬萬的民眾和浩浩蕩蕩的革命軍，都趕到敵人那邊去的孤家寡人的策略。〔註 6〕毛澤東同志在三十年代批

〔註 5〕 《列寧全集》第 24 卷 23 頁。
〔註 6〕 《毛澤東選集》第 2 卷 141 頁。

判過的這種把民族資產階級當作革命對象的錯誤觀點，在六十年代後期關於《林家鋪子》的評論中，不是又陰魂再現了嗎？！君不見在「四人幫」打倒一切的反動思潮下，不就是把無產階級與民族資產階級的矛盾，視爲當時社會的主要矛盾，並以此爲論據，全盤否定《林家鋪子》這一類民主革命時期的作品嗎？

在新民主主義革命時期，中國社會的主要矛盾，還不是無產階級與資產階級的矛盾，而是無產階級領導的，以工農爲主體的，包括小工商業者和民族資產階級在內的廣大人民群眾，同帝國主義、封建主義、官僚資本主義的矛盾。因此，毛澤東同志說：「新民主主義革命所要消滅的對象，只是封建主義和壟斷資本主義，只是地主階級和官僚資產階級（大資產階級），而不是一般地消滅資本主義，不是消滅上層小資產階級和中等資產階級。」〔註7〕作爲三十年代初期的作品，《林家鋪子》是眞實地揭示了這一主要矛盾，還是掩蓋了這一主要矛盾呢？答案只能是前者，而不是後者。這篇小說雖然是以描寫城鎮小商人的處境和命運爲中心，但也涉及到當時社會生活的一些重要方面，而且其主要矛頭，始終是指向給廣大人民群眾帶來深重災難的禍根──代表帝國主義、封建主義和官僚資本主義利益的國民黨反動統治制度。這主要表現在以下幾個主要方面：

首先，小說通過林老闆這一典型人物的塑造，通過他的小店從掙扎到倒閉的過程，揭露了國民黨反動派對城鎮小商人的壓迫和損害。作者對黑麻子和卜局長這兩個主要反面人物，雖然著墨不多，甚至只讓黑麻子在最後才露了一面，但他們猶如兇神惡煞，同破產的陰影相隨，從小說一開始就來到林家鋪子，威脅著林老闆的命運。他們與林老闆的矛盾，實際上構成了小說裡的一對主要矛盾。這正是當時社會的主要矛盾的反映。

其次，小說圍繞著林家鋪子從掙扎到倒閉這一基本情節的展開，對三十年代江南城鄉的某些社會現實，也作了生動的描繪。如農村經濟的破產與農民的貧困化，林家鋪子的倒閉給張寡婦等城鎮平民所帶來的災難等。作者並沒有把這些現象僅僅當作林老闆悲劇的消極陪襯，而是力圖揭示造成這些現象的社會根源，表現它們與林老闆的命運之間的聯繫。例如，小說的第二節，作者通過賣傘的細節描寫，生動地表現了儘管林老闆親自出場，兜售九毛錢一把的洋傘，但「委實是鄉下人太窮了」，這小小的一筆生意也終於沒能作

〔註7〕 同上書第 4 卷 1150 頁。

成。農村經濟的破產和廣大農民的貧困化，對於以農民爲主要銷售對象的城鎮小商業，無疑是一個嚴重的威脅。而農民的貧困化，其根源同樣也在於國民黨的黑暗統治。在半殖民地半封建的社會裡，廣大農民被壓在社會的最底層，受到蔣介石反動政權和地主、高利貸者的層層盤剝，其處境是更加悲慘的。對此，小說在一定程度上也作了揭示。作者通過一群群從林家鋪子門前通過，手裡挽著空籃的鄉下人，表現了依靠種田爲生的貧苦農民，即使還能有點錢，也無法光顧林老闆的生意。因爲，「甚至一個多月前鄉下人收穫的晚稻也早已被地主們和高利貸的債主們如數逼光，現在鄉下人不得不一升兩升的量著貴米吃。這一切，林先生都明白，他就覺得自己的一份生意至少是間接地被地主和高利貸者剝奪去了」。

再如，小說中關於張寡婦發瘋的一段描寫，其矛頭所向也是十分清楚的。張寡婦是林家鋪子倒閉後的直接受害者之一。她帶著一個五歲的孩子相依爲命，把靠「十個指頭做出來的百幾十塊錢」，存進了林家鋪子，換取少量的利息維持生活。林老闆的破產，使得她那些錢猶如「丟在水裡了，也沒響一聲」。這個孤苦無依的寡婦，只知道吞吃了他百幾十塊錢的是林老闆，而不知道逼使林家鋪子倒閉的主凶，恰恰是她幻想會出來「保護窮人」的國民黨老爺們。她跟隨陳老七、朱三阿太等人群到國民黨黨部告狀，當黑麻子以開槍相威脅，並指揮國民黨警察用棍棒驅打人群時，她在慌忙中被沖倒在地。小說結尾處，作者描寫張寡婦丟掉了兒子，終於發瘋了。林老闆吞吃了張寡婦的一百五十塊錢，國民黨的黨老爺則奪走了她的兒子，把她逼成了瘋子。這個結尾寓意深長，可以說是對國民黨黑暗統治的有力鞭撻和控訴。

此外，小說通過恆源錢莊經理錢胡猻的逼債、扣留莊票，以及派人到林老闆店中提取每日營業的八成，通過上海東升號收帳客人的步步逼債，以及同業裕昌祥的競爭、造謠和乘機挖貨，既表現了「一·二八」上海戰爭加劇了民族工商業的危機，激化了城鎮工商業者內部的矛盾傾軋，同時也間接地表現了那些遠在上海的民族資產階級，爲了擺脫自身的危機，如何收緊銀根，步步逼債，加緊對城鎮小工商業者的壓迫。

以上這些描寫，從不同的側面，觸及了當時社會的主要矛盾，在一定程度上真實地揭示了當時的階級關係。這些描寫，同小商人林老闆的悲劇故事有機地交織在一起，構成了一幅三十年代初期城鄉經濟破產，人民生活貧困化的真實圖畫。恩格斯曾經說過：「如果一部具有社會主義傾向的小說通過對

現實關係的眞實描寫，來打破關於這些關係的流行的傳統幻想，動搖資產階級世界的樂觀主義，不可避免地引起對於現存事物的永世長存的懷疑，那麼，即使作者沒有提出任何解決辦法，甚至作者有時並沒有明確地表明自己的立場，但我認爲這部小說也完全完成了自己的使命。」〔註8〕恩格斯的這段閃耀著歷史唯物主義思想光輝的論述，對於我們分析評價《林家鋪子》這類作品，具有現實的指導意義。小說《林家鋪子》雖然只是以林老闆攜女出走來表示一點微弱的反抗，並沒有給主人公指明一條光明的出路。但是作者抓住了當時社會的主要矛盾，以生動的藝術形象，描繪了三十年代初期江南城鎮現實的階級關係，揭露、鞭撻了國民黨的黑暗統治。這樣一部作品，可以幫助讀者認清國民黨反動統治制度的罪惡，引起人們對它的懷疑和不滿，打破所謂國民黨新政權將給中國社會帶來「光明」的種種謊言和幻想，從而使人們驚醒起來，感奮起來，走向團結和鬥爭，實行改造自己的環境。換句話說，在民主革命時期，這篇小說是具有積極的進步作用的。揮舞所謂「抹煞階級矛盾」這頂大帽子的人，恰恰是在這個最基本的問題上，顛倒黑白，混淆視聽，妄圖一舉抹煞小說對當時社會主要矛盾的揭示，否定作品所起的進步作用。

由於這篇小說主要是揭露國民黨黑暗統治的，因此，作者側重表現林老闆受壓迫、受損害的一面，但它在一定程度上也揭露了林老闆唯利是圖、損人利己的一面，例如，作者寫他爲了獲取利潤，不惜弄虛作假，以次充好；爲了解危自救，吞吃了張寡婦、朱三阿太、陳老七等的存款等。當然，這方面的描寫比較單薄，而且往往同情多於揭露。特別是在林老闆與店員壽生的關係上，作者只表現了他們一致的方面，如與黑麻子之流的矛盾，與錢莊同業的矛盾，以及最後招壽生爲女婿等等；而對他們之間的雇傭關係，即剝削與被剝削的關係，則沒有觸及。應該說，在對壽生這一人物的處理上，是小說的一個缺點，它對於進一步揭示林老闆這類小商人的兩面性，是有一定的影響的。但是，這畢竟是寫於四十年前的一個短篇，我們不能求全責備，更不能像某些「批判材料」那樣，攻其一點，不及其餘，不分主次，無限上綱，根本歪曲了小說的基本傾向。

三

魯迅說：「……我總以爲倘要論文，最好是顧及全篇，並且顧及作者的

〔註8〕 《恩格斯致敏・考茨基》，《馬克思恩格斯選集》第4卷第454頁。

全人，以及他所處的社會狀態，這才較爲確鑿。要不然，是很容易近乎說夢的。」〔註 9〕三十年代初期，當國民黨反動派的文網森嚴，白色恐怖籠罩文壇的時候，《林家鋪子》能以這樣鮮明的政治傾向性與藝術眞實性相統一的特點出現於讀者面前，這是十分難能可貴的。離開了作者當時「所處的社會狀態」，就不能正確地了解這篇小說的意義和價值。一些所謂「批判材料」，不僅無視《林家鋪子》在思想上的重要意義，而且也無視《林家鋪子》在藝術上的重要進展，得出了茅盾的創作道路是從「小資產階級→資產階級」的荒謬結論。事實上，同稍後發表的《春蠶》、《子夜》一樣，《林家鋪子》的出現不是偶然的，它是黨領導下的以魯迅爲旗手的三十年代左翼革命文藝深入發展的成果之一。這篇小說同《子夜》、《春蠶》一起，成爲茅盾小說創作的主要代表作，同時也標誌著作者在思想、創作道路上進入了一個重要的發展時期。「顧及作者的全人」，從發展的觀點看，《林家鋪子》也是有重要意義的，它標誌著作者在短篇小說的創作上，進入了一個重要的突破期。

　　一九三〇年四月，茅盾從日本回到上海後，積極參加當時的左翼革命文藝運動，力圖改變自己早期創作中的悲觀情緒和「既定模型」，「探求著更合於時代節奏的新的表現方法」，〔註 10〕在創作上走一條新路。他曾經說過：「那時候，我在努力掙扎，想從我自己所造成的殼子裡鑽出來。」〔註 11〕《林家鋪子》就是這種努力的一個重要成果。茅盾在一九三二年寫的《我的回顧》一文裡，曾經說過這麼一段話：

> ……本年元旦，病又來了，以後是上海發生戰爭，我自己奔喪，長篇《子夜》擱起來了，偶有時間就再做些短篇，《林家鋪子》和《小巫》便是那時的作品。題材是又一次改換，我第一回描寫到鄉村小鎮的人生。技術方面，也有不少變動；拿《創造》和《林家鋪子》一對看，便很顯然。我不知道人家的意見怎樣，在我自己，則頗以爲我這幾年來沒有被自己最初鑄定的形式所套住。〔註12〕

同茅盾早期的短篇創作相比較，《林家鋪子》具有幾個顯著的特點。第一，題材擴大了。《創造》、《自殺》、《曇》、《色盲》等早期的短篇，基本上局限於表現小資產階級知識青年的生活和精神面貌，反映的生活面比較狹窄。而

〔註 9〕　《「題未定」草》，《魯迅全集》第 6 卷第 344 頁。
〔註 10〕　茅盾：《〈宿莽〉弁言》，上海大江書鋪 1931 年 5 月初版。
〔註 11〕　《茅盾文集》第 7 卷《後記》。
〔註 12〕　見《創作的經驗》，上海天馬書店 1935 年版。

從《林家鋪子》開始，作者的注意力開始轉移到當時舊中國城鎮、農村的社會現實，力圖表現三十年代初期半殖民地半封建社會的面貌。《林家鋪子》就是作者企圖「大規模地描寫中國社會現象」的計劃的一個組成部分。與同時期的《子夜》和《春蠶》、《秋收》、《殘冬》（合稱「農村三部曲」）等作品聯繫起來看，這個特點就更加清楚。題材範圍的開拓，反映了作者政治視野的擴大和思想立場上的重要轉折。第二，主題深化了。早期的短篇創作，大多表現小資產階級青年在「五四」到大革命浪潮中的反封建要求和苦悶、徬徨的心理，帶有比較濃厚的悲觀情調。而《林家鋪子》及其後的創作，則突破了這種思想格調。作者抓住三十年代初期經濟蕭條、豐收成災，人民群眾的貧困化等重大的社會問題，通過生動的藝術形象，揭示出當時社會的主要矛盾，提出了發人深思的問題。因而這些作品的主題，具有一定的深度。第三，在人物的刻劃和藝術技巧的運用上有重大的進展。茅盾早期的短篇，大多「穿了戀愛的外衣」，〔註13〕通過人物靜態的心理描寫和愛情的糾葛，來展示人物的精神面貌，刻劃人物的性格。如作者的第一個短篇《創造》，從開始到結尾，主角君實始終沒有離開他的臥室，小說有五分之四以上的篇幅，寫他還睡在床上，作者通過君實的一連串的回憶、心理活動和環境烘托，來表現他所創造的理想夫人──嫻嫻，在時代思潮的影響下思想性格的巨大變化。《林家鋪子》雖然也保持了作者早期創作中細膩的心理描寫的特點，但主要還是通過一些重大的矛盾衝突，多方面情節線索的展開和人物自身的活動，來刻劃林老闆的思想活動和性格特點，表現作品的主題。也就是說，作者主要採取我國傳統的白描手法，並吸取歐洲文學中對人物的細膩的心理描寫的長處，來塑造林老闆的形象。這也反映了「五四」以來我國小說創作的發展動向。

四

從關於《林家鋪子》的評論中，提出了一個帶有普遍意義的問題，即：究竟應該以什麼標準來衡量、評價我國新民主主義時期的作品，特別是三十年代的文學作品？在「四害」橫行之時，一些歷史上曾經起過進步作用的優秀作品，頃刻間變成了毒草，而一些在歷史上並沒有什麼影響的作品，卻被

────────

〔註13〕茅盾：《寫在〈野薔薇〉的前面》，見《野薔薇》，上海大江書鋪 1929 年 7 月初版。

吹上了天。一時間，好的變成壞的，壞的冒充好的，是成了非，非變成是，動輒得咎，黑白莫辨。如此一來，人們的思想被搞亂了，似乎文藝批評，毫無客觀標準可言，即所謂此亦一是非，彼亦一是非。

　　事實果真是這樣嗎？不！毛澤東同志說：「文藝界的主要的鬥爭方法之一，是文藝批評。」〔註14〕而歷來各階級的文藝批評，都是有其不同的標準的。例如，對我國民主革命時期的作品，特別是三十年代左翼革命文藝，國民黨反動派一貫是採取法西斯的文化「圍剿」和禁燬政策的。在他們的所謂「出版法」和「宣傳品審查標準」裡，貫穿著一個標準，即：凡是具有反帝反封建的思想內容或者宣傳共產主義思想的作品，便被視為「鼓吹階級鬥爭」、「普羅意識」、「有反動言論」等；凡是揭露國民黨黑暗統治，表現人民群眾的苦難的作品，便被視為「詆毀本黨及政府」，「危害中華民國」。這種標準，具有鮮明的階級性，代表的是大地主、大官僚買辦資產階級的利益。僅從一九二九年～九三六年間，他們就以此為標準查禁了幾百種三十年代的文藝書籍。〔註15〕幾十年後，恰恰是在這個問題上，「四人幫」同國民黨反動派坐到一條板凳上去了。所不同的是，他們是以極左的面目出現，執行了一條極右的法西斯文化專制主義路線，瘋狂詆毀三十年代的革命的進步的文藝，起了當年國民黨幹過而如今無法再幹的反動作用。

　　馬克思主義的文藝批評，其所以是一門科學，就在於它是建立在辯證唯物主義和歷史唯物主義的科學的世界觀的基礎上的，反映了無產階級和廣大人民群眾的根本利益。對於無產階級來說，衡量過去時代的文藝作品的成敗得失，主要是看它對待人民群眾的態度如何，在歷史上有無進步意義，即對當時的階級鬥爭和社會發展，是起了促進、推動還是阻礙、破壞的作用。毛澤東、周恩來、朱德等同志，正是從馬克思這一基本觀點出發，對我國「五四」以來的新文藝，包括三十年代的左翼文藝，作了充分的肯定。毛澤東同志說：「在五四以來的文化戰線上，文學和藝術是一個重要的有成績的部門。革命的文學藝術運動，在十年內戰時期有了大的發展。這個運動和當時的革命戰爭，在總的方向上是一致的。」〔註16〕周恩來同志在第一次文代會的政治報告中也指出：「從五四運動以來，我們的新文藝大軍在跟敵人作戰上，曾

〔註14〕　《在延安文藝座談會上的講話》，《毛澤東選集》第 3 卷 824 頁。
〔註15〕　參見《中國現代出版史料》（乙編）：《國民黨反動派查禁一百四十九種文藝書的經過》；《中國現代出版史料》（丙編）：《國民黨反動派查禁文藝書目補遺》。
〔註16〕　《在延安文藝座談會上的講話》，《毛澤東選集》第 3 卷 804～805 頁。

經取得很多的勝利。我們打敗過封建文藝，二十年來我們又打敗過國民黨反動派的法西斯文藝和爲帝國主義服務的漢奸文藝。」〔註17〕朱德同志在第一次文代會上的講話中也說：「中國的新文藝運動有各種不同的派別和傾向，但是它的主流，從一九一九年的五四運動以來，始終是和中國人民民主革命運動相聯繫的。」〔註18〕從他們的一系列論述中，我們可以引出如下的結論，即：衡量「五四」以來現代文學和具體作家作品的成敗得失，從內容上說，最主要的一條標準，就是看它是否有利於當時無產階級領導的、人民大眾的，反對帝國主義、封建主義和官僚資本主義的偉大鬥爭，是否反映了廣大人民群眾的利益和要求。根據這一標準來衡量小說《林家鋪子》，無論從其政治傾向和所反映的社會內容看，都應該說，它是有利於當時黨所領導的推翻三座大山的偉大鬥爭的，是起了團結人民、揭露敵人的進步作用的。在今天的社會主義社會，由於時代向前發展了，革命的任務、對象不同了，因此，我們對於民主革命時期的作品，更應該以歷史唯物主義的觀點加以評價，幫助讀者從中認識過去的黑暗時代。當然，認識過去的目的，是爲了引導讀者向前看，激勵人們爲實現無數先烈爲之拋頭顱、灑熱血的美好未來而努力奮鬥。從這個意義上說，《林家鋪子》在今天也仍然具有一定的教育作用。但是，如果把引導讀者向前看，理解爲可以脫離作品產生的時代背景，拿今天的要求去苛求過去時代的作品；或者像某些「批判材料」那樣，要求過去的作品反映社會主義時期無產階級與資產階級的階級鬥爭，否則就是對抗社會主義革命，就要一概打倒，那就勢必要引出荒謬的結論。「四人幫」及其控制的輿論工具，不就是按照這種荒謬的邏輯，把我國悠久的文學藝術的歷史，描繪成一部封、資、修文藝的歷史嗎？一些所謂「批判材料」，不也是按照這種邏輯，把小說《林家鋪子》說成是爲資產階級「樹碑立傳」、「對抗社會主義革命」的毒草小說嗎？「四人幫」鼓吹這種反歷史唯物主義的謬論，其根本目的，是爲他們篡黨奪權製造輿論，爲他們的所謂開闢無產階級文藝「新紀元」尋找歷史根據。這種謬論的流毒和影響不可低估。在「四人幫」極左思潮影響下的「批判材料」對《林家鋪子》的抹黑，只是其中一個例子。通過對這個例子的分析研究，可以增長我們的見識，從反面獲得一些有益的教訓。

〔註17〕見《中華全國文學藝術工作者代表大會紀念文集》。
〔註18〕見《中華全國文學藝術工作者代表大會紀念文集》。

談談茅盾的《春蠶》

　　《春蠶》是我國著名的老作家茅盾短篇小說的代表作，也是三十年代左翼文藝運動中產生的一個優秀短篇。它寫於一九三二年，最初發表於同年十一月《現代》第二卷第一期上。在那「風雨如磐」的黑暗舊中國，作者以飽滿的政治熱情與革命現實主義的嚴峻筆法，生動地描繪了在三座大山重壓之下，我國農村經濟的破產和蠶農們的悲慘命運，深刻地揭露了帝國主義和國內反動勢力給廣大農民所帶來的深重災難，在我國民主革命時期曾經起了積極的進步作用。今天，我們的祖國已進入一個新的歷史時期，在舉國上下為實現四個現代化而努力奮戰的時刻，再來重讀這篇作品，就如透過一面鏡子，照見了那災難重重的舊中國。如果我們以回顧、總結歷史教訓的眼光來閱讀這篇作品，還可以從中得到新的啟發和教育。

　　我們知道，中國是蠶絲業的始祖，自古以來就是聞名於世界的絲綢之國。相傳黃帝的元妃西陵氏，開始教民養蠶。事實上，早在西陵氏之前，我國古代的勞動人民就開始了民間養蠶，其歷史至少有五千多年了。後來，我國的養蠶技術，才先後傳入日本和歐洲各國。但是，到了近代，徒弟卻超過了師傅。日本自明治維新之後，蠶桑絲織業得到了迅速的發展，歐洲一些國家隨著工業革命的發展，蠶絲業也很快發展起來。而我國自鴉片戰爭後逐步淪為半殖民地半封建的社會以來，傳統的蠶絲業卻日趨衰弱了。特別是小說《春蠶》發表的三十年代初期，中國民族蠶絲業已瀕於破產的邊緣，遍佈大江南北的千千萬萬戶的蠶農們，也陷入貧困和破產的境地。那麼，人們不禁要問：具有五千多年的歷史傳統的我國蠶桑絲織業，為什麼會落後呢？它是有著深刻的社會根源和歷史根源的。

　　茅盾的優秀短篇《春蠶》，之所以至今仍然具有發人深思的藝術力量和教育作用，就在於它通過對三十年代初太湖流域一帶蠶農們豐收成災的悲劇故事，從一個側面反映了我國蠶絲業凋敝的歷史真實，以生動的藝術畫面回答了上述的問題。這篇小說，至少有三點，是值得我們閱讀時認真地加以思索和回味的。

　　一、小說通過了一個典型的江南農家——老通寶及其兒孫們，因春蠶熟而債台築的悲劇故事，不僅真實地反映了三十年代初期江南農村經濟的破產和蠶農們的悲劇命運，而且深刻地揭示了造成這一悲劇的社會根源。可以說，老通寶為什麼會破產？這是作者在這篇小說裡所提出並力圖回答的一個中心問題，也是貫穿整篇作品的藝術描寫的核心。

　　小說一開始，就把我們帶到「一・二八」事變前後那個內憂外患、災難深重的時代裡去。帝國主義的侵略和國民黨的黑暗統治，不僅使得這個以養蠶為主要副業的江南農村冷落凋敗，而且也促使小康的自耕農老通寶的家道敗落下來。眼看著鎮上自從有了洋紗、洋布之類的洋貨以來，「他自己田裡生出來的東西就一天一天不值錢，而鎮上的東西卻一天一天貴起來」；老通寶祖輩因養蠶而掙得的二十畝稻田沒有了，反而欠下三百多元的債。更叫他生氣的是，連養蠶也是洋種的值錢。這個「活了六十歲，反亂年頭也經過了好幾個」的勤勞倔強的農民，只感到「世界越變越壞」了，卻不知道為什麼會變壞。在那半殖民地半封建的社會裡，他還幻想依靠自己世代養蠶的經驗和一家的辛勤勞動，來還清債務，掙個像樣的生活。清明節後，當那綠絨似的一片桑林抽芽吐葉的時候，老通寶一家忍餓熬夜，又全力以赴，把一切希望都寄託在春蠶的豐收上面。為此，他甚至不惜忍受「葉行」的剝削，把祖傳的十畝桑地抵押出去，換來三十擔桑葉，為的是讓「大眠」後那生青滾壯的蠶寶寶吃足。在小說的第二、三、四節，作者通過場面描繪、氣氛烘托和一系列的細節描寫，從洗刷蠶具、「窩種」「收蠶」、借債買葉、「寶寶」上山到「浪山頭」、借船賣繭等，用傳統的白描手法和濃淡交錯的筆墨，把老通寶一家為奪取春蠶豐收而展示的一場緊張辛苦的搏鬥，和蠶農們刻苦耐勞的優秀品質與憂喜交集的複雜心理，描繪得活龍活現、躍然紙上，使人如入其境。辛勤的勞動換來了豐收的果實。全村二三十戶人家都採到了七八分，而老通寶一家則與眾不同，採得了十二、、三分，收到雪花花硬古古的上好繭子四百多斤。歡樂的笑聲傳遍了整個村莊，連老通寶那個不懂事的小孫子，也「快活

得好像雪天的小狗」。蠶婦們的心裡開始盤算著：當鋪裡的夾衣和夏衣可以先贖出來，過端陽節也許可以吃上一條黃魚。然而，老通寶和全村的人，做夢也沒有想到，上好的繭子竟然賣不出去。往年像走馬燈似的收繭人，卻換來債主和催糧的差役；鎮上「五步一崗」似的比露天毛坑還多的繭廠，大門都「關得緊洞洞的」；連自家做出來的絲也無人要，當鋪裡也不收。老通寶一家，因春蠶熟，竟「白賠上十五擔葉的桑地和三十塊錢的債，一個月光景的忍餓熬夜還都不算」。這個勤勞倔強的老蠶農，終於病倒了。在和《春蠶》合稱為農村三部曲的另外兩個短篇——《秋收》、《殘冬》裡，老通寶最後在貧病交困中死去，一家的田地賣光了，僅有的三間破屋也不是自己的了，兒子阿四從自耕農下降為雇農，媳婦四大娘也當人家的女傭去了。

在小說所展示的一幅豐收成災的藝術畫面中，蠶農們的辛勤勞動和渴望改變貧困狀態的熱切要求，同半殖民地半封建社會的冷酷現實，形成鮮明的對照，產生強烈的藝術效果，作者正是通過這樣一幅生動的藝術畫面告訴讀者：造成老通寶一家的破產，並不是他們不夠勤勞能幹，更不是「白虎星」荷花沖走了他家的財神爺。老通寶的悲劇，是有深刻的社會根源的。它並不是一種個別的、偶然的現象，而是舊中國的一種普遍的社會現象。在帝國主義、封建主義、官僚資本主義的反動統治下，民族絲織業的破產，地主、高利貸者和「葉行」、「蠶行」的層層盤剝，以及那名目繁多的苛捐雜稅，必然使得處於社會底層的廣大蠶農們陷入貧困、破產的境地。如果我們把《春蠶》和茅盾寫於同期的小說《子夜》、《林家鋪子》聯繫起來看，對這個問題就可以看得更加清楚了。儘管老通寶和吳蓀甫、林老闆所處的階級地位不同，但在三座大山的重壓之下，他們的破產命運卻是相同的。民族工業資本家吳蓀甫們的絲廠倒閉了，老通寶們的蠶「寶寶」再壯，收成再好，繭子也是沒有出路的；而千千萬萬個老通寶破產了，購買力降低了，以農民為主要銷售對象的鄉鎮小商人林老闆，店鋪也得關門。在《我怎樣寫〈春蠶〉》一文中，茅盾談到小說的構思過程時曾經說過：「先是看到了帝國主義的經濟侵略以及國內政治的混亂造成了那時的農村破產，而在這中間的浙江蠶絲業的破產和以育蠶為主要生產的農民的貧困，則又有其特殊原因，——就是中國廠經在紐約和里昂受了日本絲的壓迫而陷於破產（日本絲的外銷是受本國政府扶助津貼的，中國絲不但沒有受到扶助津貼，且受苛雜捐稅之困），絲廠主和繭商（二者是一體的）為要苟延殘喘便加倍剝削蠶農，以為補償，事實上，

在春蠶上簇的時候，繭商們的托拉斯組織已經定下了繭價，注定了蠶農的虧本，而在中間又有『葉行』（它和繭行也常常是一體）操縱葉價，加重剝削，結果是春蠶愈熟，蠶農愈困頓。」（見《文萃》一九四五年第八期。原載上海的《青年知識》）由於作者對當時的社會現實有深切的感受和科學的分析，加以他自幼就比較熟悉浙江老家蠶農們的生活，並且從祖母、母親那裡獲得一些養蠶的知識，因此，在小說《春蠶》裡，他能成功地把對蠶農生活的精細生動的描寫，和對他們的悲劇根源的揭示，有機地融為一體。應該說，這是這篇小說之所以能達到思想性與藝術性高度統一的重要原因。

　　二、小說對老通寶形象的塑造，是十分成功的。作為受盡三座大山壓榨的老一代農民的典型，他具有自己獨特的經歷、思想性格和生活道路。半殖民地半封建的社會環境，不僅促使他走上破產的道路，而且也給他的思想性格帶來一定的複雜性。一方面，他具有我國農民的勤勞善良、堅韌樸實的優秀品格；另一方面，中國長期的封建專制統治的影響和小農經濟的地位，也使得他帶有一些落後的意識。這主要表現在兩個方面。第一、迷信保守。例如，他相信鎮上陳老太爺家和自己一家之所以會敗落下來，是因為「『長毛鬼』在陰間告了一狀，閻羅王追還『陳老爺家』的金元寶橫財」，從而也「牽動到他家」。他認定婢女出身的荷花是「白虎星」，「惹上了她就得敗家」。他虔誠地恪守蠶忙季節的一切封建迷信的習俗，相信「窩種」時放在蠶房牆根的大蒜頭，要是長不出綠芽來，蠶花一定不好。然而，對一切新的東西，老通寶卻不分青紅皂白地一概反對，其保守固執的勁兒，達到愚蠢的程度。比如，他仇恨洋鬼子的一切東西，諸如洋蠶、洋布、洋油以至用機械發動的小輪船等，甚至為是否養洋種蠶的問題，和媳婦吵架，這雖然也反映了這個舊式農民的樸實的反帝思想，但同時也體現了他缺乏科學常識和保守落後的思想意識。因此，連他媳婦四大娘也罵他是「老糊塗」，「聽得帶一個洋字就好像見了七世冤家！洋錢，也是洋的，他倒要了」。第二、順民思想。老通寶雖然對世道之越變越壞深表不滿，但仍然幻想在舊秩序允許的範圍內，像祖輩一樣依靠自己勤奮的雙手和豐富的經驗，掙個小康的日子；做個安份守己的「順民」。他不僅不敢去觸動舊制度、舊勢力的一根汗毛，而且對兒子多多頭的一些所謂越軌的思想和行為，大加苛責。在小說《秋收》裡，作者對老通寶的這種思想有進一步的刻劃。當多多頭帶領全村的群眾去「吃大戶」、「搶米囤」的時候，他六神不安，認為將大禍臨頭，要「殺頭」，要「滿門抄斬」的。他

甚至疑心自己的兒子，就是那個被祖父殺死的「小長毛」「冤鬼投胎」，來害他一家的。

小說對老通寶的落後保守思想的描寫，是不是損害了這一人物形象呢？不！我們說，在舊中國的黑暗社會裡，長期的閉關自守狀態和封建主義、官僚資本主義的專制統治與奴化教育，不僅使得我們的國家無法擺脫貧困落後的狀態，使得包括民族蠶絲業在內的各項事業停滯不前，使得包括蠶農們在內的勞動人民陷入貧困、破產的境地；而且，也使得廣大人民群眾的思想和才能受到嚴重的束縛。老通寶的狹隘眼界和落後思想，雖然是他那小農經濟地位的反映，但歸根結底，則是舊制度、舊勢力造成的。可以說，這也是老通寶悲劇性格的一個歷史根源。他長期受盡舊制度、舊勢力的壓榨與毒害，然而還幻想在舊制度、舊勢力的統治下做個順民。老通寶的形象之所以具有深刻的典型意義，就在於作者並不是滿足於簡單地描述他一生的苦難，而是從廣闊的歷史背景上，形象地刻劃了老通寶思想性格的複雜性，從而揭示其悲劇的根源，反映了歷史真實。今天，我們從這一人物形象的身上，既看到了舊時代的悲劇，也可以得到有益的啟示：推翻了舊制度、舊勢力的反動統治之後，如果不進一步徹底清除他們所遺留下來的一切落後保守的思想，我們的祖國也無法徹底改變落後挨打的地位，老通寶的子子孫孫們，也無法徹底擺脫貧困的狀態。

三、小說不僅成功地塑造了老通寶這樣老一代農民的典型，而且也塑造了多多頭等新一代農民的形象，表現了他們從逐步覺醒到奮起反抗的鬥爭。在《春蠶》裡，多多頭雖然還不佔居主導地位，但作者通過他與老通寶父子之間的矛盾，已初步展示了這一人物的思想性格。他除了具有同老通寶一樣的樸實能幹、善良忠厚的品格以外，還具有同父輩截然不同的一些新特點。多多頭年輕活潑、壯健有力、樂於助人，高興時什麼重活都肯幫人做。蠶忙季節，他能頭頂五六隻濕漉漉的「團扁」，劃槳似地空著兩手蕩回家去；「大眠」後雖然三天三夜沒睡覺，還能獨自一人在「蠶房」守夜，讓一家人休息。更重要的是，父輩的慘痛教訓和周圍的黑暗現實，使他逐步覺醒，具有新的思想。比如，他沒有老通寶那種迷信保守思想，不相信蠶忙時節的那些鬼禁忌，也不相信荷花是「白虎星」。對這個因出身低賤而受人歧視的婦女，他不僅給予同情和保護，而且從荷花半夜偷襲蠶房和「你們不把我當人看待」的怨言中，感到「人和人中間有什麼地方是永遠弄不對的」。多多頭也沒有那種

甘當順民的思想,「他永遠不相信一次蠶花好或是田裡熟,他們就可以還清了
債再有自己的田;他知道單靠勤儉工作,即使做到背脊骨折斷也是不能翻身
的」。在《秋收》和《殘冬》裡,多多頭的這種思想性格得到進一步的刻劃,
並逐漸成為小說的主角。作者以滿懷熱情的筆觸,展示了這新一代農民從覺
醒到走向公開反抗的鬥爭道路。為了擺脫貧困和飢餓的威脅,他勇敢地帶領
全村群眾去「搶米囤」,和地主豪紳展開正面的鬥爭。最後,他同陸福慶、李
老虎一起,奇襲三甲聯合隊,繳了反動政權基層武裝的槍枝,走上自發的革
命鬥爭道路。

　　在小說中,作者運用藝術的對比手法,在讀者面前展示了多多頭與老通
寶的兩種不同的思想、性格和生活道路,並表明了自己鮮明的傾向。在老通
寶臨斷氣時,他以明朗的眼光看著多多頭,似乎說:「真想不到你是對的。」
作者正是通過這種形象的描繪告訴讀者:老通寶的道路是一條絕路,他的悲
劇命運是對舊制度、舊勢力的一個有力的控訴;而多多頭的道路,則是廣大
農民徹底擺脫貧困落後狀態、求得翻身解放的唯一正確的道路,他們的覺醒
和反抗,雖然還是初步的、自發的,但卻是中國革命的希望之所在。

讀《蝕》新版隨感

　　《名作欣賞》叢刊編輯約我就茅盾的作品寫一篇文章，我幾次推、賴未成，只好隨便抓一題目，就最近重版的《蝕》三部曲，寫幾則隨感式的文字，供閱讀、欣賞茅盾這部成名作的讀者們參考。

一部歷盡滄桑的小說

　　在我的案頭擺著一本沈老親筆題贈的《蝕》，版權頁上寫明：一九五四年七月北京第一版，一九八○年四月北京第七次印刷，印數二十萬。這本已有五十多年書齡的小說的重新出版，勾起了我對它的許多往事的回憶……

　　在茅盾的所有小說中，遭遇坎坷不平的命運，在時代的風浪中幾經沉浮者，恐怕要首推《蝕》三部曲了。二十年代後期，在大革命失敗後的白色恐怖籠罩下，親歷中國現代革命史上的一場劇變的茅盾，在遭受蔣介石政權通緝的情況下，在滿懷憤激與苦悶難遣的情緒中，開始了這部小說的創作。換句話說，它寫於現代革命史上一個最黑暗的年代裡。一九二七年九月至二八年六月，當《幻滅》、《動搖》、《追求》在《小說月報》上連續刊出後，立即在當時廣大的青年讀者中引起了強烈的反響，並轟動了當時的文壇。用那時評論者的話說叫「一鳴驚人」，用美籍學者夏志清的評語，叫「一炮而紅」。〔註1〕茅盾因這部小說而一舉成名（此後並一躍而成為繼魯迅之後的最重要的中國現代小說家），然而也因這部小說而遭到革命文藝陣營內部某些同志的激烈批評，被視為所謂「時代的落後者」。〔註2〕《蝕》一誕生，經歷就很

〔註1〕　夏志清：《中國現代小說史》，香港友聯出版社有限公司 1979 年版，第 120 頁。
〔註2〕　參見伏志英編：《茅盾評傳》。

不平常。三十年代，在國民黨「文化圍剿」的惡浪中，《蝕》被列入國民黨中央黨部的禁書名單中，〔註3〕其中還包括《動搖》的單行本。〔註4〕查禁的理由很簡單，即此書屬普羅文藝。然而，在那黑暗的歲月裡，《蝕》依然被一再重版，繼續在廣大讀者中流傳著。到了炮火連天的四十年代，在重慶、桂林和勝利後的上海等地，還繼續不斷地出版過《蝕》的合訂本與《幻滅》、《動搖》、《追求》的單行本，其中單行本的重印次數均達第十九版。解放初期，茅盾在《〈茅盾選集〉自序》裡，曾對這部小說作過懇切的自我批評，它有助於廣大讀者和評論界對《蝕》採取比較客觀的、一分爲二的態度。一九五一～一九五二年，開明書店繼續出版過這三個中篇的單行本第二十版。到了一九五四年，才由作者在文字上略作修改後，改由人民文學出版社出版了《蝕》的修訂本。然而，儘管如此，《蝕》在解放後的經歷，也並非一帆風順的。十年浩劫中，它被禁止出售、出借，同茅盾的其它作品一起再度被打入了冷宮。如今，擺在我案頭的新版《蝕》，是粉碎「四人幫」後的頭一次重版，也是一九五四年《蝕》修訂本的第七次印刷。不過，這次的印數已非解放前的幾百冊、幾千冊，而是二十萬冊。這個數字，相當於一九五四～一九六六年間《蝕》六次印刷總數的兩倍，這就有力地說明了五十多年後它依然受到廣大讀者的歡迎。

回顧《蝕》三部曲五十多年來的起落沉浮，對於我們今天閱讀與欣賞這部作品，會有許多有益的啓示。比如，爲什麼茅盾的這部成名作，能在褒貶不一的爭論中與黑暗勢力的壓迫下，一版再版，不斷地獲得一代又一代的讀者，保持著它的藝術生命力呢？對於這部歷史上曾經引起爭議，作者本人在解放前後也多次作過自我批評的作品，我們究竟應該如何正確地看待？這裡，我不準備作長篇大論的分析，只想就我多次閱讀與講授這部作品的體會，略說幾句。

藝術的生命是眞實，這是早已被一部人類的文藝史所證明了的眞理。然而，這裡所說的眞實，是指與千百萬人民群眾的命運，與每一國家、民族的利益、前途休戚相關的時代的、生活的眞實，而不是指一般的飲食男女，更不是指那種利己主義或剝削階級偏見所理解的眞實。長期以來，有些人常拿後一類現象來否定這個眞理，其實這在邏輯上是站不住腳的。當然，衡量一

〔註3〕 參見魯迅：《〈且介亭雜文二集〉後記》，《魯迅全集》第6卷。
〔註4〕 參見《國民黨反動派查禁文藝書目補遺》，《中國現代出版史料》丙編，第159頁。

部作品思想藝術價值的高低，還要看它典型化程度的高低，但這並不排斥眞實性是一部作品能否打動千百萬讀者的基本前提。就拿《蝕》這部作品來說，它之所以能保持其藝術的生命力，並不是如當時某些評論者所說的由於它是一部出色的「自然主義」作品，〔註5〕也不是如夏志清所說的由於它表現了一種「仁愛」精神，〔註6〕其根本原因還在於它相當眞實地反映了二十年代中國革命的一個劇變時期——大革命前後小資產階級知識青年的精神面貌，並從這一個側面出發，揭示了當時社會現實中的某些陰暗面。比如，作者對革命統一戰線中的右派勢力與社會上封建勢力相勾結的種種醜惡行徑（《動搖》中有突出的描繪），以及革命隊伍中某些左派幼稚病的描寫，特別是對那些小資產階級知識青年在革命浪潮中精神面貌及其弱點的描寫——革命前與革命中的興奮、狂熱，革命勢力與反革命勢力劇烈搏鬥時的軟弱、動搖，革命失敗後的苦悶、徬徨等等，都是相當眞實而生動的。作品所塑造的靜、慧、克、史大炮等各種類型的大革命時代知識青年的形象，以及像胡國光等投機革命的假左派的形象，都具有一定的典型性。

最近，我讀了北京青年潘曉的信《人生的路呵，怎麼越走越窄……》，以及《中國青年》雜誌組織的「人生的意義究竟是什麼」的討論，發現潘曉所寫的東西同《蝕》所描寫的東西，有某種奇特的相似之處。潘曉所披露的，是經歷了十年浩劫之後自己精神狀態的變化：從一個對革命與人生充滿純潔的感情與理想的少女，變成一個與周圍的現實格格不入、在人生的道路上感到徬徨、幻滅的青年，即所謂「由紫紅到灰白的歷程」。這樣一種精神狀態，同《蝕》三部曲裡所提出的大革命失敗後一些知識青年的精神狀態，不是有某些驚人的相似之處嗎？當然，這樣類比是有缺陷的，因為，潘曉同志所處的時代，同《蝕》裡的靜女士等青年所處的時代是不同的，潘曉所感到的人生道路越走越窄，同靜女士的幻滅之感和章秋柳的消極頹唐，其具體內容也大不一樣。但是，至少有兩點是一樣的：一、兩者都是中國革命劇變時期的產物。《蝕》所描寫的是二十年代的青年，即經歷了轟轟烈烈的大革命和蔣介石反動派的血腥屠殺之後，一些不願與反動勢力同流合污而又一時分不清前途的青年們的苦悶、徬徨。潘曉是八十年代的青年，她所傾訴的是經歷了十年浩劫之後，自己的精神創傷與內心苦悶。這些創傷與苦悶是林彪、「四人幫」

〔註5〕 參見伏志英編：《茅盾評傳》。
〔註6〕 參見夏志清：《中國現代小說史》中《茅盾》一章。

造成的，也是我們這個社會主義社會的許多尚待鏟除的弊病所造成的。正因為如此，所以兩者都不是偶然的、個別的問題，而是革命劇變後所帶來的具有一定普遍性的社會問題。二、兩者所表現的內容與傾訴的感情，儘管都是有缺陷的，然而卻都是真實的（如許多青年寫給潘曉的信裡所表示的：「同感，但不能完全同意；同情，但希望她奮起。」）因而才會都如此強烈地扣動同時代青年的心弦。

從潘曉的信所得到的啟示，可以幫助我們認識《蝕》三部曲所描寫的人物與故事，也可以幫助我們解開這樣的謎：為什麼歷盡滄桑的《蝕》，能依然具有其藝術的生命力？答案只能是：它反映了生活的真實，表現了二十年代後期千百萬知識青年的理想與追求、苦悶與不滿、動搖與幻滅，用當時的話說，叫二十年代末期青年們的「時代病」。同時，它也對大革命時期的社會現實與右派勢力的猖狂活動，作了生動而真實的描寫。因此，它不僅在當時具有強烈的現實意義，引起當時廣大青年讀者的強烈反響，而且對後代的讀者也仍然具有一定的認識意義與教育作用。當然，《蝕》三部曲本身確實存在一些明顯的缺點，如對作品裡人物的悲觀消極思想缺乏有力的批判。而這一缺點的造成，跟作者本人當時的悲觀消極思想是密切相連的。早在五十多年前，茅盾在《從牯嶺到東京》一文裡，就已直言不諱地說過：「我有點幻滅，我悲觀，我消沉，我都很老實的表現在三篇小說裡。我誠實的自白：《幻滅》和《動搖》中間並沒有我自己的思想，那是客觀的描寫；《追求》中間卻有我最近的——便是作這篇小說的那一段時間——思想和情緒。……我承認這極端悲觀的基調是我自己的，雖然書中青年的不滿於現狀，苦悶，求出路，是客觀的真實。」茅盾的這些懇切的自我批評，對於我們歷史地、一分為二地閱讀與欣賞這部作品，會有很大的幫助。

書名的寓意

給自己作品起名字，如同給自己的孩子起名字一樣，是件煞費苦心的事。因為，它得在短短的幾個字裡寄寓著豐富的內容，特別是文學作品的書名，不但要能耐人尋味，而且要起到點題寓意的作用。

茅盾是一位擅長於給自己的作品起名字的作家。他的一些作品的題名，往往都寓意深刻，富有象徵性。比如《子夜》、《虹》、《白楊禮讚》等名作的題目，就包含著豐富生動的內容，一般讀者對其寓意也比較清楚。然而，對

於茅盾的成名作《蝕》的寓意，有不少讀者則不很清楚，不少人就曾向我提出過這個問題。

其實，《蝕》這個書名是後起的，說得準確一點，它是在《幻滅》、《動搖》、《追求》發表兩年、並由商務印書館分別出了單行本之後的事情。一九三○年五月，這三個中篇改由開明書店出版時，才由作者把它們合成一冊，總其名曰《蝕》。也就是說，《蝕》這一書名，是一九三○年春茅盾自日本回到上海以後起的，因而它反映了當時作者對這部處女作的深入一步的認識，其寓意頗耐人尋味。在一九三○年五月《蝕》的初版裡，茅盾曾寫過一篇只有百字的「題詞」，其中有這樣一段話：

> 命名曰《蝕》，聊誌這一段過去。
>
> 生命之火尚在我胸中燃熾，青春之力尚在我血管中奔流，我眼尚能諦視，我腦尚能消納，尚能思維，該還有我報答厚愛的讀者諸君及此世界萬千的人生戰士的機會。
>
> 營營之聲，不能擾我心，我惟以此自勉而自勵。

這段話十分重要，它至少說明了三個問題，而這三個問題都與《蝕》的寓意有關。一、命名曰《蝕》，是為了聊誌「一段過去」，即以藝術的形式記載作者大革命時期的一段經歷與感受；二、剛從日本回國的茅盾，已一掃大革命失敗後一度支配自己，並瀰漫於《追求》之中的那種悲觀情緒和對人生的幻滅之感，表明自己願以生命之火和手中之筆，繼續投入鬥爭，以報答廣大讀者和萬千的人生戰士對《蝕》等作品的厚愛。三、對粗暴地否定《蝕》三部曲、並斷定作者是一個「時代的落後者」的那種批評，微表不滿，表明自己不會因之而停止前進的腳步。但是，由於當時國民黨的反動統治，使得作者措辭隱晦，還不能把《蝕》的寓意直說出來。

一九六三年八月，在《人民文學》編輯部組織的一次青年作者學習會上，茅盾在答覆青年作者提出的關於如何為作品起題目時說：「我的作品往往是先寫好了再起題目的。《幻滅》《動搖》《追求》這三個詞都是一種精神狀態，總名《蝕》，就有「缺陷」之意，但日月蝕只不過一時，過後重複圓滿，《蝕》的命意如此，與《子夜》同屬一類。」〔註7〕這就是說，題名為《蝕》，包含著作者對當時社會現實的看法。他借自然界日月蝕的現象，來說明大革命失

〔註7〕 茅盾：《短篇創作三題》——與青年作者的一次談話，見《茅盾論創作》，上海文藝出版社 1980 年 5 月版。

敗後的中國社會：光明已暫時被黑暗所遮蓋了。這種意思，我們也同樣可以在《蝕》三部曲的某些富有象徵意義的描寫中體會到。例如，《動搖》的結尾處，作者描寫方太太在尼姑庵裡的一段幻覺：尼庵的佛堂變成「一座古舊高大的建築」，忽然天崩地塌地倒下來，成了廢墟。在廢墟上競相冒出「苔一般」的各種顏色的小東西；「在這中間，有一團黑氣，忽然擴大，忽然又縮小，終於彌漫在空間，天日無光……」。黑氣蔽空，使得天日無光，其意也就是光明被黑暗遮蓋了。而《蝕》三部曲所描寫的，也就是光明被黑暗遮蓋前後一群小資產階級知識青年的精神狀態。

在《蝕》的一九八〇年新版裡，茅盾又寫了《補充幾句》一文，文中對《蝕》的寓意又作了進一步的說明：「我將《幻滅》等三篇全為一卷而題名曰《蝕》，除了上面『題詞』中講到的意思，尚有當時無法明言的：意謂一九二七年大革命的失敗只是暫時，而革命的勝利是必然的，譬如日月之蝕，過後即見光明；同時也表示我個人的悲觀消極也是暫時的。」這段話表明，五十年前，當作者為自己的作品重新命名時，《蝕》這一書名，不僅反映了他對大革命後的中國社會有了新的認識，同時也包含著對自己在《蝕》三部曲中，特別是《追求》中所表現出來的悲觀消極思想的自我否定。

弄清楚《蝕》的寓意，對於我們歷史地、一分為二地對待這部作品所表達的思想內容，無疑地會有相當的幫助。

關於茅盾散文的象徵性問題

　　茅盾不僅是我國現代著名的小說家，同時也是一個優秀的散文家。在他創作《蝕》三部曲之前，就寫過一些散文，最早的是直接寫一九二五年「五卅」運動的三篇散文：《五月三十日的下午》、《暴風雨》、《街角的一幕》。此後他又陸續寫下了大量的散文，截至解放前止，共出過《茅盾散文集》、《話匣子》、《速寫與隨筆》、《印象‧感想‧回憶》、《炮火的洗禮》、《見聞雜記》、《時間的記錄》、《白楊禮讚》、《生活之一頁》、《脫險雜記》、《蘇聯見聞錄》、《雜談蘇聯》等十多個散文集子。其中，包括許多戰鬥性很強的雜文和記錄時代的動盪變化的報告文學，同時也有許多色彩濃鬱的抒情散文。這裡，我只想談談茅盾的抒情散文，而且只想談談他的抒情散文中的象徵性問題。

　　一般讀者都很熟悉茅盾的《白楊禮讚》、《雷雨前》這兩篇作品，但這僅僅是茅盾的許多抒情散文中的一小部分，當然也是最優秀、最有代表性的部分。在這兩篇散文中，我們都知道作者善於用象徵性的寫法，借客觀自然景物來抒寫主觀思想情感，寄寓深刻的含意。這是茅盾其它同類散文的一個共同的特點。什麼叫象徵性的寫法呢？在文學作品中，所謂象徵性的寫法，是指借某一事物來象徵另一事物，或借某一具體事物來象徵某一抽象的概念或某種思想情緒。在象徵者與被象徵者之間，必然存在著某些共同的特徵。問題是，有些作品比較明顯地點明這兩者之間的聯繫，如《白楊禮讚》；而有些作品則不直接點明這兩者之間的聯繫，如《雷雨前》。因此，我們讀起來往往頗費思索，一時弄不清它的意思。那麼，對於這類作品應該怎樣去理解它呢？我們知道，在文學創作中，情是物引起的，如古人所說，觸景生情、感物起興。但是，為什麼一個作家對此景此物能引起注意，並借它來象徵、比喻某

一事物,而對彼景彼物則不引起注意,不借它來象徵、比喻某一事物呢?這就又取決於作家在當時的生活和戰鬥的環境中所形成的思想情緒。因此,我們要了解這類作品,就必須對作者寫作時的時代環境和思想情緒有比較清楚的認識。下面,我想從總的方面,簡單地談談茅盾在 1928～1929 東渡日本時期、左聯時期、抗日戰爭時期等三個不同時期所寫的一些抒情散文的象徵性問題(以下所列舉的作品均見《茅盾文集》第九、十兩卷)。

1928～1929 年間,茅盾在日本避居時期曾經寫了許多抒情散文,如《賣豆腐的哨子》、《霧》、《虹》、《紅葉》、《櫻花》、《鄰一》、《鄰二》等。這些散文的基本特點是,作者常借那迷茫的濃霧、泥人的細雨和一閃即逝的彩虹,來象徵自己的苦悶,徬徨的心情和渺茫的希望,或是通過對那時髦的楓葉、櫻花和鄰居孤寂的少婦、孩童的描寫,來抒發自己的惆悵、寂寞的情緒。例如,在《霧》裡,他寫道:「漸漸地太陽光從濃霧中鑽出來了。那也是可憐的太陽呢!光是那樣的淡弱。隨後它也躲開,讓白茫茫的濃霧吞噬了一切,包圍了大地。我詛咒這抹煞一切的霧!⋯⋯霧,霧呀,只使你苦悶;使你頹唐闌珊,像陷在爛泥淖中,滿心想掙扎,可是無從著力呢!」在《虹》裡,他寫道:「呵,你虹!古代希臘人說你是渡了麥丘立到冥國內索回春之女神,你是美麗的希望的象徵!但虹一樣的希望也太使人傷心。」為什麼這時期作者不注意日本的海濤、雷雨(後來他常寫雷雨、海濤),而偏偏要注意那令人發愁的濃霧、泥雨和一閃即逝的彩虹呢?如果我們進一步瞭解這時期的時代環境和作者的思想情緒,就會瞭解這決不是偶然的現象。一九二七年大革命失敗後,以蔣介石和汪精衛為首的大資產階級進一步與帝國主義勾結起來,對工農革命運動進行殘酷的鎮壓,使中國革命暫時又轉入低潮時期。從此以後,中國又出現了一個政治上極端黑暗和混亂的時代:「內戰代替了團結,獨裁代替了民主,黑暗的中國代替了光明的中國」。[註1]當時,茅盾在蔣介石反動政府的通緝下,於 1928 年避居到日本,思想上陷入極端悲觀、苦悶的境地。作者遠離了祖國,遠離了戰友,一時看不清前途和希望,在避居生活中,充滿了寂寞、苦悶的心情,而自己又不甘沉溺於寂寞、苦悶之中,尚思努力。在這種思想情緒的支配下,異國的哨音、濃霧、泥雨和一閃即逝的彩虹,都容易引起他的聯想,成為他藉以象徵、抒寫自己思想感情的對象。這時期的散文有一個共同的特點,即:筆法細膩、調子低沉,充滿苦悶、孤寂惆悵的

[註1] 《論聯合政府》,《毛澤東選集》第 3 卷第 1036 頁。

情調。

　　一九三○年茅盾回國後，又陸續寫了一些抒情散文，其中最有代表性的是寫於 1934 年間的《雷雨前》、《黃昏》和《沙灘上的腳跡》等。這幾篇文章的象徵性都很強，但它們的內容、基調，與作者前一時期所寫的散文則有很大的不同。試以《雷雨前》和《黃昏》為例，這兩篇文章是寫於國民黨統治最黑暗的年代，所以表現上比較隱晦曲折。關於《雷雨前》的象徵性問題，在中學語文教學中曾引起許多爭論，各人的解釋都不大一致。其主要原因，我以為也是由於對作者寫作時的時代特點和思想情緒不夠瞭解的緣故。《雷雨前》、《黃昏》，顧名思義，是寫雷雨前的沉悶空氣，寫黃昏時刻的陰鬱景象。但作者的目的並不僅僅在於此，而是在於寫即將到來的雷雨，和黃昏過後即將到來的黎明，其寓意與作者在這一時期所寫的《子夜》這一長篇小說標題的寓意（黎明前最黑暗的時刻）是相近的。說得明白些，作者是藉此來表露自己對於第二次國內革命戰爭時期中國革命形勢的認識，他以「雷雨前」「黃昏」「子夜」這一些富有雙重意義的標題，來象徵三十年代初期中國社會的基本特徵。我們知道，三十年代初期，是國民黨統治時代的一個最黑暗的時期。1930～1934 年間，蔣介石反動政府為了撲滅人民革命力量，連續向解放區發動了五次的反革命「圍剿」，使中國社會進入一個極端黑暗的時代。但中國共產黨人並沒有被嚇倒、殺絕，在毛澤東同志的軍事思想的指導下，中國工農紅軍粉碎了蔣介石的四次「圍剿」，最後舉行了威震中外的二萬五千里長征，北上抗日。當時，茅盾生活在國統區，對這一切都是耳聞目睹的，並親身經受過國民黨反動政權的迫害。因此，他憎恨、詛咒這一黑暗的時代，但又堅信黑暗過後即將有黎明。他以高昂、熱情的聲調來讚美、迎接這一黎明，預示著這一黎明的即將到來的。在《雷雨前》、《黃昏》裡，他以「灰色的幔」來象徵國民黨的黑暗統治（也可以說象徵了從北洋軍閥以來的中國黑暗勢力），以雷電（幔外的巨人）、疾風、海濤等自然力的形象來象徵黨所領導的人民革命力量（也可以說象徵了包括辛亥革命以來的人民革命力量，幔外巨人的數次咆哮、進攻，象徵了中國人民對黑暗統治的無數次的反抗），以大雷雨、大風雨來象徵、預示即將到來的革命風暴。在文章的結尾，他高聲地唱道：「轟隆隆，轟隆隆，再急些！再響些吧！讓大雷雨沖洗出個乾淨清涼的世界」！「海又動盪，波浪跳起來，轟！轟！在夜的海上，大風雨來了」！這兩篇文章的筆調高昂、熱情，氣勢雄渾、開闊，在寫法上與高爾基的《海燕》有許多相近的地方。限於篇幅，這裡不可能細談，但我以為如果我們能抓住

以上所談的這一總的特點，關於《雷雨前》的象徵性問題，就比較容易解決。

抗日戰爭時期，茅盾來回奔走於香港與大後方的重慶、桂林和西北一帶，他曾就自己的所見所聞，寫了許多隨感、遊記和報告文學，其中《白楊禮讚》和《風景談》是兩篇帶有濃厚的抒情色彩的散文，它們是這一時期作者在散文創作上的代表作。這兩篇散文寫於皖南事變前後，正當抗日戰爭進入最困難的時期。當時，日本帝國主義改變了侵華的策略：對國民黨採取以政治誘降爲主的方針，而集中主力對華北解放區和人民抗敵力量進行殘酷的掃蕩。在這種形勢下，蔣介石集團採取了消極抗戰、積極反共反人民的方針，企圖破壞抗日統一戰線，消滅共產黨所領導的抗敵力量，而中國共產黨則從全民族的利益出發，一方面領導華北人民對日寇進行反「掃蕩」鬥爭，一方面又根據「有理、有利、有節」的原則與蔣介石集團的破壞抗日統一戰線的陰謀活動進行鬥爭。茅盾的《白楊禮讚》，就是借傲然挺立在西北高原上的白楊樹的形象，象徵了中國共產黨所領導的人民抗敵力量，正面地歌頌他們的質樸、堅強和團結一致的精神。他以高昂的聲調讚美道：「我讚美白楊樹，就因爲它不但象徵了北方的農民，尤其象徵了今天我們民族解放鬥爭中所不可缺的樸質、堅強，以及力求上進的精神。」如果從反面去理解，這實際上也是對蔣介石集團的破壞抗戰、賣國投敵的一種暴露和否定（就在這篇文章寫後不久，作者又發表了小說《腐蝕》）。關於這篇散文，過去的評論文章已經很多，這裡不再重覆。我只想指出一點，即：在這篇文章裡，象徵的寫法與直接抒情是結合在一起的。換句話說，作者是比較明顯地把象徵性事物與被象徵的對象之間的聯繫豁朗地表達出來。因此，文章的風格和基調是高昂、明快而又熱情洋溢，從起句到落句，完全是一種讚歌式的寫法。就這一點說，它與作者在左聯時期所寫的《雷雨前》《黃昏》就有些不同。《風景談》是作者 1940年年底從延安到重慶後寫的。這篇散文寫於一九四〇年十二月，最早收於散文集《時間的記錄》裡。它通過回憶的方式，描繪了抗日聖地——延安人民的生活、勞動和朝氣蓬勃的精神。由於環境的關係，作者不是直寫，而是曲寫，借寫風景來歌頌、讚美那些能眞正創造和主宰風景的人。這篇文章是由幾個生活畫面構成的，一般都是既有描寫、抒情，而又有議論。結尾部分，作者借朝霞中守衛在高山之上的號兵和戰士的形象，來象徵解放區人民的嚴肅、勇敢、堅定和高度警覺的精神。在作者看來，他們才是我們中華民族的精神和意志的體現者。在解放前出版的《茅盾文集》《後記》裡，作者在談到《白

楊禮讚》《風景談》等散文時曾經熱情地寫道：「祝福這些純潔而勇敢的祖國兒女，我相信他們不久就可以完成歷史付給他們的使命，而他們的英姿也將在文藝上有更完整而偉大的表現。」〔註2〕

　　從以上的簡略分析中可以看出，茅盾在三個不同時期所寫的散文有三種不同的表現，它們都直接間接地反映了作者對於當時社會現實的態度，透露了自己的思想情感。因此，儘管這些作品都比較多地採用象徵性的寫法，內容也比較隱晦曲折，但我們如果能聯繫作者寫作時的時代環境和思想動態來進行分析，這些作品的內容還是比較容易理解的。

〔註2〕　見《茅盾文集》，上海春明書店 1948 年版。

延安禮讚
——讀茅盾的散文《風景談》

　　在烽火連天的抗日戰爭時期，茅盾曾滿懷深情地寫過不少懷念、讚美黨所領導的解放區、游擊區軍民的鬥爭生活與崇高精神的散文，《白楊禮讚》和《風景談》就是其中的名篇。

　　《風景談》寫於《白楊禮讚》之前。它作於皖南事變前夕的一九四〇年十二月，最初發表在一九四一年一月十日的《文藝陣地》第六卷第一期上。當時，由於國民黨的文網森嚴，這篇散文寫得比較隱晦。茅盾曾經說過：「那時候，國民黨的書刊檢查官有兩套『本事』：一是塗去他認為不利於蔣黨的字句（這主要是讚揚延安、讚揚八路軍、新四軍的），又一是把諷刺蔣黨的字句改為頌揚蔣黨。」〔註1〕為了對付國民黨的書報檢查官，使文章免遭「斧削」之災，作者往往採用曲筆的寫法，但細心的讀者，依然可以從字裡行間體會出作者的真實用意來。茅盾在一九四八年出版的《茅盾文集》的《後記》裡，曾說過這麼一段話：

　　　　《秦嶺之夜》和《過封鎖線》二篇由於檢查實在寫得相當晦澀，
　　　但其中的人物多麼可敬而可愛，或者也還可以看出來。屬此一類者，
　　　本集中尚有雜文二篇即《白楊禮讚》與《風景談》。祝福這些純潔而
　　　勇敢的祖國兒女，我相信他們不久就可以完成歷史付給他們的使
　　　命，而他們的英姿也將在文藝上有更完整而偉大的表現。〔註2〕

〔註1〕　見《茅盾文集》第9卷《後記》，第433頁，人民文學出版社1961年版。
〔註2〕　見《茅盾文集》，上海春明書店有限公司1948年1月初版。

翻開《風景談》一文，通篇找不到「延安」、「解放區」、「共產黨」等字樣，然而當你弄清楚了文章的背景，弄清楚了文中描繪的景物是指的什麼之後，你就會恍然大悟：原來通篇是在讚美延安，讚美黨所領導的解放區人民朝氣蓬勃的新生活，讚美純潔而勇敢的延安兒女崇高的精神境界。一句話，這不是一篇普通的談風景的文章，而是一篇飽含深情的延安禮讚。

《風景談》這篇散文的寫作，同作者一九四○年的延安之行有直接的關係。茅盾於一九三八年年底離開香港到了新疆之後，就逐漸識破新疆軍閥盛世才的反動面目，渴望離開新疆。一九四○年四月，他母親在上海病故的消息傳來，茅盾就借機請假，於同年五月間離開烏魯木齊。歸途中於西安遇到朱德同志，茅盾一家就搭乘朱德同志的車隊，於五月二十六日到了革命聖地延安。他們住在延安的魯迅藝術學院裡，前後有半年左右的時間。後來，由於黨組織考慮到像茅盾這樣的作家在國統區發揮的作用更大，所以，他於一九四○年年底，把兩個孩子留在延安學習和工作，同夫人又到了重慶。《風景談》一文，就是作者離開延安到重慶不久，以充滿對革命聖地延安的懷念與崇敬的心情寫於棗子嵐埡的。這篇散文，從藝術表現上看，具有兩個顯著的特色：

一、乍看起來，文章以談風景為題，從猩猩峽外的沙漠風光，談到黃土高原的夜色、夕照，從雨天山壁石洞裡的戀人，談到五月清晨守衛疆土的英雄哨兵的肅穆、莊嚴的形象，似乎是天南海北，漫無中心地隨意寫來。因此，有的同志就認為，《風景談》雖然充分發揮了散文藝術的自由活潑、不受約束的特點，以跌宕多姿、揮灑自如見長，然而不如《白楊禮讚》謹嚴凝煉、完好集中。換句話說，就是寫得比較鬆散。其實，這種看法是不對的。《風景談》在藝術表現上的一個重要特點，就是表面上似乎是隨意寫來，自由鬆散，實際上是謹嚴含蓄，寓意很深，處處緊扣一個中心，即對延安和延安人民的懷念與讚美。這主要表現在兩個方面。首先，文章所談的風景，並非一般的風景，更不是天南海北，漫無邊際的，而是中心突出，即主要是描寫延安的風光。這篇散文共描繪了六種所謂「風景」，除頭一個自然段是描寫新疆的沙漠風光之外，其它五種景色都是寫的延安。全文約三千五百餘字，其中有三千多字是用來描繪延安的新景象的，只不過是作者沒有直接點明，而是用含蓄隱晦的方式表現出來而已。例如，文中所說的「黃土高原」，即指的陝北延安。而文中所描寫的那「喧嘩」的、「跌在石上的便噴出了雪白的泡沫」的河水，就是著名的延水河。其次，作者表面上是在「風景」二字上做文章，實際上

不是在寫風景，而是寫主宰風景的人，讚美那些以崇高的革命精神和辛勤勞動征服了自然、改造了環境的延安英雄兒女。可以說，這是全文的基調，也就是作品的主題之所在。從文章的開頭到結尾，它猶如一首樂曲的主旋律一樣，層層深入地反覆出現。所以說，《風景談》也不是一般地讚美延安的風光的，而是讚美那充滿革命朝氣的延安兒女的，讚美解放區人民的新生活和新的精神面貌的。例如，文章第三個自然段，作者以輕鬆活潑的筆調，描繪了延水河旁一幅「由靜穆的自然和彌滿著生命力的人」所織成的「美妙的圖畫」。這實際上是延安魯藝師生們的勞動生活和精神面貌的寫照。他們從五湖四海來到革命聖地延安，雖然鄉音未改，操著「七八種不同的方音」，但共同的革命目標卻使他們親密無間地生活、勞動在一起。他們中有美術家、音樂家、木刻家、文學家，共同的勞動生活，使他們的手一律「磨起了老繭」。通過這幅畫面，作者讚美了腦力勞動與體力勞動的結合，讚美了延安革命知識分子朝氣蓬勃的新生活和新的精神面貌。可以說，對延安和延安人民的讚頌，就是作者在文中反覆詠歎的「自然是偉大的」，「然而充滿了崇高精神的人類的活動」更偉大的真正含義。

二、從表現手法上看，《風景談》是採用由遠及近、由淺入深、層層推進的方法，來傾訴對延安人民的新生活和崇高精神境界的崇敬與懷念之情的。文章由對六種風景的描述與作者的借景抒情組成，而這六種景色的描述，則由一個主題來貫串，即對主宰風景、改造自然的人類活動的讚頌。這種讚頌在文章裡反覆出現，但並不使人感到單調、重複，而是一層深似一層。它猶如一根紅線，把表面看來是分散錯落的各種「風景」串聯成一個跌宕多姿的整體。按照這一線索，可以把《風景談》的段落結構，分為四個層次。

第一個層次，即頭一個自然段。作者從看了《塞上風雲》的預告片起興，回憶起猩猩峽外的沙漠風光，實際上就是作者不久前曾耳聞目睹的新疆的沙漠風光。文中所說的「坎兒井」，即新疆人民用以引水灌溉的沙漠水井。茅盾在《新疆風土雜憶》裡說：「『坎兒井』者，橫貫沙磧之一串井，每井自下鑿通，成為地下之渠，水從地下行，乃得自水源處達於所欲灌溉之田。此因沙磧不宜開渠，驕陽之下，水易乾涸，故創為了引水自地下行之法。」〔註3〕這裡通過對沙漠裡常見的「莊嚴」而「嫵媚」的景色——沙漠駝鈴的描繪，讚美那「昂然高步」地行進在沙漠裡的駱駝隊，讚美它們那整齊的隊形、堅定

〔註3〕《茅盾文集》第9卷第408頁。

的步伐，以及那灌滿耳管的丁當悅耳的鈴聲。由於它們的出現，使得單調、平板的沙漠風光充滿生機，從而作者得出「自然是偉大的，然而人類更偉大」的結論。這一段的特點是：從遠處落筆，娓娓談來，彷彿是在談與現實無關的塞外風景，而實際上，作者是從一般地讚美人類征服自然、改造環境的活動開始，由遠及近、由淺入深地引出下面對延安人民的生活與鬥爭的懷念與讚頌。

第二個層次，即文章的第二至第四個自然段。從第二個自然段起，作者筆鋒一轉，從沙漠風光跳到「黃土高原」，接連以濃墨彩筆描繪了五種延安的人物、景色。這個層次裡寫了陝北高原上的兩種景色，實際上是延安人民勞動生活的兩幅生動的畫面。一是在藍天、明月、禿山的背景下，伴隨著歌聲出現的晚歸種田人的「剪影」；一是上文所引的描寫參加生產歸來的魯藝師們愉快的勞動生活的「場面」。通過這兩個畫面，作者開始把讚美的筆墨傾注到「彌滿著生命力」和革命精神的延安兒女身上。他們以辛勤的勞動改造了客觀世界，使得貧瘠單調的西北黃土高原，頓然生輝；同時，也以勞動的汗水改變了自己的精神面貌。正是從這一點出發，作者進一步用含蓄然而十分明確的音調，高聲讚美道：「自然是偉大的，人類是偉大的，然而充滿了崇高精神的人類的活動，乃是偉大中之尤其偉大者！」

第三個層次，即文章的第五至第八個自然段。這裡也描寫了兩個場景，實際上是延安人民勞動、工作之餘的學習和休息的兩幅速寫。前者用對比的手法，把一對延安男女青年，在雨天的荒山、原始的石洞裡聚精會神地一起學習的鏡頭，同城市裡常見的西裝革履旗袍高跟鞋的一對戀人，在公園長椅上偎依在一起的場面作了對比，實際上是把兩種人生觀與生活態度作了對照。作者描寫了延安人民學習、休息的一個場所——桃林茶社；這裡的條件十分簡陋，然而卻成了人們學習、討論和休息的「風景區」。作者通過這兩個場景的描寫，對上文所說的「充滿了崇高精神的人類的活動」的含義，作了進一步的補充和發揮。他讚美那對延安男女青年，因為那是「兩個生命力旺盛的人，是兩個清楚明白生活意義的人」；他讚美那簡陋然而出名的桃林茶社，因為「人類的高貴精神的輻射，填補了自然界的貧乏」，「人創造了第二自然」。

第四個層次，即最後兩個自然段。作者通過五月北國守衛疆土的英雄哨兵的形象描繪，把對延安和延安軍民的崇敬與讚美之情推向高潮。這裡，作

者沒有停留在對延安人民的勞動、學習與愉快的新生活的讚美上，而是進一步以嚴肅、堅決、勇敢和保持高度警覺的英雄哨兵的形象，來象徵延安人民的革命精神，象徵中華民族的反壓迫、求解放的革命精神，並以此來完成對延安的禮讚。這在抗日戰爭還處於艱苦的相持階段的當時，是十分難能可貴的。如果聯繫本文開頭所引茅盾在三十多年前所說的那段話，「祝福這些純潔而勇敢的祖國兒女，我相信他們不久就可以完成歷史付給他們的使命」，那麼，我們對《風景談》一文的主旨及藝術上層層推進的表現的手法，就會有更深的體會了。

《春蠶》小議
——關於題材來源與藝術構思問題

　　題為小議，意思是並沒有什麼宏旨大義要闡發，因為對於茅盾的這一優秀短篇的思想與藝術，歷來已有不少評論文章，無需我再來重複。這裡，我只想就一年多來所接觸到的有關《春蠶》的問題與材料，特別是我在向沈老求教的過程中，他對創作《春蠶》等作品的有關情況的回憶，來糾正我在《論茅盾四十年的文學道路》一書中的某些不準確的說法，並就《春蠶》的題材來源和藝術構思的問題，作些補充，發點議論。

　　《春蠶》最初發表於一九三二年十一月《現代》第二卷第一期。它同茅盾的另一優秀短篇《林家鋪子》，都是寫於「一・二八」上海抗戰之後，並以「一・二八」為背景，生動地描繪了三十年代初期江南農村、鄉鎮的蕭條、破產的景況和蠶農們、小商人的悲慘命運，這是已為廣大讀者所熟知的。但是，茅盾的這兩個最著名的短篇，究竟是怎樣創作出來的呢？它是依靠長期的生活積累，還是來源於某次對鄉鎮生活的實地觀察？對於這個問題，我過去一直是強調後者的。在一九五九年《論茅盾四十年的文學道路》一書的初版中，我曾反覆強調：一九三二年「一・二八」上海抗戰後，茅盾一度回到自己的故鄉烏鎮。並且，我還進一步提出：「他在故鄉，對農村、市鎮的情況留心觀察研究，也接觸了一些鄉下的親戚、市鎮上的小商人等，這個具有典型性的江南農村和市鎮，在經濟危機和日本帝國主義侵略的影響下，日趨破產、貧困的景象，引起他很大的注意。後來，這次回鄉觀察、分析、搜集所得的材料，就成為寫作《春蠶》、《林家鋪子》的基礎。」一句話，我強調《春

蠶》、《林家鋪子》的取材，來自「一・二八」後作者回故鄉時所進行的實地觀察。對於這樣一個結論，我很長時間以來一直沒有懷疑過。

從去年五月以來，我對上述的說法，開始產生了疑惑。當時，我應《文學評論》編輯部之約，正著手撰寫《評〈林家鋪子〉》一文，為了進一步搞清一些事實細節，我寫信請教沈老，詢問他在《我的回顧》一文中所說的「一・二八」上海戰爭後回家奔喪，究竟是奔誰之喪。誰知沈老接連數次否認「一・二八」後曾回過烏鎮。一九七八年五月七日，沈老覆信稱：「……至於我說的『一・二八』上海戰爭後我因事奔喪回烏鎮一次，《林》、《春蠶》、《當鋪前》即此時所寫，那是當時寫文時的託詞；回家奔喪（祖母撤靈）乃二十年代事，《林》、《春蠶》等寫作時，我已無回烏鎮之自由。這些短篇是憑我在上海定居（那是在進商務後的第三年）前所見所聞而寫的。《春蠶》是因我祖母喜養蠶（那是我未進中學時），親身所體驗而寫的。」當時，我接沈老信後，又提出《故鄉雜記》記述作者於「一・二八」後回故鄉烏鎮的所見所聞，甚為具體詳細，似不可能純屬虛構。沈老於一九七八年六月二十一日的覆信中又指出：《故鄉雜記》所寫，「非回家一次的所見所聞」。他進一步回憶過去的情況說：「我於一九二七年前，即從我進商務到大革命失敗蔣介石通緝『要犯』數十人之後，這大約十年內，最初每年回家兩三次至四五次，後移家上海（大約是進商務後的第四年），即不常去。『奔喪』在一九二七年以前。二七年以後，偶爾去一二天（因我母親有時回鄉我送她去，或她要來滬寓，我去接）。一九三六年十月我因母病回家，自己也發痔瘡，故未能參加魯迅喪事。」他在信中明確指出：「《林家鋪子》等決非回家一次所寫，正如《阿 Q 正傳》不是魯迅回家一次所寫而根據回憶也。」

沈老的兩次來信，實際上涉及到相互關連的兩個問題：（一）一九三二年「一・二八」後，他究竟有沒有回過烏鎮？這是一個需要搞清楚的基本事實；（二）應該如何認識茅盾創作《春蠶》等作品的生活基礎？這是涉及《春蠶》、《林家鋪子》以及《秋收》、《殘冬》、《當鋪前》等短篇的題材來源和藝術構思的重要問題。對於第二個問題，我從沈老的兩次來信中受到很大的啟發，聯繫他在《我怎樣寫〈春蠶〉》一文中的論述，我意識到自己在《論茅盾四十年的文學道路》一書中，對這個問題的論述是不準確的，至少是有很大的片面性。但是，對於頭一個問題，我頭腦裡總感到有點疑惑，擔心會不會因年代久遠，造成沈老記憶上的差錯。因此，同年七月十六日，我利用出

差北京之便，再次當面向沈老提出：《故鄉雜記》等文章所述似乎不可能全屬虛構。「一・二八」上海抗戰爆發後，他會不會為母親的安全起見，特地護送她回烏鎮避難。沈老當即指出：「《故鄉雜記》是根據過去歷次回鄉的見聞寫的。『一・二八』上海抗戰爆發後，我家已從景里裡遷到法租界。在愚園路，此地日本飛機是不會來轟炸的。『一・二八』時我和我母親都沒有離開上海。」

沈老的三次答覆，促使我下決心重新審查自己對這一問題的論述，並準備寫文章加以糾正。為此，我翻閱了解放以後出版的中國現代文學史與茅盾研究的專著，發現王瑤、丁易、劉綬松、復旦大學中文系、孫中田等編著的文學史，以及吳奔星的《茅盾小說講話》、邵伯周的《茅盾的文學道路》等書，均未提及茅盾曾於「一・二八」後回過故鄉，更沒有提到《春蠶》等作品的創作同作者的這次故鄉之行的關係。如此一來，首先提出這樣一種說法的，很可能就是我自己。至少，到目前為止，我還沒有發現一九五九年以前有關茅盾的論著，有過類似的說法。但是，從一九五九年以後，這種說法就流行起來了。比如，影響較大的唐弢主編的《中國現代文學史》（「文化大革命」前內部鉛印的討論稿），以及發表於《十月》創刊號的唐源的評介《春蠶》的文章，都有類似的說法。這種情況，更加堅定了我想搞清上述基本事實的決心。我重新檢查了當時提出這種說法的根據，發現如下材料都直接、間接地說明茅盾曾於一九三二年「一・二八」後回過故鄉烏鎮：

（1）茅盾於一九三二年寫的《故鄉雜記》，第一次描述了「我」於「一・二八」後返回故鄉烏鎮的所見所聞。這篇文章包括《一封信》、《內河小火輪》、《半個月的印象》三個部分，分別在一九三二年六、七、八月的《現代》第一卷第二、三、四期上連載。作者假託「我」在「故鄉的老屋」之中、「一燈如豆之下」，給「年輕的朋友」寫信，介紹「一・二八」後回鄉時沿途所見所聞，以及故鄉小鎮經濟蕭條、破產的情況。文中稱：「我向來喜歡旅行，但近年來因為目疾胃病輪流不斷地作怪，離不開幾位熟習了的醫生，也使我不得不釘住在上海了。所以此次雖然是一些不相干的事，我倒很願意回故鄉走一遭。」〔註1〕文中記述「一・二八」後江南鄉鎮冷落、蕭條的情況甚詳，特別是第三小節《半個月的印象》，其中所描寫的丫姑老爺、雜貨店老闆，以及清晨當鋪前擁擠的場面等等，都可以在《春蠶》、《林家鋪子》、《當鋪前》等短

〔註1〕 見《茅盾文集》第9卷，第128頁。

篇中找到影子，甚至可以找到某些類似的語言。

（2）茅盾於一九三二年十二月寫的《我的回顧》一文中說：「直到一九三一年春天，我的身體方才好些。再開始做小說，又是長篇。那一年就寫了《三人行》、《路》，以及《子夜》的一半。本年元旦，病又來了，以後是上海發生戰事，我自己奔喪，長篇《子夜》擱起來了。」〔註2〕在這篇回顧自己創作歷程的文章中，作者明確地提到「一·二八」上海戰事後，曾回家奔喪。

（3）茅盾繼《我的回顧》之後所寫的一些散文中，也提到他曾回過家鄉。這類文章，就我所知的有三篇：

《談迷信之類》，此文原載一九三三年十一月《申報月刊》第二卷第十一號。文中說：「去年我到鄉下去養病，偶然也觀光了『青天白日』下的『新政』……」〔註3〕文中所說的「去年」，從文章發表的時間看，當即一九三二年。

《也算是『現代史』罷》，此文發表年月未及細查，但從收入一九三三年七月上海天馬書店出版的《茅盾散文集》看，發表時間當在一九三三年七月以前。文中說：「郁達夫先生仗著一枝禿筆跑江湖，也總算是老資格的了，可是他最近也感到他這書呆子在上海混不過去，大雨天裡溜到杭州去過『隱士』生活。在下跑江湖的資格遠不及達夫先生，可是十多年來也總死賴在上海，這回看見達夫先生的榜樣，也就浩然起了『歸』志。說到敝鄉，跟杭州就差的遠了。杭州是『天堂』，敝鄉不過是『草鎮』。」〔註4〕

《人造絲》，收於茅盾散文集《速寫與隨筆》，發表於一九三四～三五年間。文中說：「那一年的秋天，我到鄉下去養病。在『內河小火輪』中，忽然有人隔著個江北小販的五香豆的提籃跟我拉手……」〔註5〕

以上五篇文章，都從不同的角度提到作者曾回過故鄉。這些文章有兩個特點：（一）都是茅盾自己所寫的；（二）都是「一·二八」後幾年的時間裡寫的。茅盾的這些文章對為什麼回鄉的原因說法不一，如有的說是為了奔喪，有的說是為了養病，其中有不少文章的內容也可能有虛構的成份，但是，同一時期裡有這麼多文章都提到作者曾於「一·二八」後回過家鄉，似乎不可能純粹出於巧合，或全部都屬於虛構。換句話說，當時茅盾回過烏鎮的問題

〔註2〕 見《茅盾自選集》，上海天馬書店1933年4月初版。
〔註3〕 見《茅盾文集》第9卷，第185頁。
〔註4〕 見《速寫與隨筆》，開明書店1935年版，第112頁。
〔註5〕 見《茅盾文集》第9卷，第242頁。

依然無法排除。爲了進一步弄清楚這個與《春蠶》等作品的創作有關的史實，今年四月間，在沈霜、陳小曼同志的協助下，我再次向沈老提出這個問題，請求他幫助搞清楚。後來，經沈霜同志回憶（他記得十歲時曾隨沈老一起回烏鎮，推算起來，大約就在一九三二年），並與沈老核實，終於弄清楚以下幾點：（一）大約一九三二年夏秋間，茅盾和他夫人、兩個孩子，全家四人確曾回烏鎮奔喪，時間約一個多星期（茅盾母親是在他們之前先回烏鎮的）；（二）茅盾對三十年代初期南方鄉鎮情況的了解，不光是來自這次的故鄉之行，而是還有許多其他的渠道，例如，他在上海常與一些親戚交往，他們經常回烏鎮，或是有從烏鎮來上海的客人，從他們那裡，茅盾了解到更多的家鄉的情況；（三）《春蠶》等作品裡對江浙一帶的風土人情的描寫，主要依靠作者過去長期的生活積累；（四）《故鄉雜記》是集合上述三方面的材料寫成的，並不僅僅是一次回鄉的見聞。

沈老最後的回憶和得出的結論，使我認識到即使他確認「一‧二八」後曾回過烏鎮，我過去對《春蠶》等作品的題材來源的解釋，也仍然有很大的片面性。應該說，同魯迅的《狂人日記》、《祝福》、《阿 Q 正傳》等作品一樣，《春蠶》、《林家鋪子》等作品的創作，主要依靠作者長期的生活積累。這就如魯迅在論及「雜取種種人，合成一個」的方法時所指出的，即依靠對對象的長期的「靜觀默察」，才能做到「爛熟於心，然後凝神結想，一揮而就」。〔註6〕解放後，在一次同青年作者的談話中，茅盾曾說過：「寫《春蠶》只花了幾天時間。南方的小鎮和農村是連在一起的，我二十歲以前常住家鄉，天天接觸農民，但沒有有目的地去體驗生活，《春蠶》等表現農村生活的短篇寫作時，我早已定居在上海，其中細節描寫、人物形象是憑過去的那一點體驗。」〔註7〕在解放前所寫的《我怎樣寫〈春蠶〉》裡，作者對此曾作了更加具體而生動的描述，他說自己「不敢冒充是農家子」，除童年時代一年一度的清明上墳，可以到鄉下走一趟外，並沒有在農村生活過。然而，他爲什麼會寫起反映農村生活的小說《春蠶》來呢？作者的回答是，主要依靠少年時代以來對太湖流域鄉鎮生活和有關養蠶知識的熟悉與了解。例如：他對於蠶農的描寫，主要靠少年時代他對故鄉的農民，特別是他家的傭人和「丫姑爺」的接觸與了解。他說：「我幼年所見的鄉下人不出下列二類：家

〔註6〕 魯迅：《出關的「關」》，見《且介亭雜文末編》。

〔註7〕 《短篇創作三題》，見《人民文學》1963 年 10 月號。

中的傭人（女的居多）以及『丫姑爺』。我家有幾代的『丫姑爺』常來走動，直到我們的大家庭告終。」他的有關養蠶的知識，是從他那喜歡養蠶的祖母那裡得來的。至於他對於桑葉以及剝削蠶農們的「葉市」、「繭行」的知識，則是依靠從小時的接觸和從親戚世交中耳聞目睹得來的。他說：「我家的親戚世交有不少人是『葉市』的要角。一年一度的緊張悲樂，我是耳聞目睹的」；「我認識不少幹『繭行』的，其中也有若干是親戚故舊。這方面的知識的獲得，就引起了我寫《春蠶》的意思」。〔註8〕

從作者所提供的一系列生動的材料說明，他之所以能成功地寫出真實地反映太湖流域一帶蠶農們命運的優秀短篇《春蠶》來，並不是偶然的，而是有其深厚的生活基礎的。應該說它主要是得力於過去長期的生活經驗的積累。如沈老於一九七八年六月二十一日給我的信裡所說的那樣。的確，魯迅一九二一年在北京寫《阿Q正傳》時，並沒有特地跑回紹興去作實地觀察，然而他在這篇著名的小說中，卻出色地塑造了阿Q這一聞名中外的文學典型。其所以如此，用魯迅的話說，這是因為「阿Q的影像，在我心目中似乎確已有了好幾年」。〔註9〕在中外文學史上，許多著名作家的優秀作品，往往是這樣寫出來的。當然，強調長期的生活積累，並不排除茅盾「一・二八」後回鄉的實地觀察對創作《春蠶》等作品所起的作用。我認為，作者對三十年代初期，特別是「一・二八」以後中國社會的觀察與分析，其中包括他那次回家對在帝國主義侵略和經濟危機影響下農村經濟的蕭條、破產情況的觀察與了解，以及通過親朋故舊所了解到的三十年代初期都市、農村經濟凋敗的情況，對於他醞釀、提煉《春蠶》的主題，構思人物和情節，都起了重要的作用。在談到《春蠶》的藝術構思時，茅盾曾說過這樣一段話：

> 《春蠶》構思的過程大約是這樣的：先是看到了帝國主義的經
> 濟侵略以及國內政治的混亂造成了那時的農村破產，而在這中間的
> 浙江蠶絲業的破產和以育蠶為主要生產的農民的貧困，則又有其特
> 殊原因，──就是中國廠經在紐約和里昂受到了日本絲的壓迫而陷
> 於破產（日本絲的外銷是受本國政府扶助津貼的，中國絲不但沒有
> 受到扶助津貼，且受苛雜捐稅之困），絲廠主和繭商（二者是一體的）
> 為要苟延殘喘便加倍剝削蠶農，以為補償。事實上，在春蠶上簇的

〔註8〕 見《文萃》1945年第8期。
〔註9〕 魯迅：《〈阿Q正傳〉的成因》，見《華蓋集續編》。

時候，繭商們的托拉斯組織已經定下了繭價，注定了蠶農的虧本，
而在中間又有「葉行」（它和繭行也常常是一體的）操縱葉價，加重
剝削，結果是春蠶愈熟，蠶農愈困頓。從這一認識出發，算是《春
蠶》的主題已經有了，其次便是處理人物，構造故事。〔註10〕

這裡所談的《春蠶》的藝術構思過程，實際上主要是主題的提煉過程。作者
告訴我們的已是抽象的結論，而這種結論是從「一・二八」前後大量生動的
實際材料中概括出來的，是作者對當時的社會現象觀察、分析的結果。在《故
鄉雜記》的第三節《半個月的印象》裡，我們還可以通過關於「丫姑老爺」
的詳細描述，看到作者的這種觀察、分析、概括的過程。文中所描寫的小康
的自耕農「丫姑老爺」的家世與經歷，很可能包含著作者過去的經驗，但文
中對「丫姑老爺」命運的描述，則已經具有新的時代的特點，即：它是在「一・
二八」上海戰爭以後的歷史背景下展示出來的。那位來向「我的嬸娘」借錢
買葉，把希望寄託在春蠶上頭的「丫姑老爺」，實際上就是《春蠶》裡老通
寶的主要原型（這從茅盾的《我怎樣寫〈春蠶〉》一文對「丫姑爺」的敘述
中，也可以得到印證）。作者通過對這一具體人物的觀察與分析，算定「他
的自耕農地位未必能夠再保持兩三年」，並進而從這一個「丫姑老爺」的命
運，推論出這「也就是聰明的、勤儉的、小康的自耕農的無可避免的命運」
這樣一個帶有普遍性的結論。實際上，這也就是《春蠶》所要表達的主題。
換句話說，《春蠶》的主題也是來自當時的現實生活，來自作者對「一・二
八」前後中國社會的深刻觀察與分析，其中也包括作者「一・二八」後回鄉
的所見所聞。事實上，從一九三○年作者由日本回國後，就開始對三十年代
初的舊中國社會進行觀察與了解，積累創作的素材。《春蠶》、《秋收》、《殘
冬》和《林家鋪子》、《子夜》等一批作品，均寫於一九三二～一九三三年之
間，它們的藝術構思，同作者對當時中國社會的觀察都有密切關係，而不光
是來自某一局部的經驗。比如，作者對老通寶一家豐收成災的根源，之所以
能作形象而深刻的揭示，就不光是依靠他對農村裡蠶農們的處境的觀察與了
解，而且也依靠了他對都市裡的民族絲織業的境況和國際市場上中國絲的破
產情況的瞭解。正因為如此，所以《春蠶》等作品所反映的生活內容，都具
有一定的深度與廣度，並且具有強烈的時代感。

　　當然，主題確定之後，作者進入具體的創作過程時，過去長期的生活經

〔註10〕見《我怎樣寫〈春蠶〉》。

驗的積累，對於他塑造人物、提煉情節依然發揮了主要的作用。茅盾在談到《春蠶》的人物描寫時說過：「自然，在描寫那些角色的個性時起作用的，也還有我比較熟悉的若干個別農民。上面說過，我未嘗在農村生活過，我所接近的農民只是常來我家的一些『鄉親』，包括了幾代的『丫姑爺』；但因爲是『丫姑爺』，他們倒不把我當作外人，我能傾聽他們坦白直率地訴說自身的痛苦，甚至還能聽到他們對於我所抱的理想的質疑和反應，一句話，我能看到他們的內心，並從他們口裡知道了農村中一般農民的所思所感與所痛。」〔註11〕可以這樣說，老通寶的形象，在作者心目中也是存在了好久了。「一·二八」以後，根據對當時形勢和蠶農們命運的認識，作者給予藝術上的再創造，從而塑造出老通寶這老一代蠶農的文學典型。

　　以上是我從沈老對創作《春蠶》的有關情況的回憶所得到的啓發，把它寫出來的目的，一是糾正自己過去在這個問題上的一些片面的論述，二是就正於現代文學研究者和廣大的讀者。

1979 年 7 月

〔註11〕見《我怎樣寫〈春蠶〉》。

論魯迅與茅盾的友誼

提出一個問題

　　人們在紀念先驅者的偉大業績時，往往會想起他們為後世所開闢的道路，想起他們的鴻篇巨製、等身著作，以及種種貢獻。在紀念我國現代文學的奠基人、無產階級革命文學的偉大旗手——魯迅誕生一百週年的時候，我卻想起了先驅者的革命的、戰鬥的友誼，想起了他們為了共同的事業團結戰鬥的光輝業績。因為，先驅者的這種團結戰鬥的革命友誼，不僅在開創、發展我國二十世紀的現代革命新文學的過程中，曾經起了不可忽視的重要作用，而且它對於我們發展今天的社會主義文藝事業，也依然有著巨大的現實意義。

　　文藝的事業是一項集體的事業。要取得一代文藝事業的繁榮發展。需要各種因素的配合，但其中重要的一條，就是要在同一的目標下團結文藝界的一切進步力量，依靠集體的努力才能實現，只靠少數人的孤軍奮戰是形成不了大局面的。作為我國現代文學最偉大的先驅者，魯迅是深知此中道理的，所以歷來十分重視作家之間的友誼與革命文藝隊伍的團結問題。在他光輝的一生中，不僅寫下大量為革命吶喊助威的不朽篇章，鼓舞「奔馳的猛士，使他們不憚於前驅」，〔註 1〕而且時時注意尋找、團結同道的戰友，以求聯成一條戰線，向舊社會、舊勢力進行持久的鬥爭。他從不把自己視為可以脫離革命集體、依靠個人的力量就能扭轉乾坤的天才。五四高潮過後，新文化統一

〔註 1〕　《〈吶喊〉自序》。

戰線出現了分化，他曾爲「成了遊勇，布不成陣」〔註2〕而苦悶，後來並以「寂寞新文苑，平安舊戰場，兩間餘一卒，荷戟獨彷徨」的著名詩句，〔註3〕來形容自己當年孤軍苦戰的寂寞心情。一九二七年初，他抵達大革命策源地廣州以後，曾準備在文學上「與創造社聯合起來，造成一條戰線，更向舊社會進攻」。〔註4〕到了左聯成立時，他就更加明確地主張「戰線應當擴大」，「應當造出大群的新的戰士」，〔註5〕向舊社會和舊勢力展開堅決、持久不斷的韌的戰鬥，並旗幟鮮明地反對在這個問題上的左傾關門主義、宗派主義和無原則的糾紛。在這個時期裡，他不僅培養、造就和團結了一大批青年作家，而且十分注意聯合、團結各種不同風格、流派的老作家，包括那些曾經同自己有過不同意見的作家，從而爲發展左翼革命文藝運動作出了卓越的貢獻。

特別值得注意的是，魯迅在逝世前夕，曾尖銳批評革命文藝隊伍中某些同志的那種「喊喊嚓嚓，招是生非，搬弄口舌，決不在大處著眼」的陋習，再次提倡在同一目標下作家之間的友誼和團結。他說：「例如我和茅盾、郭沫若兩位，或相識，或未嘗一面，或未衝突，或曾用筆墨相譏，但大戰鬥卻都爲著同一目標，決不日夜記著個人的恩怨。然而小報卻偏喜歡記些魯比茅如何，郭對魯怎樣，好像我們只在爭座位，鬥法寶。」〔註6〕這裡，魯迅提出的問題，正是他一生中反覆強調的問題，也是一個事關文藝事業的繁榮發展的重大問題。「大戰鬥卻都爲著同一的目標，決不日夜記著個人的恩怨」，這句話充分表現了他那寬闊的無產階級胸懷和顧全大局的精神。實際上也是正確處理革命文藝隊伍內部關係的一個基本原則。茅盾在逝世前夕也說過類似的話。當他回憶到二十年代後期同太陽社、創造社的論爭時，曾說過：「……從《幻滅》等三部小說發表以後，讚揚和批評的文章又在我的記憶中跳出來了。但我的情緒是冷靜的。讚揚也好，批評也好，都是對我的鞭策，對我的鼓勵，談不上恩怨。我自從事文學工作以來，同人家論爭，是家常便飯。不過此次批評我的人是朋友，是同志，與從前的禮拜六派、學衡社，有天壤之別。」〔註7〕這種不計個人恩怨、注重鬥爭大方向的精神，同魯迅是完全一

〔註2〕 《南腔北調集·〈自選集〉自序》。
〔註3〕 《集外集·題〈彷徨〉》。
〔註4〕 《兩地書》第69頁。
〔註5〕 《二心集·對於左翼作家聯盟的意見》。
〔註6〕 《且介亭雜文末編·答徐懋庸並關於抗日統一戰線問題》。
〔註7〕 茅盾：《亡命生活》（回憶錄十一）。《新文學史料》1981年第2期。

致的。今天，我們應該認眞地學習魯迅和茅盾的這種精神，提倡作家之間的友誼，提倡顧全大局，維護革命文藝隊伍的團結。而在這方面，魯迅與茅盾之間的友誼和團結，是永遠值得我們學習的一個光輝榜樣。

在「五四」以來現代文學的先驅者中，魯迅與茅盾的關係是十分密切，交誼是很深的。如果把魯迅上述的話稍加闡釋，可以說他們的友誼具有兩個突出的特點：一、他們不僅「相識」，而且相識很早。早在「五四」新文學運動初期，他們就建立了密切的文字之交，在反對封建舊文學、倡導革命的新文學的共同鬥爭中相互支持，結下深厚的友誼。二、他們不僅「未衝突」，也從未「用筆墨相譏」，而且都具有共同的思想、藝術傾向，在「五四」以後至左聯時期的歷次重大鬥爭中，都能取同一的步調，爲著同一的目標。他們在共同的鬥爭中密切合作，配合默契，成了憂樂與共的親密戰友。

魯迅的一生中有許多親密的戰友與同志，然而在他同輩之中，關係最爲密切者，除瞿秋白外，恐很難舉出第二個能與茅盾相比的人。許廣平同志在談到魯迅與茅盾的友誼時，曾說過這樣一段話：「茅盾先生從東洋回來了，添一支生力軍，多麼可喜呵！那時，壓迫並不稍寬，茅盾先生當即被注意了。先生和他以前在某文學團體裡本有友情。這回手攜手地做民族解放運動工作，在艱難環境之下，是極可珍視的。有時遇到國外友人，詢及中國知識界的前驅，先生必舉茅盾先生以告。總不肯自專自是，且時常掛念及茅盾先生身體太弱，還不及他自己。」〔註8〕這段話生動地反映了這兩位先驅者之間的親密友誼。

魯迅與茅盾的交往與友誼，有一個發展過程。隨著中國革命與新文學運動的日益深入，他們之間的友誼與合作也越來越密切。所起的作用也越來越大。爲了比較系統、清晰地把這一發展過程描述出來，下面擬將魯迅與茅盾的交往與友誼，分成三個時期來論述：一、在中國現代文學的創業期中結交（1921～1926）；二、在大革命失敗後的黑暗年代裡加深友誼（1927～1929）；三、在三十年代左翼文藝運動中並肩戰鬥（1930～1936）。

在中國現代文學的創業期中結交（1921～1926 年）

魯迅與茅盾之間的交往和友誼，始於「五四」新文學運動初期。說來有趣，這兩位現代文學的巨人，都是浙江人，都善於通過富有江南色彩的人生

〔註8〕 《欣慰的紀念》。

畫面，深刻地反映舊中國的社會現實；然而他們雖是同鄉不相識，在一九二
六年以前，彼此未曾見過一面。「五四」運動以前，魯迅與茅盾有一段時間同
在北京，然從未見過面。當時的魯迅已是推翻帝制後的教育部的一名僉事，
而茅盾則還是北京大學預科的一名青年學生；當魯迅於一九二〇年開始應聘到
北大任教時，茅盾已從北大預科畢業、離京進上海商務印書館編譯所工作四
年多，並開始在早期的新文學活動中顯露出卓越的才華。那麼，究竟是什麼
原因，使得分居京滬兩地素不相識的這兩位文學巨人，開始建立了早期的友
誼呢？答案是，「五四」以後社會變革的歷史潮流，新文學運動的共同目標以
及共同的思想、藝術傾向，把他們吸引到一起來了。

　　根據《魯迅日記》的記載、茅盾的回憶和有關的資料，魯迅與茅盾的交
往，開始於文學研究會成立之時和茅盾主持《小說月報》革新期間。一九二
一年四月十一日的《魯迅日記》裡有一條記載：「晚得伏園信，附沈雁冰、鄭
振鐸箋。」〔註9〕這是魯迅與茅盾的第一次通信，因當時茅盾同魯迅還不太熟
悉，所以通過與魯迅關係密切的孫伏園轉交，目的是為了約稿。時魯迅四十
歲，茅盾二十五歲。魯迅接信後第二天，即四月十三日上午，很快給茅盾覆
了信，此後兩人之間就開始了越來越密切的交往。其實，在這一次正式通信
之前，茅盾早就讀過魯迅的一些作品，對這位思想文化界的先驅者產生敬慕
之情，因而在和鄭振鐸等組織文學研究會期間，就通過各種辦法來積極地爭
取魯迅的支持。

　　茅盾在回憶「五四」前後所受的思想影響時，多次強調他主要是受《新
青年》雜誌的影響。當時，他經常閱讀《新青年》上面的文章，其中魯迅的
《狂人日記》等小說和一些隨感錄，使他留下了深刻的印象。對此，茅盾在
一九二三年寫的《讀〈吶喊〉》一文裡，曾有一段生動的回憶。他說：

　　　　那時《新青年》方在提倡「文學革命」，方在無情地猛攻中國
　　的傳統思想，在一般社會看來，那一百多面的一本《新青年》幾乎
　　是無句不狂，有字皆怪的，所以可怪的《狂人日記》夾在裡面，使
　　也不見得怎樣怪，而竟未能邀國粹家之一斥。前無古人的文藝作品
　　《狂人日記》於是遂悄悄地閃了過去，不曾在「文壇」上掀起了顯
　　著的風波。

　　　　但魯迅的名字以後再在《新青年》上出現時，便每每令人回憶

〔註9〕　《魯迅日記》（上卷），第359頁。

到《狂人日記》了；至少，總會想起「這就是《狂人日記》作者」
罷。別人我不知道，我自己確在這樣的心理下，讀了魯迅君的許多
隨感錄和以後的創作。

被譽爲「前無古人」的《狂人日記》，在青年時代的茅盾心裡，留下特別深
刻的印象。他是這樣來形容當年讀這篇作品時感受的：「只覺得受著一種痛
快的刺戟，猶如久處黑暗的人們驟然看見了絢麗的陽光」；「使人一見就感到
著不可言喻的悲哀的愉快。這種快感正像愛於吃辣的人所感到的『愈辣愈爽
快』的感覺」。〔註 10〕魯迅作品裡那種無所畏懼的徹底反封建的精神，激起
了青年茅盾的強烈反響，在他的心目中，魯迅無疑是一位令人尊敬的反封建
的英勇先驅。這時候，茅盾自己也開始投身到中國社會變革的歷史潮流中
去，在「五四」新文化運動和一批具有初步共產主義思想的知識分子的影響
與推動下，他開始接受馬克思主義的學說，參加中國共產黨早期的建黨活
動。從一九二○年冬起，他爲移滬出版的《新青年》撰稿，爲中國共產黨最
早的一個刊物《共產黨》月刊翻譯有關共產主義的文獻，並於一九二一年二、
三月間正式參加上海共產主義小組（即中國共產黨發起組）。同時，在一九
二○年冬至二一年春，茅盾和鄭振鐸等開始籌備成立新文學史上的第一個大
型的文學社團——文學研究會，並開始主持《小說月報》的全面革新工作。
也正是在這一重要的時刻，爲了共同的目標，出於對魯迅的敬仰之情，茅盾
多次主動地提出爭取魯迅的合作與支持。例如，一九二○年十二月間，當茅
盾決定主編《小說月報》後，就曾通過文學研究會發起人之一的周作人，向
魯迅約稿，周作人在一九二○年十二月二十七日的覆信中說：「魯迅君恐怕一
時不能做東西。」〔註 11〕接著，茅盾又於一九二一年一月十日致鄭振鐸的信
裡，提出請魯迅參加審定稿件。當時，他主張革新後的《小說月報》，發表
創作稿「宜取極端的嚴格主義」，不同意只由他一人決定稿件的取捨。他說：
「所以弟意對於創作，應經三四人之商量推敲，而後決定其發表與否，決非
弟一人之見，可以決之，兄來信謂委弟一人選擇，弟實不敢苟同」，〔註 12〕
爲此他建議此後朋友中乃至投稿人的創作，「請兄會商魯迅、啓明、地山、
菊農、創三、冰心、紹虞諸兄決定後寄申」。〔註 13〕在這封信裡，茅盾所開

〔註 10〕 《讀〈吶喊〉》，見《茅盾論創作》，上海文藝出版社 1980 年出版。
〔註 11〕 《小說月報》第 12 卷第 2 期。
〔註 12〕 《討論創作致鄭振鐸先生信》，《小說月報》第 12 卷第 2 期。
〔註 13〕 《討論創作致鄭振鐸先生信》，《小說月報》第 12 卷第 2 期。

的審稿人名單中，唯一不屬文學研究會會員的魯迅，被赫然列於首位，這件事本身，已清楚地反映了茅盾對魯迅的推崇與信賴。後來，茅盾在回憶到這個時期同魯迅的接觸時曾解釋過：大約是因北洋政府的「文官法」裡規定，凡政府官員不能和社團發生關係，所以魯迅沒有參加文學研究會。他說：「魯迅雖不參加，但對『文學研究會』是支持的，據鄭振鐸講，周作人起草《文學研究會宣言》，就經魯迅看過。他還爲改革後我負責編輯的《小說月報》撰稿。」〔註14〕事實也是如此。從一九二一年四月十一日魯迅接到茅盾托孫伏園轉交的信以後，他們兩人之間的通信日益頻繁，開始爲推動「五四」新文學運動的發展而建立起密切的文學之交。

魯迅與茅盾在新文學運動初期的交往與友誼，主要表現在如下兩個方面。

第一、魯迅對茅盾主持的《小說月報》的全面革新、對文學研究會的「爲人生而藝術」的現實主義主張，給予熱情的、有力的支持。

一九二一年由茅盾主持進行的《小說月報》的全面革新，在早期新文學運動史上，算得上是一件大事。這場革新，是新舊文學之間的一次正面交鋒，一場陣地戰，也是新文學的一次重大的勝利。邵荃麟同志在談到這場改革時曾說過：「那時中國新文化和新文藝運動的中心是在北京，魯迅先生在那裡首先奠定了新文藝的基石。但是，在南方卻是比較荒涼的。十里洋場的上海，橫衝直撞的都是那些花花綠綠的禮拜六派文學，沒落的封建文化想利用它最後一張盾牌——色情文學，來抵抗當時新興的革命文學的潮流。」〔註15〕《小說月報》的革新，就是新文學在南方所取得的一個重大的勝利，它所揭出的「爲人生」的旗幟，是「中國現實主義新文藝最初的一面旗幟，茅盾先生和他的同志們就執掌著這面大旗前進，替中國的文藝運動開闢出一條光明的大道」。〔註16〕當時，遠在北京的魯迅，在這場改革中曾給茅盾以有力的支持，作出了重要的貢獻。

前面談到，一九二一年四月十一日，當魯迅接到孫伏園轉交的茅盾的約稿信後，兩天后就覆了信，一星期後即以《工人綏惠略夫》譯稿的一部分寄茅盾。此後，他們之間信件往返十分頻繁。翻閱《魯迅日記》，僅一九二一年四月十一日至十二月底，茅盾與魯迅在九個月不到的時間裡，彼此書信稿件

〔註14〕茅盾：《我和魯迅的接觸》，見《我心中的魯迅》，湖南人民出版社出版。
〔註15〕《感謝和期待》——祝茅盾先生五十壽辰和創作二十五年紀念，《邵荃麟評論選集》（下冊）第502頁，人民文學出版社1981年版。
〔註16〕同上書第502頁。

往來多達 50 餘次，這就是說：在茅盾主編《小說月報》的頭一年，他和魯迅之間，平均五天就通一次信。僅以四月裡二十天內的通信爲例，除了十一日的頭一封轉交信外，《魯迅日記》裡還記載了如下七次通信：

> 十三日　雲　上午寄沈雁冰信。……
> 十八日　晴　上午以《工人綏惠略夫》譯稿一部寄沈雁冰。……
> 　　　　　　夜風。得沈雁冰信。
> 二十一　晴。上午寄沈雁冰信。……
> 二十八日　……下午得《小說月報》社信並匯單一張……
> 二十九日　……夜得沈雁冰信。
> 三十日……晚寄沈雁冰信並譯稿一篇，約九千字。〔註17〕

　　一九二二年的《魯迅日記》只留存少數的斷片，我們已無法確知他們的通信情況，然而從《小說月報》所發表的魯迅作品看，這年他們繼續保持著密切的聯繫。今天，這些早期的書信均已散失，無法知道其詳細內容，但大體上可以推斷出主要是爲約稿、薦稿事，可能還討論了如何革新《小說月報》的問題。當時，魯迅作爲新文學運動的英勇先驅，茅盾作爲一個早期的共產黨人、文學研究會的核心人物，他們雖然未曾見過面，但已在革新《小說月報》的鬥爭中，或是說在新舊文學的這次大戰鬥中建立了密切的文字之交。他們的這種友誼，用古人的話說，可謂之神交。

　　魯迅對革新後《小說月報》的支持，主要表現在對它的編輯方針與「爲人生」的現實主義主張的支持，並積極地爲它寫稿、薦稿。茅盾在主持《小說月報》的革新期間，實行的是「爲人生而藝術」的旗幟下創作與翻譯並重的編輯方計。除了發表反映中國社會問題的新文學作品外，還積極翻譯、介紹歐洲的現實主義文學，特別是同中國一樣處於被壓迫地位的東歐、北歐等弱小民族的文學。茅盾在《〈小說月報〉改革宣言》裡曾公開宣稱：「然就國內文學界情形言之，則寫實主義之眞精神與寫實主義之眞傑作實未嘗有其一二，故同人以爲寫實主義在今日尚有切實介紹之必要。」〔註18〕又說：「我們主張爲人生而藝術，我們自己的作品自然不論創作、譯叢、論文都照這個標準做去。」〔註19〕對此，魯迅是十分讚許的，並在行動上給予有力的支持。從現有材料看，從一九二一～二二年間，魯迅曾爲茅盾主編的《小說月報》

〔註17〕　《魯迅日記》（上卷），第 359～361 頁。
〔註18〕　《小說月報》第 12 卷第 1 號。
〔註19〕　《最後一頁》，《小說月報》第 12 卷第 6 號。

提供了九篇稿件，包括創作與翻譯兩方面。創作稿兩篇，即短篇小說《端午節》、《社戲》，譯介俄國及東歐被壓迫民族的作品七篇，即俄國阿志跋綏夫的中篇小說《工人綏惠略夫》和短篇小說《醫生》，俄國盲詩人愛羅先珂的童話《世界的火災》，保加利亞跋佐夫的《戰爭中的威爾珂》，捷克凱拉綏克的《近代捷克文學概觀》，德國凱爾沛來斯的《小俄羅斯文學略說》，芬蘭明那‧亢德的《瘋姑娘》等。值得特別提一提的是，魯迅對茅盾編輯的《被損害的民族文學號》（《小說月報》12 卷 10 期），曾給予大力的支持，在這個專號上，他同時以魯迅、唐俟的筆名，發表了關於捷克、法國、保加利亞和芬蘭的譯作四篇。此外，魯迅還熱情地為「文學研究會叢書」提供稿件，僅在茅盾主持工作的一九二一～二二年間，他就提供了三部譯作：《工人綏惠略夫》（1922年 5 月商務版）、《愛羅先珂童話集》（共收童話 11 篇，9 篇魯迅所譯，1922年 7 月商務版）、《一個青年的夢》（四幕劇，日本武者小路實篤著，1922 年 7月商務版）。

　　魯迅熱心地為《小說月報》撰稿，實非偶然。在現代文學的創業期中，他把革新後的《小說月報》視為和《新青年》、《晨報》同等重要的陣地。在一九二一年八月二十五日《致周作人》信裡，他曾風趣地說：「我們此後譯作，每月似只能《新》、《小》、《晨》各一篇，以免果有不均之誚。」〔註20〕他不單親自為《小說月報》撰稿、譯稿，還經常為它寄稿、薦稿，除常為周作人、周建人和劉半農等代寄稿件外，還為一些青年作者薦稿。例如，一九二一年八月二十六日《致宮竹心》的信裡，魯迅一方面批評北京、上海的某些出版物，指出：「上海或北京的收稿，不甚講內容，他們沒有批評眼，只講名聲。其甚者且騙取別人的文章作自己的生活費，如《禮拜六》便是，這些主持者都是一班上海之所謂『滑頭』，不必寄稿給他們的。」〔註21〕另一方面，又鼓勵作者多寄幾篇作品給他看，表示「我也極願意介紹到《小說月報》去」。〔註22〕從這種鮮明的對比中，可以看出茅盾主編的《小說月報》，在魯迅心目中是占居了重要地位的。

　　從一九二三年起，因商務內部保守勢力抬頭，茅盾被迫辭去了《小說月報》主編的職務，由於革命形勢的發展，他的工作重心也逐漸由文學轉移到黨內的政治活動方面去。此後，茅盾同魯迅之間的交往，也就日益減少了。但是，對

〔註20〕《魯迅書信集》（上卷），第 39 頁。
〔註21〕《魯迅書信集》（上卷），第 42 頁、41 頁。
〔註22〕《魯迅書信集》（上卷），第 42 頁、41 頁。

於早期的這段交往，魯迅是十分珍視的。後來，當他回顧到這段經歷時，曾對當年《小說月報》的編輯方針和茅盾等人的歷史功績，作出了客觀的評價，並對茅盾被迫辭去主編職務一事深表同情。他在一九三一年寫的《上海文藝之一瞥》裡說過：文學研究會「是主張為人生的藝術的，是一面創作，一面也看重翻譯的，是注意於紹介被壓迫民族文學的，這些都是小國度，沒有人懂得他們的文字，因此也幾乎全部是重譯的。並且因為曾經聲援過《新青年》，新仇夾舊仇，所以文學研究會這時就受了三方面的攻擊」。〔註23〕這第三個方面，「則就是以前說過的鴛鴦蝴蝶派，我不知道他們用的是什麼方法，倒底使書店老闆將編輯《小說月報》的一個文學研究會會員撤換」。〔註24〕

第二，茅盾以其敏銳的藝術鑒賞力，很早就給魯迅的小說創作予熱情的肯定與崇高的評價。

在早期的魯迅評論中，茅盾是一位十分引人注目的重要評論家，他最早以明確的語言對魯迅及其小說作了熱情的肯定與崇高的評價。在他主編《小說月報》期間，雖然沒有發表過專門研究魯迅的文章，但卻時常在《小說月報》上就魯迅的小說發表一些片斷的言論。這些言論雖然不長，卻時時閃爍著真知灼見。例如，一九二一年五月間，茅盾在發表許地山的《換巢鸞鳳》時，以慕之的筆名寫了一段「篇末感言」，熱情推崇魯迅的《狂人日記》、《孔乙己》、《藥》等作品。他說：「中國現在小說界的大毛病，就在於沒有『寫實』的精神，上海有一班人自命為是寫實派，可是他們所做的小說的敘述，都是臆造的。只有《新青年》上魯迅先生的幾篇創作確是『真氣』撲鼻。」〔註25〕這雖是直感式的言論，但卻抓住核心問題，從當時小說創作的不同傾向的對比中，突出地肯定了魯迅小說的現實主義精神。一九二一年八月間，他在《評四五六月的創作》一文裡，又對剛發表不久的魯迅的《故鄉》、《風波》，作了高度的評價。他說：「過去的三個月中的創作，我最佩服的是魯迅的《故鄉》」；「我覺得這篇《故鄉》的中心思想是悲哀那人與人中間的不了解、隔膜。造成這不了解的原因是歷史遺傳的階級觀念」。〔註26〕他認為魯迅「對於將來卻不曾絕望」，相反的是期待著後代能有一種「新的生活」。這是運用階級觀點來評論《故鄉》的最早嘗試。尤其突出的例子，是茅盾對

〔註23〕見《魯迅全集‧二心集》。
〔註24〕見《魯迅全集‧二心集》。
〔註25〕見《小說月報》第 12 卷 5 期。
〔註26〕見《小說月報》第 13 卷 2 期《通信》欄。

《阿Q正傳》的態度。一九二二年二月，當《阿Q正傳》才發表了四章，就有一個叫譚國棠的讀者，寫信給《小說月報》編者茅盾，指責「作者一枝筆真正鋒芒的很，但又似是太鋒芒了，稍傷真實，諷刺過分，易流入矯揉造作，令人起不真實之感」。〔註27〕茅盾覆信批駁了這種說法，旗幟鮮明地維護了魯迅的這部不朽之作。他說：「至於《晨報副刊》所登巴人先生的《阿Q正傳》雖只登到第四章，但以我看來，實是一部傑作。你先生以為是一部諷刺小說，實未為至論。阿Q這人，要在現社會中去實指出來，是辦不到的；但是，我讀這篇小說的時候，總覺得阿Q這人是很面熟，是呵，他是中國人品性的結晶呀！……而且阿Q代表的中國人的品性，又是中國上中社會階級的品性。」〔註28〕在魯迅的《阿Q正傳》才發表了一半不到的時候，茅盾就明確地肯定它「實是一部傑作」，這既表現出他那卓越的膽識與敏銳的藝術鑒賞力，也表現出他對魯迅的深厚感情。在《阿Q正傳》的評論史上，第一個認識到這部名著的價值與典型意義的，應該說是當時年僅二十六歲的青年茅盾。

一九二三年八月，北京新潮社首次出版了魯迅的《吶喊》，同年十月八日，茅盾就發表了《讀〈吶喊〉》一文，熱情地推崇和高度評價魯迅的這部小說集。在早期的魯迅評論中，這是一篇比較全面而客觀地評價魯迅小說的重要文章。當時，評論界對魯迅及其作品的評價還是眾說紛紜、毀譽不一，茅盾就旗幟鮮明地肯定了《吶喊》的思想、藝術價值及其在中國新文壇上的重要地位。文章不僅熱情讚揚魯迅小說的徹底反封建精神，同時也充分肯定他在藝術形式上的獨創性，指出「在中國的新文壇上，魯迅君常常是創造『新形式』的先鋒」。作者對《狂人日記》、《阿Q正傳》、《孔乙己》等作品的評析，文字雖不多，然而卻包含著許多精闢的見解。這篇文章不僅對二十年代的讀者，而且對於今天的讀者如何正確理解魯迅的作品，都有很大的啟發和幫助。茅盾早期的魯迅評論，正是他同魯迅之間早期友誼的一個生動例證，也是他們在現代文學創業期中相互支持的一個生動例證。

在大革命失敗後的黑暗年代裡加深友誼（1927～1929年）

如果說，在「五四」新文學運動時期，魯迅與茅盾在反對封建舊文學、

〔註27〕見《小說月報》第13卷2期《通信》欄。
〔註28〕見《小說月報》第13卷2期《通信》欄。

建設現代新文學的共同鬥爭中已建立了初步友誼的話，那麼，在一九二七年大革命失敗以後，他們在白色恐怖籠罩的黑暗歲月裡，則開始結鄰而居，進一步加深彼此的瞭解與友誼。

先說大革命失敗前魯迅與茅盾的第一次會面。那是一九二六年八月底，正是大革命處於高潮的時刻。當時，魯迅因受段祺瑞反動政府的迫害，離京到人地生疏的廈門大學當文科教授，於二十九日抵上海。三十日晚上，鄭振鐸在消閒別墅宴請魯迅，從大革命中心廣州回滬從事黨的工作的茅盾，也應邀出席作陪。關於這件事，一九二六年八月三十日的魯迅日記裡有明確的記載：「下午得鄭振鐸柬招飲，與三弟至中洋茶樓飲茗，晚至消閒別墅夜飲，座中有劉大白、夏丏尊、陳望道、沈雁冰、鄭振鐸、胡愈之、朱自清、葉聖陶、王伯祥、周予同、章雪村、劉勛宇、劉淑琴及三弟。」據茅盾的回憶，他同魯迅的第一次會面，因自己是作為陪客之一，「只寒暄了幾句」，〔註 29〕並未深談。但是，當時正在蓬勃發展的大革命形勢，都吸引著這兩位巨人；他們的心是向著革命的。這次會面之後，魯迅在廈門停留三、四個月後，於一九二七年一月就奔赴大革命策源地廣州，而茅盾差不多在同時也到了武漢，投身到大革命的洪流中去。

對於魯迅和茅盾來說，一九二七年大革命形勢的急轉直下，大批共產黨人和革命者的被血腥屠殺，都使他們感到震驚，激起他們深切的悲憤和深深的思索。一九二七年大革命失敗後，茅盾和魯迅先後從武漢、廣州秘密回到上海，在白色恐怖彌漫的歲月裡，這兩位素來分居兩地的戰友，忽然聚集到一起，在景雲里結鄰而居。他們一面從血的教訓中思考著中國革命的問題，一面埋頭寫作，繼續向黑暗勢力開戰。在左聯成立以前，雖然茅盾大半時間流亡到日本避難，但他同魯迅之間相互關心、相互支持，在嚴酷的現實面前彼此更加了解和接近了。下面，我們不妨舉三件事情，來說明他們在這個時期友誼的進一步加深。

第一件事：魯迅在茅盾受到通緝、處境危難的時刻，親自登門看望茅盾。

一九二七年「七・一五」汪精衛公開叛變以後，茅盾離開武漢到牯嶺小住，八月中旬秘密回到上海寓所——景雲里一弄 19 號半。由於受到蔣介石反動政權的通緝，他避居於三樓上，「足不出門，整整十個月」。〔註 30〕「尤其

〔註 29〕茅盾：《創作生涯的開始》，《新文學史料》1981 年第 1 期。

〔註 30〕同上。

是寫《幻滅》和《動搖》的時候，來訪的朋友也幾乎沒有；那時除了四五個家裡人，我和世間是完全隔絕的。」〔註31〕然而，就在這樣的時刻，剛從廣州來到上海的魯迅，卻親自登門拜訪了茅盾。當時，「被血嚇得目瞪口呆，離開了廣東」〔註32〕的魯迅，於一九二七年十月三日抵達上海。由於周建人的關係，魯迅於十月八日遷居景雲里二弄的 23 號，其前門正好對著一弄 19 號半茅盾家的後門。這兩位從「五四」以後就建立了戰鬥友誼的傑出作家，就成為隔樓相望的緊鄰。每當夜深人靜，他們彼此都能見到對方那閃亮著的燈光。就在遷居景雲里後兩天，在周建人的陪同下，魯迅登門看望茅盾，表示了戰友的關懷和情誼。關於這次的會面，茅盾後來寫了一段比較詳細的回憶。他說：

> 這一次見面，我們談得就多些。我向他表示歉意，因為通緝令在身，雖知他已來上海，而且同住在景雲里，卻未能去拜會。魯迅笑道，所以我和三弟到府上來，免得走漏風聲。我談到了我在武漢的經歷以及大革命的失敗，魯迅則談了半年來在廣州的見聞，大家感慨頗多。他說革命看來是處於低潮了，並且對於當時流行的革命仍在不斷高漲的論調表示不理解。他說他要在上海定居下來，不打算再教書了。他已看到了登在《小說月報》上的《幻滅》，就問我今後作何打算？我說正考慮寫第二篇小說，是正面反映大革命的。至於今後怎麼辦，也許要長期蟄居地下，靠賣文維持生活了。〔註33〕

魯迅與茅盾的這次會面，如同三十年代初瞿秋白到魯迅、茅盾家避難一樣，都是現代文壇的佳話。它生動地反映了在那黑暗的歲月裡，前輩作家相互關懷、支持的戰友情誼。這種情誼，使得他們聲息相通，聯成一條堅強的戰線，在艱難複雜的環境中進行卓有成效的鬥爭。

第二件事：茅盾在自身安危受到威脅的情況下，應葉聖陶之約，欣然撰寫《魯迅論》。〔註34〕這不是一篇普通的評論文章。在那被刀光魔影籠罩的歲月裡，它既表示了對剛來上海的魯迅的歡迎，更重要的是再次肯定魯迅作品的意義和價值，維護了魯迅的地位與尊嚴，駁斥了當時魯迅評論中的一些錯誤論調。我們知道，在左聯以前的整個二十年代，圍繞著魯迅及其作品的評

〔註31〕茅盾：《從牯嶺到東京》，見《茅盾論創作》第 30 頁。
〔註32〕魯迅：《《三閑集》序言》。
〔註33〕《創作生涯的開始》。
〔註34〕見《小說月報》18 卷 11 號（1927.11）

價問題，文壇上一直存在著尖銳的分歧與激烈的爭論的。且不說陳西瀅之流對魯迅的惡毒攻擊，就在革命文藝隊伍內部，也有一些同志對魯迅及其作品採取了否定與批判的態度。正是在魯迅的地位與價值受到懷疑、攻擊、否定的時刻，茅盾以鮮明的態度肯定了魯迅的戰鬥業績，對魯迅前期的小說、雜文進行了比較全面、系統的分析評論，高度評價魯迅作品的現實意義與徹底反封建的精神。可以說，在瞿秋白的《〈魯迅雜感選集〉序言》發表以前，茅盾的這篇《魯迅論》，是革命文藝陣營中正確認識與評價魯迅的一篇最重要的文章。

茅盾在談到寫這篇文章的經過時說：當葉聖陶來約他寫《魯迅論》時，考慮到當時對魯迅的作品，「評論界往往有截然相反的意見，必須深思熟慮，使自己的論點站得住」，〔註 35〕所以採取避難就易的辦法，先寫了《王魯彥論》，後寫《魯迅論》。乍讀這篇論文，只感到作者旁徵博引、娓娓談來，似乎寫得比較隨便。仔細捉摸，就明白這篇文章是經過深思熟慮寫成的，表面上沒有什麼劍拔弩張的語言，實際上主要是針對二七年以前魯迅評論中的一些錯誤論調，進行了鞭辟入裡的分析評論。文章涉及了《吶喊》、《徬徨》和魯迅前期雜文的思想與藝術的許多問題，但主要是圍繞著當時評論界最有爭論的兩個核心問題展開論述的。

其一，關於魯迅作品的時代性與現實意義問題。

二十年代前期，在革命文藝陣營內部的某些同志當中，就流行過一種錯誤的看法，即認為魯迅的小說大多是描寫「五四」前舊中國的生活，沒有反映「五四」運動以來中國社會的激烈變革，因而是過時的、沒有時代性和現實意義的作品。例如，有的同志就說：「我一直讀完《阿 Q 正傳》的時候，除了那篇《故鄉》之外，我好像覺得我所讀的是半世紀前或一世紀以前的一個作者的作品。」〔註 36〕這種觀點到了一九二八年革命文學論爭中，得到了惡性的發展。例如，當年有同志說：「他不過是如天寶宮女，在追述著當年皇朝的盛事而已，站在時代的觀點上，我們是不需要這種東西的」，甚至進而認為把魯迅的創作「和李伯元，劉鐵雲並論是很相宜的」。〔註 37〕儘管持這種觀點的同志，後來都認識與改正了自己的錯誤，並成為魯迅的戰友，但作為一種

〔註35〕 茅盾：《創作生涯的開始》。
〔註36〕 《〈吶喊〉的評論》，《創造季刊》1924 年 1 月。
〔註37〕 《死去了的阿 Q 時代》，見李何林編《魯迅論》第 75 頁，北新書局 1935 年版。

歷史現象，則說明在極左思潮的影響下，他們對魯迅作品的深遠意義沒有，也不可能有正確的理解。而在這個問題上，茅盾的認識一直是比較清醒的，也可以說對魯迅是知之頗深的。在《魯迅論》裡，他以大量的篇幅，論證了魯迅作品具有強烈的時代性與深遠的現實意義。例如，他指出魯迅作品雖然「大多是描寫『老中國的兒女』的思想與生活」，但「並不含有『已經過去』的意思」，「我們在今日依然隨時隨處可以遇見，並且以後一定還會常常遇見」，甚至「那裡面也有你自己的影子」。其所以如此，是因為「這些『老中國的兒女』的靈魂上，負著幾千年的傳統的重擔子，他們的面目是可憎，他們的生活是可以咒詛的，然而你不能不承認他們的存在，並且不能不懍懍地反省自己的靈魂究竟已否完全脫卸了幾千年傳統的重擔」。這就是說，茅盾已看出魯迅所描寫正是半封建半殖民地舊中國的普遍人生，觸及的是舊中國社會的病根，因而其意義不能簡單地用時間來衡量。

再如，作者精闢地剖析了魯迅作品的特點是兩個「老實不客氣的剝脫」，指出魯迅決不是一個站在雲端裡的「超人」、「聖哲」，他既「老實不客氣的剝脫」世人的真面目，也「老實不客氣的剝脫自己」。《一件小事》和《端午節》，「便是很深刻的自己分析與自己批評」。作者還形象地把這種「剝脫」，形容為「剜剔中華民族的『國瘡』」。他說，從魯迅前期的雜文中，我們看見了「魯迅除奮勇剜剔毒瘡而外，又時有『歲月已非，毒瘡依舊』的新憤慨」。這些分析，不僅在二十年代是深刻的，而且對今天讀者學習與理解魯迅作品的反封建精神，仍有很大的啟發。

第二，關於暴露黑暗與歌頌光明的問題。

與前一個問題相聯繫的，二十年代魯迅評論中還有一種觀點，即認為魯迅只是一個「黑暗的暴露者」，魯迅的作品「只有描寫黑暗面」，只有過去，只有懷疑、徬徨，沒有光明，沒有將來，沒有給讀者指出一條未來的道路。對於這個問題，茅盾在《魯迅論》中也提出截然相反的看法。他說：魯迅不肯自認為「戰士」或「青年的導師」，也說過不能給人們指引一條出路，「但是我們不可上魯迅的當，以為他真個沒有指引路；他確沒有主義要宣傳，也不想發起什麼運動，他從不擺出『我是青年導師』的面孔，然而他確指引青年們一個大方針：怎樣生活著，怎樣動作著的大方針」。茅盾還進一步聯繫魯迅的雜文，指出魯迅鼓勵青年「敢說、敢笑、敢哭、敢怒、敢罵、敢打，在這可詛咒的地方擊退了可詛咒的時代」，告誡青年與舊勢力鬥爭要有「韌性」，

不要作無謂的犧牲等等，這些都是魯迅指給青年們的如何生活、行動的大方針，也是通向未來的鬥爭道路。

茅盾的《魯迅論》，寫於中國現代史上的一個黑暗的年月裡，也是作者一生中最危難的時刻裡，同時也是評論界對魯迅的意見最為分歧的時期裡，然而它卻以鮮明的態度肯定與維護了魯迅的功績與地位。這篇文章本身，就是茅盾與魯迅之間相知至深、交誼深厚的生動例證。

第三件事，在一九二八年「革命文學」的論爭中，魯迅與茅盾雖然先後遭到自己同志的曲解與圍攻，但都能顧及共同的鬥爭目標，對論爭採取比較冷靜、比較正確的態度。

一九二八年的「革命文學」論爭，涉及的問題非常廣泛，這裡只就魯迅與茅盾在論爭中的態度與友誼作些分析。如今誰都知道，半個多世紀前的這場大論戰，雖有不可磨滅的歷史功績，但也提供了深刻的歷史教訓。當時，最具諷刺意味、也是能發人深思的是：在極左思潮的影響下，魯迅和茅盾這兩位現代文學的傑出先驅者，竟然變成了「革命文學」的對立面、這場論爭的主要批判對象，各種首創的、新穎的帽子與棍子向他們飛奔而來。而遠在日本的茅盾之所以也受到批判，原因有多種，但其中重要的一條就是所謂「吹捧魯迅」──撰寫《魯迅論》，對魯迅「五體投地」云云。為什麼不是別人，恰恰是對「五四」以來的新文學有卓越貢獻的魯迅與茅盾，成了當時的主要批判對象呢？究其原因，是因為他們對大革命失敗後的形勢和文藝問題的認識，有許多共同點與一致性，而這種共同點與一致性，與太陽社、創造社的一些同志的認識是大相徑庭的。概括地說來，有如下幾點：

（一）他們對大革命失敗後中國革命形勢的認識比較一致，即認為由於蔣、汪相繼背叛革命，屠殺工農，已使中國革命處於低潮時期，而不同意當時在黨內左傾盲動主義路線影響下提出的所謂革命仍在不斷高漲的論調。〔註38〕由此出發，他們能比較冷靜地面對中國社會的實際，反對一切不符合實際的極左的提法與做法。對於革命文學的認識上的分歧，也與此有關。比如，魯迅後來在分析「革命文學」倡導者們的錯誤時就說過：他們「將革命使一般人理解為非常可怕的事，擺著一種極左傾的兇惡的面孔，好似革命一到，一切非革命者就都得死，令人對革命只抱著恐怖。其實革命是並非教人死而是教人活的」。〔註39〕

〔註38〕 參見茅盾，《創作生涯的開始》。
〔註39〕 魯迅：《二心集·上海文藝之一瞥》。

（二）他們對「革命文學」的認識是比較一致的。今天看來，當年魯迅、茅盾與革命文學的倡導者之間的分歧是客觀存在的，但這種分歧並不在於要不要在中國提倡革命文學或無產階級文學，而在於如何在中國建設這樣的文學。這裡既有策略思想的分歧，如魯迅認爲「當先求內容的充實和技巧的上達，不必忙於掛招牌」，〔註40〕但更多的是理論思想上的分歧。當年創造社、太陽社的一些倡導者們，對於如何從中國的國情出發來建設革命文學的問題，無論在理論闡述或創作實踐上，都明顯地受蘇聯「拉普」派與日本福本和夫路線影響下的「左」傾教條主義、唯心論的文藝思潮的影響，這就同熟悉中國國情、有豐富的鬥爭經驗、一貫堅持現實主義的魯迅與茅盾，產生了尖銳的分歧與矛盾。例如，從魯迅、茅盾對「革命文學」倡導者的批評看。他們都反對抹煞文藝的特點和把文藝等同於宣傳，反對革命文學創作中普遍存在的「標語口號」式的傾向，反對輕視藝術技巧，以及那種唯我獨革、輕率地否定文藝傳統的態度等等。而他們所反對的這些東西，正是當時國際國內極左的文藝思潮的一些基本特徵，也是二十年代文藝理論中的教條主義與機械唯物論的主要特點。這就是說，今天我們回頭來總結這次論爭的歷史教訓時，不應該把魯迅、茅盾與「革命文學」倡導者的分歧，僅僅看成是一些具體意見上的分歧，而應該把它看成是魯迅、茅盾對當年流行的「左」的文藝思潮的自覺或不自覺的抵制。當然，由於主客觀的原因，他們當年還不可能運用馬克思主義觀點來透徹地剖析這種左的文藝思潮的錯誤實質。

（三）他們對論爭的態度是嚴肅認眞、顧全大局的。這主要表現在兩個方面：一、對事，即對提倡「革命文學」這件事，他們並不因被錯當爲「革命文學」的敵人而否定了「革命文學」本身，相反的，對「革命文學」的方向始終持肯定與讚揚的態度。魯迅不僅從未反對過「革命文學」，相反的，如瞿秋白所說，他是「一些浪漫蒂克的革命家的諍友」。茅盾不僅在當時就說過革命文學的「主張是無可非議的」，而且早在一九二五年就寫過《論無產階級藝術》，全面分析過十月革命後蘇聯革命文學的理論與創作的經驗教訓。二、對人，即對太陽社、創造社一些倡導「革命文學」的同志，他們在論戰中雖也曾以筆墨相譏但並不日夜記著個人的恩怨，更不因此而把同志當敵人。魯迅後來就說過：在提倡「革命文學」的新份子裡，「是很有極堅實正確的人存在的」。〔註41〕即使對成仿吾，魯迅在論爭中對他的批評最厲害，

〔註40〕魯迅：《三閑集‧文藝與革命（並冬芬來信）》。
〔註41〕魯迅：《二心集‧上海文藝之一瞥》。

但也沒有把他當成敵人。相反的，一九三三年成仿吾從豫鄂皖蘇區來滬，就是通過魯迅的幫助找到黨的關係的。許廣平曾記述過魯迅對那次和成會面的反映：「在回來之後，他還一直高興著這一次的會面，稱道不置。可見這裡絕沒有私人的恩怨在內，因為他們在根本原則上並不是各走各的路的。」〔註 42〕茅盾也並不因受到批評而抹煞創造社、太陽社的歷史功績，他說：「他們提倡革命文學，並且在一年多的時間內大聲疾呼，的確使沉寂的中國文壇又活躍起來，並且在推動介紹馬克思主義文藝理論的初步知識等方面，起了重要的作用。」〔註 43〕對於倡導者們的批評，他們也能注意從中吸取正確的批評意見。如魯迅從論爭中就感到自己的不足，從而認真地去學習、翻譯馬克思主義的文藝理論，並說了感謝創造社「『擠』我看了幾種科學底文藝論」、以糾正自己「只信進化論的偏頗」那段著名的話。茅盾也承認自己當時存在著悲觀消極的情緒，認為創造社、太陽社對《蝕》、《野薔薇》的某些批評是對的。在他逝世前夕，他甚至還為當年在散文《叩門》中以「吠聲吠影」來反擊圍攻自己的同志而「深悔有傷厚道」。〔註 44〕他們的這種顧全大局的態度與自我批評的精神，是很值的一切革命文藝工作者認真學習的。

此外，如何正確地認識和評價魯迅，也是這場論爭中的一個重要問題。值的特別提一提的是，茅盾並不因為遭到攻擊而改變對魯迅的看法。他在論戰的尾聲階段，曾借評葉聖陶的「扛鼎之作」《倪煥之》，就魯迅及其作品的評價問題進行了答辯，指出太陽社、創造社對魯迅的批評並「不公允」。他說：「我曾經做過一篇論文，對於這些見解，有所辯正；不料人家說我是『捧魯迅』。現在我還是堅持我從前的意見，我還是以為《吶喊》所表現者，確是現代中國的人生，不過只是躲在暗陬裏的難的變動的中國鄉村的人生；我還是以為《吶喊》的主要調子是攻擊傳統思想，不過用的手段是反面的嘲諷……。」〔註 45〕實際上茅盾是再次公開肯定魯迅作品深刻的現實意義與徹底的反封建精神，旗幟鮮明地維護魯迅的地位與尊嚴。他的這些意見，今天連普通的中學生都會懂的，然而在半個多世紀前，當魯迅還被某些同志視為「封建餘孽」、「二重性的反革命」、「不得志的法西斯蒂」的時刻，茅盾敢於一再出來為魯迅辯護，則是很不容易的。

〔註 42〕茅盾：《創作生涯的開始》。
〔註 43〕許廣平：《魯迅先生對批評的態度》。
〔註 44〕茅盾：《亡命生活》，《新文學史料》1981 年第 2 輯。
〔註 45〕茅盾：《讀〈倪煥之〉》，見《茅盾論創作》。

以上所說，就是魯迅與茅盾在論爭中表現出來的共同點與一致性，這種共同點與一致性，也正是他們在逆境中加深友誼的思想基礎。經過大革命失敗後嚴峻歲月的考驗與內部的爭論，魯迅與茅盾的認識更加一致，思想感情更加接近了，這就為他們後來在左聯時期的並肩戰鬥奠定了堅實的基礎。

在三十年代左翼文藝運動中並肩戰鬥（1930～1936 年）

在黨的領導與推動下，「革命文學」論爭的結束和一九三〇年左翼作家聯盟的成立，實現了以魯迅為首的革命作家與革命文學團體的首次大聯合，使「五四」以來的中國現代文學進入一個新的重要發展時期。也正是在這樣新的歷史條件下，魯迅與茅盾之間的友誼，得到迅速、全面的發展。

一九三〇年四月五日的魯迅日記有一條記載：「夜聖陶、沈余及其夫人來。」〔註46〕這裡的沈余，即茅盾的另一筆名。一九三〇年四月初，茅盾從日本京都回到上海後，黨即派馮乃超同他聯繫，爭取他加入左聯，茅盾當時就表示同意加入。〔註47〕沒幾天，在葉聖陶的陪同下，茅盾和他的夫人孔德沚，一起登門拜訪了魯迅。這是他從日本回國後同魯迅的頭一次見面。從這以後直到魯迅逝世前，他們的交往越來越頻繁，關係越來越密切。在左聯的旗幟下，他們為共同事業而攜手合作、密切配合，成為並肩戰鬥、憂樂與共的親密戰友。

同二十年代相比，左聯時期魯迅與茅盾的友誼，具有三個突出的特點：

第一，他們的友誼與合作，有更加堅實的基礎與明確的方向。如果說，在「五四」新文學時期，魯迅與茅盾的友誼還是建立在革命民主主義思想的基礎之上，他們的鬥爭目標還限於反對鴛鴦蝴蝶派之類的封建舊文學、提倡「為人生」的現實主義新文學的話，那麼，經歷了大革命失敗後嚴峻現實的考驗與「革命文學」的論爭之後，他們在左聯時期所發展起來的親密友誼，則是建立在共產生義的思想基礎之上的。這時期的魯迅，已是一個偉大的共產主義者、黨外的布爾什維克，而茅盾雖然失去了黨的組織關係，但經歷了二七年的苦悶與思索之後，他堅定了為共產主義而奮鬥的信念，以無產階級文化戰士的姿態重新投入鬥爭。正因為有了這樣共同的思想基礎，所以在三十年代白色恐怖的艱苦環境裡，魯迅與茅盾都能自覺地尊重與接受黨的領導

〔註46〕《魯迅日記》（下卷），第 689 頁。
〔註47〕參看茅盾：《我和魯迅的接觸》。

——儘管他們對一些個別黨員有過這樣那樣的看法與意見，把自己的工作同黨的事業、同中國人民的解放事業這一崇高的目標，緊密地聯繫在一起。如魯迅所說：「那切切實實，足踏在地上，為著現在中國人的生存而流血奮鬥者，我得引為同志，是自以為光榮的。」〔註48〕在這點上，茅盾與魯迅是心照不宣的。美國著名女作家艾格尼絲・史沫特萊，曾經生動地描述過她和魯迅、茅盾相處的情景與觀感。她說：「不久，我的生活便和魯迅以及茅盾的生活交織在一起了。茅盾是魯迅最接近的一個同伴，中國的一個有名望的小說家。……茅盾和我會常常在某個街角會晤，然後，仔細的巡視了一番魯迅所住的那條街道後，進入他的住屋，和他共同消磨一個晚上。我們從附近的荼館中點菜來一同進餐，一談便是好幾個鐘頭。我們三人中沒一個人是共產黨員。可是我們都認為：能把幫助並支持給與那些為窮人的解放而鬥爭和犧牲的人，是一種無上的光榮。」〔註49〕史沫特萊的這段話，可以看成是上面所引的魯迅話的注解，她真實而生動地道出了魯迅與茅盾友誼的共同的思想基礎。

第二，他們在生活上相互關心、來往密切，其程度是以往任何時期所不能比擬的。二十年代初期，魯迅與茅盾雖然建立了密切的文字之交，但卻從未見過面；大革命失敗後，他們雖結鄰而居，但由於當時茅盾受到通緝，後來又流亡日本，所以來往並不密切。到了左聯時期，他們都定居上海，為了共同的鬥爭，彼此往來就日益頻繁。查《魯迅日記》，從一九三〇年四月五日至一九三六年十月十四日，其間記載魯迅與茅盾往來的次數就達一百四十多次，包括相互登門（主要是茅盾去看望魯迅）或相邀赴宴五十多次，書信往來近八十次，以及互贈書籍、禮物等十餘次。其間必然還有漏記的地方。《魯迅日記》中所寫的茅盾名字時常變換，如作沈余、方壁、玄珠、茅盾，但更多的是作保宗、仲方、明甫等。據茅盾回憶，那時為了安全，也為了不牽連別人，他們曾相約把彼此書信看後就燒毀掉。這大約是魯迅與茅盾當年的書信留存無幾的主要原因。但透過現有《魯迅日記》的某些簡單的記載，我們依然可以看出當年這兩位文學巨匠之間親密的戰友情誼。試舉三則日記為例：

　　　　1934.7.21.：「上午同保宗往須藤醫院診，云皆胃病。」

　　　　1934.10.8.：「為仲方及海嬰往須藤醫院取藥。」

〔註48〕魯迅：《且介亭雜文末編・答托洛斯基派的信》。
〔註49〕史沫特萊：《記魯迅》。

1935.2.14.:「晚內山君贈魚餅四枚，以二枚分贈仲方。」
前兩則記魯迅帶茅盾一起到他所信任的日本醫生須藤處看病，以及魯迅爲茅盾取藥事，後一則記魯迅把內山完造所贈魚餅，分一半給茅盾。這些看來均屬生活小事，然而其中卻飽含著前輩作家之間的深厚情誼。

　　茅盾生前很少談到他同魯迅之間的親密友誼，但從他後來回答訪問者的談話中，也可略知一二。據茅盾回憶，在當時白色恐怖的環境裡，左翼作家的位址是保密的，只有熟人之間才公開。他說：「魯迅和我住的地方，我們彼此不保密，我們書信一般由書店轉，魯迅由內山書店，我由開明書店。我原來住景雲里，後來魯迅搬新建的大陸新村，他告訴我，大陸新村還有空房子，我後來也搬去了。他住在大陸新村第一弄，我住在大陸新村第三弄。」〔註50〕這裡所說的遷居大陸新村事，也是魯迅與茅盾之間親密友誼的一個生動的例證。魯迅與茅盾原來都住在景雲里，那裡的住戶大多是商務印書館的職工，熟人比較多，這對當時處於地下狀態的魯迅與茅盾來說，是不大安全的。茅盾同志曾跟我說過：一九二八年七月他到日本後，他家尚未遷出景雲里。一九三〇年四月初他回國後，先在法租界楊賢江家住過一段時間，當時馮乃超就是到楊賢江家找他談加入左聯的事的。後來，他在法租界愚園路租到了房子。就在茅盾回國後不久，魯迅也於一九三〇年五月遷居北四川路底的北川（拉摩斯）公寓三樓，一九三三年四月十一日又遷北四川路底施高塔路（今山陰路）大陸新村一弄九號，這時期，他們分住一南一北，彼此來往不太方便，所以魯迅遷居大陸新村以後，就主動告知茅盾該處尚有餘屋出租的消息，勸他搬到一起來。不久茅盾一家也就遷住大陸新村三弄。於是乎，這兩位現代文學的巨匠，又第二次結鄰而居。從此以後，他們之間的直接交往就更加密切了。從《魯迅日記》的記載看，一九三三年以後，他們之間的交往明顯增多，僅相互拜訪或共同赴宴的次數，就近五十次之多。在這期間，遇到有人宴請，魯迅與茅盾兩人，常常是相約同行，這在《魯迅日記》裡是有清楚的記載的。當然，在魯迅病重到逝世前，茅盾與史沫特萊等多次勸說魯迅轉地療養一事，也生動地反映了他們之間相互關懷的戰友情誼。

　　第三，他們在事業上攜手合作，密切配合，在發展左翼文藝運動中發揮了重要的作用。如果說，在二十年代，魯迅與茅盾之間的相互支持與合作，還是局部性的話，那麼，到了左聯時期，他們就運用各自豐富的鬥爭經驗和

〔註50〕茅盾：《我和魯迅的接觸》，見《我心中的魯迅》，湖南人民出版社版。

廣博的社會知識與文化歷史知識，進行多方面的、密切的合作與配合。例如，在粉碎國民黨「文化圍剿」的鬥爭中，在同各種敵對的文藝思想的鬥爭中，在發展左翼文藝創作，扶植、培養青年作家，推進中外進步文化的交流等工作中，他們經常攜手合作，配合默契，卓有成效地開展工作，取得一個又一個的勝利，顯示出左翼文藝戰線的巨大威力。關於這方面的事例很多，大家也比較熟悉，不擬一一列舉。下面，我想把魯迅與茅盾在事業上的友誼合作，概括為三個方面，而他們在這三方面所表現出來的精神與品格，正是我們所要認真學習的地方。

一、在三十年代白色恐怖的環境裡，為了粉碎國民黨的反革命「文化圍剿」，發展左翼文藝運動，魯迅與茅盾經常聯合作戰。他們運用各自豐富的鬥爭經驗，緊密合作，相互呼應，配合默契，注意鬥爭藝術，因而常常能給敵人以沉重的打擊。下面舉三件事為例。

其一，關於起草、修改《為國民黨屠殺同志致各國革命文學和文化團體及一切為人類進步而工作的著作家思想家書》一事。一九三一年二月七日，國民黨反動派在龍華屠殺柔石等左翼作家和革命者，激起了魯迅與茅盾的極大憤慨。為了揭露國民黨的血腥罪行，爭取國際輿論的支持，魯迅和史沫特萊一同起草了上述文件，經茅盾修改，並由茅盾和史沫特萊譯成英文。這份以中國左翼作家聯盟的名義發出的文件，在國際間引起強烈的反響，當時就有美、英、德、日等許多國家的革命作家與團體，發來了抗議的詩文或宣言，有力地打擊了國民黨的反動氣焰。文件的中文本也在左聯的刊物《前哨》創刊號（「紀念戰死者專號」）上公佈。關於這份文件的起草經過，史沫特萊在《記魯迅》一文裡曾有一段回憶。她說：「在我離開他（按：指魯迅）家之前，他和我一同起草了一份宣言。向西洋各國的知識分子控訴在中國發生的對作家和藝術家的屠殺。我把那宣言拿到茅盾那邊。他把它修改了一下，然後幫同我把它譯成英文。由於這一篇宣言，從國外傳來了第一聲抗議。五十多個美國的領袖作家，一致抗議對中國作家的屠殺。國民黨當局很是吃驚，西洋各國也在非難他們了！」〔註51〕在那風雨如磐的黑暗舊中國，這是魯迅與茅盾密切合作、團結對敵的頭一件大事，這件事充分表現了他們的大無畏精神與鬥爭藝術。

其二，關於對法西斯的「民族主義文藝運動」的批判。由國民黨御用文

〔註51〕史沫特萊：《記魯迅》。

人、文化特務所鼓吹起來的所謂「民族主義文藝運動」，實際上是國民黨反動當局企圖對抗左翼文藝運動所玩的拙劣把戲。一九三一年下半年，左翼文藝戰線對它展開全面的批判。在這場鬥爭中，魯迅與茅盾、瞿秋白等密切配合，協同作戰，發揮了出色的作用。就魯迅與茅盾而言，他們所寫的文章，各具特色，從不同的角度揭露、剖析了「民族主義文藝」的反動性，起了相互補充，相互呼應的配合作用。魯迅寫的《「民族主義文學」的任務和運命》、《對於戰爭的祈禱》等文，其特點是嬉笑怒罵、尖銳潑辣，抓住「民族主義文學」的反動實質，予以無情的揭露與嘲諷。比如，他抓住「民族主義文學」為帝國主義、殖民主義效勞的奴才性，指出它不過是「寵犬文學」、「流屍文學」，它的特色是沒有「偵探，巡捕，劊子手們的顯著的勛勞」，所以只能成為發出惡臭的「飄飄蕩蕩的流屍」。而這種「為王前驅」的「流屍文學」，則「將與流氓政治同在」。茅盾寫的《「民族主義文藝」的現形》、《〈黃人之血〉及其他》、《評所謂「文藝救國」的新現象》等文，其特點則是全面、細緻，以系統的批判與深入的剖析見長。作者運用階級分析的方法，比較系統、深入地剖析了「民族主義文藝」的所謂理論，指出它不過是東抄西襲、支離破碎的「雜拌兒」——泰納的藝術哲學，歐洲的歷史，戰後的未來主義、表現主義等四色顏料的湊合；同時，他又對「民族主義文藝」的代表作——《隴海線上》、《黃人之血》和《國門之戰》，進行比較全面的分析批判，揭露其反共反蘇的實質。如果我們把魯迅與茅盾的文章對照起來看，就可以發現他們在對敵鬥爭中密切配合、發揮所長、配合得何等之好呵！

其三，關於魯迅與茅盾為革新的《申報‧自由談》撰稿，因而被視為該刊的兩大台柱事。

一九三二年年底，歷史悠久、被魯迅稱為「最求和平、最不鼓動革命的報紙」〔註52〕——《申報》的副刊《自由談》開始進行革新。一九三三年一月三十日，主持《自由談》革新的黎烈文，在《自由談》上發表了一篇奇妙的《編輯室告讀者書》，稱：「編者為使本刊內容更為充實起見，近來約了兩位文壇老將何家乾先生和玄先生為本刊撰稿。希望讀者不要因名字生疏的緣故，錯過『奇文共賞』的機會。」這何家乾先生和玄先生，不是別人，正是魯迅與茅盾。從此以後，他們在《自由談》上相繼發表了大量針砭時弊的富有戰鬥性的雜文。據不完全的統計，魯迅從一九三三年一月至三四年八月，

〔註52〕魯迅：《二心集‧非革命的急進革命論者》。

曾以何家乾、豐之餘、孺牛、鄧當世等五十多個筆名，發表了一百三十多篇雜文，後分別收入《偽自由書》、《准風月談》、《花邊文學》三本雜文集裡。而茅盾給《自由談》寫稿比魯迅早，數量則沒有魯迅多，但從一九三二年十二月二十七日起至三四年二月止，在一年多的時間裡，他也先後以玄、陽秋、何典、仲方等十多個筆名，發表了雜文、隨筆四十多篇，後收入《茅盾散文集》、《速寫與隨筆》、《話匣子》等集子裡。他們以《自由談》為陣地，運用靈活多變的戰術，密切配合，相互呼應，對國民黨黑暗統治下種種醜惡的社會現實，進行無情的揭露與諷刺。例如，抓住「九・一八」事變後學生請願、古董搬家和所謂航空救國等現象，魯迅與茅盾借題發揮，寫了許多尖銳潑辣、發人深思的雜文，如魯迅的《觀鬥》、《逃的辯護》、《崇實》、《航空救國三願》、《戰略關係》等，茅盾的《歡迎古物》、《血戰後一週年》、《學生》、《阿Q相》、《漢奸》等。他們的這些雜文，相互配合、相互呼應，從不同的角度揭露了蔣介石反動政權鼓吹「不抵抗主義」的投降賣國的實質。《自由談》本來是鴛鴦蝴蝶派的老地盤，如今經魯迅、茅盾以及其他作家的共同努力，變得面目一新，在社會上產生了巨大影響，也觸動了國民黨當局和右翼文人的神經，引起他們的驚恐。當時，由國民黨特務辦的《社會新聞》就發表文章，驚呼《自由談》這個「守舊文化的堡壘」已落入「左聯手中了」，叫嚷「魯迅與沈雁冰，現在已成了《自由談》的兩大台柱」，或以《魯迅與沈雁冰的雄圖》為題，發表惡人告狀式的文字。〔註53〕可以說，魯迅與茅盾在革新的《自由談》上的聯合戰鬥，是繼二十年代初為革新《小說月報》所進行的合作之後的又一場漂亮的陣地戰，但這次鬥爭的對象，已不光是鴛鴦蝴蝶派的舊文學了，而是直指國民黨的反動統治。

　　以上三件事，反映了在白色恐怖的黑暗歲月裡，魯迅與茅盾為了共同事業而密切合作，其範圍越來越大，配合越來越默契，鬥爭水平越來越高，影響越來越大，而他們的戰友情誼也越來越深厚。黃源在回憶當年編輯《文學》雜誌和魯迅、茅盾的接觸時也證實：「另一點，我讀來特別感動的是，魯迅的戰鬥的鋒芒指向那裡，茅盾就起而有力地呼應配合。想起魯迅給我的信裡曾經說過要和茅盾商量，對付一下杜衡，再讀茅盾用東方未明筆名寫的《一張不正確的照片》（內容是批評杜衡編的一九三四年文藝年鑑的）利用陽秋筆名寫的《杜衡的〈還鄉集〉》，強烈地感到戰鬥的呼應配合的喜悅。」〔註54〕

〔註53〕以上均見魯迅：《偽自由書・後記》。

〔註54〕黃源：《左聯與〈文學〉》，《新文學史料》1980年第1輯。

二、攜手合作，爲促進中外進步文化的交流做了大量有益的工作，其中不少是屬於開創性的。這是魯迅與茅盾友誼合作的又一重要方面。

魯迅和茅盾都在「五四」前就開始譯介歐洲近現代文學，是「運輸精神的糧食的航路」的開拓者。我國翻譯界的前輩、現代中外文化交流事業的偉大先驅。早在二十年代初期，他們在翻譯事業上就開始互相配合、互相支持，茅盾主編的《小說月報》上就發表過不少魯迅的譯作。但是，眞正攜起手來，通力合作，做促進中外進步文化的交流工作，則是從三十年代開始的。關於這方面的事例也很多，這裡僅以《草鞋腳》的編選與《譯文》的創辦爲例。

一九三四年間，應美國記者伊羅生的要求，魯迅和茅盾協助他選編中國左翼作家與進步作家的短篇小說集《草鞋腳》，是一件具有開創意義的工作。〔註55〕茅盾後來在追憶當時的情況時說：「那時候，比較集中地向國外讀者介紹中國的進步作家及其作品這樣的工作，還沒有人做過；尤其是左聯成立以後湧現出來的一批有才華的青年作家，國外尚無人知曉。因此，伊羅生要我們幫助選編一本這樣內容的小說集，我和魯迅都是很熱心的。」〔註56〕當時，魯迅與茅盾大約都住在大陸新村，爲了認眞地做好這件工作，他們共同商定編選原則與具體選目，共同編寫了《中國左翼文藝定期刊編目》，並由魯迅親自爲《草鞋腳》題簽、寫序和寫自傳，茅盾也寫了自傳和幾則作家作品介紹。在編選過程中，爲了回答遠在北京的伊羅生的問題，他們還常常在一起共同商量、起草答覆伊羅生的信件。《魯迅日記》一九三四年七月十四日載：「與保宗同覆羅生信。」同年八月二十二日又載：「下午與保宗同覆羅生信。」這裡的保宗即茅盾。現存的魯迅、茅盾致伊羅生的七封書信，有三封兩人聯名的信，均爲茅盾的手跡，魯迅親筆簽名，其中就包括《魯迅日記》所記載的那兩封信。〔註57〕對照其內容，就可以看出這些信是經過他們認眞商量討論後，由茅盾執筆寫成的。這件事也反映他們當時的密切關係。

特別令人感動的是，爲了使更多的青年作家爲國外讀者所了解，他們在編選原則上，寧可少選自己的作品，也「堅持了要多選青年作家的作品」。〔註58〕在他們初擬的分類選目中，就包括了十幾位青年作家的作品，如吳

〔註55〕參見葛正慧、孔海珠、盧調文輯注：《魯迅、茅盾選編〈草鞋腳〉的文獻》，《中國現代文藝資料叢刊》第5輯。

〔註56〕茅盾：《關於選編〈草鞋腳〉的一點說明》，《中國現代文藝資料叢刊》第5輯。

〔註57〕參見《魯迅、茅盾選編〈草鞋腳〉的文獻》。

〔註58〕茅盾：《關於編選〈草鞋腳〉的一點說明》。

組緗的《一千八百擔》、歐陽山的《水棚裡的清道夫》、夏征農的《禾場上》、葛琴的《總退卻》、艾蕪的《咆哮的許家屯》、沙汀的《老人》、張天翼的《一件尋常事》、丘東平的《通訊員》、周文的《雪地》等。魯迅與茅盾編選的《草鞋腳》的文稿、書信，雖然流落海外四十年，直到一九七四年才在美國出版，篇目也有很大變化，但是在現代的中外文學交流史上，它卻是一件具有開創意義的、永遠值得人們紀念的事情。

一九三四年九月創刊的《譯文》雜誌，是魯迅用心血澆灌的三十年代文藝園地裡的另一朵鮮花，也是魯迅與茅盾的友誼所結成的另一個碩果。在當時翻譯界只追求時髦、不講究質量，盲目趕譯、亂譯風氣下，外國文學的譯介工作受到嚴重影響，連雜誌、書店都掛起「不收譯稿」的牌子。為了打開局面、改變風氣，並培養新的嚴肅的譯者，由魯迅倡議、籌畫，茅盾大力支持、配合，黃源、黎烈文具體協助，《譯文》雜誌雖幾經曲折，但終於站住腳跟，在介紹外國的進步文學、推動中外文化的交流方面，發揮了重要的作用，成為三十年代第一個有重要影響的純文藝翻譯雜誌。據黃源回憶，在《譯文》出版史上，魯迅始終起著核心作用，而茅盾則是魯迅的「有力的合作者」。〔註 59〕茅盾除了為刊物提供譯稿外，還曾配合魯迅做了許多組織聯絡工作，如黃源的參加《譯文》的工作，就是由茅盾出面約請的，黃源第一次同魯迅見面談《譯文》第一期的出版事宜，就是在茅盾的家裡三人共同討論的。〔註 60〕在魯迅與茅盾合作進行的推動中外文藝交流的工作中，《譯文》的創辦是一件最重要的、具有深遠影響的工作。

三、在創作上相互關懷、相互尊重，是魯迅與茅盾友誼的另一重要方面。

茅盾對魯迅的推崇與敬仰，是從閱讀魯迅的作品開始的。可以說，在魯迅研究史上，茅盾是最早認識到魯迅及其作品的意義與價值的重要評論家。前面說過，從二十年代初期開始，他就發表過不少評論魯迅作品的言論與文章，在魯迅遭到一些同志的曲解與攻擊的時刻，勇敢地站出來維護魯迅的地位，肯定魯迅的功績。同樣，魯迅對於茅盾的「為人生」的文學主張和革新《小說月報》的活動，也是十分重視，並給予有力支持的。他們這種互相支持，並非是出於庸俗的捧場，而是為了事業的需要，即把彼此的創作與文學活動，視為反對封建舊文學、建設現代新文學的整個鬥爭事業的一個組成部

〔註 59〕均見黃源：《魯迅先生與〈譯文〉》。
〔註 60〕均見黃源：《魯迅先生與〈譯文〉》。

分。正因爲如此，所以從新文學運動初期起，他們就能相互關懷、相互尊重。
到了左聯時期，爲了發展革命文藝創作，扶植新生力量，他們經常發表一些
評論青年作家的作品的文章，但對彼此的作品，則很少發表公開的評論。這
種情況並不意味著他們對彼此的創作活動是漠不關心的。從《魯迅日記》的
記載可以看出，茅盾每有新作品出版，總要送請魯迅指正。魯迅對茅盾的小
說創作，雖然從未寫過專門的評論文章，但當茅盾在創作上取得新的成就
時，他總是很重視和高興的。這裡僅以《子夜》爲例。在十年浩劫時期，有
人曾以魯迅致吳渤的信（1933.12.13），作爲魯迅否定《子夜》的重要根據。
這種打著魯迅的旗號來否定茅盾創作的拙劣做法，不僅是斷章摘句，曲解魯
迅的原意，而且也是別有用心的。因爲，第一、從魯迅致吳渤的信，不能得
出魯迅否定《子夜》的結論。信裡說：「《子夜》誠如來信所說。但現在也無
更好的長篇作品，這只是作用於智識階級的作品而已。能夠更永久的東西，
我也舉不出。」〔註61〕吳渤給魯迅的來信說了些什麼，我們不清楚。從魯迅
的覆信看，他既沒有把《子夜》看成是完美無缺的作品，也沒有否定它，相
反地，他是把《子夜》視爲當時所能出現的有一定永久價值的「好的長篇作
品」的，所以才說「現在也無更好的長篇作品」，「能夠更永久的東西，我也
舉不出」。因此，從這封信裡，得不出魯迅否定《子夜》的結論，就如同從
魯迅的「現在也無更好的長篇作品」這句話裡，得不出魯迅否定巴金的名著
《家》一樣。第二、據不完全統計，魯迅在日記、書信和文章中，提到《子
夜》的地方有十幾處，決不僅僅是致吳渤的這封信。就在致吳渤的信前，當
《子夜》剛出版個把月時，魯迅就在致曹靖華的信（1933.2.9）裡說：「國內
文壇除我們仍受壓迫及反對者趁勢活動外，亦無甚新局。但我們這面，亦頗
有新作家出現：茅盾作一小說曰《子夜》（此書將來當寄上），計三十餘萬字，
是他們所不能及的。」〔註62〕顯然，對《子夜》的出版，魯迅是十分重視的，
因此才把它作爲「我們這面」——左翼文藝戰線的重要收穫，告訴了遠在國
外的曹靖華。信裡還引以爲豪地指出：《子夜》的成就，是「他們」——壓
迫者與反對者「所不能及的」。隔了一個多月，魯迅在《文人無文》裡又說：
「我們在兩三年前，就看見刊物上說某詩人到西湖吟詩去了，某文豪在做五

〔註61〕見《魯迅書信集》（上卷）第 458 頁。
〔註62〕《魯迅書信集》（上卷），第 352 頁。

十萬字的小說了，但直到現在，除了並未預告的一部《子夜》而外，別的大作都沒有出現。」〔註63〕這裡，魯迅用對比的手法，再次肯定了《子夜》是一部「大作」。到了一九三六年八月，即魯迅逝世前夕，他在批評某些同志對「國防文學」的解釋有偏頗時又說：「『國防文學』不能包括一切文學。因為在『國防文學』與『漢奸文學』之外，確有既非前者也非後者的文學，除非他們有本領也證明了《紅樓夢》、《子夜》、《阿 Q 正傳》是『國防文學』或『漢奸文學』。」〔註64〕這裡，魯迅把《子夜》和《阿 Q 正傳》、《紅樓夢》並提，十分清楚地反映了茅盾的這部傑作在魯迅心目中的地位。至於後來魯迅受茅盾之託，轉請胡風為史沫特萊的英譯本《子夜》的「前言」提供素材，並為了這份材料，不厭其煩地給茅盾寫信等等，則更是生動地反映了他們相互關懷、相互支持的深厚友誼。

同樣的，茅盾在左聯時期雖然沒有再寫過專門評論魯迅創作的文章，但他對魯迅的了解與尊重，是與日俱增的。特別是對魯迅後期所寫的大量富有戰鬥性的雜文，茅盾不僅給予崇高評價，而且也時時起而呼應，寫了不少與魯迅的雜文「異曲同工」的隨筆與短評。從一九三六年十月十九日魯迅逝世以後，到一九八一年三月二十七日茅盾逝世以前，為了學習與發揚魯迅的精神，茅盾寫過大量紀念魯迅，評論魯迅的思想與創作的文章。這些文章，高舉魯迅的旗幟，以深厚的感情與實事求是的態度，對魯迅的思想、創作及其在我國現代思想文化史上的偉大貢獻，作了精闢的闡述，提出了許多精到的見解。如今，茅盾留下的這批學習與研究魯迅的文章，也成為這兩位先驅者相交良久、相知至深的深厚友誼的明證。

在結束這篇長文之前，我想起了不知是那一位思想家說過的一句話：友誼是事業的伴侶，事業永遠需要友誼。今天，當魯迅和茅盾為奮鬥終生的我國現代文學，跨進了八十年代這個新的歷史時期時，我們來紀念我國現代文學的奠基人——魯迅誕生一百週年、回顧魯迅與茅盾這兩位偉大先驅者的戰鬥友誼，就更加深切地感到魯迅所說的「大戰鬥卻都為著同一的目標」這句話的豐富內容與深刻含意，深切地感到他們那種處理事業與友誼關係的態度，對我們今天發展社會主義的文藝事業，依然具有重要的現實意義。

〔註63〕見《偽自由書》。
〔註64〕魯迅：《且介亭雜文末編‧答徐懋庸並關於抗日統一戰線問題》。

關於茅盾生平的若干問題

　　我的這篇文章，是想就粉碎「四人幫」後我所瞭解的有關茅盾生平的若干問題，將它整理出來，作為對拙著《論茅盾四十年的文學道路》（以下簡稱《論茅盾》）一九七八年修訂本中有關問題的補充與修正，同時也是為了供研究者參考。這篇文章所談的若干問題，除根據一些文字材料或文獻資料外，還引用了粉碎「四人幫」三年多來我同沈老的通信，以及多次拜訪沈老的過程中所瞭解的一些情況。徵得沈老的同意，我將其中的三封信（一九七七年十月五日，一九七八年一月十七日和二月十九日）刊印出來。此外，徵得翟同泰同志的同意，文中還引用他一九六二年底訪問一些熟悉茅盾情況的老同志的回憶材料。下面分別談四個問題：一、生年與籍貫；二、童少年時代的家庭教育；三、五四——大革命時期的革命活動；四、新疆、延安之行。

生年與籍貫

　　解放後，國內流傳的中國現代作家小傳、年譜（其中包括茅盾本人寫的小傳），以及一些茅盾研究專著和各種現代文學史著作等，對於茅盾生年的說法，基本上是一致的。但是，對於茅盾出生的具體月日的說法，則很不一致。就我所接觸到的一些材料看，對於茅盾出生的年月日，至少有如下五種說法：

　　第一、一八九六年二月。山東師院中文系編，一九六一年出版的《中國現代作家小傳》（修訂本），就持這種說法。該書所收的茅盾小傳裡說：「茅盾原名沈德鴻……一八九六年二月生於浙江省桐鄉縣青鎮的一個大家庭裡。」「二月」說是不準確的，編者可能是以訛傳訛。

　　第二，一八九六年四月。持這種說法的比較普遍。我在《論茅盾》一九

五九年初版本裡，就採用了這個說法，邵伯周同志的《茅盾的文學道路》、山東師院中文系編的《茅盾研究資料彙編》等，也是採用這種說法。「四月」說源於解放前茅盾本人所寫的小傳。在一九三二年六月上海光華書局出版的《文學月報》創刊號上，茅盾發表過一篇《我的小傳》，其中說：「我以中日戰爭後一年，即一八九六年四月，生於浙江省桐鄉縣屬一個四萬人口的小鎮。」這裡，茅盾所說的四月，是指農曆四月。根據作者後來的回憶，這種說法也是不夠準確的。

第三、一九四五年六月二十四日，重慶文化界曾經在重慶西南實業大廈舉行慶祝茅盾五十壽辰的活動。一九四五年七月九日延安的《解放日報》上，發表了一篇題為《重慶文化界慶祝茅盾先生五十壽辰》的報導。這篇報導裡說：「六月二十四日，是茅盾先生五十歲壽辰。」根據這個說法推斷，則茅盾應出生於一八九五年六月二十四日。當時，慶祝茅盾五十壽辰的活動，是在黨的領導下進行的，目的是為了團結文化界的愛國、進步人士，擴大與加強文化界的革命統一戰線。一九四一年年底，也曾為郭老舉辦過五十壽辰的慶祝活動。那時，無論是慶祝茅盾或郭沫若的五十壽辰，大約都是按虛歲計算的，所以實際上都是提早了一年。至於六月二十四日這個時間，大約是根據農曆的某個時間推算出來的。按照茅盾後來的回憶，這個時間是比較接近實際的，但也還不夠準確。

第四，一八九六年七月五日（農曆丙申年五月二十五日）。首先提出這個說法的，是上海的艾揚（翟同泰）同志。他在《郭沫若，茅盾名、號、別名、筆名輯錄》一文裡說：「茅盾是我國現代文學史上重要的作家，一八九六年七月五日（農曆丙申年五月二十五日）生於浙江省桐鄉縣青鎮。）〔註1〕把茅盾的生日定為農曆丙申年五月二十五日，這個時間是艾揚和徐恭時同志向茅盾的叔父調查得來的，並已為茅盾本人所認可。但是，推算為公曆七月五日，這個時間同茅盾本人折算的時間，則還有細微的差別。因此，也就有了第五種，也是為茅盾本人所認定的最後一種說法。

關於茅盾生日的最後一種，也是比較準確的說法是：一八九六年（光緒二十二年）農曆丙申年五月廿五日，即公元一八九六年七月四日。拙作《論茅盾》一九七八年修訂本，就採取了這個說法。徐州師院編的《中國現代作家傳略》（二）裡收的茅盾自傳，也是用的這個說法。

〔註1〕 見南京師範學院編《文教資料簡報》，1977年第5期。

我在修訂《論茅盾》一書時，曾特地就茅盾生日的各種不同說法寫信請沈老澄清，沈老在一九七八年一月十七日的覆信中說：「我是公元一八九六年七月四日生的（農曆丙申五月二十五日，但因舊時計時與今不同，故合算成公曆，有作七月五者）。」一九七九年六月二日下午，我在訪問沈老時，又曾當面請教這個問題，他說：「關於我的生日，我自己也記不清楚了。這還是解放後上海的同志到我家鄉訪問，問了我二叔，才知道是陰曆五月二十五日。折爲公曆是七月四日，這同上海的同志折爲七月五日略有差別。」當時，我曾建議以後對這個問題採用統一的說法，以免造成混亂，沈老表示：以後關於他的生日問題，都以最後這個說法爲準。

關於茅盾的籍貫，見諸於茅盾的傳記、年表和有關的研究著作者，也有兩說：一說出生於浙江省桐鄉縣的青鎮；一說出生於浙江省桐鄉縣的烏鎮。這兩種說法都有一定的根據，由於地方區劃的歷史變遷，目前都以烏鎮說爲準。

說茅盾出生於青鎮，最早見於茅盾的妻弟孔另境的《懷茅盾》一文。這篇文章寫於一九四四年十一月，當時茅盾正在重慶，身居孤島上海的作者，以充滿懷念之情記述了茅盾生平事跡，其中對茅盾的故鄉有比較詳細的描述。他說：

> 茅盾是出身在浙北臨近江蘇的一個小鎮上，這個小鎮的範圍相
> 當大，市面也熱鬧，鎮中有一市河，將鎮劃分爲二，河東和河西分
> 屬於兩個縣分，茅盾的家是在河東，在前清是屬於嘉興府的桐鄉縣，
> 民國廢府以後，他就是桐鄉縣所屬的一個最大市鎮，地名青鎮。這
> 是一個複雜的處所，但也是一個富裕的魚米之鄉，歷次的兵災並沒
> 有影響到這鎮上，所以人口就天天增加起來，從各處逃來的難民，
> 把這小鎮作爲安樂窩，遠至湖南四川的人也大群地寄居在這鎮上，
> 所以到這次戰前爲止，該鎮人口幾達五萬。茅盾就是生長在這個富
> 裕的小鎮上。〔註2〕

我在《論茅盾》一九五九年初版中，就是沿用了孔另境的說法，五十年代末六十年代初的一些茅盾傳記年譜等，也有不少是採用這種說法的。當然，孔另境所說是歷史事實，因爲他自己也是生長在青鎮這個地方，對它是十分熟悉的。不過，解放以後，由於地方區域的重新劃分，以河爲界的青烏兩鎮

被合併，名爲烏鎮，而青鎮這一建置則取消了。因此，當我弄清楚這一情況後，就在《論茅盾》一書的一九六三年版裡，把茅盾的籍貫由青鎮改爲烏鎮。一九七八年初，我在修訂這本書時，爲愼重起見，又請教了沈老。他在一九七八年一月十七日的覆信中說：「故鄉，在清末爲青鎮（本來是烏、青兩鎮，隔河爲界），屬桐鄉縣，解放後兩鎮合併，名烏鎮，仍屬桐鄉縣。」

茅盾從一八九六年出生後，到一九一三年（十七歲）進北京大學預科以前，其間除曾到湖州、嘉興、杭州讀過兩年的中學外，其他的時間都是在故鄉烏鎮度過的。正如孔另境的《懷茅盾》一文所描述的，這是浙江最富裕的地區——杭、嘉、湖地區的一個相當熱鬧的小鎮，也是江南太湖流域的一個比較富裕的鄉村集鎮。茅盾從小生長在這個地方，了解它，熟悉它；故鄉各種人物的命運，故鄉的風土人情，後來就成爲作者描繪大時代的各種生活側影的重要素材。我們所熟悉的茅盾寫農村集鎮生活的一些作品，如《春蠶》、《秋收》、《殘冬》、《林家鋪子》、《當鋪前》以及《水藻行》等，大多是以他的故鄉爲背景，富有江南農村的色彩。這個本來是相當富庶的地區，在三十年代的經濟危機與國民黨的黑暗統治下，卻瀕於破產的境地，因而茅盾的《春蠶》、《林家鋪子》等作品，以這個江南集鎮爲背景，展示了舊中國農村凋敝、破產的景象及其根源，也就特別富有典型意義。

童少年時代的家庭教育

記述茅盾童少年時代生活的材料，我們所能見到的並不多。目前，我所知道的有關這方面的材料，來源於兩個方面：

一、茅盾本人和他的親戚解放前所寫的回憶文章。對自己過去的生活經歷，茅盾素來不大喜歡撰文談論，可以說直到粉碎「四人幫」後他應約所寫的回憶錄，才開始系統地回憶過去的生活。但是，關於童少年時期的生活，就我所知，茅盾卻至少寫過九篇有關的文章。這說明作者對這段時期的生活，有比較深刻的印象。此外，孔另境也寫過兩篇回憶茅盾及其母親的文章。下面不妨把上述文章的篇名、出處列舉如下，以供對這個問題感興趣的同志查閱。

茅盾的九篇文章：

我的小傳　《文學月報》創刊號，1932 年 6 月。

我的小學時代　《風雨談》第 2 期，1934 年 5 月。

我曾經穿過怎樣的緊鞋子　見鄭振鐸、傅東華編《我與文學》，上海生活書店 1934 年 7 月初版。

我的中學生時代及其後　見《印象·感想·回憶》，上海文化生活出版社1936 年版。

談我的研究　同上。

回憶辛亥　同上。

我所見的辛亥革命　《中學生》第 38 號，1933 年 10 月。

回憶是辛酸的罷，然而只有激起我們的奮發之心　見《時間的記錄》，上海大地書屋 1946 年版。

回憶之類　同上。

孔另境的兩篇文章：

懷茅盾　見《庸園集》，上海永祥印書館 1946 年版。

一位作家的母親──記沈老太太　同上。

二、近兩三年來，我在修訂《論茅盾》一書和多次拜訪沈老的過程中，也曾了解到一些關於他童少年時期的情況，主要是他如何受母親的教育與影響的情況。

上述第一方面的材料，我在《論茅盾》一書裡已有較詳細的介紹，不再重複，這裡想著重就近兩三年來所瞭解的一點情況，作一補充介紹。

我們知道，在「五四」以來的一些著名的作家中，魯迅，郭沫若本來都是學醫的，後來卻棄醫從文；而茅盾也沒有按照他父親的遺囑去學理工科，當工程師，同樣也走上了文學的道路。這是一種十分有趣的歷史現象。當然，產生這種現象，有歷史的和作家個人的種種原因，這裡不準備來討論它。我只想說明一點，即：茅盾因早年喪父，所以在他的童少年時代，母親的教育與影響，對他產生過重要的影響。正因爲如此，所以不論是在解放前所寫的回憶文章中，還是最近所寫的回憶錄中，茅盾總是以充滿懷念與崇敬的心情談起他的母親。

據沈老的回憶，她母親姓陳，是烏鎮名醫陳吾如的獨生女。陳吾如醫道高明，名馳杭、嘉、湖三府，白手起家，積資較多。當茅盾的母親還只有四歲時，吾如先生就請人教女兒學習古典文學。因此，她從小就接觸文學，具有一定的文化知識與文學修養，遠不同於舊社會的一般家庭婦女。茅盾的父親沈永錫，字伯藩，原是前清的一個秀才，他後來之所以學醫，則同他的丈

人有密切的關係。因爲，當他同茅盾的母親訂婚之後，就到女家跟丈人陳吾如學醫，後來也曾爲親朋看病。茅盾的父親不僅是個儒醫，而且是個維新派。他受當時資產階級改良派與民主主義思潮的影響，具有科學與民主的思想，酷愛自然科學，思想比較開通。據茅盾說，他父親不僅喜歡數學，曾自學到微積分，而且也學習聲光化電等自然科學知識。他家收藏的《格致彙編》就是當時上海出版的介紹聲光化電等自然科學知識的期刊性的書籍。茅盾父親的這種思想與愛好，對茅盾的母親也有直接的影響。她十九歲出嫁以後，在丈夫的影響下，也開始學習當時的所謂經邦濟世之學，先是學習中國的歷史、地理，而後又學習世界歷史、地理等等。不過，她主要還是學習社會科學和文學方面的知識，並不學習聲光化電等自然科學知識，這就使得她具有比較開闊的胸懷，愛好看書學習。後來，由於受到兩個兒子（茅盾及沈澤民）的影響，她也關心國家大事，關心時事政治。據孔另境的《一位作家的母親》一文的描述，茅盾的母親直到晚年，還保持著這種好學的特點。「她平日每日必讀報紙，而且看得非常仔細，以我的所見，十年如一日。像這次避難來滬一個人租了一間房子以後，第一樁事情就是訂閱一份日報。我每次去看她，總見她正在捧著一份報紙，帶著她的老花眼鏡勉力地在看。一見我走進她的房間，連忙放下了報紙和我談起時事問題來了，從國內說到國外，有感想也有議論，甚至還評論到報紙的態度。有時碰到實在不能理解的問題，她會留著等我去時提出來討論，往往她的見解十分正確，使我暗暗佩服不置。」〔註3〕

　　茅盾出生在這樣一個家庭環境裡，自然要受到父母潛移默化的影響。首先，他童少年時期所受的家庭教育，就不同於一般封建士大夫家庭的只讀聖賢書式的教育，而是較早地接受民主主義思想的薰陶。比如他的父親就引導，支持他學習當時的所謂「新學」，讓他進鎮上剛創辦的第一所新式小學校——「中西學校」讀書。茅盾的父親，還允許童年的茅盾看當時被視爲閒書的《西遊記》等小說，認爲「看看閒書也可以把『文理看通』」。其次，比較起來，茅盾從童少年時代起，更多的是受到母親的直接教育與影響。一九七八年初，應我的要求，沈老重新審閱了《論茅盾》一書（舊版）後，曾就該書關於他童少年時期的一些敘述，提出了更正與補充。比如，他指出：「我的父親因自修數學，從來沒有功夫教我讀書，在我十歲以前，都是母親教我。」當時，

〔註3〕　見孔另境：《庸園集》，上海永祥印書館1946年版。

茅盾雖然進了新辦的「中西學校」，但「課程就只有中西兩門——半日讀《東萊博儀》之類的書，半日讀英文」，後來才逐漸增加了算術，物理、化學等。〔註4〕至於中外歷史、地理等課，則因教員不懂而沒有開設。所以，茅盾雖然入學，卻不經常上課。那時，他父親已經臥病在床，茅盾的母親就擔負起教育子女的責任，親自教茅盾學習中外歷史、地理知識，還爲他講過《西遊記》故事的片段，從而使得童年時期的茅盾開始有了閱讀文學書籍的興趣。特別是到了茅盾十歲時，臥病三年的父親已「肌肉落盡」，當年夏天，「他就像乾了膏油的一盞燈，奄奄長瞑了」。〔註5〕從此以後，家庭生活的重擔與教育子女的重擔，就都全部落在茅盾母親的身上。這位性格倔強而有膽識的女子，並沒有被生活的重負所壓垮，她不僅把茅盾及其弟弟沈澤民扶養成人，而且敢衝破守舊的家族環境的一切阻礙，把丈夫留下的有限財產，幾乎是全部用來供給茅盾兄弟二人外出求學。茅盾在湖州、嘉興、杭州讀完中學以後，考進了北京大學預科第一類；沈澤民中學畢業後，也進了南京河海工程學校。當時外出求學，雖不像魯迅「走異路，逃異地」——到南京求學那麼困難，但據孔另境的回憶，她的這個行動，在小小烏鎮上「不但是破天荒的舉動，有些人還認爲是不可解的荒謬舉動。她不管人家背後的議論，她也不理族中人的勸阻，這種大膽的作爲，簡直可說是鎮上的第一人」。〔註6〕因爲，那時的烏鎮，「到外地去讀書的簡直絕無，而在大學裡念書則就是他們兩位昆仲」。〔註7〕起先，丈夫的遺囑——希望兒子將來學理工，還時時在她的繫念之中，後來看到茅盾兄弟二人相繼都從事文藝工作，甚至投身到中國共產黨領導的革命事業中去，她也不僅沒有阻攔，而且給予積極的支持。

茅盾後來說過：「在二十五歲以前，我過的就是那樣在母親『訓政』下的平穩日子。此後直到現在這十年間，朋友的影響就很大。我成爲完全不是父親所希望的我，並且我有時還疑惑如果父親尚在，我們中間會不會演『父與子』的衝突呢？」〔註8〕茅盾所說的二十五歲以前，指的是一九二一年他參加中國共產黨的早期革命活動以前的一段時間。特別令人敬重的是，即使在茅盾二十五歲以後，這位沈老太太對茅盾與沈澤民所從事的革命活動，還直接

〔註4〕 參見茅盾：《我的小學時代》。
〔註5〕 同上。
〔註6〕 參見孔另境：《懷茅盾》。
〔註7〕 參見孔另境：《一位作家的母親》。
〔註8〕 茅盾：《我的小傳》。

給予支持與幫助，這不能不說是這位歷盡艱辛的老人的一種十分可貴的品德。例如，她得知茅盾加入了中國共產黨之後，爲了支持兒子晚上出去參加每一週一次的支部會，總是深夜不眠，等候兒子回來，爲他開門。而當沈澤民約同張聞天準備赴日本求學時，她則毅然地拿出了長期積蓄下來的一千元錢，給兒子作路費，支持他到日本求學。〔註9〕後來，沈澤民同志在鄂豫皖蘇區任省委書記時，得了很重的瘧疾，因吃奎寧過多，不幸中毒身亡，她知道以後，也能夠顧全大局，忍住內心的悲痛，表現出驚人的忍耐力與堅強的性格。〔註10〕正因爲如此，所以如今已年逾八旬的茅盾，一提及他的母親，依然總是流露出那種深深的懷念與敬重的心情。

「五四」——大革命時期的革命活動

從青年時代起，由於受俄國十月革命的影響，受《新青年》和一些早期共產黨人的影響，茅盾就開始積極投身到改造舊中國的革命潮流中去，並曾成爲探索中國革命道路的少數先驅者行列中的一員。可以說，在「五四」以來的許多著名的前輩作家中，他是比較早地接觸馬克思主義，同時也是最早參加中國共產黨所領導的革命鬥爭的一位作家。早在「五四」運動爆發前夕，在《新青年》的影響之下，青年時代的茅盾在《托爾斯泰與今日之俄羅斯》一文的頭一節裡，就曾生動地描述世界革命潮流的演變和俄國十月革命的巨大聲勢與深遠影響。他寫道：

> 十五、六世紀，英人思想風靡世界，支配世界之時代也。世界民族，乃由專制政治而轉爲立憲政治，由國內生活而轉爲海外生活。十八世紀，法人思想大盛之時代也。建立共和國，破歷來國家之定式。而十九世紀，則俄國人思想一躍而出，此時之時代亦即大成之時代。二十世紀後數十年之局面，決將受其影響，聽其支配。今俄之 Bolshevism（按：即布爾什維主義）已彌漫於東歐，且將及西歐。世界潮流，澎湃蕩動正不知其何底也。

茅盾這篇文章的頭一節，發表於一九一九年四月五日的《學生雜誌》第六卷第四號上，時在「五四」運動爆發前的一個月。當時，作者就預言俄國的布

〔註9〕 參見茅盾：《複雜而緊張的生活、學習與鬥爭》（上），《新文學史料》第四輯，1979 年 8 月。

〔註10〕 參見孔另境：《一位作家的母親》。

爾什維克式的革命將「澎湃蕩動」世界潮流,「二十世紀後數十年之局面,決將受其影響,聽其支配」。這說明由於受《新青年》和一些早期共產主義知識分子的影響,他對當時俄國的十月革命及其意義,已有相當的了解與認識。「五四」運動以後,茅盾開始接觸馬克思主義,並投身到中國共產黨早期的革命活動中去。他說過:「那時已是一九一九年尾,我已開始接觸馬克思主義。」〔註11〕一九二○年初,陳獨秀到上海後,曾約陳望道、李漢俊、李達和茅盾等,商談在上海出版《新青年》的問題。〔註12〕後來,茅盾為移滬後的《新青年》寫過一些翻譯、介紹歐洲的社會學說和文學的文章,如翻譯羅素的《遊俄感想》、哈德曼的《羅素論蘇維埃俄羅斯》、勃洛克的《一封公開的信給自由人記者》,評介歐洲文化的《哈姆生和斯劈脫爾》、《西門底爸爸》、《十九世紀及其後的匈牙利文學》等。一九二一年七月黨的第一次全國代表大會召開之前,茅盾參加了上海的共產主義小組,成為黨創辦時期最早的幾十名黨員中的一個。從此以後,直到一九二七年蔣介石、汪精衛叛變革命以前,他除了從事新文學運動之外,其餘的大部分時間都用來參加黨所領導的革命活動。到了一九二五年「五卅」運動以後,其主要精力就完全轉移到參加實際的革命活動方面去。關於茅盾自「五四」到大革命時期的革命活動,他在最近所寫的回憶錄裡,已經作了或即將作比較詳細的介紹。過去,我們對作者早期的這段革命經歷,所知不多,然而,這段經歷對於我們研究茅盾早期的思想與文學創作,都具有重要的意義。正因為如此,所以我想就近兩年多來訪問沈老所瞭解到的一些情況,以及我見到的有關這方面的調查訪問材料和文獻材料,歸納為幾個問題,整理如下,供研究者參考:

一、參加上海的共產主義小組與入黨的時間問題

茅盾參加過上海的共產主義小組一事,文化大革命以前的一些調查訪問材料就已證實過,但關於參加的時間,則說法不一。

一九六二年十月二十五日下午,我曾利用到北京開會的機會,隨同以群同志到沈老寓所,第一次拜訪了沈老。當時,他曾說:「一九二○年成立的上海共產主義小組我也參加了。是李達先跟我講的,我同意了。以後曾到陳獨秀家裡開過會。」當時,他沒有具體說明參加小組的時間是什麼時候,我也沒有進一步問。差不多同一個時期,上海的翟同泰同志也曾訪問過一些熟悉

〔註11〕茅盾:《商務印書館編譯所生活之二》,《新文學史料》第二輯,1979 年 2 月。
〔註12〕茅盾:《商務印書館編譯所生活之二》,《新文學史料》第二輯,1979 年 2 月。

情況的老同志，他們也證實茅盾參加過上海的共產主義小組。例如：（一）一九六二年十一月六日翟訪問包惠僧時，這位曾正式參加中國共產黨第一次全國代表大會的老人回憶說：「雁冰正式入黨在一九二一年一、二月間，與邵力子同時，當時陳獨秀已去廣州，是李漢俊在上海負責。我和他初次見面是在李漢俊家裡開支部會時。」這裡，包惠僧所說的「正式入黨」，即指的參加上海的共產主義小組，且指明了時間在一九二一年一、二月間。（二）一九六二年十月十一日和十一月六日，翟訪問徐梅坤（行之）時，徐也說過：「我大約於一九二一年多天和沈雁冰相識。在這以前，我知道他參加過上海的馬克思主義研究會。」徐梅坤曾同茅盾一起從事過早期的革命活動，在一九二三年～二四年間曾任上海地方兼區執行委員會委員。他這裡所說的馬克思主義研究會，大約就是上海的共產主義小組，他並指出茅盾參加這個小組是在一九二一年多以前。（三）一九六二年十一月九日，翟訪問胡愈之時，他也回憶說：「『五四』運動後，我和雁冰都喜歡看《新青年》，受過它的影響」。「中國共產黨成立以前，上海有馬克思主義小組、無政府主義小組等許多小組，他可能參加過馬克思主義小組」。

此外，張國燾在《我的回憶》一書裡，也曾談到上海的共產主義小組成立的經過，並證實茅盾參加過這個小組。他在談到一九二〇年七月底，陳獨秀同他談組織上海共產主義小組一事時說：「陳先生向我表示，組織中國共產黨的意向，已和在上海的李漢俊、李達、陳望道、沈定一、戴季陶、邵力子、施存統等人談過，他們都一致表示贊成。……他還預計沈雁冰、俞秀松等人也會很快參加。」〔註13〕又說：「發起組織中國共產黨和成立上海小組的初步商談，是在我到達上海以前就已開始進行；而中國共產黨的第一個小組——上海小組——的正式組成是在我離開上海以後的事，約在八月下旬。一切都如陳先生所說，中共最初的發起人，也就是上海小組的組成人員陳獨秀、李達、李漢俊、陳望道、沈定一、邵力子、施存統等七人。戴季陶因國民黨籍的關係，沒有正式加入組織。楊明齋由俄共黨籍轉入中共為黨員，是和沈雁冰、俞秀松等人的參加一樣，都是在第一次正式會議以後的事。」〔註14〕

根據以上包括沈老本人在內的五個人的回憶，有兩點是比較一致的。

〔註13〕見張國燾：《我的回憶》第二篇第一章《陳獨秀的最初策劃》，香港明報月刊出版社。

〔註14〕見張國燾：《我的回憶》第二篇第一章《陳獨秀的最初策劃》，香港明報月刊出版社。

一、茅盾確實參加過一九二〇年八月成立的上海的共產主義小組；二、茅盾加入這個小組的時間，不是在該小組剛成立時，而是在該小組成立以後，也就是說是一九二〇年八月以後不久的事。

一九七九年八月，沈老在《複雜而緊張的生活、學習與鬥爭》（回憶錄四）一文裡，對他參加上海的共產主義小組的時間，作了比較明確的答覆。他在談到這個小組的成立經過與發起人情況時說：「這些事，我是在一九二一年二、三月間由李漢俊介紹加入共產主義小組後才知道的，其時陳獨秀已應陳炯明的邀請到廣州辦教育去了。」〔註15〕這裡，沈老明確指出參加的時間是一九二一年二、三月間，這同上面所引的包惠僧、張國燾等人的回憶比較接近，看來也是比較符合事實的。而介紹人則是李漢俊，而不是文化大革命前所說的李達了。最近，沈老在談到這件事時，又曾說過，原來他已記不得是什麼時間參加上海的共產主義小組的，一九二一年二、三月間這個說法，是根據包惠僧的回憶推算出來的。對於這件事，沈老自己記的比較清楚的有二：（一）他和邵力子是同時參加的；（二）他是上海共產主義小組成立以後第一批新參加的成員之一。因為，他同陳獨秀本來已熟悉，並有來往，因而被作為第一批吸收的成員，參加小組的時間與這個小組成立的時間，相隔不會太長。陳獨秀主持成立的上海共產主義小組，實際上是擔負著籌備發起組織中國共產黨的任務的，因而也被稱為中國共產黨上海發起組。因此，關於茅盾何時加入中國共產黨的問題，也就迎刃而解。一九七八年七月二十五日，我在粉碎「四人幫」後第四次拜訪沈老時，曾當面詢問過這個問題。當時，沈老曾明確答覆：「我加入了上海的共產主義小組後，到了一九二一年中國共產黨第一次全國代表大會召開時，各地的共產主義小組的成員，其中也包括我，也就自然地成為中國共產黨的黨員。」換句話說，黨的一大的十三名代表所代表的當時全國的五十多名中共黨員中，就包括了沈雁冰。

二、黨的「一大」之後到「五卅」運動前後的革命活動

從一九二一年到一九二五年「五卅」運動前後，茅盾的公開身份是商務印書館編譯所的職員，實際上則兼有新文學運動的倡導者與中共地下黨的活躍分子這雙重身份，同時進行著文學與革命這兩方面的緊張活動。一方面，他同鄭振鐸、葉聖陶等組織文學研究會，主持《小說月報》的革新，撰寫數

〔註15〕見《新文學史料》第四輯，第4頁。

以百計的文藝評論與譯介外國文學的文章，提倡「爲人生而藝術」的現實主義文學；另一方面，他積極參加中共上海地下黨早期的革命活動，歷任過黨內的一些重要職務，搞過文化宣傳、工人運動、婦女運動，參加過「五卅」運動和領導過商務印書館的罷工鬥爭等。前一方面的活動是公開的，大家比較了解；後一方面的活動是秘密的，大家所知甚少。然而，後一方面的活動，卻是研究青年時代茅盾的政治態度與世界觀的重要根據，也是進一步了解與研究文學研究會時期茅盾的文藝思想及以後的小說創作的重要根據。下面，著重就我所知道的關於茅盾後一方面的活動情況，作一介紹。

一九二一年七月黨的第一次全國代表大會召開以後，茅盾就經常參加中共上海地下黨的支部會，並在黨內擔任過一些重要的職務。一九二一年殘冬，上海法租界漁陽里二號陳獨秀的寓所（當時支部會議經常在這裡開）被法捕房查抄以後，黨中央就另租房子作爲中央機關的秘密辦公地點。大約就在這個時候，茅盾被指派擔任黨中央的聯絡員，並被編入中央工作人員的一個支部。當時，他正在主編商務印書館出版的《小說月報》，黨中央認爲這是一個很好的掩護，因此指定他擔任聯絡員的職務，負責各省黨組織與黨中央之間的信件、人員往來的聯絡、傳送工作。〔註 16〕此後，就我所見到的一些文獻材料看，他成爲中共上海地方兼區執行委員會的領導成員之一。在大革命以前，上海地方兼區執行委員會，除了管上海地區黨組織的活動外，還兼管江蘇、浙江兩省黨組織的活動。

從一九二三年七月起至一九二四年間，茅盾曾多次被推選爲中共上海地方兼區執委會的委員，先後擔任過執委會的國民運動委員、國民運動委員會委員長、執委會秘書兼會計等職。一九二三年九月，黨中央提出一切勞工運動、婦女運動、學生運動、農民運動等，都歸屬於國民運動這一總的目標，因此，中共上海地方兼區執委會改組了國民運動委員會，任命向警予與沈雁冰專門分管婦女運動方面的工作。一九二三年十一月八日的一次執委會上，向警予與沈雁冰又被推任婦女運動方面教育宣傳的演講人。也就在這個前後，茅盾曾經發表過許多關於婦運方面的文章與譯著，如《婦女教育運動概略》（1923 年 1 月《婦女雜誌》9 卷 1 期）、《「母親學校」底建設》（1923 年 2 月 7 日《民國日報·婦女評論》）、《關於浙江女師風潮的一席談話》（1923 年

〔註16〕參見茅盾：《複雜而緊張的生活、學習與鬥爭》（上），《新文學史料》第四輯，1979 年 8 月。

4 月 11 日《民國日報・婦女評論》)、《補救成年失學婦女教育方法與材料》(1923
年 5 月 9 日《民國日報・婦女評論》)、《評鄭振鐸君所主張的逃婚》(1923 年
5 月 16 日《民國日報・婦女評論》)、《家庭與婚姻》(俄國考倫特原著,1923
年 12 月《東方文庫》)、《給未識面的女青年》(1924 年 1 月《婦女週報》20
期)、《南美的婦女運動》(美國甲德夫人原著,1924 年 2 月《婦女雜誌》第 2
期)等。我所以要列舉出這麼多文章的篇目,是因為它們有助於說明這樣兩
個問題:一、上述文章,多數是發表於茅盾被推選同向警予一起分管婦運工
作之前,這就說明由於茅盾對婦女運動方面的情況有一定的瞭解與研究,發
表過許多有關婦運的文章,因而才被推選擔任這方面工作的;二、正是由於
茅盾對婦運方面的情況有相當的了解與研究,並在黨內秘密擔任過婦運方面
的工作,因而又促使他進一步去關心與研究婦女問題。從而,我們也可以解
開茅盾創作中的這樣一個謎,即:為什麼在茅盾的小說裡,特別是早期的
《蝕》、《野薔薇》、《虹》等小說裡,能成功地塑造出各種類型的女性青年的
形象,能對她們的性格與心理活動作如此生動與細膩的描寫。當然,這與茅
盾大革命時期在廣州、武漢的生活閱歷有密切關係,但他早期在黨內有這麼
一段經歷,不能不說也是一個重要的原因。除上所述,約在一九二三年八月
下旬至九月初,中共上海地方兼區執委會的委員長(相當於書記)鄧中夏,
因以上海社會主義青年團的代表資格赴南京參加會議,曾委託當時的執委會
委員沈雁冰短期代理過執委會委員長的職務。

在一九二三～二四年間,擔任過中共上海地方兼區執委會委員的,除鄧
中夏、沈雁冰外,先後還有徐梅坤、甄南山、王振一、王荷波、瞿秋白、向
警予、楊賢江、張秋人、白民、林蒸等多人。當時,在上海的中共中央委員
毛澤東(潤之)、羅章龍等,也曾出席過執委會會議。在這個時期裡,因茅盾
的公開職業是商務的工作人員,所以一直被分在商務印書館的黨小組(後成
為支部)裡。一九二三年七月上旬,中共上海地方兼區執委會成立後,曾把
上海的中共黨員劃歸上海大學、商務印書館、西門、虹口、吳淞等五個小組。
上海大學屬第一小組,商務則屬第二小組。以後雖不斷有變化,但商務印書
館的黨組織始終存在,並在「五卅」運動前後發揮了重要的作用。〔註 17〕茅
盾從黨的「一大」到一九二七年大革命失敗以前,其間除早期一度分在黨中

〔註 17〕以上情況主要根據《上海地方兼區執行委員會紀事錄》(1923 年 7 月～1925
　　　　年 10 月)整理而成,原件藏上海市委檔案館。

央工作人員的支部，以及一九二六～二七年赴廣州、武漢參加大革命外，其餘時間都屬商務印書館支部，並在這個支部中擔任過黨支部書記，發揮過重要的作用。茅盾在最近所寫的《回憶秋白烈士》一文裡，曾談到這件事和有關「五卅」運動的一些情況：

一九二四年冬，秋白與楊之華結婚，搬到閘北順泰里十二號，組織了小家庭，正好住在我家的隔壁（我住在十一號），我們的往來就更頻繁了。當時我是商務印書館的黨支部書記，支部會議經常在我家開，秋白代表黨中央常來出席。他常與我談論政局和黨內的問題。他很尊敬陳獨秀，但不滿陳的獨斷專行。他和我一樣對彭述之不滿，認為彭淺薄，作風不正，並對陳獨秀的信任彭述之有意見。「五卅」慘案發生後，陳獨秀主張以發動三罷（罷市、罷工、罷課）來動員群眾，製造輿論，壓迫帝國主義讓步；瞿秋白則認為應該更積極一些。他同我談話時主張動員大批工人、學生連續到南京路上示威，看英國巡捕敢不敢開槍。如果竟敢開槍，那就如火上加油，將在全國範圍掀起更大規模的反帝愛國怒潮，也將引起全世界人民廣泛同情和聲援，對本國政府施加壓力。他說他這意見陳獨秀不同意。〔註18〕

茅盾的上述回憶，涉及到震驚中外的「五冊慘案」。當時，茅盾也是直接參加了「五卅」反帝愛國運動的。一九二五年五月三十日，為了抗議日本資本家開槍殺害共產黨員、工人顧正紅和打傷中國工人的暴行，在黨中央的領導下，上海的革命群眾在南京路舉行聲勢浩大的反帝大示威。那時在商務印書館工作的茅盾，也參加了南京路上的反帝示威遊行，並接連寫了三篇富有戰鬥性的散文，描述了「五卅」慘案發生後南京路上的情況和各階層人物對三罷鬥爭的不同反映。《五月三十日的下午》一文，寫於「五卅」慘案發生的當天晚上。文中茅盾對那些野蠻地殘殺中國人民的帝國主義者，以及對「五卅」慘案採取漠然態度的紳士太太們，給予無情的揭露與鞭撻；對那些反對「拼著頭顱撞開地獄的鐵門」，以及主張用「和平方法」對付帝國主義暴行的言論，則予以尖銳的批駁。他寫道：「『以眼還眼，以牙還牙！』，這兩句話不斷地在我腦海裡迴旋；我在人叢裡憤怒地推擠，我想找幾個人來討論我的新信仰。』〔註19〕而稍後所寫的《暴風雨——五月三十一日》和《街角的一幕》兩篇散文，則描寫「五卅」慘案發生後上海人民的三罷鬥爭，指出

〔註18〕《紅旗》，1980年第6期。
〔註19〕茅盾：《五月三十日的下午》，《文學週報》第177號，1925年6月14日。

那種主張對帝國主義暴行「逆來順受」的哲學的破產。這三篇散文，既眞實地記錄了「五卅」運動的若干生動的側影，也眞實地反映了茅盾在「五卅」運動期間的思想觀點。茅盾的這段經歷，同樣也成爲他後來從事創作的生活基礎，《虹》與《子夜》裡對「五卅」和「五卅」紀念周反帝遊行場面的描寫，就是一個明顯的例子。

　　「五卅」運動以後，茅盾還曾參與領導了商務印書館的罷工鬥爭，這次鬥爭迫使資本家做出了一些讓步，取得重要的成績。據曾參加領導當時商務罷工鬥爭的徐梅坤、丁曉先的回憶，那時商務的三所一處（編譯所、發行所、印刷所和總管理處）各有一罷工委員會，爲了統一領導，又成立一個總的商務印書館的罷工委員會。茅盾是這個罷工委員會的領導成員之一，在這次經濟鬥爭中起了重要的作用。一九七七年十月五日，沈老在答覆我的信裡，也證實了這件事。他說：「商務印書館當時有個罷工委員會，我是其中之一。」一九六二年十月間翟同泰訪問丁曉先時，他曾回憶說：商務印書館的罷工發生在一九二五年八月下旬，茅盾參加並領導了這次鬥爭。大約是八月二十二日上午，由發行所首先發動，接著當天下午由印刷所發動，編譯所是兩天後參加的。一九六二年十月七日翟訪問熟悉當時情況的王伯祥時，王也說，「五卅」運動中茅盾出力很多。當時，鄭振鐸與茅盾、胡愈之、葉聖陶、王伯祥等創辦了《公理日報》，發表許多揭露帝國主義罪行，反映中國人民反帝鬥爭的文章。後來，茅盾參與領導了商務印書館的罷工鬥爭，但不公開出面，那時出面與資方簽約的是鄭振鐸。

　　商務印書館的這次經濟鬥爭的勝利，在當時產生了很大的影響。那時商務印書館的工會，參加了上海印刷工人聯合會，是當時有名的四大工會之一，因此，這次的罷工鬥爭影響就比較大。繼它之後，上海的郵政工人也發動了罷工鬥爭，這就使得「五卅」運動後一度受壓抑的工人運動，又蓬勃地發展起來。

三、赴廣州參加國民黨第二次全國代表大會和曾任毛主席秘書的情況

　　孔另境在一九四四年寫的《懷茅盾》一文裡說：茅盾曾「擔任國民黨中央執行委員會宣傳部的秘書，部長是汪精衛，後來代理部長是毛澤東。一九二六年三月二十日中山艦事件發生，茅盾就在事件的第二天離廣州回到上海」。解放後，這段話曾被一些茅盾研究的著作所引用，其中也包括我的《論

茅盾》一書。一九七七年九月底，為了核實這個問題，我曾寫信請教沈老，他在一九七七年十月五日的覆信中說：「當時，毛主席擔任國民黨中宣部代理部長，我任中宣部秘書，做毛主席的助手。中山艦事變後，汪精衛出國，毛主席也不擔任代理部長，我遂回上海。」一九七八年二月初，應我的要求，沈老在重新審閱《論茅盾》一書的舊版後，又曾來信對他赴廣州參加國民黨第二次全國代表大會前後的情況，以及擔任過毛主席秘書的事實作了比較詳細的補充與更正。情況大概是這樣的：

一九二五年三月十二日，偉大的革命先行者孫中山先生逝世後，國民黨的右派勢力公開破壞國共合作、背叛孫中山的三大政策的活動越來越猖獗。就在一九二五年孫中山逝世以後，國民黨的西山會議派勾結帝國主義勢力，占奪了上海環龍路 44 號的房子。這所房子本為孫中山的私宅，是辛亥革命後華僑捐贈給他的。在孫中山聯合共產黨、改組國民黨時，這所房子就成為「上海執行部」的辦公大樓（當時尚未正式成立國民黨的上海市黨部）。西山會議派占奪了這所房子以後，公開排擠國民黨左派力量（當時的共產黨員，根據黨的第三次全國代表大會的方針，大部分都以個人身份加入了國民黨，並同原國民黨內的左派勢力聯合起來，形成國民黨的左派力量），使得上海的國民黨左派黨員失去了領導機構。就在這樣的形勢下，黨中央命令惲代英與茅盾籌組左派的國民黨上海市黨部，並於一九二五年十二月成立，另租房子作為辦公的地點。（根據有關同志的回憶，當時新成立的左派國民黨上海市黨部，就搬到貝勒路永裕里 81 號辦公。惲代英任市黨部的主任委員兼組織部長，茅盾任宣傳部長。）這時，國民黨第二次全國代表大會即將在廣州召開，左派的國民黨上海市黨部也選派了惲代英、茅盾、吳開先、張廷灝等六人作為代表。他們於一九二六年元旦乘上海嚴和德的三北輪船公司的醒獅號輪船離開上海，〔註 20〕赴廣州參加國民黨第二次全國代表大會。這次大會以後，惲代英與茅盾都留在廣州工作。惲代英進了黃埔軍校，茅盾則進了國民黨的中央宣傳部。在國民黨的第二次全國代表大會上，選舉了汪精衛擔任中央宣傳部部長，當時，汪精衛以已擔任了國民政府主席不能兼顧為理由，當場推薦毛澤東同志為代理部長。因此，國民黨「二大」後成立的中央宣傳部，實際上是在毛主席的主持下開展工作的。茅盾進了中宣部後，擔任秘書的職務，就在毛主席的領導下進行工作。同時進中宣部的，還有蕭楚女和二、三名廣東

〔註20〕茅盾：《幾句舊話》，見《茅盾論創作》，上海文藝出版社 1980 年 5 月版。

的左派國民黨年輕黨員。不過，這段時間並不長，一九二六年三月二十日「中山艦事件」發生後，毛主席就辭去代理部長的職務，茅盾也退出了國民黨中宣部。蕭楚女在「中山艦事件」發生前就離開中宣部，去辦廣州的農民運動講習所，又兼黃埔軍校的政治教官。茅盾則回到上海。不過，據沈老回憶，他回上海的時間，不是像孔另境所說的在「中山艦事件」後的第二天，而是在「中山艦事件」發生後一星期。沈老自己於一九七七年十月五日給我的信中所說的「一九二五年底到廣州，二六年四月尾離開」，也是因年代久遠，在時間的記憶上有差錯。

茅盾從廣州回上海後，是負有籌辦一張國民黨左派報紙《國民日報》的任務的，只是這張報紙後來並沒有辦成。一九六二年十月六日，翟同泰同志訪問孫伏園時，孫曾回憶過當時茅盾辦這張報紙的一些情形。據他說，這張未出版的《國民日報》是個統一戰線的報紙，實際上是由國民黨左派控制的，茅盾是具體的籌辦人。當時，報紙的人員也有個內定的名單：總編輯是柳亞子，茅盾是副總編輯，張靜廬負責地方版，孫伏園則負責副刊。這張報紙雖然最後沒有出版，但曾在《申報》上登過廣告。孫伏園還曾接受過茅盾交給他的一個月薪水。（據孫伏園的回憶，總編輯柳亞子薪水一百元，副總編沈雁冰薪水八十元，張靜廬是兼職不拿薪水，編副刊的孫伏園薪水六十元。）一九六二年十月十一日翟同泰同志訪問宋雲彬時，他也證實過有這件事，只是關於編輯人員的說法不一。據宋的回憶，他是一九二六年為辦《國民日報》同茅盾相識的。《國民日報》是由國民黨中央出錢出面，實際上是共產黨主辦的，地址在法租界打狗橋。報紙的人員是，茅盾任總編輯，張廷灝（張靜江侄兒）任社長，張靜廬編本埠新聞，宋雲彬幫助孫伏園編副刊。至於柳亞子是什麼名義，他則記不清了，但柳亞子不負具體責任則是肯定的。

四、一九二七年在武漢的活動情況

一九二六年十月間以葉挺獨立團為主力的北伐軍攻克武漢三鎮以後，許多共產黨員和國民黨左派也紛紛到了武漢，使武漢成為大革命時期革命力量的一個中心。茅盾從上海到武漢的時間，大約是一九二七年正月間。主要根據有二：（一）茅盾在一九三三年所寫的《幾句舊話》裡說：「一九二七年正月我到武漢後……這時的武漢又是一大漩渦，一大矛盾！」（二）孔另境在《懷茅盾》一文裡也說：「到了一九二七年初（或一九二六年冬）他和他的夫人到了武昌，住在省議會旁邊的一所房子裡，和他們同住的還有李達。」

一九七八年七月間我訪問沈老時，他曾談到一九二七年赴武漢前後的情況。他說，北伐軍攻克武漢以後，黨組織曾通過人通知他，要他在上海為武漢的中央軍事政治學校招收學員。一九二七年初，他就同夫人孔德沚到了武漢，開始到武漢中央軍事政治學校當政治教官，當時，惲代英同志就在該校任總教官。後來因工作的需要，又改為擔任《民國日報》的主編，直到「七・一五」汪精衛集團公開叛變以前，他主要都是從事大革命時期的宣傳工作。在《回憶秋白烈士》一文裡，茅盾也說到武漢時期的情況。他說：「一九二七年在武漢，我和秋白又有一段交往。我那時擔任漢口《民國日報》的總主編。這個報，名義上是國民黨湖北省黨部的機關報，實權卻全部在共產黨員手中，社長是董老，總經理是毛澤民，編輯部的編輯除了一個人全部是共產黨員。」

茅盾在大革命時期投身實際的革命鬥爭，時間最長的就算武漢時期，從一九二七年初到二七年七月二十三日離開武漢到九江，前後有半年多的時間。這個時期，他因主編《民國日報》，接觸了各方面的人物和材料，特別是湖北地區的工農運動、婦女運動方面的材料。他在武漢時期的經歷和接觸到的大量材料，後來就成為他創作《幻滅》、《動搖》、《追求》的主要生活基礎。特別是《動搖》，其中關於湖北地區農民運動、店員風潮和解放婢妾運動等情節的描寫，有些就是根據當時登載的以及沒有披露的新聞訪稿寫成的。此外，茅盾早期短篇小說裡的一些人物與情節描寫，也有不少是以他在武漢時期的生活經驗為基礎的。

新疆、延安之行

茅盾於一九三八年底至一九四○年十月間，曾由香港奔赴大西北，先後在新疆的烏魯木齊與革命聖地延安住了近兩年的時間。現根據沈老的回憶，並參以若干書面材料，把他這段時期的活動情況整理如下：

一九三七年「八・一三」事件爆發後，茅盾沒有離開上海，而是以筆為武器同英勇的上海軍民一起參加抗擊日本帝國主義的鬥爭。當時，他以極大的熱情，主編了由《文學》、《中流》、《文季》、《譯文》四家雜誌社聯合舉辦的《吶喊》週刊（後改名《烽火》週刊），直到一九三七年十一月十二日上海淪陷以後，才離開上海，經香港到了長沙、武漢。大約在一九三八年二月底，他又到了香港，一方面在香港為薩空了主編的《立報》編副刊《言林》，同時

因主編《文藝陣地》的關係，每月跑兩趟廣州「發稿看大樣」。〔註21〕在這段時間裡，茅盾和他夫人孔德沚，以及女兒沈霞、兒子沈霜，全家住在香港九龍太子道，前後有九個多月。當時，他的兩個孩子都在九龍彌敦道的華南中學讀書。〔註22〕直到當年年底，茅盾全家才離開香港，奔赴新疆。

茅盾赴新疆是應杜重遠邀請的。當時，新疆督辦盛世才的反動面目尚未暴露出來，他表面聯共親蘇，容納抗日愛國的進步人士，骨子裡卻是一個專橫反動的軍閥。他因新疆地處西北邊陸，緊靠蘇聯，蔣介石的勢力鞭長莫及，所以不敢與蘇聯翻臉，偽裝出一副聯共愛國的臉孔。因此，那時有不少共產黨人與進步人士，先後到了新疆工作，其中包括著名的共產黨人陳潭秋、毛澤民等。那時杜重遠也到了新疆，他沒有識破盛世才的真面目，曾寫過讚揚盛的《盛世才與新新疆》的小冊子。杜重遠到新疆後，盛原先要他搞建設廳，杜不肯，提出辦新疆學院，自任院長。一九三八年年底，杜重遠寫信邀請茅盾到新疆學院教書，同時應邀的還有經濟學家張仲實。據沈老回憶，當年他赴新疆之前，曾見到當時香港的中共地下黨負責人廖承志，問他知道不知道新疆的情況，廖承志曾回答說：「新疆的情況我也不太清楚，但那裡有你熟悉的人，去了就知道。」後來茅盾到了新疆後，才知道陳潭秋、毛澤民等同志在那裡。陳潭秋是八路軍駐新疆烏魯木齊辦事處的代表，毛澤民未公開身份，時任新疆省政府的財政廳長。茅盾到新疆後，曾問他們對盛世才的觀感，他們說盛世才這個人捉摸不定。當時，盛為了抵擋蔣介石的壓力，還不得不表示要聯蘇聯共，經濟上也要依靠蘇聯。

茅盾全家離開香港赴新疆的時間，是一九三八年十二月二十日。在根據新疆、延安之行的見聞所寫的散文集《見聞雜記》的《後記》裡，作者對當時離港赴新的時間、路線曾有比較具體的記載：

二十七年十二月二十日，從香港乘船到海防，當時的計劃是經由滇越鐵路到昆明，從昆明飛蘭州，再到新疆。這時候，薩空了先生受新疆盛督辦的委託，在港採辦印刷工具，延攬技術人員，並擬購卡車數輛，載運回新。他們是要到海防後一直走陸路的。這樣的一種旅行，引誘性太大了，我打算跟了薩先生走，可是杜重遠先生不讓我走陸路，說太辛苦，恐怕我受不了，我

〔註21〕參見茅盾：《〈第一階段的故事〉新版後記》，《茅盾文集》第4卷。
〔註22〕參見如玉：《茅盾與香港》，原載《脫險雜記》，香港時代圖書有限公司 1980年1月版。

尊重杜先生的好意，就決定了上述的行程。〔註23〕

　　茅盾全家於一九三八年十二月二十日，自香港乘法國郵船公司的「小廣東」號到海防，〔註24〕再經滇越鐵路到昆明，然後自昆明乘飛機到蘭州。他們於一九三九年正月初到達蘭州，而張仲實則是從重慶動身到蘭州與茅盾會合的。他們在蘭州住了兩個月左右，於一九三九年三月初乘飛機到了哈密，然後一起乘汽車到達新疆的省會迪化（即今烏魯木齊市）。

　　關於茅盾在新疆的工作，過去有些關於茅盾研究的著作，其中包括拙作《論茅盾》的一九五九年版，都有一種說法，即：茅盾到新疆後的主要工作是擔任新疆學院的文學院院長。這種說法，來源於孔另境的《懷茅盾》一文，該文最先提及茅盾「到過一次新疆，在新疆學院任文學院院長」。其實，這種說法是不符合事實的。據沈老本人的回憶，當時剛成立的新疆學院，並沒有文學院。一九六二年翟同泰訪問張仲實時，張也回憶說：新疆學院只有國文系、教育系與政治經濟系，沒有文學院。該院學生的實際水平並不高，人數也不多，只有維吾爾族兩個班，漢族兩個班，約三百多人。因此，關於茅盾擔任新疆學院的文學院院長一事，是一種需要加以糾正的誤傳。

　　一九七七年三月間我拜訪沈老時，以及沈老一九七八年二月十九日答覆我的詢問所寫的一封信裡，都曾比較詳細地說到他在新疆的工作情況。據他回憶，杜重遠本來確實是請他到新疆學院教書的，但到新疆以後，盛世才卻提出要他負責主持新疆各族文協聯合會的工作，因而教書就成了次要的事。當時，他在新疆學院教「社會教育」的課，自編講義，講中國的社會結構與階級鬥爭方面的內容。在新疆一年多的時間裡，茅盾的主要工作，還是擔任「新疆各族文協聯合會」的主席，主管新疆各族的文化教育事業。這個文協聯合會是茅盾到了新疆以後才成立起來的。當時，新疆有十四個民族（包括漢族），每個民族都有一個文化協會，文協聯合會是主管各族文協的一個總的機構。據張仲實說，當時茅盾主持的文協聯合會管的事很多，如編輯教科書（主要是小學課本），主管戲劇電影等文藝活動，以及各民族的學校、各地人的同鄉會，甚至於連各民族的宗教糾紛也要管。當時，茅盾還擔任了新疆中蘇文化協會的會長，這個機構也是他到新疆後才辦起來的。此外，他還兼任一個「文化訓練班」的主任，每週都得去講一次話。

〔註23〕《〈見聞雜記〉後記》，桂林文光書店 1943 年 3 月初版。
〔註24〕參見《海防風景》，見《見聞雜記》。

　　前面說過，盛世才表面上偽裝進步，實際上是一個專橫、反動的軍閥。他的反動面目，是在一九四二年斯大林格勒戰役時徹底暴露的，但是，在這之前，盛世才雖然竭力裝扮自己，他的反動面目也已逐漸暴露出來，如開始監禁、殺害革命者與共產黨人。據張仲實的回憶，他同茅盾一家於一九三九年三月間抵達烏魯木齊時，盛世才曾親自來接，但卻帶了一連的兵，還抬著機槍。當時張還不以為意，而茅盾的社會經驗豐富，他拉了拉張，小聲地說：「事情有點不妙啊！」在新疆住下來以後，他們也就逐漸發現新疆並不像一般所傳的那樣進步，相反的，在盛世才的統治之下，新疆已成為一個殺機四伏的、「中世紀式的專制、黑暗、卑劣的典型代表」。〔註25〕在說到當時新疆的這種複雜的鬥爭現實時，沈老曾經給我講述過關於趙丹、徐韜、王為一、朱今明等同志赴新疆的一段插曲。他說：我到了新疆以後，曾碰到過一件事，趙丹等四位同志打電報給杜重遠，表示希望到新疆。杜重遠請示盛世才，盛要他徵求我的意見。我因在蘭州時就風聞新疆的情況複雜，到新疆幾個月後，更感到新疆的情形並不像杜重遠說的那麼好，所以不願意再把趙丹等人拖進來。但是，當時又不便明說，只好藉故說他們在大城市過慣了，恐怕不習慣新疆的艱苦生活，要求來新疆大概只是憑一時的熱情衝動等等。後來盛世才就要我草擬一個電文答覆他們。誰知結果適得其反。趙丹等人理解錯了，以為是怕他們過不了艱苦的生活，反而更加堅決地到新疆來了。正因為茅盾同趙丹等人有這麼一段因緣，所以當一九四五年趙丹等四位同志逃離魔掌到了重慶時，茅盾把自己寫的《清明前後》劇本交給他們排演。當時，他曾滿懷深情地說過這麼一段話：「值得告訴大家，而且共申慶祝的，便是《清明前後》有幸而得到為趙丹、徐韜、王為一、朱今明四位先生從魔手中逃命出來再獻身劇壇的第一次勞作。想起他們在新疆所遭遇的冤獄，又是悲憤交加；但是，上帝的還給上帝，魔鬼的仍歸魔鬼，今天我們在破涕為笑之餘，歡迎我們劇壇的光輝卓越的戰士，那麼，我這不成材的習作便算是歡迎四位的『秀才人情』，並以紀念我們在烏魯木齊那段時間吧」。〔註26〕這一段生動的插曲，不失為災難深重的舊中國的一段文壇佳話，它反映了在當時複雜險惡的政治環境裡，文藝家們的深厚友誼。

　　下面，我們還得回到茅盾如何離開新疆、脫離虎口這個問題上來。我們

〔註25〕茅盾：《光明磊落，熱情直爽的杜重遠先生》，《新華日報》1945年7月25日。
〔註26〕茅盾：《〈清明前後〉後記》，《茅盾文集》第6卷。

知道，當茅盾還沒有離開新疆的時候，那位善良正直而又過於信任盛世才的杜重遠先生，就已經被這個多疑而專橫的軍閥軟禁了起來。當時，茅盾與張仲實的處境也十分危險。一九六二年，翟同泰同志訪問張仲實同志時，張曾回憶起當年的情景。他說：那時我經常在茅盾家裡，就像是他家庭裡的一名成員一樣。盛世才每次派人來找，總是要我們兩人一起去。大約是一九四○年一、二月間的某一天，盛世才又派人來，這次卻只要我一個人單獨去見他，我情知危險，但又不能不去。當時，茅盾非常憂憤，默默地相對無言。而茅盾的夫人孔德沚已經掉下眼淚，她曾問我有什麼話要留下來，有什麼事需要安排。我去了以後，被盛叫到他的督辦公署後面押犯人的地方，而平時他是在客廳裡接見我們的。我在那裡等了一個多小時，房子裡沒有火爐，天氣非常冷，把人凍的要死。最後，他拿出了兩個不相干的文件，要我看後提提意見。事後我猜測，在這段時間裡，他大概正在考慮是否逮捕我，並為此事而猶豫不決。當我回到茅盾家裡時，他們全家真是喜出望外。從這件事情發生以後，我們更是急於想離開新疆。

一九四○年四月十七日，茅盾的母親在上海逝世，〔註27〕消息傳到新疆。茅盾就借「母親病故」為由，提出要回去料理後事。沈老在一九七八年二月十九日給我的信裡，對此曾作了具體的描述，他說：「……我得滬電，知母親逝世，借機向盛世才請假回滬料理家事，並在迪化設祭；事在四月尾。但盛世才表面上讓我和張仲實回鄉探親，還設宴餞行，但事實上卻以沒有交通工具（指飛機，那時迪化──蘭州並無班機，只有不定期的便機），拖延一月餘，後來我們從蘇聯總領事處知有蘇聯大使館專機將經迪化赴渝，我們就經總領事同意，搭此便機，盛無可如何。」當時，張仲實也是藉口伯母病故，要求請假回家料理後事。這樣，茅盾全家和張仲實一起終於在一九四○年五月上旬，搭乘蘇聯大使館的飛機離開了新疆。據張仲實回憶，當他們乘坐的飛機到了哈密時，盛世才忽又後悔，打長途電話到哈密，藉故工作未完，想把他們扣留下來。幸好當盛世才派的人追來時，茅盾等乘坐的飛機已經起飛了，他們終於勝利地脫離了虎口。

茅盾一家和張仲實等離開新疆後，又從蘭州轉道西安，在西安搭朱德同志的車隊到達陝北延安。關於茅盾的延安之行，孫中田同志的《茅盾在延安》一文，〔註28〕根據當時的文獻材料已作了詳細的敘述與考訂。這裡，我只想

〔註27〕參見孔另境：《一位作家的母親》。
〔註28〕見《社會科學戰線》1979 年第 4 期。

再補充說明兩點：

一，關於茅盾一行抵達延安的時間。在《論茅盾》一書的一九七八年修訂本裡，我曾說茅盾於一九四○年離開新疆後又到了延安，時間在六月底。這是根據沈老一九七八年二月十九日的來信，信裡說：「在西安遇見朱總司令，他要回延安去，我們就搭上他的車隊，時在六月底。」後來，沈老自己又糾正了上述的說法。他在一九七九年五月十日致柳尚彭同志的信裡說：「一九四○年我離開新疆到達延安的時間，過去我在給您的信中以及給葉子銘同志的信中，都誤記為六月份，應該是五月二十六日。這可以從當時延安出版的《新中華報》得到證實。」〔註29〕

二，關於茅盾離延安赴重慶的原因。茅盾在延安魯藝住了五個月左右的時間，又到了當時國民黨的臨時首都重慶。他之所以離開延安，是出於革命鬥爭的需要。當時，蔣介石反動政府為了爭奪文化工作的領導權，取消了郭老領導的第三廳，重新成立文化工作委員會。為了擊破國民黨反動政府的陰謀，需要增加一些知名的進步人士參加到文化工作委員會裡去。因此，大約在一九四○年十月間，周恩來總理與延安黨組織聯繫，要茅盾也到重慶去，認為像茅盾這樣國內外知名的人士，在國統區發揮的作用要更大一些。後來，由張聞天同志出面同茅盾商量，並徵得了茅盾的同意，才決定讓他回到重慶參加工作。據沈老回憶，臨行前，他曾到毛主席處辭行。當時，毛主席還幽默地說：「你把兩個包揪丟下，這樣你們就可以輕裝上陣了。」於是，在一九四○年十月底，茅盾把兩個孩子沈霞、沈霜留在延安學習，就偕同夫人搭董必武同志的車離開延安。在赴重慶的路上，因缺汽油，他們曾在寶雞停了一個月左右。當時，汽油是國民黨配給的，他們常常故意刁難。茅盾到重慶後，列名為郭沫若主持的文化工作委員會的常委，積極參加文化界的革命統一戰線的工作。也就在到重慶後不久，茅盾以充滿對延安、對解放區軍民的無限懷念與崇敬的心情，寫下著名的優秀散文《風景談》與《白楊禮讚》，以及記述新疆、延安之行見聞的《蘭州雜碎》、《風雪華家嶺》、《西京插曲》、《「戰時景氣」的寵兒——寶雞》、《拉拉車》、《秦嶺之夜》等散文。除《風景談》收於散文集《時間的記錄》外，其餘的散文均收入散文集《見聞雜記》中。

以上所介紹的關於茅盾生平的四個問題，只是就我所瞭解的一點情況整理而成的，因而其中難免還會有說錯、記錯的地方。把它們發表出來，目的

〔註29〕見南通師專中文科主編《教學與研究》1979 年第 3 期。

無非是爲了弄清楚一些基本事實，供進一步研究我國現代文學的開路人之一、傑出的現實主義文學大師茅盾的參考。

1980 年 4 月 8 日完稿於南京琅玡新村

附記：此文斷斷續續地寫成以後，曾寄請沈老審閱，當時他正在醫院中。文章由沈霜同志讀給他聽後，其中個別與事實有出入的地方，經沈老指出後，又作了更正。

從茅盾譯介外國文學說起
（「茅盾書話」之一）

　　《書林》的編輯給我出了個題目，曰《茅盾書話》，內容是介紹茅盾已出版的一些主要著作，以連載的形式發表，目的在於幫助青年讀者了解、閱讀茅盾的作品。對我說來，這並非一件輕鬆的任務。二十多年前，我開始接觸和研究茅盾及其創作，對這位馳名中外的著名前輩作家略有所知，但要深入淺出地介紹他的一系列著作，真正做到對青年讀者有所幫助，卻不敢自信有把握。然而，編輯的誠意，使我不便推卻，只好姑妄為之。這，就算是《書話》的開場白吧。

　　在「五四」以來的現代作家中，茅盾是一位有著多方面的貢獻和廣泛影響的文壇宿將。他不僅是我國傑出的小說家、散文家、文藝評論家和翻譯家，而且也是新文學運動的重要領導者之一。六十多年的文學實踐中，他寫下了品種眾多、內容豐富的大量著作，其中包括小說、散文、詩歌、劇本，以及文藝評論、翻譯介紹和我國古典文學的選注、研究等。如果連單篇文章和詩詞等也計算在內，其數量當以千計。面對著他那卷帙浩繁的著作，該從什麼地方介紹起呢？思之再三，還是從他翻譯介紹外國文學的活動說起吧。

　　茅盾在文學上的主要成就是小說創作。他所寫的《蝕》、《子夜》、《春蠶》、《腐蝕》等一系列作品，在我國現代小說史上佔有重要的地位。然而，他的文學活動，卻是從翻譯、介紹歐洲近、現代文學開始的。他有十餘年的時間，是圍繞著新文學運動的倡導，從事著外國文學的翻譯和評介工作。1916年 8 月，茅盾從北大預科畢業進商務印書館編譯所後，頭一件事就是接手翻譯美國卡本脫（又譯謙本圖）的通俗讀物《衣》、《食》、《住》。這部書是介

紹世界各民族衣、食、住的原料、製作方法、源流演變與風俗習慣的，並附有許多插圖。書初版於 1918 年 4 月。當時，茅盾才二十歲。在二十年代，這部書曾先後重版過七、八次，深受讀者的歡迎。這部書雖然是非文學性的，但譯文具有很濃的駢文色彩。流利生動，琅琅上口，顯示了譯者的滿腹才氣和深厚的古典文學基礎。當時編譯所的孫毓修老先生，讀後也刮目相看，讚歎不已。

茅盾大量譯介外國文學，是在「五四」運動的前後。當時，《新青年》倡導了文學革命。在它的影響下，茅盾抱著吸收外國文學的先進經驗、促進我國新文學的發展這一目的，開始用白話文介紹、引進歐洲的近、現代文學。他翻譯的第一篇小說是契訶夫的短篇《在家裡》，發表於 1918 年 8 月的《時事新報》副刊《學燈》。之後，他又寫了一篇評介性專文《托爾斯泰與今日之俄羅斯》，系統地介紹了托爾斯泰的生平、思想、創作活動及其對俄國文學和世界文學的影響。他在主持革新《小說月報》期間，大量譯介了歐洲批判現實主義文學和十月革命後的俄國文學。《小說月報》出過「被損害民族的文學專號」和「俄國文學研究專號」。據不完全的統計，在 1927 年開始寫小說之前，茅盾總共翻譯了一百多篇外國文學作品與社會科學論著，寫了七、八十篇外國文學的評介文章，以及二百多條介紹外國文藝動態的海外文壇消息。其中所涉及的作家，有托爾斯泰、普希金、契訶夫、高爾基、蕭伯納、左拉、莫泊桑、巴爾扎克、羅曼‧羅蘭、惠特曼，還有匈牙利、波蘭、捷克、挪威、丹麥、冰島、芬蘭等東歐、北歐一些被壓迫民族的作家。他早期譯介活動範圍之廣泛，內容與形式之豐富多采，令人注目。茅盾的譯介工作，不僅對「五四」時期新文學的發展起了積極的促進作用，而且也促使茅盾本人去廣泛涉獵世界各國的文學名著，使得他視野開闊、知識淵博，具有豐富的文學素養，為他後來在創作上取得成就，奠定了堅實的基礎。這一點，也許連茅盾本人，也是始料莫及的。

茅盾解放前介紹、引進外國文學的譯著，可分為兩大類：一、外國文學作品的翻譯；二、世界各國文學概況和作家作品的評介。這些譯著，大多散見於解放前的舊報刊，也有結集出版的。前者如被壓迫民族的短篇集《雪人》、《桃園》，左拉的《百貨商店》，蘇聯丹欽科的《文憑》，巴甫連科的《復仇的火焰》，卡達耶夫的《團的兒子》等；後者如《六個歐洲文學家》、《近代文學面面觀》、《歐洲大戰與文學》、《騎士文學 ABC》、《漢譯西洋文學名著》、《世

界文學名著講話》等等。據我所知，國內有關出版社正在著手整理、再版茅盾的這些譯著。在茅盾解放前所有的譯著中，我願意挑選《世界文學名著講話》這本書，向青年讀者作詳細介紹。因為，這是一本寫得十分引人入勝的、有廣泛影響的好書；對於不熟悉歐洲文學名著的讀者說來，它是一本內容豐富而且饒有興味的入門書。

一本介紹歐洲文學名著的好書
（「茅盾書話」之二）

　　提起茅盾的《世界文學名著講話》，使我想起了 1961 年秋在揚州的一件事。當時，我在那裡參加高校文科教材的編寫，記得臨離開的那天，在休息室裡碰見著名粵劇演員紅線女。在座的人正在熱情議論，希望她好好地總結自己一生的藝術實踐經驗。紅線女表示自己也有這個心願，但感到要總結經驗，迫切需要提高文學修養。她說：「我想找點文學名著看看，請教了夏衍同志，他推薦了茅盾的《世界文學名著講話》。我跑了一些書店，可惜沒有買到。」事情真是巧得很！那時，我的網兜裡正好裝著這本書，是剛從舊書店買來的。於是乎，我愉快地把它送給了紅線女同志。

　　夏衍同志推薦《世界文學名著講話》一書，是很有見地的。因為，這確實是一本評述歐洲文學名著的好書。在茅盾解放前的譯著中，這是最受讀者歡迎、影響十分廣泛的讀物之一。這本書是由七篇文章組成的，最初以連載的形式在《中學生》雜誌第 47～60 期上（1934.9～1935.12）發表，至 1936 年 6 月才由開明書店結集初版。由於作者具有廣博的文學修養，文筆明快，加以比較注意讀者對象的特點，所以這本書寫得深入淺出，內容豐富而生動，深受廣大讀者歡迎。解放前曾一再翻印，解放初也曾再版過。最近天津百花文藝出版社正在重印此書。可以說，作者在這本書裡是以一個作家、翻譯家兼批評家的眼光與文筆，來向廣大讀者介紹歐洲文學名著的，這就使得它具有如下兩個突出的特點：

　　第一、重點突出，點面結合。歐洲文學自古希臘羅馬的神話、史詩，直至近代，名家輩出，名著、名篇不可勝數，要在一本兩三百頁的書中都一一

加以介紹，那是不可能寫好的。茅盾的《世界文學名著講話》，採用的是突出
重點的辦法，全書共七章，分別重點介紹七個方面的內容，其中主要評介了
十部經典性的歐洲文學名著。這七個方面是：一、古希臘兩大史詩《伊利亞
特》與《奧德賽》；二、希臘三大悲劇家的名作；三、但丁的《神曲》；四、
薄伽丘的《十日談》；五、塞萬提斯的《吉訶德先生》；六、雨果的《哀史》（即
《悲慘世界》）；七、托爾斯泰的《戰爭與和平》。但是，作者在介紹上述的內
容時，並不是孤立地就作品談作品，而是運用歷史唯物主義的觀點，廣泛地
涉及了與作品密切相關的當時社會的經濟、政治、文化和道德風尚等狀況，
注意點面結合。例如，在第一章《伊利亞特》和《奧德賽》裡，作者就不單
介紹了這兩大史詩的內容，而且對史詩的作者荷馬及其真偽問題，對古希臘
的歷史，特別是兩大史詩所描寫的特洛亞戰爭時期希臘的經濟、政治、文化
狀況，作了詳細而生動的描述，從而加深了我們對作品的理解。不僅如此，
作者還運用比較的方法，分析了兩大史詩在藝術上的不同之處，並且聯繫世
界各民族的遠古時代一些著名的史詩，如巴比侖的《吉爾伽麥西》、印度的《麻
哈布哈拉塔》和《喇麻耶涅》，以及我國古代神話傳說中的黃帝與蚩尤的涿鹿
之戰等，進行了生動的分析比較，說明遠古的史詩與各民族社會生活的密切
關係。可以說，茅盾的《世界文學名著講話》採取的雖然不是一般文學史的
寫法，然而它卻包含著史的內容，甚至提供了比外國文學史的同類章節更為
生動、豐富的知識與材料。

第二、文筆生動，引人入勝。閱讀茅盾的《世界文學名著講話》，不僅可
以增長知識，而且饒有趣味，毫無乏味之感。這是由於這本書在形式上具有
一個突出的特點，即作者不是板著臉孔對名著作煩瑣的、經院式的評介，而
是從幫助讀者閱讀與欣賞的角度出發，以說故事的方式向你娓娓談來，詳細
地介紹名著的作者、內容及上下左右的有關知識。他不但善於用明快老練、
流利生動的文筆，向你複述故事情節，而且有時還會運用文學手法，虛構出
一種特定的情景，把讀者引進那些名著的環境氣氛中去，使你如臨其境，如
見其人。比如，第二章《伊勒克特拉》裡，作者對古希臘三大悲劇作家埃斯
庫羅斯、索福克勒斯和歐里庇得斯的名著介紹，就是如此。他設想在一個「夜
涼如水」的晚上，兩群觀眾從戲園出來後，餘興未盡，談起了古希臘的「梨
園舊事」——從三大悲劇家所處時代的社會、政治、歷史談到希臘悲劇的起
源、興衰。接著又假設「我們」到了古希臘的城市雅典，由一位「自由市民」

陪同來到了「露天劇場」，觀看一年一度的戲劇演出，然後逐一介紹虛擬的、臺上正在演出的三大悲劇家的名著《奧勒斯提雅》（今譯《俄瑞斯忒亞》）與《伊勒克特拉》，並對這三位悲劇作家思想、藝術之異同進行了比較。此外，對於但丁的《神曲》、薄伽丘的《十日談》，以及圍繞雨果的名著《歐也妮》的上演展開的法國浪漫主義者與古典主義者的決戰等等，都作了生動精採的描述。

丁玲在最近所寫的一篇文章裡，曾回憶起 1923 年她在上海大學讀書時，聽茅盾講述希臘神話史詩的情景。她說：「我喜歡沈雁冰先生（茅盾）講的《奧德賽》、《伊利亞特》這些遠古的、異族的極為離奇又極為美麗的故事，我從這些故事裡產生過許多幻想……」「他那時給我的印像是一個會講故事的人。」（見《我所認識的瞿秋白同志》，《文彙增刊》1980 年第 2 期）

最近，茅盾先生曾告訴我，他當年寫《世界文學名著講話》時，也曾受了勃蘭兌斯的名著《十九世紀文學主潮》的影響，該書在寫法上很引人入勝。當然，作者之所以能深入淺出地介紹歐洲文學名著，主要原因在於他很早就廣泛涉獵了外國文學名著，不僅熟悉歐洲文學的歷史與掌故，而且對它們有深刻的理解。

我國現代小說史上的第一個三部曲—《蝕》
(「茅盾書話」之三)

　　在「五四」以後的中國現代小說史上，茅盾是第一個運用三部曲的形式來反映社會現實的小說家。著名的小說《蝕》三部曲（即《幻滅》、《動搖》、《追求》），不僅是茅盾的處女作與成名作，也是現代小說史上第一個三部曲。換句話說，茅盾是首先從歐洲文學中引進三部曲這一藝術形式的小說家。

　　我們知道，在中國的傳統文學裡，只有短篇與長篇的章回體小說，或具有連續性的演義體小說和連臺本戲，而沒有三部曲這樣一種形式。三部曲這一藝術形式，源於古希臘的悲劇。它是由古希臘的悲劇之父埃斯庫羅斯（前525？～前 456）首創的，原指情節連貫的三部悲劇。如埃斯庫羅斯的著名悲劇《俄瑞斯忒亞》三部曲，就包括了《阿伽門農》、《奠酒人》、《厄默尼德》（舊譯《報仇神》）三個情節連貫的悲劇。後來，這種形式在歐洲的詩歌、小說、戲劇中被廣泛運用，以後人們把三部曲泛指三部內容各自獨立而又互相連貫的文學作品，如高爾基的自傳體小說《童年》、《在人間》、《我的大學》。

　　茅盾的《幻滅》、《動搖》、《追求》寫於 1927 年大革命失敗以後。當時，在蔣介石反動政權的通緝下，茅盾從牯嶺秘密返回上海家中，「在消沉的心情下，孤寂的生活中」，用他自己的話說，「想要以我的生命力的餘燼從別方面在這迷亂灰色的人生內發一星微光」，〔註 1〕於是他開始了《蝕》三部曲的創作。起先，作者曾經有兩種打算：一是寫成一部二十餘萬字的長篇，一是寫成三個連續性的中篇。後來作者採用了後一種方案，原因是「我那時早已決

―――――――――――――――――――――――――――――――――――
〔註 1〕 茅盾：《從牯嶺到東京》，見《茅盾論創作》，上海文藝出版社 1980 年版，第29、30 頁。

定要寫現代青年在革命壯潮中所經過的三個時期：（1）革命前夕的亢昂興奮和革命既到面前時的幻滅；（2）革命鬥爭劇烈時的動搖；（3）幻滅動搖後不甘寂寞尚思作最後之追求」。〔註2〕儘管後來寫成的《幻滅》等三個中篇，人物和故事情節並不是完全統一和連貫的，但從它們所描寫的部分知識青年在大革命前後三個階段裡的精神狀態看，以及從某些人物的安排看（如在兩個或三個中篇裡連續出現的人物李克、史俊、王詩陶、趙赤珠等），則仍然具有一定的連貫性和完整性，即具備三部曲這一形式的基本特點。因此，當《幻滅》等三個中篇在《小說月報》上陸續連載後，就以它內容上的強烈時代感與藝術形式上的新鮮感，引起了文壇的廣泛注意和強烈反響。當時，有一個評論者曾說過這麼一段話：「讀《〈達夫代表作〉序》，知道作者將有製作一三部曲的企圖。可是引頸望到現在，只有《迷羊》給了我們了，其餘還杳然。那知在這期間，一位素無聲息而現在一鳴驚人的茅盾，倒確實地已供示在我們的面前。」〔註3〕根據《中國新文學大系》第十卷「史料索引」小說目錄，以及新文學運動頭一個十年小說創作的情況看，在《蝕》三部曲發表之前，確實還沒有人運用過三部曲的形式來反映社會現實。但是，從《蝕》三部曲發表之後，緊接著就出現了華漢（陽翰笙）的《地泉》三部曲（1928～1930年，《深入》、《轉換》、《復興》），巴金的《愛情三部曲》（1931～1933年，《霧》、《雨》、《電》），《激流三部曲》（1931～1940年，《家》、《春》、《秋》），以及洪深的劇本，農村三部曲（1930～1932年，《五奎橋》、《香稻米》、《青龍潭》）等等。此後，三部曲這一藝術形式在現代小說、戲劇等領域中的運用，才逐漸普遍起來。

從我國現代小說發展史的角度看，《蝕》三部曲的出現，還標誌著「五四」以來我國中長篇小說的創作，進入了一個新的繁榮發展的階段。從魯迅的《狂人日記》發表後的頭一個十年裡，我國現代小說的成就，主要還表現在短篇小說方面。這階段的短篇創作，無論在數量或質量方面都取得突出的成績，湧現了以魯迅為首的一長串屬於不同風格、流派的短篇小說家，如汪敬熙、葉聖陶、謝冰心、郁達夫、王魯彥、許地山、王統照、許欽文等等。但是中長篇創作就顯得相形見絀了，不僅數量少（據不完全統計，僅有二十多部），而且大多影響不大，藝術上還沒有完全擺脫舊小說的影響。到了第

〔註2〕 茅盾：《從牯嶺到東京》，見《茅盾論創作》，上海文藝出版社1980年版，第29、30頁。

〔註3〕 復三：《茅盾的三部曲》，見伏志英編《茅盾評傳》第1頁。

二個十年（1928～1937 年），中長篇小說的創作才取得重大突破，出現了《倪煥之》、《子夜》、《家》、《駱駝祥子》等許多名著，其成就可以說超過了短篇。《蝕》三部曲正好是出現在頭一個十年與第二個十年之交。儘管這部作品存在著一些比較突出的缺點（特別是《追求》），但從其真實地反映社會現實和藝術上的成就看，應該說都在不同程度上超過了以前的一些中長篇，如王統照的《黃昏》、《一葉》，楊振聲的《玉君》，郁達夫的《迷羊》，以及蔣光慈的一些中篇，並為此後大量湧現的以現實題材為主的中長篇創作開了先聲。伴隨著《蝕》三部曲而首次出現的茅盾這一名字，和巴金、老舍、丁玲、沙汀、艾蕪等名字一起，成為第二個十年裡廣大讀者所熟悉的又一批新的小說家。他們猶如接力賽跑中的一批健兒，在頭一個十年裡魯迅、郁達夫、葉聖陶等所取得的小說創作成就的基礎上，把中國現代小說的發展，推向了一個成就輝煌的新時期。

以上是從史的角度，看《蝕》在我國現代小說發展史上的意義。下面，我還想簡單地介紹一下《蝕》這一書名的來歷及其含義。

《蝕》這一總名是後起的。當《幻滅》、《動搖》、《追求》分別於 1927 年9、10 月至 1928 年 1 至 3 月、6 至 9 月在《小說月報》上陸續發表時，作者並沒有為它們起一個總的書名。1928 年 8 月，上海商務印書館緊接著出版了《幻滅》、《動搖》的單行本，並列為「文學研究會叢書」（這是《幻滅》、《動搖》最早的單行本，目前傳本很少）。這兩個單行本出版時，仍然沒有起總的書名。不過，《幻滅》等三個中篇出現後，在社會上產生了強烈的反響，當時就有一些評論者把它們稱為《茅盾三部曲》。直到 1930 年春，茅盾從日本回到上海後不久，把《幻滅》等合為一冊，由商務改交開明書店出版時，才起了個總名曰《蝕》。出版時間是 1930 年 5 月，書前有作者寫於 1930 年 3 月尾的《題詞》一篇。當時，開明書店同時出過兩種版本，初版時間均為 1930 年5 月。（一）《蝕》的合訂本；（二）《幻滅》、《動搖》、《追求》的單行本（在封面上分別注明《蝕》之一、之二、之三）。開明的三個單行本，截止 1951 至1952 年間，曾先後重印了二十版。開明的《蝕》合訂本，1947 年出過第十版。解放初期，應北京人民文學出版社的要求，茅盾曾把《蝕》三部曲作了一些刪節修改，由該社重排，出版了《蝕》的修訂本。此後所印的《蝕》三部曲，包括《茅盾文集》第一卷所收的《蝕》和 1980 年重版的《蝕》，都是採用了1954 年的修訂本。

　　茅盾為什麼要給自己的作品起《蝕》這樣的書名，它的含義是什麼呢？在 1935 年《蝕》初版《題詞》裡，作者曾說：「命名曰《蝕》，聊誌這一段過去。」這裡的「過去」，指的是作者在大革命時期的一段經歷。1963 年 8 月間，在《人民文學》編輯部組織的青年作家學習會上，茅盾在回答關於出題目的經驗時，對《蝕》的含義就說得比較明白：「《幻滅》、《動搖》、《追求》這三個詞都是一種精神狀態，總名《蝕》，就有缺陷之意，但日月蝕只不過一時，過後重複圓滿，《蝕》的命意如此，與《子夜》同屬一類。」〔註 4〕這就是說，《蝕》這書名，是借自然界日月蝕的現象，來象徵小說裡的故事發生在光明逐漸被黑暗所遮蓋的大革命時期，其中也包含著對作品裡一些消極面的否定的意思。對此，茅盾在為 1980 年《蝕》新版所寫的《補充幾句》裡，又作了進一步的闡明。他說：「我將《幻滅》等三篇合為一卷而題名曰《蝕》，除了上面《題詞》中講到的意思，尚有當時無法明言的：意謂 1927 年大革命的失敗只是暫時的，而革命的勝利是必然的，譬如日月之蝕，過後即見光明；同時也表示我個人的悲觀消極也是暫時的。」可以這樣說，《蝕》這書名採用的是象徵的手法，它既生動而貼切地暗示了作品所反映的那個時代的特點和一些人物的思想情緒，同時也反映了作者 1930 年自日本回國前後對自己這部作品的一種進一步的認識與評價。

〔註 4〕　茅盾：《短篇創作三題》，見《茅盾論創作》。

茅盾的第一個短篇集──《野薔薇》
（「茅盾書話」之四）

　　一個著名作家的名篇佳作，常能代代流傳，爲廣大讀者所熟悉，而他的某些探索期中的早年作品，則不大爲人所知。其實，讀名家的早年作品，是件饒有興味的事。這倒不是爲了獵奇，而是從中可以明白「參天大樹始幼苗，千錘百鍊出佳篇」的道理。說得具體點，讀名家之少作，往往能感觸其思想、藝術的發展脈絡，學習他們藝術上不斷探索、勇於突破的創新精神。讀茅盾的早年作品，也是如此。下面就來介紹茅盾的第一個短篇小說集《野薔薇》。

　　茅盾曾說過「我不會寫短篇小說」。〔註 1〕其實，他不僅寫過《蝕》、《子夜》等著名的中長篇，也寫過《林家鋪子》、《春蠶》等優秀的短篇，只不過在創作上經歷了一段艱苦的探索與突破的過程罷了。短篇集《野薔薇》，就是茅盾創作《春蠶》等名篇之前，嘗試短篇創作的頭一批作品。它給我們留下了作者藝術探索路上的最初印記。

　　茅盾開手寫小說，是從中篇始，而後試作短篇的。他的頭一個短篇《創造》，寫於 1928 年 2 月 23 日，即作者完成《幻滅》、《動搖》之後，醞釀《追求》之前。1930 年左聯成立以前，他先後寫過八個短篇，其中，除《色盲》、《泥濘》、《陀螺》三個短篇收於 1931 年出版的短篇、散文集《宿莽》外，其它五個短篇均收入 1929 年 7 月上海大江書鋪出版的《野薔薇》裡。這五個短篇是《創造》、《自殺》、《一個女性》、《詩與散文》、《曇》。前兩篇作於大革命失敗後作者避居上海期間，後三個短篇則寫於作者東渡日本時期。解放後出

─────────────────────

〔註 1〕　《我的回顧》，見《茅盾論創作》，上海文藝出版社 1980 年版。

版的《茅盾文集》第七卷，收了《創造》、《詩與散文》、《曇》三個短篇，1980年出版的《茅盾短篇小說集》上冊，則收了《自殺》以外的四個短篇。

茅盾為什麼給自己的頭一個短篇集題名為《野薔薇》呢？讀一讀他的《寫在〈野薔薇〉的前面》，就可以明白其中的道理。在這篇序文裡，作者引用希臘與北歐關於命運女神的神話，來說明古代南方民族的希臘與北方民族的北歐人不同的原始人生觀，而他是讚賞北歐神話的。這個北歐神話裡有三個命運女神：衰老的大姊常常回顧，她是「過去」的化身；最小的老三戴著面紗，始終望著前方，象徵著不可知的「未來」；二姊則正當盛年，「活潑，勇敢，直視前途」，她代表了「現在」。在東渡日本初期所寫的《從牯嶺到東京》一文裡，茅盾曾說過這樣的話：「《追求》中間的悲觀苦悶是被海風吹得乾乾淨淨了，現在是北歐的勇敢的命運女神做我精神上的前導。」他所說的勇敢的命運女神，就是指的這位象徵著「現在」的老二，而不是那位代表著「過去」的大姊，也不是代表著未來的老三。這位象徵著「現在」的北歐的命運女神，實際上代表了茅盾在大革命失敗後的一段時間裡（1928～1929）對於現實人生的基本看法。他認為，「生在這光明與黑暗交替的現代的人」，「不要感傷於既往，也不要空誇著未來，應該凝視現實，分析現實，揭破現實」，因為「真的有效的工作是要使人們透視過現實的醜惡而自己去認識人類偉大的將來，從而發生信賴」。〔註2〕他反對「把未來的光明粉飾在現實的黑暗上」，主張從「現在」出發，揭露現實中的黑暗與醜惡，以引起人們的注意與覺醒。

在這篇序文的末尾，茅盾進一步引用挪威小說家包以爾（Johan Bojer）關於野薔薇的比喻，來形象地說明自己當時的人生觀與文藝觀。包以爾在一個短篇裡曾打過這樣的比喻：有人讚美野薔薇的色香，但憎惡它多刺；他的朋友則拔去野薔薇的刺，作成了一個花冠。茅盾認為，人生猶如帶刺的野薔薇，「硬說它沒有刺，是無聊的自欺；徒然憎恨它有刺，也不是辦法。應該是看準那些刺，把它拔下來」。茅盾早期的一些作品，就是企圖做這種「拔刺」的工作的。他說：「即使傷了手，我亦欣然。」《野薔薇》的題名，就是由此而來的。

《野薔薇》裡的五個短篇，「都是有意識地依了上述的目的而做的」。這些早期的短篇，有兩個顯著的特點：

一、主要人物都是小資產階級女性青年，故事情節「都穿了『戀愛』的

〔註2〕 《寫在〈野薔薇〉的前面》，見《茅盾論創作》。

外衣」。她們有一些共同的特點：都不是「值得崇拜的勇者」，而是一些在時代浪潮中沉浮的普通青年；她們都受到「五四」思想解放運動與大革命波濤的影響，嚮往民主自由，追求個人幸福，然而在第一次國內革命戰爭時期錯綜複雜的社會環境中，終於徘徊於人生的十字街頭，得到不同的結局。這五篇小說，主要寫了兩種類型的人物。第一種是敢於向封建舊禮教挑戰，大膽追求個性解放與個人幸福的新女性，如《創造》裡的嫻嫻，《詩與散文》裡的桂奶奶。她們原先都是所謂知書達禮、恪守婦規的女子，後來突破了封建傳統觀念的束縛，一度獲得愛情和幸福，但最後又由於思想的分歧，不甘充當改良主義的俘虜與男性的玩物，毅然地走自己的路。作者通過這兩個女子，鞭撻了那些滿口「革命」新詞藻、滿腹封建的中庸之道和資產階級個人主義的偽君子。嫻嫻和桂奶奶屬於在反封建鬥爭中性格比較剛強的女子。作者曾說過：「只要環境改變，這樣的女子是能夠革命的。」〔註3〕第二種是屈服於舊傳統、舊勢力的壓力，在人生的路上苦悶、徬徨，終於成為封建主義的犧牲品的女性。《自殺》裡的環小姐、《曇》裡的張女士、《一個女性》裡的瓊華，雖然個性、經歷和所走的道路各不相同，但最後都在追求個人幸福的過程中被封建主義的舊勢力所淹沒。如嘗過自由戀愛的歡樂的環小姐，愛人「為了更神聖的事業」離她而去，當她發覺自己懷孕之後，由於擺脫不了傳統的倫理道德觀念的束縛和周圍環境的壓力，最後以自殺來「宣佈那一些騙人的解放、自由、光明的罪惡」。

同茅盾後來的《春蠶》等短篇比較，這些早期的短篇雖然題材比較單一、狹窄，格調也比較低沉，但它們通過一些小資產階級女性在戀愛婚姻上的不同遭遇與結局，真實地反映了「五四」——大革命時期的某些社會現實，揭露了在時代變革過程中盤根錯節的封建勢力之根深蒂固，和一些小資產階級青年的苦悶與分化。用作者的話說，其用意在借「寫一些『平凡』者的悲劇或暗淡的結局，使大家猛省」。這些短篇仍有其一定的現實意義。作者的那種面對現實，勇於為美好的人生而「拔刺」的精神，實際上是他的「為人生而藝術」的現實主義主張在早期創作實踐中的具體表現。儘管在這些早期作品中，作者對於社會現實的認識比較消極，但他的這種「拔刺」精神，卻成為後來創作《春蠶》、《林家鋪子》等優秀作品的一個重要起點。

二、從藝術上看，善於通過細膩的心理描寫和環境氣氛的烘托來展開故

〔註3〕 《寫在〈野薔薇〉的前面》。

事、刻劃人物。這也是茅盾早期短篇的一個十分突出的特點。《野薔薇》裡的五個短篇，人物不多，故事情節比較簡單，動作描寫較少。作者不是通過大開大合、曲折複雜的故事情節，而是借助人物的回憶、幻覺和內心獨白等複雜的心理活動，以及環境氣氛的烘托，來展示主要人物思想感情的變化和性格特點。比如，《創造》對嫻嫻思想性格的變化，就不是用正面描寫的方法來表現的，而是通過她的丈夫君實起床前後的大段回憶和內心活動，以及室內淩亂的衣物、書籍和不中不西的擺設等人物周圍環境的渲染，間接地表現出來的。這篇兩萬多字的小說，人物的心理和環境的描寫，幾乎佔了全部篇幅；小說從頭到尾，是以君實在某一天上午的回憶和複雜的內心活動來貫串的。《詩與散文》對桂奶奶的描寫，基本上也是採用這種藝術手法。《自殺》、《一個女性》、《曇》等三個短篇，則採用正面描寫的方法，但主要也是通過細膩的心理描寫和環境氣氛的烘托來表現主人公思想性格的變化。

　　上述特點說明，茅盾早期的短篇主要是吸收了歐洲小說的手法，它的長處是善於對人物的精神世界作細緻入微的剖析與描繪，用筆細膩，色彩濃重，缺點是缺少生動的情節，動作描寫少，靜態的心理描寫多，讀來時有沉悶之感。對這些早期作品，作者自己也是不滿意的。他曾說過：「一個從事於文藝創作的人，假使他是曾經受了過去的社會的藝術的教養的，那麼他的主要努力便是怎樣消化了舊藝術品的精髓而創造出新的手法。同樣地，一個已經發表過若干作品的作家的困難問題也就是怎樣使自己不至於黏滯在自己所鑄成的既定的模型中；他的苦心不得不是繼續地探求著更合於時代節奏的新的表現方法。」〔註4〕茅盾自己也正是力求突破早期短篇「所鑄成的既定模型」，不斷地尋求藝術上新的表現方法的。短篇集《野薔薇》出版之後，他寫的《陀螺》、《大澤鄉》、《小巫》等短篇，從選材與技巧上看，已有明顯的變化。到了《林家鋪子》、《春蠶》等作品出現，作者無論在內容或技巧方面，都實現了一次重要的突破。這些短篇，主要通過典型化的故事情節與人物之間的矛盾糾葛來塑造典型人物，同時又善於在情節的展開與動作的進行中，對人物的心理與環境氣氛作細膩的描寫，實際上是把歐洲小說的手法同我國小說傳統的白描手法有機地結合起來。如果我們把《野薔薇》裡所收的五個短篇，同《林家鋪子》、《春蠶》等作品聯繫起來閱讀，就可以清楚地看出它們在藝術上的發展脈絡。

〔註4〕　《〈宿莽〉弁言》，見《茅盾論創作》。

茅盾短篇小說逸話
（「茅盾書話」之五）

《林家鋪子》篇名的來歷及其它

　　茅盾是一個善於為自己作品起名字的作家。《蝕》、《虹》、《子夜》、《春蠶》、《腐蝕》、《白楊禮讚》等一串名字，就是一些寓意深遠、富有文學色彩的篇名。然而，茅盾也是一個不固執己見、善於吸取別人合理意見的作家，《林家鋪子》篇名的來歷，就是其中的一個生動例子。

　　這篇小說寫於 1932 年 6 月 18 日，最初刊登於 1932 年 7 月 15 日出版的《申報月刊》創刊號上，題名就叫《林家鋪子》（同期登載巴金的小說《沙丁》）。過去我以為這個篇名是茅盾寫作時自個起的，後來由於一個偶然的機會，才知道這裡還有一段有趣的曲折呢！1978 年 6 月間，我曾為「一・二八」上海戰爭後茅盾是否回過故鄉烏鎮一事，兩度寫信請教沈老。1978 年 6 月 24 日，沈老在他的第二次覆信中告訴了我一件有趣的事：《林家鋪子》這篇小說最先的名字叫《倒閉》，現為廣大讀者所熟知的篇名實乃後改的。他說：「還可以告訴你，《林》原應《申報月刊》創刊號之請（他們只要一篇小說，不出題目，但又怕內容太激烈），題名曰《倒閉》，主編《申報月刊》之俞頌華（此為我老友，是個進步人士）以為創刊號上登《倒閉》，似乎不吉利，商我同意改為《林家鋪子》。」這件事我過去從未聽說過，沈老告訴我以後，我也從未公開披露過。他最早為這篇小說起的《倒閉》這個名字，顧名思義，意謂寫的是一家鄉鎮店鋪倒閉的故事，當然也有象徵三十年代初期經濟蕭條、店家紛紛倒閉的意思。這個篇名同小說的內容是切合的，然而顯得比較直、露，帶有

一定的刺激性，怪不得，《申報月刊》主編俞頌華覺得不吉利——恐怕也有怕過於刺激的意思，由此才產生改名的意念，引出《林家鋪子》這個篇名。而仔細捉摸《林家鋪子》這個篇名，最突出的特點是比較含蓄，光從篇名上看不出同當時的店家倒閉有絲毫的聯繫，實際上內容還是寫林家鋪子倒閉的故事。其次，這個篇名突出了「這一個」——林家鋪子，讀者看完這篇小說，很容易從富有典型意義的「這一個」——林家鋪子的遭遇，聯想到遍佈大江南北的、瀕於破產的張家鋪、李家鋪、王家鋪的命運。所以這篇小說的易名，也有一定的道理，茅盾本人當時就同意了。

如同茅盾這個筆名最先沒有草頭，後由葉聖陶徵得作者同意才加上去的一樣，《倒閉》之易名為《林家鋪子》，也不失為一段文壇佳話，它生動地反映了老一輩作家從善如流、善於聽取別人意見的可貴精神。

在茅盾的短篇小說中，《林家鋪子》寫於《春蠶》之前，是茅盾成功地描寫江南農村集鎮生活的第一篇力作，對作者來說，它是有紀念意義的。在 1933年開明書店出版的短篇集《春蠶》的《跋》裡，茅盾就宣稱：「《林家鋪子》是我描寫鄉村生活的第一次嘗試。」在為 1933 年天馬書店出版的《茅盾自選集》所寫的序文《我的回顧》裡，他又說：「……《林家鋪子》和《小巫》便是那時的作品。題材是又一次改換，我第一回描寫到鄉村小鎮的人生。技術方面，也有不少變動；拿《創造》和《林家鋪子》一對看，便很顯然。」其實，在《林家鋪子》之前，茅盾已寫過兩篇以農村生活為題材的短篇。最早的一篇叫《泥濘》，寫於 1929 年 11 月，解放後的茅盾小說集均未收。這篇小說以大革命時期湖北農村為背景，描寫在革命勢力與反革命勢力的激烈拉鋸戰中農村的苦難與農民的愚昧，調子比較低沉，作者後來很少再提到它。由於作者對湖北農村生活並不熟悉，所以寫來遠不如以作者所熟悉的江南農村為背景的《林家鋪子》、《春蠶》生動。稍後的一篇叫《小巫》，寫於 1932 年 2月，內容是描寫一個集鎮上地主豪紳各派系的反動勢力內部的火拼，其意義也不如《林家鋪子》。所以，茅盾所說的「《林家鋪子》是我描寫鄉村生活的第一次嘗試」，是從它在作者的短篇創作中具有重要的轉折意義上說的，並非單純從取材上說的。

茅盾最後的一個短篇

有許多讀者知道茅盾的第一個短篇叫《創造》，寫於 1928 年 2 月，即作者寫完《幻滅》、《動搖》之後，開始寫《追求》之前。但是，大多數的讀者

卻不一定知道茅盾的最後一個短篇叫什麼，因此，有略加介紹之必要。

茅盾的最後一個短篇叫《春天》，寫於 1948 年 12 月 12 日，即作者離開香港回大陸參加籌備政治協商會議的前夕。最初發表於 1949 年 1 月的《小說》二卷一期上，最近已收入人民文學出版社 1980 年出版的《茅盾短篇小說集》裡。這最後一個短篇，同茅盾最後一個未完成的長篇《鍛鍊》一樣，都是全國解放前夕寫於香港的；但短篇《春天》以明朗的筆調，歌頌了春到神州的威力。

在茅盾的短篇小說中，《春天》是一個篇幅不長、形式奇特的小說。說它奇特，根據有三：（一）題目像散文，某些段落也是用充滿抒情味的散文筆調寫的。例如：「春來了，樹木抽芽，池塘鋪了新綠，燕子忙著構巢，蜜蜂準備更大的生產。春來了！陳年的臭水溝卻也泛著氣泡，蟄伏著一個時期的毒蟲們也在伺候它們的機會。……」但全篇的骨架，仍然是小說的骨架；情節雖然很簡單，然線索清楚，有起有落，能自成小小的故事。（二）小說的主角華威先生，是借用張天翼的著名小說《華威先生》裡的主人公——一個混在抗日文化陣營裡的國民黨官僚、黨棍，一個「一天要開幾十個有關抗戰的會」、目的是想控制抗日活動的自命不凡的小丑。張天翼筆下的華威先生，在抗戰時期已成為廣大讀者所熟知的著名的文學典型，「包而不辦」的國民黨反動勢力的代表。在《春天》裡，茅盾借用了這個人物，進一步描寫他在人民政權下如何繼續大搞兩面派活動：他搖身一變，又冒充民主人士，「到處擺出極左面目」，「各種社團都要去插一腳，各種集會必定要到，到了必定要求發言，發言必定是一套慷慨激昂的高調」；但背後卻同各種反革命勢力勾結在一起，到處挑撥離間，糾集反動勢力，夢想組織政團，以求變天。從藝術構思上看，這樣的借用是頗為新穎，也十分耐人尋味的，在一般的小說中並不多見。（三）這篇小說在寫法上也比較特別。它採取的是一種反襯的寫法，即通過春天來後，陳年臭水溝裡泛起的氣泡——華威先生之流的反革命兩面派活動及其陰謀的敗露，來顯示春天的威力和人民政權的強大生命力。在這篇約七千字左右的小說裡，作者所著意描寫的都是一些反面人物，除華威先生外，還有那幕後拉線人物影梅先生，陰謀集團的重要人物汪老闆、謀翁，以及那位同華威先生作龍虎鬥的《自由》小報總編輯小周，被華威先生收買的私立中學校長小趙等等。至於江南鐵工廠的評選勞動英雄的活動，則僅僅是作為小說的一種背景來描寫的。小說一開始，華威先生所讀的關於前國民黨長春守將鄭洞國將軍主持國營農場的「新華社專電」，也是屬於背景烘托，但這同華威先

生之流的活動，卻構成一種對比。

　　無論從哪一個角度看，茅盾的這個壓卷的短篇小說，都顯得新穎、奇特、耐人尋味。然而，它的立意卻是十分清楚的，作者以愛恨分明的感情與幽默的筆調，歌頌了春天，歌頌了人民的解放，祖國的新生，譏諷了那些自以為得計的反動勢力之愚蠢可笑，鞭撻了他們妄想變天的反革命夢想。在《春天》的結尾，茅盾是以這樣的語言來結束這篇小說的：

　　　　春來了，一切有生機的都在蓬蓬勃勃發展，呈獻它的活力；但
　　陳年的臭水溝卻也卜卜地泛著氣泡。

作為「五四」以來我國最傑出的小說家之一，茅盾以《春天》這樣一篇小說來結束自己的小說創作生涯，這是很有意思的。

訪美所見幾種茅盾作品的盜版書
（「茅盾書話」之六）

　　一九八二年春，我參加南京大學訪美代表團，應霍普金斯大學等的邀請，訪問了美國東、西部的十幾所著名的大學。其間，在馬里蘭大學與哈佛大學，見到了五六種香港出版的茅盾作品的盜版書。乍見之時，大惑不解，後經查對，才恍然大悟。回國後，幾次想寫點訪美觀感，包括上述見聞，但這種念頭均被紛至沓來的事務所淹沒。轉眼間盛夏來臨，忙裡得閒，忽想起《書林》編輯部的囑咐，即草成此文，聊續中斷已久的「茅盾書話」。

　　記得在一九八二年三月中旬，在東道主霍普金斯大學的熱情安排下，我們從華盛頓附近的巴爾的摩到美國舊都安納波利斯參觀訪問。三月二十二日，在返回巴爾的摩市霍普金斯大學校部後，第二天主人又安排我們到離華盛頓不遠的馬里蘭州立大學訪問。聽了大學的概況介紹後，就重點參觀了該校的東亞圖書館藏書和總館的計算機書目分檢的設備。同我們所見的美國國會圖書館、哈佛大學燕京圖書館與耶魯大學圖書館的中文藏書相比，馬里蘭大學東亞圖書館的中文藏書數量雖然比較少，但也略具規模。這裡除藏有國內出版的中文書刊外，還收藏了不少臺灣、香港出版的中文書刊，此外還有日文、朝文的藏書，由於參觀的時間十分短促，在館長與梁士平小姐的熱情陪同下，我們只能在書庫裡作穿梭般的流覽。出於專業的愛好，我特別找到陳列中國現代作家著作的書架，放眼望去，有魯迅、郭沫若、茅盾、巴金、老舍、曹禺、沈從文等人的作品，也有胡適、周作人、林語堂等的作品。不過，數量很有限。忽然，在一個排列茅盾作品的書架上，幾種新奇而陌生的書名跳入我的眼簾，計有《少女的心》、《青春的夢》、《小城春秋》、《朝露》、

《風波》、《中秋之夜》等六種。這些書我從未見過，據我所知，茅盾也從來沒有寫過什麼《少女的心》、《小城春秋》這樣的小說，實在令人大惑不解。我連忙抽出這幾本書一看，書脊上分明有茅盾著的字樣，翻開版權頁，方知前四種是香港九龍南華書店的出版物，後兩種則署上海文化生活出版社一九四九年出版。正當我準備仔細查閱原文時，同伴們已在連聲催促，要我趕去參加下一個訪問節目。離開前，我向梁小姐提出能否幫助我將這些書的目錄與版權頁複印一份，因為我懷疑這類書若非偽作，必定是盜版書，想查個明白。梁小姐是華裔學生，在馬里蘭大學攻讀學位，同時在東亞圖書館幫助工作，大概屬半工半讀性質。她一直熱情友好地陪同我們參觀，對我的要求滿口答應。下午二時半左右，當我正在同東亞語文系中文部的年青學者于漪博士交談時，圖書館派人送來了一包有關茅盾著作目錄的複印資料。我打開一看，除了有我所要的幾種書的複印資料外，還有馬里蘭大學東亞圖書館所藏的茅盾著作目錄卡片影本。特別令人感動的是，圖書館的工作人員還通過電子計算機的終端，同密歇根大學圖書館聯繫，給我複印了一份密歇根大學所藏的茅盾著作和茅盾研究的目錄卡片，共九十一種。這份目錄裡的茅盾著作計有八十六種，雖包括了一些複本，但在海外，數量已相當可觀。其中，除解放前後國內出版的一些常見書籍，如《幻滅》、《虹》、《子夜》、《霜葉紅似二月花》、《見聞雜記》、《速寫與隨筆》、《茅盾文集》外，還有幾種比較值得注意的書：一，解放前出版而如今已不常見的書籍，如劉貞晦、沈雁冰著的《中國文學變遷史》和一九四一年香港出版的茅盾散文集《如是我見我聞》等。二，五、六十年代臺灣翻印的茅盾著作，如一九六一年臺北啓明書局作為「青年百科入門」之一而翻印的沈雁冰著《中國神話研究》；單是這本《中國神話研究》，還有一九六九年臺北新陸書局的翻印本。三，香港出版的一些所謂茅盾小說集，計有《朝露》、《青春的夢》、《少女的心》、《幸福的藍圖》（署「茅盾等著」）等。此類書除後一種外，其餘均在馬里蘭大學見過，只是出版時間略有差別。此外，還有《中秋之夜》、《小城春秋》、《鐵樹花》三種書，均署明上海文化生活出版社一九四九年出版。其中除後一種外，其餘二種也在馬里蘭大學見過，版本完全一樣。

看了馬里蘭大學和密歇根大學圖書館所藏的茅盾著作目錄後，更增加我想弄清眞相的興趣。三月三十日晚上，我們抵美國東北部的著名學府哈佛大學。第二天上午，在參觀哈佛燕京圖書館的短暫時刻裡，我發現在這個聞名世界的圖書館裡，同樣收藏有上述幾種新奇而陌生的茅盾著作。這次，由於

事先有了準備，我迅速地、逐本地翻閱了原文，儘管是十分粗略的，但我很快就明白了這都是一些盜版書。香港書商耍了欺世盜財的手段，把茅盾早期短篇小說集《野薔薇》裡的《自殺》、《一個女性》及以後的《陀螺》、《小巫》等改換個新奇的題目作爲書名，再拉上茅盾其他一些短篇，湊成了一些集子，以廣招徠。就我在哈佛燕京圖書館粗略查閱的情況看，下列五種書肯定是盜版書：

一、《朝露》，香港九龍南華書店一九六六年七月版，這個短篇集共收《朝露》、《色盲》、《曇》、《尙未成功》、《林家鋪子》等五個短篇。首篇《朝露》即《一個女姓》，寫的是女主角瓊華的故事。

二、《青春的夢》，香港九龍南華書店一九六六年七月版。這也是個短篇集，共收《創造》、《當鋪前》、《豹子頭林沖》等十一個短篇，首篇《青春的夢》即《自殺》，寫環小姐的悲劇。

三、《少女的心》，香港九龍南華書店出版，未署出版年月。共收《少女的心》、《色盲》、《曇》三個短篇。首篇《少女的心》如同《朝露》一樣，即《一個女性》。

四、《中秋之夜》，上海文化生活出版社一九四九年版，共收《自殺》、《詩與散文》、《夏夜一點鐘》等八個短篇，首篇《中秋之夜》即茅盾另一早期短篇《陀螺》，寫五小姐的故事。

五、《小城春秋》，上海文化生活出版社一九四九年版。共收《春蠶》、《秋收》、《大澤鄉》等五個短篇。首篇《小城春秋》即茅盾一九三二年寫的短篇《小巫》。

上述五個集子中，《小城春秋》裡的《生的掙扎》和《青春的夢》裡的《夜未央》，肯定也是書商改的題目，但由於當時漏查了原文，所以不知究竟是拿茅盾的哪一個短篇改的，或是出於僞作？

另一短篇小說集《風波》，也邊香港九龍南華書店一九六六年七月出版的。共收九個短篇，除了《喜劇》、《微波》、《春蠶》等六篇未改題目外，《風波》、《小城春秋》、《生的掙扎》等三篇，都是改過題目的。這肯定也是盜版書，但由於在哈佛未見此書，無法查原文，故不能確指是茅盾的哪一個短篇改的。

此外，密歇根大學圖書館藏書目錄中所見的茅盾等著的《幸福的藍圖》，是九龍香港新地出版社一九五八年出版的；而署名茅盾著的《鐵樹花》一書，

同《中秋之夜》、《小城春秋》一樣，也是所謂的上海文化生活出版社一九四九年出版的。上述兩書，我懷疑也是盜版書，因未見原書，所以不能確指。

以上讀到的幾種美國所見的茅盾著作盜版書，還有一個特點，即：凡屬九龍南華書店所出的盜版書，都是一九六六年七月即文化大革命初期出版的（密歇根大學所藏的《青春的夢》是一九六○年版，而《朝露》則是一九七四年版，這說明盜版者在不斷地翻印）；而所謂上海文化生活出版社所出的盜版書，則均為一九四九年出版的（未標月份）。當時，正是國內發生天翻地覆的變化之時，這兩個時間，也正是那些利慾薰心的盜版者混水摸魚的有利時機。大約這些茅盾著作的盜版書，都是全國解放前夕或文化大革命初期在海外出版的，所以國內圖書館難於見到。但是，就美國諸多大學均藏有此類書籍推斷，香港書商濫製的這類盜版書，在海外流傳已相當廣泛，因而更有加以澄清之必要。

嚴肅的正直的作家，對於資本主義社會裡缺德書商的行徑，歷來都是深惡痛絕的。且不說魯迅、茅盾等左翼作家的態度是如此，即使是現在居住在海外的一些比較正直的作家，也是如此。現居臺灣的女作家謝冰瑩，在《我的回憶》一書裡就說過這樣一段話：「最使我氣憤的是：香港沒有道德的書商，他們把《女兵自傳》中的幾段選出來出英漢對譯本，改名為《一個女性的奮鬥》和《飢餓與戀愛》兩本書，又把《女兵自傳》改為《一個女性的自述》，作者改為「羅莎」，由群樂圖書公司印行，我托朋友去調查，香港根本沒有這家書店，可見是無恥的商人盜印的。」（見《我的回憶》，香港光明出版社出版，第 158 頁）

我在美國所見的幾種關於茅盾著作的盜版書，也猶如一面小鏡子，照出資本主義出版界派生出來的某些癰疽。

深深的懷念——悼念沈老

　　記得一九七九年八月間，當我接到沈老爲《茅盾論創作》一書所作的序時，曾爲他使用了「在我行將就木之年」這樣的句子而惴惴不安。然而，一年多來，沈老雖數度住院，最終都以頑強的毅力戰勝了病魔的襲擊。一九八○年五月七日，我最後一次見到他，就是在醫院裡。當時，爲了請他審定《茅盾文藝雜論集》的篇目，沈老的兒子韋韜同志陪我到了北京醫院。沈老身穿一件咖啡色的外衣，時而下地行走，時而躺在床上凝神地聽我彙報，解答我提出的問題，不時發出爽朗的笑聲，精神顯得特別好。當時，我爲沈老能再次戰勝病魔而歡慶，並期望今年能實現再次拜望他的約定計劃，萬萬沒有想到，這次的見面竟會成爲永別！

　　人們是無法抗拒生老病死的自然規律的，然而，對於那些爲自己的民族、人民，爲人類的進步事業作出重要貢獻的人物，時光老人也無法抹去人們對於他們的懷念！在我國的革命文化藝術史上，沈老就屬於這樣的人物。

　　我深深地懷念沈老，因爲他爲二十世紀的中國現代文學的誕生與發展，作出了卓越的貢獻。從二十幾歲起，他就滿懷著改造黑暗落後的舊中國、振興中華民族新文化這樣的宏願，投身到中國共產黨所領導的早期革命活動中去，投身到「五四」新文學運動的潮流中去。他同魯迅、郭沫若等許多前輩作家一起，揮動如椽的大筆，爲戰勝封建的、資產階級的文學，創建、發展我國二十世紀的革命新文學，窮畢生之精力，跨越新民主主義與社會主義兩大歷史時期，縱橫馳騁於文壇達六十餘年。他給我們留下的大量的、品類眾多的著作，已成爲我們民族新文化的寶貴財富；他畢生的光輝業績，已成爲我們民族的驕傲！

　　我深深地懷念沈老，還因爲他是青年們的良師益友。六十餘年來，受過他的教益、影響的作家和文學青年，不知有多少。拿我自己來說，在我學習、成長的路上，他就曾給我許多教誨、鼓勵與幫助，像一位嚴歷而慈祥的老人。二十五年前，當我還在大學裡學習的時候，爲了撰寫以他的文學活動爲題的畢業論文，曾和一位同學聯名，第一次冒昧地寫信向他求教。當時，作爲馳名中外的著名作家，他身兼文化部長等多種職務，工作十分繁忙，然而對我們這樣的普通學生、後生晚輩，卻熱情而迅速地覆了信，答覆了我們所提出的問題。這對於我這個見識膚淺、水平不高的青年來說，是莫大的鼓舞與支持。此後，我繼續同沈老通信，不斷地向他提出各種問題，都得到了親切、及時的解答。特別使我終生難忘的是，沈老的那種嚴謹的治學態度與誨人不倦、平等待人的精神。他對待自己的作品，始終採取十分嚴謹的態度，寧願多傾聽評論者的意見，從不加以干涉，更不願以自己的主觀意見強加於人。在通信中，他多次表示，作爲一個被研究的作家，他不便對自己作品的評價發表意見，只能就他生平、著作的有關事實加以訂正、補充。他鼓勵我按照馬克思主義的立場、觀點、方法，獨立地去研究、分析他的作品，作出實事求是、一分爲二的評價。對於一些歷史事實的考核與資料的眞僞問題，他更是嚴肅認眞、一絲不苟。記得在一九五七年，我找到他寫於一九二五年「五卅」運動前後的《論無產階級藝術》一文，就寫信詢問這篇文章的寫作背景。由於年代久遠，他懷疑此文有可能是他弟弟沈澤民寫的，要我告訴他出處，以便查核。後來，他果然託人借來《文學週報》，經核實後高興地覆信表示感謝，並說明了文章的寫作經過。以後，應我的要求，他審閱了我的論文初稿，用毛筆在稿紙上加了許多批註，指出一些失實與不確之處，就某些事實作了補充，並說明他的意見僅作參考。當時，他的這種誨人不倦的精神，這種嚴肅認眞而平等待人的態度，使我倍感親切、深受教育，使我懂得在科學研究的道路上，應取嚴肅認眞的態度與踏踏實實的作風。

　　我深深地懷念沈老，還由於他那種爲共產主義的理想而追求、奮鬥終生，爲我國文藝事業的繁榮昌盛而鞠躬盡瘁，死而後已的精神。早在青年時代，他就具有爲改造社會、振興中華而獻身的精神，遠在「五四」運動以前，當他還只有二十一二歲的時候，就爲《學生雜誌》寫了兩篇社評：《學生與社會》（1917 年 12 月）和《一九一八年之學生》（1918 年 1 月）。這兩篇用文言寫成的政論文，字裡行間都洋溢著青年茅盾強烈的愛國主義與革命民主主義的思想。他歷述第一次世界大戰以來國際形勢的變化與國內政局的腐敗，呼籲

同輩青年關心國家的安危與民族的存亡；號召「學生諸君」，「其亦翻然覺悟，革心洗腸，投袂以起」，從革新思想、創造文明、奮鬥主義三方面入手，爲肩負改造社會、振興中華的歷史重任而努力奮鬥。他說：「嗚呼！浩浩黃胄，其果有振興之日耶？暗暗社會，其果有革新之望耶？會當於今日之學生觀之。」今天，我們重讀這些擲地有聲的語言，依然可以感觸到青年時代的茅盾的那股熱血沸騰的愛國熱情，體會到他對青年所寄予的厚望。

在中國現代作家中，沈老是最早接觸馬克思主義，也是最早參加中國共產黨的。「五四」運動以後，他就開始接觸馬克思主義，並於一九二一年二、三月間參加上海的共產主義小組，之前，又同鄭振鐸等組織文學研究會，倡導「爲人生而藝術」的現實主義文學。一九二一年七月黨的「一大」以後，他成爲中國共產黨的最早一批黨員之一，曾擔任過黨中央的聯絡員與中共上海地方兼區執行委員會（兼管江、浙、皖地區）的領導職務，後又投身到大革命的洪流中去，先後同鄧中夏、惲代英、瞿秋白、蕭楚女等革命先烈一起，爲開展黨的早期革命活動，作出了自己的貢獻。一九二六年春在廣州期間，還一度在毛澤東同志的直接領導下，開展革命的宣傳工作。大革命失敗後，在受到蔣介石反動政權通緝的情況下，雖一度同黨組織失去了聯繫，但他的心始終是向著黨、向著革命的。正因爲如此，所以一九三〇年四月從日本回國以後，他的主要精力雖已轉移到文學活動方面來，但在大方向上是聽將令，始終與黨取同一步調的。在三十年代白色恐怖的黑暗歲月與抗日戰爭、解放戰爭時期，他以筆作刀，辛勤創作，寫出了《子夜》、《春蠶》、《林家鋪子》、《腐蝕》、《白楊禮讚》、《清明前後》等馳名中外的文學名著。在這些著作中，他以馬克思主義的觀點與那細膩而明快的筆法，深刻而形象地描繪出黎明前舊中國社會的一幅幅生動的畫卷，反映了光明與黑暗的交戰和歷史發展的動向，歌頌那些爲創造新中國而奮戰的先進力量，塑造了一系列生動的文學典型。他以文學爲武器，繼續爲黨的事業、爲共產主義的理想而埋頭工作，並作出了卓越的貢獻。對於他的工作，王若飛同志在慶祝茅盾五十壽辰時曾作了高度的評價。他說：「從茅盾先生的創作歷程中，我們可以看到中國社會的大變動，也可以看到中國人民解放運動的起落消長。茅盾先生的最大成功之處，正是他的創作反映了中國大時代的動態，而且更重要的是他創作的中心內容，與中國人民解放運動是相聯繫的。」新中國成立後，沈老又以巨大的熱情，投身到建設社會主義文化藝術的偉大事業中去。六十年來的光輝業績，使人們很自然地把他同魯迅、郭沫若視爲中國現代革命文學的三大文豪。這

個稱譽，沈老是當之無愧的。然而，對於自己的成就，沈老歷來是採取謙虛謹慎的態度的；對於自己終生追求的共產主義理想和黨的事業，卻鍥而不捨、念念不忘；對於畢生為之奮鬥的革命文藝事業，則是鞠躬盡瘁，死而後已。這種崇高的品德與情操，是永遠值得我們學習的。

特別令人感動的是，經歷了十年浩劫之後，飽經滄桑、年逾八十的沈老，依然老當益壯，在有限的晚年中，為貫徹黨的三中全會以來的方針、路線，為社會主義文藝的復興、繁榮而振臂揮毫。粉碎「四人幫」後的幾年來，我有幸多次拜訪了沈老，從旁協助他做了一點工作，每當見到他那步履蹣跚而精神煥發的神態，都深受感動和教育。沈老臨終前致黨中央與中國作協的兩封遺書，就是他畢生的信念與行為的集中表現。他把做一名共產黨員，視為「一生的最大榮耀」，集中表現了他那「落葉歸根」的思想，即希望歸到黨的隊伍中來，落到為共產主義而奮鬥的事業中去。他獻出畢生辛勤勞動所得的二十五萬元稿費，作為獎勵優秀長篇小說的文學基金，集中表現了他那為祖國文藝事業的繁榮昌盛而鞠躬盡瘁，死而不已的精神！

敬愛的沈老，安息吧！您終生為之奮鬥的中華民族，必將以新的姿態繼續屹立於世界先進民族之林；您所熱愛的黨，必會迎風排浪，把千百萬革命先烈為之流血犧牲的崇高的、正義的事業進行到底；您為之獻身的我國革命文藝事業，也一定會在排除萬難中勝利前進！

緬懷・追憶・建議

　　粉碎「四人幫」後的第一個春天，我又恢復了同茅盾同志的聯繫，並有幸多次當面聆聽他的教誨，並在韋韜、小曼同志的配合下，協助他編選了兩本文藝論文選集：《茅盾論創作》與《茅盾文藝雜論集》。說起這兩本集子，我思緒萬千。沈老晚年的形象，我同他多次接觸的情景，以及我所知的他晚年生活與工作的一鱗半爪，均一一浮現於眼前……。

　　記得在一九七六年底和七七年初，當舉國歡慶粉碎「四人幫」的時刻，領導上要我到北京接受一項任務，我藉此機會，懷著渴望已久的心情向有關單位打聽沈老的位址，在碰了一鼻子灰之後，只好寫信請有關單位轉交，遺憾地登車離開北京。沒料到一回家中，就收到沈老的覆信。信裡說：「大函由政協轉來，已為八日下午，您已上車久矣，而且想來已過天津，失此晤面機會，極為可惜。」他要我不必把問訊受阻之事記掛心頭，為那些擋駕者解釋，並隨即毫無保留地告知他的寓所、電話，歡迎我下次有機會赴京再去看他。這種親切、信任的態度，同那種衙門面孔，形成鮮明的對照，它使我鼓起勇氣，立即寫信向他報告一件久積心頭、令我坐臥不安的事：「文化大革命」前，我曾向沈老借了幾張他三十年代的照片，預備作我那本小冊子再版時之用。但是，由於種種原因，這幾張珍貴的照片，既未刊用也未歸還，「文革」初期同其它上交的文稿一起丟失了。這件事使我傷心、內疚，我請求沈老原諒，並附上一張我全家的照片，準備接受沈老的嚴厲批評。我萬萬沒有想到，像安慰一個孩子一樣，他覆信表示這是「區區小事，不要介意」，不僅毫無責怪之意，反而又回贈我兩張照片：一是他八十壽辰在寓所裡拍的照片，一是他八十大壽時的闔家歡照片。他並且親切地稱這是「投桃報李」。他的寬宏大度，

使我像一個犯了過失反而得到獎賞的孩子一樣，既慚愧又高興。一九七七年三月六日，北京的天氣還寒意未消，我利用再次赴京的機會，興衝衝地來到交道口寓所拜望沈老。這是剛剛經歷了十年浩劫之後不久我同他的第一次見面，當時的種種情景，至今猶深深地刻在我腦海裡。一位阿姨開門之後，要我在傳達室裡稍候片刻，我舉目四顧，只見在這間小小的屋子裡，幾張陳舊的桌、椅，還有那輛擱置一旁的摩托車上，都積滿了厚厚的灰塵。此情此景，一種「門庭冷落車馬稀」的感覺，悄悄地爬上我的心頭，令人心酸。這時，沈老身穿一件深灰色的呢製大衣，由他的孫女攙扶著，踏著細小的碎步向我走來，我連忙抑制住自己的感情，匆匆地迎了上去。他微笑著伸出手來，問我何日來京，接著讓我進了西首的小會客室。在兩個多小時的談話中，他說話雖有些氣喘，但精神很好，談鋒猶健。不過，同一九六二年十月以群同志帶我去看望他時的情況相比，沈老的身體已衰弱多了。令人感動的是，他同我談二、三十年代革命文藝的歷史，談教育的復興（當時他知道我是為接外國進修生來京的），唯獨隻字不提他在十年浩劫時期的情況，表現了這位馳騁文壇達六十餘年的著名作家的寬闊胸懷與對未來的信心。這使我暗暗責備自己，不該有剛才的那種想頭。

從第一次見面到去年五月初旬，我每次出差北京，都要去拜望他，向他請教各種問題，前後有七、八次。在我的印象裡，隨著國家形勢的好轉，特別是黨的三中全會的精神貫徹以來，他的境況越來越好。原來積滿灰塵的傳達室裡，不僅有了工作人員，而且他的身旁也有了兒子、媳婦在協助工作；寧靜的交道口四合院寓所裡，四處洋溢著春意。然而，隨之而來的是，他的工作越來越繁忙，他的身體也越來越差。開初的兩次見面，還是在會客室裡，自從一九七八年七月間他跌了一跤以後，由於行動不便，我們的會面都改在與他的臥室相連的書房裡。這時，年逾八十高齡、體弱多病的沈老，不僅開始了《回憶錄》的寫作，而且要接見絡繹不絕的國內外來訪者，應付全國各地的約稿、題字、求教的種種要求。我們的沈老，一直頑強地抱病堅持工作，盡可能地滿足各方的要求。直到這次進醫院前，還在寫那被他視為重要任務的《回憶錄》，甚至，在他臨進醫院前，還答應我出院後為以群同志的文藝論文集題字。他的這種「春蠶到死絲方盡」的精神，使我永遠不能忘懷！

也就在他工作越來越忙、健康越來越差的最後兩年多的時間裡，受上海文藝出版社的委託，我開始相繼協助他編選《茅盾論創作》與《茅盾文藝雜

論集》，親聞目睹他晚年的工作情況。關於這兩本書的編選經過與內容特點，我在兩書的《編後記》裡已作了說明。今天回想起來，爲了這兩本書，佔去了他不少的時間與精力。他不僅就兩書的編選原則作了詳細交代，而且還多次抱病審閱我同韋韜同志商定後提出的篇目，研究書名、體例，翻閱了大部分原稿。《茅盾文藝雜論集》的書名、篇目、體例，就是去年五月七日下午，在北京醫院裡、在他的病榻前，由他最後審定的。單爲這件事，就佔去他兩個多小時的時間。當時，我拉了一張椅子坐在他病榻前，只見他躺在床上聚精會神地聽我彙報，並多次插話或回答我的問題，時常高興地笑了起來。整個談話過程中，醫護人員三次進房供藥，他都自己坐了起來，一邊吃藥一邊繼續聽我的彙報。特別使我受教育的是，沈老那種嚴於律己、寬以待人的精神，貫串於這兩本書的編選過程中。從編選《論創作》開始，他就主張選過去的文章應從嚴，後同意續編《雜論集》時，也不主張多收。記得《雜論集》裡一批發表於《文藝陣地》上的書評，就是在醫院裡經我一再說明，他最後才同意收的。其所以如此，是因爲沈老歷來從不「過高」地估計自己的作用，他把編選過去的文藝評論文章，謙虛地稱之爲「炒冷飯」，至多承認對於今天從事創作的青年，還「有點參考價值」，或有總結自己過去的工作、回顧自己文藝思想發展過程的意義。在《雜論集》的序裡，他說我但求多多益善，「所以不免瑕瑜互見。不過翻翻這些舊文章，覺得還能看出自己走過的文學道路，摸到自己文藝思想發展的脈絡，既以自慰，亦以自勵」。其實，從「五四」以來我國革命文藝運動的發展歷程及實際影響看，沈老一生所從事的文藝評論活動，成就突出，貢獻巨大，他在文論方面的建樹，遠不像他所說的那樣似乎是微不足道的。就我所瞭解的情況看，他畢生在文藝評論方面的活動，至少有兩個他人所不及的突出特點：

（一）**時間長，數量多**。如果不算他「五四」前後的一些文章，而是從一九二一年一月主編《小說月報》開始所寫的文學論文，如《現在文學家的責任是什麼？》、《新舊文學平議之評議》算起，則他從事文藝評論的活動，前後長達六十年。這同他從事創作的時間（1927～1948）相比，要超出兩倍左右。換句話說，他的文藝評論活動，基本上貫串了我國現代革命文藝運動的整個發生、發展、演變的全過程。沈老說有人統計，其數量達六、七百篇，其實如全部搜集起來，肯定大大超過這個數字。在我國的現代作家中，文論著述比較豐富的，恐怕很少有人能超過他。

　　（二）**方面廣，貢獻大。**沈老畢生所寫的文藝評論，如作一粗疏的概括，至少包含了三方面的內容：一、關於文藝思想的評論與文藝運動、文藝創作歷史經驗的總結。從文學研究會、左聯、抗戰到解放後的一些重要歷史時期，都有這方面的大量著述。其中許多著名的篇章，已成爲研究我國現代文藝思潮的重要史料。二、關於文藝創作規律與文藝基本知識的闡述，包括選材、構思、人物描寫、創作方法、文學語言、結構藝術、技巧手法、作家修養，以及各種文藝體裁的寫作特點等等。由於沈老既是著名的作家，又是有深厚理論修養與廣博的中外文藝知識的文藝評論家，因此這類著述不僅內容廣泛而豐富，而且包含著許多對於藝術規律的眞知灼見。尤其是關於小說創作方面的大量論著，更是他長期從事創作活動的經驗結晶。如果再把翻譯理論、神話研究方面的著述包括在內，則這一部分的內容就更加豐富多采了。三、作家作品的評論，其中包括小說、詩歌、散文、戲劇、曲藝、美術、電影、兒童文學，以至他對自己作品成敗得失的分析總結等等方面的內容。這類文章，涉及「五四」以來六十餘年間的大小作家有數百個，涉及的大小作品就更多了，可惜我們目前還拿不出一個精確的統計數字來。

　　以上三個方面，是大而言之，其間必然有交叉、遺漏。不過，它大體上可以概括沈老六十年間在文論方面的活動內容。由於主客觀的原因，上述三方面的論著，特別是頭一方面的論著，不可避免地帶有歷史的烙印，存在這樣那樣的問題，需要從當時的歷史環境出發，做實事求是的、一分爲二的分析。但是，從總的方面看，沈老在文論方面的著述，不僅在歷史上有重大的貢獻，而且對我們今天的創作與研究，也有重要的意義。

　　今天，我們悼念沈老，應該把對他一生業績的研究切切實實地開展起來，其中也包括對他在文論方面的研究。過去，我們的工作是做得很不夠的，可以說才剛剛開始。而且，過去的研究，主要側重在對他的文學道路與小說創作的評述，其中又偏重在對一些名作名篇的分析評論上，至於對他在文論、翻譯和學術研究方面的重要貢獻，則不夠重視、極少涉及（雖有少數同志已開始注意這一工作，但大多是分散的、局部的），這不能不說是茅盾研究工作中的一個薄弱環節。爲此，我個人有一個建議，今後編輯出版《茅盾全集》，應該把他的文論作爲一個重要部分，獨立彙編，分爲若干卷。當然，這首先要做好資料的搜集、整理、鑑別的工作。再者，除了資料的搜集、整理外，同時還應加強研究工作，而這項工作也不能孤立地進行，應結合他的創作實

踐，結合中國現代文藝理論批評史和「五四」以來文藝創作經驗的歷史總結來進行，這樣才會有一定的深度和廣度，才會使研究工作有新的進展。

關於發表茅盾同志
二十四封信的幾點說明

　　《中國現代文學研究叢刊》的幾位在京編委商定：爲了悼念茅盾同志，《叢刊》第四輯擬出專欄。爲此，他們交給我一項任務：將茅盾同志寫給我的全部信件整理出來，並附一說明，交《叢刊》發表。朋友們的這個建議，勾起了我對往事的回憶。記得一九七八年間，上海文藝出版社的一位朋友就提出過，要我將茅盾同志的信交他們發表，我答以此事需徵求沈老本人的意見。不久，我出差北京，曾當面就此事問及沈老，他微笑著，擺擺手說道：「我們把魯迅的書信都搜集、發表了，這是很有意義的。但我不是什麼了不起的人物，再說，我一生寫的信太多了，這件事等以後再說吧。」當時，他那種謙虛謹愼的態度，給我留下了深刻的印象，發表書信的事就此擱下了。到了一九八○年初，我根據多次訪問沈老的記錄，整理了《關於茅盾生平的若干問題》一文，爲了澄清國內關於茅盾的出生月日、籍貫的幾種說法，論證茅盾大革命時期在廣州，抗戰時期在新疆、延安的經歷，我又提出隨文發表他給我的三封有關的信件。這次他總算同意了。由於文章的不少內容是根據訪問的記錄整理的，他考慮到訪問時的談話可能有記憶不準確的地方，又要韋韜同志寫信，叫我將文章寄給他看。這篇文章，後來是由韋韜同志在醫院的病床前讀給他聽的，並由他作了若干訂正、補充。文中引用並全文發表的三封信，就是他生前同意發表的三封信。如今，要將沈老給我的全部書信整理發表出來，已無法再徵得他的同意了。

　　沈老一生交遊廣闊，書信往來十分頻繁，數量也很大，我保存的他給我

的二十四封，不過是他全部書信中的一個很微小的部分。但是，這批信件也有兩個突出的特點：第一，它們不僅表現了沈老對我的教誨、鼓勵與扶植，而且也體現了他對青年一代、對後輩的熱情關懷與教導。這一點，正是他六十多年來文學活動的一個突出特點。第二，這批信大部分是回答我的詢問的，主要涉及沈老的生平史實，特別是他自「五四」以來各個歷史時期的政治活動與文學活動的情況，因而具有重要的史料價值。雖然，同沈老晚年所寫的《回憶錄》對照，信中涉及的史實比較簡略，大多是問答式的，其中某些史實，如具體活動的年、月、日，時有記憶不夠準確的地方，但仍然可以作為茅盾生平活動的重要佐證，何況其中還包含一些《回憶錄》尚未涉及的重要材料。正是基於上述的理由，我覺得《叢刊》幾位在京編委的建議是有道理的。將茅盾同志給我的信件全部整理出來，公諸於世，確實是一件有意義的工作。它既可以藉以表達我對這位我國現代革命文學傑出的先驅者、偉大的現實主義文學大師、我所敬仰的導師與長者的深切懷念之情，同時也可以為茅盾研究的同行和現代文學研究者提供一些第一手的材料。以上是我首先要說明的一個問題。

其次，為了幫助讀者瞭解茅盾同志二十四封信的背景與內容，我除了對這批信加些必要的注釋外，還想再就我同沈老通信的經過和個人的感受，作一簡要的說明。

大約是一九五六年五、六月間，正是黨中央提出向科學進軍的時刻，我開始準備撰寫大學階段的畢業論文。當時，我的興趣已經從古典文學轉移到現代文學方面來，自認為學術界對「五四」以來的現代文學研究不夠，除魯迅外，對其他一些有傑出貢獻的優秀作家注意不夠，很少進行系統的研究。因此，本著一種「初生牛犢不怕虎」的精神，我想試著啃一個大作家，於是乎選擇了對我國現代文學的發展有重要貢獻的茅盾，作為我的論文題目。起先，領導上曾動員我改寫關於中國古代神話的題目，並答應找一位我所敬仰的著名教授擔任導師，理由是我入學後參加過古典文學的興趣小組，學年論文寫的又是古典文學的題目——《略論唐代的傳奇小說》，現在轉寫現代文學的題目，安排指導老師有困難。因為，當時能指導研究現代文學的老師很少，他們要負責指導原來就愛好現代文學的同學，任務已經很重，很難再接受新的任務。後來，由於我堅持了原來的選題，加以古典文學教研室的王氣中老師也熟悉茅盾的創作，表示願意擔任指導，我這種轉換方向的努力，才最後

得到同意。

選題確定之後，我遇到的頭一個困難是資料缺乏。開始，除了過去讀過的茅盾的幾部著名的小說外，我對他的生平和全部著述的情況不甚瞭解，一些已知的材料也難以查找。當我和另一專門研究茅盾短篇小說的同學，都在為這件事而苦惱的時候，指導老師王氣中先生建議我們直接寫信向茅盾同志求教。於是在一九五六年十月中旬，我和胡興桃同學聯名第一次給茅盾同志寫信，冒昧而又幼稚地要求他給我們開列書單等等。當時，作為名冠中外的一位著名作家，茅盾同志身兼文化部長和全國文聯、作協的各種領導職務，工作十分繁忙，我們不敢奢望能得到他的答覆。但是，萬萬沒有想到，在一個星期之內，我們就收到茅盾同志的覆信。儘管這封信是由茅盾的秘書代筆、茅盾本人簽名的，信中也並沒有給我們開列書單，然而在當時，他的態度對我卻產生巨大的鼓舞作用，進一步堅定了我獨立完成這篇論文的決心。此後，我跑遍南京的各大圖書館，翻查解放前的舊報刊，千方百計地搜集茅盾的各類作品，自己動手編寫《茅盾著作與茅盾研究資料目錄》，寫下了幾十萬字的讀書札記，為論文寫作準備多種材料。在這個過程中，每當發現一些新的材料，或遇到一些弄不清楚的問題，我就寫信向茅盾同志求教，每次都能得到他及時的答覆。特別使我不能忘懷的是，一九五七年五月中旬，我將《論茅盾四十年的文學道路》初稿寄請茅盾同志審閱時，他不僅在百忙中認真地審閱了那篇還很粗糙的論文，而且親筆在原稿上寫了許多批注，或訂正史實上的錯誤，或補充有關他創作活動的材料，並覆信肯定論文「是化了功夫寫的，富有實事求是、客觀分析的精神」（一九五七年六月三日信），同時也指出了一些不足之處。當我收到茅盾同志用毛筆和鉛筆交替批注的論文原稿和覆信時，激動的心情是不能用言語形容的。我一方面為自己一年來的勞動沒有白費而感到喜悅，另一方面也為論文中的錯誤、粗疏和不足之處而感到慚愧，並下定決心要將這篇不成熟的習作進一步改好。十分可惜的是，當年由茅盾同志親筆批注的論文原稿，已在十年內亂中丟失，如今只保存了他那封覆信的抄件（即一九五七年六月三日信）。幸好在《論茅盾四十年的文學道路》出版時，曾以「茅盾自己說」的方式，將其中有關《蝕》三部曲的四條批注收入注中，但其他多數的批注（特別是屬於訂正史實的），則直接反映到正文中，具體內容已記不清了。

一九五八年春，我考取中國古典文學史的研究生，第二年被提前調出擔

任古典文學方面的教學任務，後來又參加編寫以群同志主編的《文學的基本原理》，工作重點又幾度轉移。其間，除一九五九年七月和一九六一年四月，曾爲《論茅盾四十年的文學道路》一書的出版與重印，又和茅盾同志通過兩次信，以及一九六二年十月曾隨同以群同志去拜訪過茅盾同志外，基本上沒有再同他通信聯繫，剛剛開了頭的茅盾研究工作也中斷了。

以上是「文化大革命」前我和茅盾同志通信的大體經過。現在發表的茅盾書信的第二部分：「文化大革命」前茅盾同志的八封信（1956.10～1961.4.），就是我大學畢業前後同茅盾同志的通信。這批信的原件，都在「文化革命」初期上交丟失了，現在發表的是根據我保存的抄件抄錄的。這八封信中，多數是由茅盾的秘書代筆、他本人簽名的，也有幾封是他的親筆覆信，用毛筆寫在我原信的上面。

此後，十年內亂，我和茅盾同志就完全失去了聯繫，我自己連同大學時代的那本茅盾研究的習作，也在時代的腥風惡雨中洗了個澡。在我的心靈深處，始終不能忘卻青年時代的這段經歷，始終不能忘卻茅盾同志對我的關懷、教誨與扶植。他在我的心目中，不僅是一位永遠值得尊敬的著名前輩作家，而且也是一位永遠值得我懷念的眞正導師與長者。我期待著雨過天晴，萬物復蘇，暗中祝願茅盾同志健康長壽，熱切盼望著有朝一日能重新得到他的教誨與幫助。

這樣的時刻終於到來了。在粉碎「四人幫」後的頭一個春天，我同已年過八旬的沈老又恢復了通信聯繫。此時，我自己雖然也進入了中年，但我依然是懷著青年時代的那種求教的心情，不斷地向他提出自己在學習和研究中所遇到的問題，請求他的指導與幫助。從一九七七年初到沈老逝世前夕，我一直和他保持著比較密切的聯繫，並七次登門或到醫院裡拜望沈老，當面聆聽他的親切教導，傾聽他那縱論文壇今昔的娓娓長談，得到了許多的教益。關於同沈老重新恢復通信聯繫的經過，我在《緬懷・追憶・建議》一文裡已談過（見《文藝報》1981年第9期），這裡不再重複。現在發表的茅盾同志書信的第一部分：粉碎「四人幫」後茅盾同志的十六封信（1977.1～1979.10），就是沈老晚年給我的全部書信。這也是我所保存的沈老書信中的主要部分，因此在編排上我把它放在前面。這十六封信全部是沈老的親筆信，其中多數是用毛筆寫在中式八行信箋上的，最長的一封有八頁之多，也有一部分是用鋼筆寫在從練習本撕下的白紙，或其他的信箋上的。重讀這批字跡清秀俊逸

的書信，不僅深受教益，而且也是一種藝術享受。我在一九七八年的《論茅盾四十年的文學道路》修訂本中，曾徵得沈老的同意，引用過其中部分信件的片斷內容。此外，有六封信曾先後交文藝期刊發表，其中三封（1977.10.5，1978.1.17，1978.2.19）是在沈老生前經他同意，作為《關於茅盾生平的若干問題》的附錄，交《〈文學評論〉叢刊》發表的；另外三封（1977.2.9，1978.9.29，1979.10.15）是沈老逝世之後交《雨花》發表的。其餘的十封信，都從未發表過。還需要說明的是，從一九七九年以後，為了不干擾沈老正在進行的撰寫《回憶錄》的工作，我有事求教時，都是通過在他身旁工作的韋韜、陳小曼同志轉達；而沈老也是通過韋韜或小曼同志傳達他的意見，繼續給予我許多指導和幫助。這方面的書信數量較多，內容主要是關於編選《茅盾論創作》和《茅盾文藝雜論集》的意見，也有一些是傳達茅盾同志對於他生平史實的某些重要問題的解答的。在這個過程中，韋韜和陳小曼同志給過我許多有力的幫助和支持，使得我在沈老逝世以前還能繼續不斷地聽到他的意見，得到他的教導。

回顧自一九五六年以來我和茅盾同志的通信、接觸，整理、翻閱他給我的書信，不禁思緒萬端。二十五年前，當我第一次和他通信時，我還是一個知識淺陋、閱世不深的二十一歲青年，如今時光流逝，歲月蹉跎，我自己雖然已進入中年、邁向半百，卻並無多少長進。如果說，二十多年來我從同沈老的交往中也得到了一些教益與啟示的話，那麼，這種教益與啟示，遠不止是關於茅盾研究的本身，而是涉及到如何治學與為人的問題。在我和沈老的通信、接觸中，有幾點感受是特別深的，這就是他那豁達的民主精神、實事求是的科學態度和嚴於律己的高貴品格。這裡，不妨舉幾個例子來說明。

沈老對待學術上的問題，包括對他自己作品的評價問題，一向不願以自己的意見強加於人，更不以自己的地位與聲望壓人，而是採取一種平等的、討論的態度，虛心地聽取各種不同意見，富有民主的精神，使人感到平易可親。記得我和胡興桃同學第一次寫信給他的時候，曾要求他對我們的論文題目提提意見。他覆信說：「你們的論文題目，請你們自己定，我是沒有發言權的。」後來，在審閱我的論文初稿後，他說得更加明白：「作為一個被研究的作家，我向來是只願意傾聽批評，而不願意自己說話的。」（一九五七年六月三日信）事實也是如此，在我和沈老的所有通信與接觸中，他從來迴避就自己作品的評價問題發表意見，而只肯就他生平活動的一些史實進行訂正、補

充和說明。我的那本小冊子，對茅盾的思想、創作和文學上的貢獻，有不少評價失當和肯定不足之處，然而他從來不加干涉，更不曾提出過應該怎樣寫或不應該怎樣寫的問題。當然，這並不意味著沈老對自己的作品沒有看法，而是他不願意拿自己的看法去影響評論者的意見而已。他的這種豁達的民主精神與平等待人的態度，可以說是貫穿於他一生的文學活動中的。

在治學態度上，沈老的實事求是的科學態度和一絲不苟的精神，也是永遠值得我們學習的。他一生參加的活動很多，寫過的作品、文章數量也很大，但由於年代久遠，常有記憶不夠準確的地方。遇到這種情況，他總是要認真地查核原始材料，辨明真偽；有時發現他自己弄錯了，他總是服從客觀事實，馬上加以更正。在我同他的通信當中，這類例子是不少的。例如，一九五七年六月三日和六月十三日兩封信裡，他查問和答覆關於《論無產階級藝術》一文的作者是不是他自己一事，就是個突出的例子。再如，他在一九七八年五月七日和六月二十一日兩封信裡，以及在稍後的一次口頭談話中，曾三次否認他於一九三二年「一二八」以後回過故鄉烏鎮，但後來經他兒子韋韜同志幫助回憶──他記得十歲時曾第一次隨父母回過老家，因為是頭一次，印象特別深，折算時間正好是「一二八」以後──沈老發現自己確實記錯了，就立即加以更正。至於他給我的信中所談到的史實，有些年代記憶失誤的地方，後來他也都以各種方式，包括在《回憶錄》中或給我和其他同志的信中，逐一糾正了。作為一位年逾八十、體弱多病的老人，沈老對待一些具體事實，甚至是某些細節，仍然如此一絲不苟，這種嚴謹的態度和認真負責、實事求是的精神，是令人敬佩的。

在我國「五四」以來的前輩作家中，沈老是最早接觸馬克思主義並參加中國共產黨早期的建黨活動的一位作家，也是「五四」時期最早一批具有初步共產主義思想的知識分子之一；同時，他也是繼魯迅之後我國新文學運動、特別是現實主義新文學的倡導者與奠基人之一，他畢生在文學方面的成就與貢獻，應該說僅次於魯迅。然而，長時期來他對待自己的成就與貢獻，卻採取謙虛謹慎的態度，從不居功自傲。作為一個被研究的作家，他喜歡實事求是的評論，不喜歡溢美之辭或惡意的中傷。早在半個世紀前，他就說過這樣的話：「每逢翻讀自家的舊作，自己看出了毛病來的時候，我一方面萬分慚愧，而同時另一方面卻長出勇氣來，因為居今日而知昨日之非，便是我的自我批評的工夫有了進展。」(《我的回顧》)以後，在重慶文化藝術界慶祝他五十壽

辰時，他又說過：「人生如大海，出海愈遠，然後愈感得其浩渺無邊。昨日僅窺見了複雜世相之一角，則瞿然自以爲得之，今日既由一角而幾幾及見全面，這才嗒然自失，覺得終究還是井底之蛙。倘不肯即此自滿，又不甘到此止步，那麼，如何由此更進，使我之認識，自平面而進於立體，這是緊要的一關。」（《回顧》）當他說這兩段話時，已是一個蜚聲中外的著名作家了，然而他那嚴於律己的品格和不斷追求的精神卻溢於言表。可以說，他的這種品格與精神，也始終體現在他後半生的活動中，直至他臨終前寫給黨中央和中國作協的兩封信裡。對於一個已有傑出貢獻、譽滿中外的作家來說，要終生保持這種嚴於律己的品格，是多麼不容易的呵！而這，也正是茅盾同志永遠值得我們學習和懷念的地方！

1981.7.31 於南京大學南秀村宿舍

寫在沈老三封信的後面

　　《雨花》編輯部約我寫篇悼念沈老的文章，因雜事太多，近來又常生病，難以應命。現改爲選發三封沈老給我的親筆信，由我加注、說明，藉以表達對這位中國現代革命文學的偉大先驅、傑出的無產階級文化戰士的悼念之情，也藉以表示對《雨花》的支持。

　　從一九七七年初起我又恢復同沈老的聯繫，經常向他請教各種問題，並得到他的熱情指導和鼓勵。目前我保存的沈老的十六封信，大部分是寫於一九七七～七八年間。從一九七八年開始寫回憶錄以來，沈老的工作日益繁忙，爲了不干擾他，我遇到有問題要請教時，就改爲通過在他身邊工作的韋韜、陳小曼同志轉達。沈老給我的信件，內容大多是有關他的生平、創作以及現代文學研究的問題的，其中大部分信件都是用毛筆寫的，字跡清秀、俊逸。有的信件，長達八、九頁，排難解疑，詳細地解答我提出的問題。今天重讀這些信件，更深切感受到他對我的親切關懷與嚴格要求。

　　這裡選發的沈老一九七七、七八、七九年所寫的三封信，主要是談《子夜》的外文譯本、寫回憶錄的計劃，以及對九院校編寫的《中國現代文學史》裡「茅盾」一章的批評意見。爲了幫助讀者了解這幾封信的內容，下面我想就幾個問題作一些補充說明：

（一）關於沈老的家庭

　　一九七七年二月九日的信裡，沈老贈我一張他八十大壽時在北京交道口寓所攝的全家照片，並對照片中的家庭成員逐一作了介紹。這張照片裡除沈老外，其餘五人是他的兒子韋韜、兒媳陳小曼和他們的子女。其實，沈老的親屬遠不止這些，只是其他的一些親人已先後爲革命獻出了寶貴的生命。如

今的讀者都知道茅盾是名冠中外的一代文豪，但不一定知道他的一家也是革命的一家，所以我想藉此機會略爲介紹一下。沈老父母只生兩個兒子，即茅盾及其弟弟沈澤民。茅盾十歲時父親病故，他們兄弟倆在母親的撫養、教育下長大成人，並在她的積極支持下先後參加中國共產黨，成爲黨的最早的一批黨員之一。茅盾是一九二一年二、三月間由李漢俊介紹加入上海的共產主義小組的，黨的「一大」後成爲全國最早的五十幾個黨員中的一個。沈澤民於一九一七年考入南京的河海工程專門學校（校址在浦口），一九二一年五、六月間，他與同學、好友張聞天一起到日本學習，加入了「少年中國學會」。沈澤民大約是一九二二年回國後由茅盾介紹加入中國共產黨的，是黨的早期著名的活動家與領導者之一。他一九二六年隨劉少奇同志赴蘇聯參加職工代表大會，任英文翻譯，會後留在中山大學學習。一九三〇年回國後，先在黨中央宣傳部工作，後到鄂豫皖蘇區擔負黨的領導工作，爲革命做出了重要的貢獻。一九三三年在蘇區得了很重的瘧疾，在醫療條件極差的情況下，服用奎寧過多中毒逝世。茅盾的弟媳張琴秋同志，也是中國共產黨早期的黨員。她一九二五年赴蘇聯學習，回國後不久也到了鄂豫皖蘇區，但並沒有同愛人在一起工作，而是到部隊上去。在艱苦的革命戰爭年代裡，他們分處兩地，所以沈澤民同志病重至逝世時，她都未能回到他身邊。解放後，張琴秋同志任中央紡織工業部的副部長，「文化大革命」中被迫害致死。她和沈澤民同志在蘇聯生了一個女兒。這個女兒在他們回國後進了國際孤兒院，以後在蘇聯大學裡學雷達，全國解放後才回國工作。「文化大革命」中，沈澤民同志的女兒也被迫害身亡，留下了二女一男。在沈老的追悼會上，站在家屬行列裡的八人中的最後三個，就是沈澤民同志的三個外孫。沈老自己的一家，也是個革命的家庭。沈老的夫人孔德沚同志，也是黨的早期黨員之一。她於一九二五年由楊之華（瞿秋白愛人）介紹參加了共產黨，曾從事過早期的女工運動。茅盾《子夜》裡關於紗廠女工罷工鬥爭的描寫，有不少就是由他夫人提供素材的。孔德沚同志在十年浩劫中分擔了沈老的憂患，不幸過早地於一九七〇年病故。沈老自己有一女一子。長女叫沈霞，兒子即韋韜，原名沈霜，後改名沈夢韋、韋韜。一九四〇年，沈老應周總理電召離開延安到重慶時，把兩個孩子都留在延安學習。他的女兒沈霞於一九四五年在根據地因手術不好去世。當時，她爲了要上前線，做了人工流產手術，因醫療條件差，手術後感染發炎，不治身亡。沈老的女婿也於一九四九年解放太原時犧牲了。當時，他是

戰地記者，在一次戰鬥中閻錫山的部隊搖白旗，搞假投降，他不幸被敵人的冷槍擊中身亡。從以上的簡要介紹中，我們知道在中國革命的艱苦年代裡，沈老的許多親人先後為革命獻出了自己的青春與生命；在林彪、「四人幫」橫行之時，他也有些親屬被迫害致死。然而，對於這一切，沈老生前從不願公開談論。

（二）關於史沫特萊及《子夜》英譯本序

七七年二月九日信裡，沈老還就我提出的史沫特萊的《子夜》英譯本問題，作了比較詳細的答覆。信裡所說的「魯迅信中所說將為英文版《子夜》作序」一事，係指一九三六年一月五日魯迅致胡風的信。在這封信裡，魯迅托胡風寫一個關於茅盾和《子夜》的材料，說「這大約是做英譯本《子夜》的序文用的」。〔註 1〕這件事，「文化大革命」中發現的魯迅致沈雁冰的九封信裡，有比較清楚的記載。一九七七年《魯迅研究資料》發表這九封信時，沈老本人曾加了注釋。他說：「大概是史沫特萊為《子夜》英譯本作前言，要有關此書出版後各方面反映之材料，史曾要我提供，我無法應之，故轉請魯迅。」〔註 2〕而魯迅又轉請胡風代為搜集，此即魯迅所說的「找人搶替的材料」。這個材料由魯迅寄給茅盾，茅盾又交給史沫特萊，最後因史的英譯本《子夜》未能出版，這份材料的下落也不明。我在一九七八年四月十五日《光明日報》上發表的《三十年代初期中國社會的畫卷》一文裡，曾誤認為魯迅準備為史的英譯本《子夜》作序，這是由於錯誤理解沈老二月九日的信所致，這裡特為說明一下。

此外，沈老二月九日給我的信裡，由於年代久遠，有兩處記憶上有差錯，他後來也加以更正了。一、關於史沫特萊的籍貫問題。此信誤稱「史是德國人」，我在一九七八年《論茅盾四十年的文學道路》修訂本裡，也誤當史是德國人。其實，史沫特萊（1890～1950）是美國人，出生於工人家庭，1919 年赴歐，僑居德國八年。1928 年她以德國《法蘭克福日報》特派記者的身份來中國，積極參加進步的文化運動與抗日戰爭。後來，當有讀者來信指出這一問題時，我曾經又請教過沈老。他說：史確是美國人，因三十年代他認識史時，她是以德國《法蘭克福日報》特派記者的身份出現的，所以誤以為她是德國人，後入美國籍的。二、信裡說史是德國人，又搞了一個德文本，於一

〔註 1〕 見《魯迅書信集》（下），第 932 頁，人民文學出版社 1976 年版。
〔註 2〕 見《魯迅研究資料》1977 年第 2 輯，第 75 頁。

九三八年在德累斯滕出版，這也是沈老記錯了。九院校編寫的《中國現代文學史》的「茅盾」一章是我執筆的，當時自己沒有仔細查對，就據此誤稱《子夜》德譯本是史沫特萊所作。這本教材出版後，我曾寄請沈老審閱，他在一九七九年十月十五日的信裡，糾正了書中的這一錯誤，指出「《子夜》德文譯本並非史沫特萊所譯，而是德國的F‧柯恩博士（Dr. Frang Kuhn）」。這些地方，都表現了沈老嚴肅認眞、實事求是的治學態度，對我的教育是很深的。

（三）關於《衣》、《食》、《住》

《衣》、《食》、《住》是沈老一九一六年八月進商務印書館編譯所後所譯的一部科普讀物，也是他一生中的頭一部譯作。這本書的作者是美國的卡本脫。先是由商務的孫毓修老先生譯了《衣》的頭三、四章，用的是騈文色彩很濃的文言文。當時，年僅二十歲的茅盾接手譯完此書的絕大部分章節，爲了保持譯文風格的一致，也用騈文色彩很濃的文言文翻譯。由於他譯的又快又好，「驟看時彷彿出於一人手筆」，所以得到那位頗爲自負的孫老先生的驚奇與讚賞。這件事生動地說明了沈老年輕時就有深厚的古典文學的基礎。

這裡發表的沈老一九七八年九月廿九日和七九年十月十五日的兩封信，都談到《衣》、《食》、《住》的問題。七八年九月的信裡談到他寫回憶錄的計劃，是準備從外祖父母、童少年時代的學校教育寫起，然後寫職業生活。不過，他開始發表這個回憶錄時，則是從商務印書館編譯所的職業生活寫起的，而他進商務後開始文學活動的頭一部譯作就是《衣》、《食》,《住》。這部譯作於「五四」運動前出版後，雖然印過七、八次，但如今已不易找到。爲了使自己的回憶準確、具體，符合歷史的眞實，沈老一開始就不厭其煩地認眞查核大量的原始資料，而不是光憑一時的記憶就動手寫。一九七八年八月間，因在北京未借到《衣》、《食》、《住》，他曾叫陳小曼同志寫信要我在南京查借此書。我接信後，幾經周折，最後在南京龍蟠里圖書館找到《衣》、《食》、《住》的第七版，並在周邨同志和龍蟠里圖書館老姬同志的幫助下，把書寄給沈老。一個多月後，沈老就把書掛號寄還了。他在七九年十月十五日給我的信中，又指出九院校編的文學史裡關於《衣》、《食》、《住》的介紹失實之處，這實際上是對我的批評。由於我的粗枝大葉，介紹《衣》、《食》、《住》這部譯作雖只用了一句話：「……以及用騈文翻譯的美國卡本脫的科學著作《衣》、《食》、《住》等。」但措辭不確的地方就有兩處。這看來似乎不算什麼大問題，但沈老也不放過，特地來信一一指出，充分表現了老一輩作家的嚴肅認

真、一絲不苟的治學態度。這種態度，是永遠值得我認真學習的。

沈老的回憶錄，是準備寫到解放以後的活動的，而且還準備倒過來再補寫一九一六年進商務以前祖父輩的情況及童少年時代的生活的，可惜他只寫到了一九三四年的活動就突然被病魔奪去了生命，永遠離開了我們，再也無法親自完成這項計劃了。雖然韋韜同志準備根據他生前的回憶及有關文獻材料，續完他解放前的回憶錄，稍許可彌補這一損失，但這畢竟是沈老晚年的一件最大的憾事，也是我國文藝界、學術界的一大損失。因為，他的這部回憶錄包含了大量珍貴的史料，其範圍不僅直接涉及「五四」以來的文藝運動的歷史，而且也涉及了黨史、現代政治思想史和許多重要歷史人物的傳記。聽韋韜、陳小曼同志說，沈老住院以後，一直念念不忘他未竟的回憶錄。甚至當他神志不清的時候，也經常在病床上抓被子，摸衣服口袋，尋找紙筆，情不自禁地做出書寫的動作，渴望繼續完成這部被他視為組織上交給的「重要任務」的回憶錄。聽了他們的介紹，我的心情久久不能平靜，被沈老的這種「春蠶到死絲不盡」的精神所深深感動。如今重讀沈老七八年九月二十九日的信，信中認真、執著地談著他的寫作回憶錄的計劃，批評一些大專院校編寫的茅盾著作年表的錯誤，我更加感到這是一個難以彌補的損失。今天，我們應該學習他的精神，踏著他的腳跡，記取他的批評，依靠集體的力量，努力去完成沈老所未能完成的工作。

1981.5.4.

茅盾同志的二十四封信

第一部分　粉碎「四人幫」後的十六封信
（1977.1～1979.10）

（1）一九七七年一月九日信

子銘同志：

　　大函〔註1〕由政協轉來，已爲八日下午，您已上車久矣，而且想來已過天津。失此晤面機會，極爲可惜。南京師範學院研究《紅樓夢》的一些不認識的教師們常有信來。不知您在南京大學工作，有暇請來信。即頌健康！

沈雁冰

一月九日上午

地址：交道口・南三條・十三號

（2）一九七七年一月十九日信

子銘同志：

　　十三日來信敬悉。政協秘書處不以舍下地址見告，乃例行之事，幸勿介

〔註1〕　十年內亂中我同沈老失去了聯繫。一九七六年底七七年初，我利用出差北京的機會，向有關單位打聽沈老的住址，在得不到消息的情況下，只好寫信請政協轉交。「大函」即指此信。這是粉碎「四人幫」後我同沈老恢復聯繫的第一封信。

意。此次失卻晤談機會，可惜。您或者還會有機會來北京。至於我，衰老多病，憚於行動，未必能到南方了。〔註2〕舍下地址爲「交道口・南三條・十三號」。有暇尚祈時通訊爲荷。照片失卻，小事。〔註3〕茲附奉去年所攝小影一幀，以爲投桃之報。〔註4〕

即頌健康！

沈雁冰

一月十九日

（3）一九七七年二月九日信

子銘同志：

五日大函敬悉。得您全家照片甚爲高興。料想兩個孩子現在都成人了，尚在讀書呢，或已參加工作了？我隨信奉上一張全家的照片，也是去年攝的。右邊的一男兩女都是孫兒女，大孫女參軍後現在我身邊工作，孫子在師範大學學無線電，小孫女是小學生。兒媳是在人民文學出版社，兒子是解放軍。承告將惠我以尊輯之《紅樓夢》資料三冊，〔註5〕預先謝謝。《水滸資料》惜未出版。〔註6〕揚州師院有《紅樓夢》資料一冊（或兩冊），他們送我一份，那是大前年出版的。

魯迅信〔註7〕中所說將爲英文版《子夜》作序，此英文版是史沫特萊搞

〔註2〕我在一月十三日給沈老的信中提到，希望他有機會到南方時告知行止，以便去拜望他，所以他在覆信中講了這段話。

〔註3〕大約在一九六二年間，上海文藝出版社擬重印拙作《論茅盾四十年的文學道路》，當時我曾寫信向沈老借了幾張他在三十年代的照片，準備製版之用。後來這幾張照片既未製版，也未及時歸還，原因是想等有機會再用。「文化大革命」初期受衝擊時，這幾張珍貴的照片連同我保存的拙作原稿與茅盾研究札記一起上交，結果全部遺失了。我在一月十三日信裡將此事向沈老彙報，祈求他的原諒。「照片失卻」，即指此事。

〔註4〕我在一月十三日的信裡，曾附上自己的一張小照，誰知沈老覆信時隨函回贈我一張他八十大壽時攝於交道口寓所的照片，並引用「投桃報李」的成語，親切地稱之爲「投桃之報」。

〔註5〕這裡係指一九七四年南京大學圖書館和中文系古典文學教研室內部編印的《紅樓夢》評論資料及目錄索引、人名索引，沈老信中誤認是我編的。

〔註6〕這裡係指南京大學中文系內部編印的《水滸研究資料》，當時因印刷的原因未能印出，直至一九八○年才內部出版。

〔註7〕指一九三六年一月五日魯迅致胡風信。

的，我曾見其稿本，她那時說將設法在美國出版。史是德國人，〔註8〕同時她又在搞一本德文本；這個德文本於一九三八年在德國德累斯滕出版，〔註9〕那時魯迅逝世已兩年，而史也在八路軍總司令部一年了。所以她始終未見德文本，而那個英譯稿本因戰爭關係，也未在美國出版。解放後我們自己搞了個英譯及法譯。但在一九六○年前我在國外遇見英、美、法人士，他們說他們國家研究漢文的，都以中文《子夜》為讀本，至於我國之英、法譯本，他們認為從譯文上說，尚有可討論處。當時西歐一般讀者覺得三十年代的東西已屬明日黃花，只有研究中國文學（還有外交官，則意在瞭解「五四」後之中國革命運動等等）的人們是感興趣的。

不覺得寫多了。前些日子北京嚴寒，近雖略可，仍在零下，今年全世界氣候反常，全世界都特別冷。匆此並頌

儷福！

沈雁冰

七七年二月九日

（4）一九七七年四月十七日信

子銘同志：

七日來信及魯《集外集拾遺》注釋鉛印油印稿等共四件〔註10〕均收到。鉛印油印皆小字，而油印字跡不清，用放大鏡始能閱讀。我左目失明，右目僅0.3的視力，閱讀小字書困難，進程很慢。委託提意見，恐不能仔細，且原

〔註8〕 史沫特萊（1890～1950），美國人，出生於工人家庭。一九一九年赴歐，僑居德國八年。一九二八年她以德國《法蘭克福日報》特派記者身份來中國，積極參加進步的文化運動與抗日戰爭。沈老三十年代在上海認識她時，史是以德國《法蘭克福日報》特派記者身份出現的，故誤以為她是德國人，後入美國籍的。對此，沈老後來也加以更正了。

〔註9〕《子夜》的德文本是德國F·柯恩博士所譯，這裡誤作史沫特萊譯。詳見沈老一九七九年十月十五日信。

〔註10〕一九七七年四月七日，受注釋組的委託，我將人民文學出版社印的魯迅《集外集拾遺》單行本、南京大學《集外集拾迪》注釋組與南京工人魯迅寫作學習組內部鉛印的《集外集拾遺》注釋初稿（上、下兩冊），以及一份油印的各地專家對注釋稿的「意見摘錄」，一併寄請沈老審閱。當時沒有考慮到沈老視力很差，竟貿然地將這些鉛印小字本與字跡不清的油印件寄給他，事後大家都感到很抱歉。

文未附在注釋本上，而《拾遺》原文印本亦是小字，望之生畏。〔註11〕現在只能就注釋及「意見摘錄」每日看一點，可補充提意見者即原印稿上注明，不能再仔細了。估計五月末可以做完寄上。先此函達。即頌

　　　　健康

　　　　　　　　　　　　　　　　　　　　沈雁冰

　　　　　　　　　　　　　　　　　　　　　　四月十七

　　來函謂我對魯迅情況及「五四」至三十年代情況很熟，其實不然。只能說略知三、四，但年代久遠，老年記憶力差，大都渺茫恍惚，拿不準了。

　　　　　　　　　　　　　　　　　　　　　　又及

（5）一九七七年五月二十二日信

子銘同志：

　　四月二十五來信未及作覆，因校注未竟事也，不料本月八日突發高燒至三十九度五，幾乎送了老命。住院半月餘，昨始出院。積壓函件甚多，現仍按序清理。已將《集外集》注釋校完，有意見可供參考者均剪取原件〔註12〕隨函奉上，草草了事，聊以塞責。無法查原文，只就注釋及專家所提修改意見，表示取去而已。專家所提修改意見甚多，我剪寄者僅若干條，其餘不提及者即鄙見以為不必照他們的意見修改原解題或注釋者也，附此申明。匆此即頌

　　　　健康

　　　　　　　　　　　　　　　　　　　　沈雁冰

　　　　　　　　　　　　　　　　　　　　五月二十二日

（6）一九七七年六月十二日信

子銘同志：

　　六月八日來信收到。字寫好一張，〔註13〕隨函奉上，字殊拙劣，聊以為

〔註11〕指人民文學出版社一九七三年出版的《集外集拾遺》單行本，這個本子只有原文沒有注釋，也未在原文上加注碼；而「注釋初稿」則只有題解與注釋，未附原文。因此，審閱時需將兩種本子對照起來看，十分不便，這對視力只有0.3的沈老無疑是個很大的負擔。

〔註12〕指油印的各地專家對「注釋初稿」的「意見摘錄」。

〔註13〕指沈老應我的請求所寫的一個條幅，內容是他在七七年五月十五日所寫的詞

紀念，請勿示人。年來左目失明，右目亦僅○·三的視力，寫字如暗中摸索，點劃都不勻稱，自覺吃力不討好。如有人看見了，**轉請您索書，請為婉辭。**

至於魯迅《亥年殘秋偶作》一詩，您們的注釋，〔註14〕我看來是不錯的。長征勝利到達陝北後，國民黨還封鎖消息，但在上海之國際友人卻已知之。史沫特萊告訴了魯迅，並建議發電致賀。我未見該電原文，但知甚短，且交由史沫特萊設法拍出。史用什麼方法拍此電，我不知道，因為彼時事冗，我沒有再問魯或史，而他們也未向我談及。現在流行一說，謂史將此電原文郵寄巴黎，再轉陝北；此乃猜測，但比較合乎情理。最糟者，現在沒有人曾見此電全文，只留下那一句而已。而此一句的出處則在晉冀魯豫《解放日報》，時為抗戰初年。聽說該報是《人民日報》的前身，《人民日報》社中藏有該報全份。

匆覆即頌：工作勝利，身體健康！

沈雁冰

六月十二日

（7）一九七七年十月五日信

子銘同志：

來信遲覆為歉。有些事，我也記不清了，只能簡單回答。

一、當時社會史論戰，〔註15〕可查當時的刊物，我也記不起是什麼刊物。論戰的參與者不光是托派，也有當時資產階級經濟學者，他們的論點相似，即中國正進入資本時代，那就是說，當時的一點民族資本主義可以發展而擺脫官僚買辦資產階級的控制。當時左翼社聯的人駁斥之，論戰由此而起。

二、多頭、空頭，其實看小說中所寫，可知其意義。簡言之，吸進公債

《滿江紅》（慶祝《毛選》卷五齣版），字跡清秀俊逸。這裡所說的「字殊拙劣」，乃謙詞。

〔註14〕指一九七六年十一月南京大學《集外集拾遺》注釋組內部鉛印的《集外集拾遺》注釋徵求意見本中對魯迅《亥年殘秋偶作》一詩的注釋。

〔註15〕指一九三○開始的關於中國社會性質的論戰。茅盾在《〈子夜〉是怎樣寫成的》一文裡曾經說過，《子夜》的醞釀、構思同當時正在進行的中國社會性質的論戰有密切的關係。解放以來，關於這場論戰的資料未曾收過集子，不易查找，我因此寫信請教他。就在給我寫這封信後沒幾天，茅盾於十月九日為《子夜》新版寫了《再來補充幾句》一文，文中對當時論戰中各派的主要論點又作了進一步的補充說明。詳見《子夜》，一九七七年人民文學出版社版。

者謂之多頭，賣出者（其實大多數做公債交易的人，手頭並沒有債券）謂之空頭，因其手頭並無債券而賣出，故謂之「賣空」。月底結帳時，他可補進以抵賣出之數。他的盈虧，那時就見分曉。〔註16〕

三、一九二五年底到廣州，二六年四月尾離開。〔註17〕當時，毛主席擔任國民黨中宣部代理部長，我任中宣部秘書，做毛主席的助手。中山艦事變後，汪精衛出國，毛主席也不擔任代理部長，我遂回上海。

四、商務印書館當時有個罷工委員會，我是其中之一。〔註18〕即致敬禮！

沈雁冰

十月五日

（8）一九七八年一月十七日信

子銘同志：

兩信及臺曆均收到，謝謝。《鐘山文藝叢刊》寫稿事，短期內恐無以應命，因已有兩稿待寫也，請轉致鄙意為荷。另掛號寄上《子夜》一本，此新版後有新後記，略述當時寫作意圖，或可供參考也。來信所詢問題，答如下：

一、我是公元一八九六年七月四日生的。（農曆丙申五月二十五日，但因舊時計時與今不同，故合算成公曆，有作七月五日者。）

二、故鄉，在清末為青鎮（本來是烏、青兩鎮，隔河為界），屬桐鄉縣，解放後兩鎮合併，名烏鎮，仍屬桐鄉縣。

〔註16〕當時我聽到一些讀者的意見，說《子夜》裡關於交易所的描寫，有不少專門術語如多頭、空頭、標金、花紗等等，弄不清其含義，希望將來《子夜》再版時能加些注釋。我把這些意見和希望寫信告訴了沈老，因此他在覆信中對多頭、空頭作了解釋。

〔註17〕指茅盾同志當年赴廣州參加國民黨第二次全國代表大會的時間，以及最後離開廣州的時間。茅盾在後來寫的《中山艦事件前後》（《回憶錄》八）裡說，他離滬赴廣州的時間是陽曆一九二六年元旦，搭乘的是三北輪船公司的醒獅號，大約航行六天後才抵達廣州；離開廣州的時間是二六年三月二十四、五號，即「中山艦事件」發生後沒幾天，乘的仍然是醒獅號輪船。這裡所說的時間，略有差錯。詳見《中山艦事件前後》（《新文學史料》1980年第3期）。

〔註18〕一九二五年「五卅」運動後，在黨的領導下商務印書館的職工發動了罷工鬥爭。茅盾不僅是當時實際領導罷工鬥爭的臨時黨團的成員，而且也是公開領導罷工鬥爭的商務「罷工中央執行委員會」的十三名委員之一，曾代表罷委出面同資方談判。詳見茅盾的《回憶錄》七：《五卅運動與商務印書館罷工》（《新文學史料》1980年第2期）。

三、一九四八年底從香港赴大連（時已解放），又從大連到瀋陽，居一個月，即一九四九年陽曆二月中旬由瀋陽赴北京。日子忘了，記得是在瀋陽過陰曆年，那時北京剛剛解放。同車赴京者百餘人（是一列專車），大都是香港赴東北，等候赴京者。沈均儒、李濟深，以及民盟、民革其他成員多人，又郭沫若夫婦（我亦與夫人在一處），皆同車赴京。

匆匆奉覆即頌健康

沈雁冰

十七日

（9）一九七八年一月二十五日信

子銘同志：

二十日信悉。尊作〔註 19〕尚未收到，我這裡原來有一本，可是現在找不到，可能丟了。您可以引用我們通信中的一些材料。〔註 20〕如來京，當謀一面；來寓前先打電話約時間最妥。敝寓電話 XX・XXXX。

匆此即頌　健康

沈雁冰

二十五日

（10）一九七八年二月二日信

子銘同志：

信及書〔註 21〕均收到。茲就書中有關事實方面之小小錯誤，另紙書呈，供參考。至於全書論點，我無意見。又，書中引陳伯達語，〔註 22〕似乎可

〔註 19〕 指拙作《論茅盾四十年的文學道路》。一九七八年元月初，上海文藝出版社提出修訂重版這本書，我當即寫信給沈老，並寄上一本拙作的舊版書，請求他再審閱一遍。這裡所說的即指此事。
〔註 20〕 我在給沈老的信裡，曾要求引用他同我通信中的材料。在得到他的同意之後，我在《論茅盾四十年的文學道路》一九七八年修訂本中多處引用了通信中的有關材料。
〔註 21〕 指《論茅盾四十年的文學道路》。
〔註 22〕 指《論茅盾四十年的文學道路》一九五九和一九六三年版第 92 頁所引陳伯達的《人民公敵蔣介石》裡的一段話，內容是轉述上海外文報紙記載魯迅、茅盾受國民黨法西斯通緝的情況。這段話在一九七八年的修訂本第 96 頁裡仍然保留，但刪去了出處。

冊。

匆此即頌　健康

沈雁冰

二月二日

〔附錄〕茅盾同志對《論茅盾四十年的文學道路》（一九六三年版）的審閱意
　　　　見（以下均爲原文）：

頁四：「在上海任國民通訊社的主編」，誤。我從未任此職，中山艦事變
後我回上海，仍在黨領導下做地下工作。〔註23〕

頁六：頁底末一行「一九四九年北京解放後……」，應爲「一九四八年底，
黨中央布置在香港的民主人士秘密離香港到大連，轉瀋陽暫住。北京和平解
放後黨派一列專車請所有在瀋陽的民主人士到北京籌備政協會議。」

頁七：「主要是從事國家最高文化行政機關的領導工作」下，可加「寫了
不少文學評論，後編輯爲《鼓吹集》、《鼓吹續集》。」

頁九：「算學」均應改爲「數學」。

頁九：「八歲時……」，「體操」二字應刪。當時該校無此課。又「教員是
懂新學的」句應改爲「由於教員不懂新學，故茅盾雖入學，卻不經常上課，
而由他母親教他。」又此句中說該校課程有歷史、地理，亦誤。當時該校並
無此兩門課程；我父親當時臥病在床，由母親教我歷史、地理。又此下一大
段「同時，在進小學之前……」到頁十「不近」爲止，都不合事實，應刪。

我的父親因自修數學，從來沒有功夫教我讀書，在我十歲以前，都是母
親教我。

頁十：《新民叢報》外，還有《浙江潮》。

頁十：關於我母親的一段，應有如下內容：母親姓陳，是烏鎮名醫陳吾
如的唯一女兒，吾如先生名馳杭、嘉、湖三府，白手起家，積資較多，把這
女兒從四歲起就請人教古典文學。茅盾的父親在訂婚後到丈人家學醫，茅盾
的母親十九歲出嫁，受丈夫影響，改學當時所謂經邦濟世之學，先習中國史、

〔註23〕中山艦事變後，茅盾曾根據毛澤東同志的指示回滬籌辦國民黨左派的報紙《國
民日報》，並被內定爲正主筆，但這張報紙後來並未辦成，詳見茅盾的回憶錄
（八）《中山艦事件前後》（《新文學史料》1980 年 3 期）。拙作舊版曾根據孔
另境的《懷茅盾》一文，誤認茅盾回滬後任國民通訊社的主編，孔另境係據
傳聞將這兩件事混同起來了。

地，後習世界史、地等等，但不學聲光化電。茅盾的父親除數學外，也習聲光化電，《格致彙編》是當時上海出版的期刊性的介紹西洋聲光化電的書。

頁十二：頁底末行「……陶煥卿、范古農」均刪。當時二中（即嘉興府中）無此二人任教，二中的校長方青箱是同盟會中人，教員中有數人（如教幾何的計仰先）也是同盟會中人。辛亥革命時，計仰先帶學生軍（其中有二中的高年級學生）進攻杭州巡撫衙門。方青箱作爲光復後的嘉興軍政分府主席，二中校長換了人。校中民主空氣沒有了。

頁十二：我進北大是十七歲（虛歲十八）。上面的「十五歲」應是實歲。書中講到我的歲數時或虛或實，不一致。

頁二十五：我不編《小說月報》原因如此：當時禮拜六派攻擊《小說月報》，我在《小說月報》上作文反擊，商務內的頑固派怕起來了，說商務向來不得罪任何人，要我停止反擊，我不肯，就辭職。商務怕我出去後另辦刊物與之競爭，於是堅留我仍在商務任編輯（歸入「學生國學叢書」的《莊子》等書，即在此後編的），而以已在商務編《兒童世界》的鄭振鐸繼編《小說月報》，表示《小說月报》方針不變。鄭振鐸於一九二二年來上海，初編《時事新報》的《學燈》副刊，後入商務編《兒童世界》。

頁 48～49 事實是：一九二五年國民黨西山會議派勾結帝國主義占奪了上海環龍路 44 號的房子（這所房子本爲孫中山私宅，是辛亥革命後華僑送給中山先生，在孫中山改組國民黨和共產黨時，這所房子就成爲「上海執行部」的辦公大樓，其時尚未建立國民黨上海市黨部），上海市的國民黨左派黨員失去了領導機構，於是黨命令惲代英和我籌組左派的國民黨上海市黨部，於一九二五年十二月成立，另租房子爲辦公室。〔註24〕此時，國民黨召開第二次全國代表大會，左派的國民黨上海市黨部選派代表六人去廣州開會，〔註25〕惲代英與我是代表。到廣州已爲十二月下旬，〔註26〕大會後，渾與我被留在廣州工作，惲進黃埔，我進中宣部。二次大會選汪精衛爲中宣部部長，汪因已任國民政府主席，不能兼顧，當場推薦毛主席爲代理部長。我

〔註24〕據茅盾後來在《中山艦事件前後》一文裡的回憶，當時黨指令惲代英同他籌組國民黨上海特別市黨部執行委員會，後簡稱上海特別市黨部，位址在貝勒路永裕里八十一號。

〔註25〕據茅盾後來的回憶，當時選派的代表共五人，除惲代英，沈雁冰外，還有張廷灝、吳開先等人。詳見《中山艦事變前後》。

〔註26〕據茅盾後來的回憶，抵廣州的時間應爲一九二六年元月初旬。

進中宣部即在毛主席領導下工作。同時進中宣部的還有蕭楚女及二、三個廣東左派國民黨年輕黨員，後又從浙江調來了張秋人（也是共產黨員）。中山艦事變後，毛主席辭去代理部長（汪精衛出國，中宣部長實際上無人，蔣介石請顧孟餘——北大教授——擔任中宣部長），我和蕭、張都退出中宣部，蕭留廣州，在農講所工作，又兼黃埔政治教官，張秋人（他原是浙江地下黨省委委員）專編《政治週報》，我回上海。我是在中山艦事變後一星期方回上海，原文謂「中山艦事變後第二天我即回上海」，與事實不符。〔註27〕

又原文（頁48）「那時的部長是汪精衛，後來代理部長是毛主席」，亦與事實有出入。可照我上面所述事實酌改。

（11）一九七八年二月十九日信

子銘同志：

來信悉。政協常委會開了三天：昨天剛結束，二十四開五屆政協，五屆人大二十四日報到。所以將有十來天的開會忙。趁今天有時間，作覆如下：

一、瞿秋白的一句話，可以不刪。〔註28〕因為對瞿的評價，從大前年起就不同了。詳情將來再奉告。

二、東渡日本是一九二八年七月間。在日先住東京，後遷京都，如姚韻漪同志等所憶。〔註29〕一九二二年到松江景賢中學講演有其事，時間約為秋天。

三、離新疆時間應為六月間。〔註30〕因為我得滬電，知母親逝世，借機向盛世才請假回滬料理家事，並在迪化設祭；事在四月尾。但盛世才表面上讓我和張仲實回鄉探親，還設宴餞行，但事實上卻以沒有交通工具（指飛機，

〔註27〕據茅盾後來在《中山艦事變前後》裡的回憶，他是在中山艦事變後四、五天，根據黨的指示離開廣州返滬的。拙作舊版曾根據孔另境的《懷茅盾》一文的記載，誤作事變後第二天回上海。

〔註28〕指拙作《論茅盾四十年的文學道路》一九五九、一九六三年版所引瞿秋白評茅盾創作的幾段話。一九七八年修訂這本書時，這幾段引文均保留，後出版社領導考慮到當時瞿秋白同志的問題尚未有結論，主張暫時刪去。

〔註29〕指翟同泰同志一九六二年十月間訪問姚韻漪（楊賢江愛人）、高爾松時，姚、高對茅盾避難日本情況的回憶。當時，姚韻漪、高爾松也在日本。

〔註30〕根據有關史料記載，茅盾一家離開新疆的時間是五月初，到達延安的時間是一九四○年五月二十六日。這裡所說的離新疆與赴延安的時間均有誤，茅盾後來在給柳尚彭的信裡曾作過更正，詳見南通師專中文科的《教學與研究》1979年第3期的《沈雁冰給柳尚彭關於〈白楊禮讚〉的覆信》一文的注。

那時迪化——蘭州並無班機，只有不定期的便機），拖延一月餘，後來我們從蘇聯總領事處知有蘇聯大使館專機將經迪化赴渝，我們就經總領事同意，搭此便機，盛無可如何。

四、在西安遇見朱總司令，他要回延安，我們就搭上他的車隊，時在六月尾。〔註31〕在延安住約半年，住魯藝，沈霞沈霜〔註32〕都留延安學習。沈霞於一九四五年犧牲。

五、抗戰勝利後，約於一九四五年冬經廣州到香港轉上海。在港候船約一個月，其間曾往澳門，住表侄女家（其夫爲醫生，在澳極有名，共產黨員）二十來天。一九四六年二、三月到上海。〔註33〕訪蘇回上海後，於一九四七年十二月杪再去香港。

六、《走上崗位》，在重慶寫（內容大概是民營工業由沿海城市遷往大後方），未寫完。登於何處，〔註34〕記不清了。我對此稿不滿意，未留底。我父名永錫，字伯蕃。

七、《幾句舊話》上所說往廣州時間，不一定對。其實是二五年十二月尾。〔註35〕您可查國民黨第二次代表大會何時開會，便可確定。因爲我和惲代英等是去開會的。

八、新疆學院當時沒有文學院，張仲實回憶屬實，〔註36〕但我所教是《社會教育》，講義自編，並不教《創作基本知識》或《語文》。我在新疆還有其它雜務，如「新疆各族文協聯合會」主席（新疆各民族——包括漢族——各有一個文協，我去後，盛世才即謂我的主要工作不是教書，而是辦這個聯合會，聯合會是我到新後方成立的），中蘇文化協會會長。這也是我到新後成立

〔註31〕 根據有關史料記載，茅盾一家離開新疆的時間是五月初，到達延安的時間是一九四○年五月二十六日。這裡所說的離新疆與赴延安的時間均有誤，茅盾後來在給柳尚彭的信裡曾作過更正，詳見南通師專中文科的《教學與研究》1979年第3期的《沈雁冰給柳尚彭關於〈白楊禮讚〉的覆信》一文的注。

〔註32〕 沈霞，茅盾的長女，一九四五年在延安時爲了上前方工作，做人工流產手術而感染發炎，不幸犧牲。沈霜，即韋韜，茅盾的兒子。

〔註33〕 據《上海文化》月刊第五期載，茅盾是四六年五月二十六日抵滬的。

〔註34〕 連載於《文藝先鋒》第3卷2～6期，4卷1、3、5期，5卷1～6期（1943.8～44.12）。

〔註35〕 《幾句舊話》上所說茅盾等赴廣州參加國民黨「二大」的時間是一九二五年元旦，搭乘的是醒獅號輪船。據茅盾後來的回憶，這個時間是準確的，詳見《回憶錄》（八）《中山艦事件前後》。

〔註36〕 指瞿同泰同志一九六二年十月二十日訪問張仲即時，張對新疆學院並未設文學院一事的回憶。

的。還任「文化訓練班」主任。每週去講話一次，等等。

大概如此，供參考。

沈雁冰

二月十九日

（12）一九七八年五月七日信

子銘同志：

三月二十八日來信及本月五日來信均悉，二十八日信收到後剛碰上一些事情（將來可面談），又因信中所問各點（如《林家鋪子》的林老闆成份問題，不該我來回答），所以且擱一下，至於我說的「一‧二八」上海戰爭後我因事奔喪回烏鎮一次，《林》、《春蠶》、《當鋪前》即此時所寫，那是當時寫文時的「托」詞；回家奔喪（祖母撤靈），乃二十年代事，《林》、《春蠶》等寫作時，我已無回烏鎮之自由。〔註 37〕這些短篇是憑我在上海定居（那是在進商務後的第三年）前憑過去所見所聞而寫的。《春蠶》是因我祖母喜養蠶（那是我未進中學），親身所體驗而寫的。抗戰時（大概在重慶）我寫過一篇《我怎樣寫〈春蠶〉》（那時被逼寫的，因為要支持當時的一個刊物《青年知識》）。抗戰勝利後上海出版一個月刊《文萃》（民國三十四年十月九日刊行）轉載了《青年知識》這篇文章。至於《文萃》何人編輯，該刊不載，〔註 38〕看它內容，一大半是抗戰勝利前夕重慶、昆明、成都所出報刊上登過的文字，內容龐雜。我早已忘記有這《文萃》，新近有人拿來給我看，才知道我寫過怎樣寫《春蠶》。您如能找到《文萃》，上海圖書館（專藏抗戰前後的一些舊報刊的特種圖書館）〔註 39〕或者有之。

吳老太爺之死是一種隱喻，查我在新疆演說時未有此言。只是《子夜》開頭吳老太爺死後，范博文（或別人）說：封建的古老僵屍到半殖民地買辦階級銀行家、工業家的上海自然要風化了（未查對原文，此是憑記憶寫的）。「經濟傑作」云云，我當時未說。當時我只說一九三〇年中國經濟問題之論

〔註 37〕 後來經韋韜同志幫助沈老回憶，確認一九三二年「一二八」上海戰爭後沈老一家回過老家烏鎮奔喪，時間約一個多星期。詳見拙作《〈春蠶〉小議──關於題材來源與藝術構思問題》（《中國現代文學研究叢刊》1980 年第 1 輯）。

〔註 38〕 此刊只注明本社編，未注編者。《文萃》自第二卷 23 期起至 31 期止，改名《文萃叢刊》。

〔註 39〕 指上海圖書館徐家匯藏書樓。

戰，此在新版《子夜》原後記之後的《再補充幾句》中說得比較明白。關於您所說涉及黨史（大革命時期我的活動），上海出版社編輯部擬刪，那就隨它刪罷。〔註40〕其實，自從五、六年前，就有各地的革命圖書館派人持函訪問我於一九二六在廣州、一九二七年在武漢的見聞及工作，他們都說是備參考的。今年起，來者更多，應接不暇，前言「碰上一些事情」，此爲其中之一。瞿秋白仍未有明確結論。許廣平回憶解放後寫，可能有記憶不眞，前後矛盾，〔註41〕而且魯迅與明友長談或短談，許不一定都在場，事後，魯迅好像也不會向許詳細複述。我前信說瞿的問題有時間我可多說一點，這也待面見時說罷，因爲牽涉多人，而主要的周建人又極力否認當時外間所傳他對外賓說的話。以上回答您二月二十八日來信。

本月四日來信，謂您將力爭保留以群原序，〔註42〕其實不必力爭；以群問題未有結論，因需要平反的事，各地都很多，上海亦多。現在先平反曾被四人幫囚禁、迫害至死，或殘廢的人。自殺，在黨看來是反抗，罪同叛逆；要平反，得放在稍後了。在您的書上登了以群的序，未必即算恢復名譽，但出版社自然在未得上級明白指示前不敢貿然爲之。瞿秋白事，〔註43〕前已談到。此不再談。您聽說的主席逝世前對瞿的問題曾說過一句話，我未有所聞，此間亦從無人說起，想來是謠傳。《光明》已登評《子夜》尊作。〔註44〕評《林》文如果也是《光明》約寫，怕未必登而將轉交其它刊物。〔註45〕《光明》今後將作爲科技、教育專刊，此已見《光明》改革宣言。

〔註40〕指沈老一九七八年在審閱拙作《論茅盾四十年的文學道路》時所補充的關於他大革命時期的活動情況，當時我曾將它收入注中，後出版社領導考慮到涉及黨史，主張暫時刪去。

〔註41〕我在給沈老的信裡曾提到，許廣平同志關於魯迅與瞿秋白的關係的幾次回憶，前後矛盾，這裡係針對此事而言。

〔註42〕指一九七八年《論茅盾四十年的文學道路》修訂本出版前，出版社領導建議暫時刪去以群同志爲此書所寫的原序一事。後來，在中共上海市委宣傳部有關領導同志的過問與同意下，出版社仍保留了以群同志的原序。

〔註43〕指對瞿秋白同志的評價和我的書中是否保留瞿對茅盾創作的幾段引文的問題。當時，茅盾同志是主張保留的，但鑒於那時對瞿秋白同志的問題尚未有正式結論，這幾段引文最後披暫時刪去了。

〔註44〕指一九七八年四月十五日《光明日報》的《文學》副刊上所載拙作《三十年代初期中國社會的畫卷──重讀茅盾的〈子夜〉》。

〔註45〕指拙作《評〈林家鋪子〉》，這是《文學評論》編輯部約寫的，載《文學評論》一九七八年第三期。

匆覆即頌撰祺

　　　　　　　　　　　沈雁冰

　　　　　　　　　　　　　五月七日

　　近二個月的忙、亂，前所未有。而本月中旬又將召集文聯、作協恢復會議，各省都派人來，那又得忙一陣了。

（13）一九七八年六月二十一日信

子銘同志：

　　六月三日來信收到，因事忙不能即覆。《林家鋪子》寫作時間，與我《故鄉雜記》無關。《故鄉雜記》中所寫的，大部分（或竟全部）是回憶，非回家一次的所見所聞。〔註46〕例如《春蠶》，我有《怎樣寫〈春蠶〉》（大概如此）被抗戰勝利後（約為一九四五年下半年）上海出版的《文萃》轉載，近始見之，原來發表於何處，我也記不得了。我於一九二七年前，即從我進商務到大革命失敗蔣介石通緝「要犯」數十人之後，這大約十年內，最初每年回家兩三次至四五次，後移家上海（大約是進商務後的第四年），即不常去。「奔喪」〔註47〕在一九二七年以前。二七年以後，偶爾去一、二天（因我母親有時回鄉我送她去，或她要來滬寓，我去接）。一九三六年十月我因母病回家，自己也發痔瘡，故未能參加魯迅喪事。《林家鋪子》決非回家一次所寫，正如《阿Q正傳》不是魯迅回家一次所寫而根據回憶也。還可以告訴你，《林》原應《申報月刊》創刊號之請（他們只要一篇小說，不出題目，但又怕內容太激烈），題名曰《倒閉》，主編《申報月刊》之俞頌華（此為我老友，是個進

〔註46〕我接到沈老一九七八年五月七日信後，曾再次寫信給沈老，提出他所寫的《故鄉雜記》一文，記述一九三二年「一二八」上海戰爭後回故鄉烏鎮的沿途見聞，甚為具體詳細，似乎不可能純屬虛構，目的是想藉此證明沈老「一二八」後似乎回過烏鎮，而《林家鋪子》、《春蠶》、《當鋪前》等短篇的創作，同他這次的故鄉之行有關。這裡的一段話以及全信的內容，都是針對我提出的問題所作的回答。關於這個問題的最後結論，請參見沈老一九七八年五月七日信注〔註37〕。

〔註47〕沈老在一九三二年十二月所寫的《我的回顧》一文裡說：「本年元旦，病又來了，以後是上海發生戰事，我自己奔喪，長篇《子夜》擱起了，偶有時間就再做些短篇，《林家鋪子》和《小巫》便是那時的作品。」我曾就這段話裡所說的「奔喪」，寫信詢問沈老「當年是奔誰的喪？」由此就引出了關於沈老「一二八」後是否回過烏鎮的問題。

步人士）以爲創刊號上登《倒閉》，似乎不吉利，商我同意改爲《林家鋪子》。你如能查得《申報月刊》創刊號，即可知與《故鄉雜記》無關也。匆此即覆；順頌健康。

沈雁冰
六月二十一日

（14）一九七八年八月二十九日信

子銘同志：

八月十三日手示及抄件〔註 48〕均收到，謝謝。北京天氣也熱，前昨日大雨，又忽涼，但今已放晴，不知是否晴了幾天又將熱。向來北京立秋後，下一次雨就涼一點，今年則反常。南京近來仍酷熱否？請維珍攝爲念。即頌健康！

沈雁冰
八月二十九日

（15）一九七八年九月二十九日信

子銘同志：

二十七日信悉。《衣》、《食》、《住》三書當日掛號寄奉，想可收到。上海方面，有人代爲收集，已買得《衣》、《食》、《住》第六版。您在上海事忙，〔註 49〕瑣悉事不麻煩您了。近來我收集舊作，因爲要寫回憶錄。此事難在不看從前的文章，則有些事難以核實。而從一九一八年起至一九二〇年，我在上海各報副刊及商務各雜誌發表文章之多出我記憶及者數倍之多。這個回憶從我的家庭，外祖父、母，母親、父親等寫起，然後是學校教育，然後是職業生活。現在先發表的是商務編譯所生活（內部發行之《新文學資料》，

〔註48〕指我寄給沈老的一份訪問記錄的抄件。這份材料是上海瞿同泰同志整理的，內容是一九六二年十～十一月間瞿訪問一批熟悉茅盾同志政治和文學活動情況的文化界知名人士的記錄，其中包含了許多關於茅盾各個歷史時期活動情況的珍貴的回憶材料，富有史料價值。當時，沈老正在寫回憶錄，我把自己保存下來的這份抄件寄給他，供他寫作時參考。這是他接到這份抄件後的覆信。

〔註49〕當時我正在上海參加以群主編的《文學的基本原理》的修訂工作。

〔註50〕年內出版）。一些大專院校近來搞了些茅盾著作年表等，錯誤很多。皆因他們未查得原件，只知篇名之故。對於我的家庭及其它活動也有以耳代目之病。近來雜事甚多，有些事是想不到的，例如路易‧艾黎譯了白居易詩，我得寫篇序之類。〔註51〕

匆此即頌

　　健康

　　　　　　　　　　　　　　　　　　雁冰

　　　　　　　　　　　　　　　　　九月二十九日

（16）一九七九年十月十五日信

子銘同志：

　　信及《中國現代文學史》〔註52〕收到了。尚未全讀，提不出意見。但關於我的一部分，頁255說「用駢文翻譯的美國卡本脫的科學著作《衣》、《食》、《住》等」，其中有不合事實之處：一、譯文並非駢體而是雜有駢句的文言文（非桐城派），我在《回憶錄》中說「駢文氣味相當重」（未查對，大意如此）。〔註53〕二、「科學著作」應為科學性的通俗讀物。因為《衣》、《食》、《住》內容是自古以來，世界各地各民族之衣、食、住即穿衣、吃飯、住房之原料、製作方法與風俗習慣等。

　　又266頁《子夜》德文譯本並非史沫特萊所譯，而是德國的F‧柯恩博士（Dr. Frang Kuhn）。匆此即頌

　　健康

　　　　　　　　　　　　　　　　　　沈雁冰

　　　　　　　　　　　　　　　　　十月十五日

〔註50〕即《新文學史料》，人民文學出版社一九七八年創刊。
〔註51〕指《白居易及其同時代的詩人》（為路易‧艾黎英譯《白居易詩選》作），刊於《收穫》1979年第1期。
〔註52〕指北大、南大、廈大等九院校編寫的《中國現代文學史》，江蘇人民出版社一九七九年出版。沈老曾應編寫組的要求為此書封面題字。
〔註53〕沈老在《商務印書館編譯所生活之一》裡說：「譯文的駢體色彩很顯著。」見《新文學史料》一九七八年第一輯。

第二部分　文化大革命前的八封信（1956.10～1961.4）

（1）一九五六年十月二十三日信〔註54〕

興桃子銘同志：

十月十七日來信收到，簡覆如後：

一、我寫過的東西，並無單子，除了以前開明書店出版各書而外，也有些作品在其他書店出版，但那些是不很重要的。

二、我從來沒有出過論文集，我也不留底稿或剪報，所以自己也不知道有那些論文了。

三、你們的論文題目，請你們自己定，我是沒有發言權的。

匆此即祝

好

茅盾

1956.10.23.

（2）一九五六年十一月二十七日信

子銘同志：

十一月十三日函讀悉。遲覆為歉。現就您來信所提問題簡覆如後：

（一）我擔任《小說月報》主編是從十二卷起，以前的和我沒有關係。〔註55〕

（二）我進商務印書館編輯所大概是一九一七年（或許還要早一年）。一九二六年脫離商務印書館，其間工作屢有變動。

〔註54〕這是我同茅盾同志的第一次通信。當時，我與同班的胡興桃同學都在寫關於茅盾研究的畢業論文，因資料缺乏，對茅盾同志的全部著作情況不甚瞭解，故由我執筆冒昧地聯名寫信向他求教。記得在一星期之內，我們就收到這封覆信。這封信是由秘書代筆、茅盾簽名的。

〔註55〕事實上從《小說月報》第十一卷（1920年）起，茅質就投入《小說月報》的半革新工作，主持新開闢的「小說新潮」欄的編輯事務。這一欄是提倡新文學的，專門刊登西洋文學的翻譯作品，以及倡導新文學的評論文章等。茅盾在十一卷上就發表過許多重要文章。詳見茅盾的回憶錄三：《革新〈小說月報〉的前後》（《新文學史料》1979年3輯）。大約因年代久遠，加以工作繁忙未及仔細回憶，茅盾同志當時記不起這些事了。

（三）仍在商務，但也參加社會活動。〔註56〕

（四）不是，和楊杏佛沒有關係。這一條「聽說」，根本不合事實。〔註57〕

（五）大致不錯，〔註58〕但說來話長，我沒有時間多說。

匆此即頌

健康

沈雁冰

1956.11.27.

（3）一九五七年二月二十一日的第一封信

子銘同志：

二月十五日來信收到。書目〔註59〕看過了，有些意見，都注在紙邊。很抱歉，我不能補充什麼，因為我自己沒有編過目錄，又沒有保存那些舊雜誌。現在我也沒有興趣去炒那些「冷飯」，我覺得我的一些論文都是「趕任務」的，理論水平不高，沒有編集子出單行本的必要。〔註60〕

匆此即頌

健康

茅盾

1957.2.21.

書目附還。

此信未發，又接十八日來信，前已在該信上寫了答覆，〔註61〕即此附上，恕不另作答。

〔註56〕指 1923 年茅盾辭去《小說月報》主編以後。

〔註57〕這條「聽說」的內容，我已記不清了。

〔註58〕指茅盾參與發起成立文學研究會及主編《小說月報》的事。

〔註59〕指當時我自編的一份《茅盾的著作與研究資料目錄》。我曾將這個目錄寄請茅盾審閱，他在覆這封信時一併寄還，在「目錄」原稿邊上批註了許多寶貴意見。後來，我曾重新整理補充這份目錄，於一九五九年六月在南京大學內部油印了出來。茅盾批註的「目錄」原稿，可惜已於文革初期丟失了，他批註的意見因無留底，已記不清了。

〔註60〕解放後茅盾編的第一本書藝論文集——《鼓吹集》，是一九五九年一月初版的。在此以前，他的大量的文藝評論文章，基本上沒有編過集子，這同他的過於自謙有關。

〔註61〕指茅盾在我二月十八日信上批註的答覆。

（4）一九五七年二月二十一日的第二封信 〔註62〕

子銘同志：

　　恕我不另寫信，只在您原信上注了一些就寄還給您了。

茅盾

二月二十一日

〔附錄〕茅盾同志在我二月十八日信上批註的答覆：

（一）我根據孔另境《懷茅盾》的記述，問茅盾同志當年在上海大學中國文
　　　學系是否教《小說研究》與《神話研究》，他批道：「沒有教《神話研
　　　究》。」〔註63〕

（二）我引茅盾的《從牯嶺到東京》裡的話：「那時候，我的職業使我接近
　　　文學，而我的內心趣味和別的許多朋友——祝福這些朋友的靈魂——
　　　則引我接近社會運動。」並就這段話問了幾個問題，他作了如下四條
　　　批註：

（1）在「職業」兩字下面劃了紅杠，注道：

「此處『職業』指在商務印書館編譯所的工作，非指上海大學；因為在
上海大學教書是盡義務的。那時上大經濟極端困難，教書一小時只發一元薪
水，而且常常欠薪，另有職業的人就應盡義務教書了。」

「在上大教書約一年，從它開辦起（即瞿秋白當上大教務長時），那時我
主要時間是在商務印書館編譯所工作。那時也參加社會活動。」

（2）就我所問「先生所指的朋友，是否即瞿秋白、鄧中夏、惲代英等同
志」，批道：

「有他們，但不光是他們幾個，還有不少，今天健在者也尚多。」

（3）就我所問「先生後來參加『五卅』運動是否與當時在上大的活動有
關」，批道：

「不是上大的影響，而是因為我在商務印書館和另一些同志在搞工人運
動。」

〔註62〕這是茅盾同志寫在我二月十八日信上的覆信，當時是連同二月二十一日的第
　　　　一封覆信一起寄來的。
〔註63〕茅盾後來在回憶錄（六）《文學與政治的交錯》裡說：「我在『上大』中國文
　　　　學系教《小說研究》，也在英國文學系講希臘神話，鐘點不多。」

（5）一九五七年六月三日信 〔註64〕

子銘同志：

來信及論文收到了。您的論文，是化了功夫寫的，富有實事求是、客觀分析的精神。恕我不能提供什麼具體意見。作爲一個被研究的作家，我向來是只願意傾聽批評，而不願意自己說話的。同樣的理由，我也不便把您的這篇論文介紹去出版；〔註65〕如果我這樣做了，特別因爲我還是文化行政的高級負責人，便有利用職權、自我宣傳的嫌疑。說來好笑，我自己也不記得四十年前我在《小說月報》十一卷寫過那些文章，〔註66〕也不記得一九二七年以前我在《文學週報》上寫過《論無產階級藝術》。您是否可以告訴我：《論無產階級藝術》發表時署的是什麼名字？〔註67〕如果是個筆名，而且不是外邊熟悉的那幾個（一定不是「茅盾」二字，因爲這個筆名是在寫《幻滅》時開始用的），那就有可能是把別人的文章（例如我的弟弟，他在出國前也是弄弄文學的），算到我頭上來了。那會鬧笑話的。因此，請您便中告訴我那篇文章的署名，讓我自己來回憶一番。對於您這篇論文，我覺得太長了點，還可精簡些。〔註68〕我的有些作品可以一筆帶過，不必詳細述評。茲將原稿掛號奉還。〔註69〕

匆此並頌

近安

茅盾

1957.6.3.

〔註64〕大約在一九五七年五月中、下旬，我將自己的畢業論文《論茅盾四十年的文學道路》初稿，寄請茅盾同志審閱。這是他審閱後給我的一封覆信。

〔註65〕當時我把論文寄給茅盾同志，主要是想聽取他的批評指教，還沒有想到要出版，茅盾同志以爲我是希望他推薦去出版。但從這封覆信中，可以看出他律己之嚴。後來，由我的論文指導老師王氣中先生，將這篇約六萬多字的論文初稿連同茅盾同志的這封信，一起推薦給上海文藝出版社。

〔註66〕指《〈小說新潮欄〉宣言》、《新舊文學評議之評議》、《俄國近代文學雜談》等。

〔註67〕這篇文章發表時署名沈雁冰。

〔註68〕後來我沒有遵照茅盾同志的這個意見辦。因爲，上海文藝出版社約請以群同志審閱這篇論文時，以群同志從如何全面地評價茅盾的文學道路及其代表作品這一角度出發，對論文中的缺點與不足之處提出了許多重要的意見，並鼓勵我修改充實，結果文章又從六萬字擴展到十一萬多字。由於自己水平的限制，在修改過程中仍然未能克服茅盾同志所指出的行文不夠精錬的毛病。

〔註69〕在茅盾同志寄還的論文原稿上，他用毛筆加了許多批註，對若干史實做了訂正與補充，可惜這些批註連同論文原稿一起丟失了。其中有一些批註，我在拙作一九五九年出版時，曾以「茅盾自己說」的方式收入註中，因而得以保存下來。

（6）一九五七年六月十三日信

子銘同志：

謝謝您六月七日來信中告訴我關於《論無產階級藝術》的署名等等。我已借到《文學週報》，一看該文，便想起來了，那是陸續寫的。您猜想是我到廣州以後寫的，我從登刊的年月算來，寫於赴廣州以前。刊出時正值上海發生「五卅」運動，前四章可能寫於「五卅」以前，最後一章則是當年秋後赴廣州前所寫。

照片收到，謝謝！

匆此即頌

健康

沈雁冰

1957.6.13.

（7）一九五九年七月五日信〔註70〕

子銘同志：

因為在盧山養病，此信遲覆為歉。《學生雜誌》所載各文〔註71〕我無底稿，且我久已忘之。這些都是「為稻粱謀」的濫製品，不值再提。只有那篇《理工學生在校記》〔註72〕是有意譯出來，給那時中學生一點實用科學的知識。

匆此並頌

健康

雁冰

七月五日

〔註70〕一九五九年六月二十一日，我寫信給茅盾同志，告訴他我在修改即將出版的《論茅盾四十年的文學道路》一書的過程中，又發現1917～1920年間他在《學生雜誌》上發表的二十餘篇翻譯作品與文藝評論，並就這批文章提了幾個問題請他解答。這是茅盾同志在盧山養病期間給我的一封親筆覆信，寫在我六月二十一日的原信上。同時，他還在我的信上加了眉批，回答我提出的問題，詳見此信附錄。

〔註71〕指我隨信附上的一份茅盾在1917～1920年間發表於《學生雜誌》上的譯作與文章的目錄，如《三百年後孵化之卵》（翻譯）、《學生與社會》、《一九一八年之學生》等。

〔註72〕這是茅盾同他弟弟沈澤民合譯的作品，連載於《學生雜誌》7卷7-12期和8卷2-3期上（1920,7～1921,3）。

原目錄附還

〔附錄〕茅盾同志在我一九五九年六月二十一日信上的批注：

（一）我在信中提出，茅盾同志一九五六年十一月二十三日給我的信裡說，他進商務的時間「大概是一九一七年（或許還要早一年）」，從他在一九一七年一月已在商務出版的《學生雜誌》上發表《三百年孵化之卵》看，我推斷他進商務的時間應是一九一六年。對此，他批道：

「這是對的。我記得是袁世凱死的那年的夏季進商務的。」

（二）從一九一八年後茅盾在《學生雜誌》上發表的文章顯著增多與地位突出的情況，我猜測當時他已參加《學生雜誌》的編輯工作。對此，他批道：

「當時我是半天幫忙編《學生雜誌》。」

（三）茅盾在《學生雜誌》8 卷 4 號（1921 年 4 月）發表譯作《七個被縊死的人》（〔俄〕安特列夫著），署名雁冰、澤民譯。但該刊 8 卷 5～6 期連載這篇譯作時，又改署明心譯。為此，我問為何換譯名？明心究竟是誰？（類似情況還有）對此，他批道：

「我也記不起為何換人，也不記得明心為誰？可能是由澤民一人續譯，他故弄玄虛，換用明心的筆名。」

（8）一九六一年四月十四日信

子銘同志：

來信早收到，事冗遲覆為歉。現將您所提出的幾個問題簡覆如下：

一、我進商務編譯所不是蔡元培介紹的，他們說的沒有根據。

二、他們說我在北大時就同李大釗、陳獨秀有過接觸，這也不確。我離北大預科時，蔡元培尚未被任命為北大校長，陳獨秀、李大釗亦未到校。我是一九二五～六在上海認識陳獨秀，〔註 73〕其時李來上海住過一個短時期，我因事同他見過幾面。

三、當時是有一個平民女子學校，是掩護黨的活動的公開機構之一，劉

〔註73〕據茅盾同志後來的回憶，一九二〇年年初，陳獨秀從北京遷到上海，為籌備在上海出版《新青年》，曾約陳望道、李漢俊、李達和茅盾等人，在上海漁陽里二號陳獨秀家談話。這是茅盾第一次會見陳獨秀。此信在這件事上記憶有誤。

少奇好像沒有在平民教過書，鄧中夏等教過，我也教過英文。當時學英文的只有三個學生，夜課，教了個把月，就不教了。這三個學生一個是丁玲（那時叫冰之）；一個是王劍虹，後來是瞿秋白的愛人；另一個姓名忘記了。〔註74〕

　　四、在武漢編《民國日報》事。當時我在《民國日報》寫短評和社論，有的具名（用一二代號），有的不署名。

　　　　匆此順頌

　　健康

　　　　　　　　　　　　　　　　　　　茅盾

　　　　　　　　　　　　　　　　　　1961 年 4 月 14 日

〔註74〕據茅盾同志後來的回憶，另一個女學生是王一知。她同丁玲都是從湖南來的
　　　　學生。

後　記

　　這本集子所收的文章，除《〈子夜〉的結構藝術》等二篇是二十年前的舊作外，其餘二十二篇都是近幾年內寫的。在百花文藝出版社的熱情支持下，我得以將這些文章結集出版，作為奉獻給茅公兩週年祭的一個小小紀念，算是了卻一年多來縈繞於方寸之間的一樁心願！

　　取名《茅盾漫評》，漫者，隨意、散漫之謂也，蓋指這本集子的內容，雖然都是關於茅盾創作或生平的評析與介紹，但並非事先精心結構的鴻篇巨製，而只是二十多年來，特別是十年浩劫後所寫的一些研究或懷念茅盾的文章選編。也可以說，這是拙作《論茅盾四十年的文學道路》之外的一些關於茅盾的單篇文章的結集，主要反映近幾年來個人在茅盾研究方面的一些心得。同時，為了紀念，也為了尊重歷史，我把茅盾同志寫給我的二十四封信（其中的第一封信是寫給我與大學時代的同學胡興桃同志的），也收入這本書裡。

　　二十六年前，當我開始接觸茅盾同志的作品時，頭腦裡沒有想到要出書，而當拙作《論茅盾四十年的文學道路》於一九五九年由上海文藝出版社出版時，我也沒有想到這本小書在「文革」中會給我帶來一番風雨，更想不到雨過天晴後，經歷了精神上與業務上的幾度周折之後，我又繞回到二十多年前的老題目上，並進一步同年逾古稀的茅公結下了不解之緣。遺憾的是，打倒了「四人幫」後，我雖然有幸在茅公晚年多次親聆他的教誨，並多次在南京大學講授「茅盾研究」的選修課，但始終沒有充裕的時間進行更深入的研究，也未能將講課的內容整理成書。因此，一九八一年三月二十七日，當茅公突然離開了我們之後，我想起要在他的週年祭出本紀念性的東西時，就只能從幾十篇零散的文章中，選編出這樣一本漫評式的集子，藉以寄託對我國一代現實主義文學大師——茅盾同志的懷念與哀思！

　　這裡所收的二十四篇文章，絕大多數寫於一九七八年以後，且多數是在繁重的教學與工作之餘，被報刊編輯與熱心的朋友「擠」出來的，當然，其中也有一些是在撥亂反正的歷史潮流中寫成的。值得懷念的是，有一些篇章，茅公生前曾看過，或給予了支持。比如，《評〈林家鋪子〉》一文，是一九七八年應《文學評論》之約，針對文革中和文革前否定茅盾及其作品的極左思潮寫成的，具有重評性質。但由於受當時歷史條件與個人水平的限制，有些問題仍然論述的不深不透，如關於夏衍同志改編的電影《林家鋪子》的冤案，當時就還不能涉及。由於這是粉碎「四人幫」後較早發表的重評茅盾作品的文章，所以曾引起茅公的關注，他在信中和口頭上曾告訴我，文章已找來看過了。《關於茅盾生平的若干問題》一文，在茅公住院期間，曾由韋韜同志讀給他聽過，並由茅公作過若干訂正。至於《從茅盾評介外國文學說起》等六篇小文章，則是應上海《書林》雜誌編輯之約，為該刊開闢的「茅公書話」專欄所寫的一組未了的文章，事先也得到過茅公的支持，韋韜同志還曾為這組文章提供過照片。此外，幾篇評介茅盾在文論方面的活動與貢獻的文章，則是在協助茅公編選《茅盾論創作》與《茅盾文藝雜論集》的過程中寫成的。還有一些文章，或為參加學術會議，或為悼念茅公逝世而作。如《論魯迅與茅盾的友誼》一文，是為參加魯迅誕辰一百週年的紀念大會而寫的；而《四十年代茅盾的文藝評論》一文，則是應香港中文大學的邀請，為參加該校中文系於一九八一年十二月間主辦的「四十年代中國現代文學」研討會而作的。現在，趁這些文章結集出版的機會，我謹向曾經關心、鼓勵與支持過我的朋友們，表示衷心的感謝！

　　胡耀邦同志在追悼茅盾同志的大會上所作的悼詞裡，對茅盾一生的光輝業績作了崇高的評價，指出「在漫長的六十餘年中，他始終不懈地以滿腔熱情歌頌人民、歌頌革命、鞭撻舊中國黑暗勢力」，讚譽他的作品「刻畫了中國民主革命的艱苦歷程，繪製了規模宏大的歷史畫卷，為我國文學寶庫創造了珍貴的財富，提高了現實主義文學創作的水平，在文學史上留下了不可磨滅的功績」。對照起來，如仍進一步全面、深入地整理、研究茅盾畢生的著述及其多方面的成就與貢獻，我們的工作可以說還僅僅是開始。而這本集子所能提供的，則更屬於茅盾研究中的隻鱗片爪，把它們呈獻出來，既是為了紀念茅公逝世兩週年，同時也是為了拋磚引玉，並就正於專家和廣大的讀者！

　　　　　　　　　　　　　　　　　　一九八二年十一月於南京大學